Zu diesem Buch

Mit den Werken des wiederholt zum Nobelpreis vorgeschlagenen Nikos
Kazantzakis tritt die neugriechische Epik in die Weltliteratur ein. Der
Dichter wurde am 18. Februar 1883 in Heraklion auf Kreta geboren, stu-
dierte zunächst in Athen Jura, später Staatswissenschaften in Paris, wo
die europäische Literatur der Jahrhundertwende Einfluß auf ihn gewann.
Seine erste Veröffentlichung, eine Dichtung von der Wollust und dem
Tod, «Ophis kai Kríno» (1906), erinnert noch an Hofmannsthals «Der
Tor und der Tod» und den frühen D'Annuzio. Aber nicht der Elfenbein-
turm der Poesie, sondern das tätige Leben prägt sein künftiges Werk.
Schon als junger Mensch wurde Kazantzakis Generaldirektor des grie-
chischen Sozialministeriums; nach Ende des Weltkriegs Leiter einer
Kommission, die die griechischen Flüchtlinge aus Südrußland und dem
Kaukasus ins Mutterland zurückführte. Auch später, als Professor an der
rechtswissenschaftlichen Fakultät in Athen, ging sein Wirken weit über
die Jurisprudenz hinaus. Mit Übersetzungen von Nietzsche, Bergson,
Darwin und anderen gewann er Griechenland den Anschluß an das mo-
derne europäische Geistesleben. Daneben übertrug er die «Ilias», die
«Göttliche Komödie» und den «Zarathustra» ins Neugriechische. Er be-
freite seine Muttersprache vom Ballast des Byzantinischen und machte
das Volksgriechische literaturfähig. Zahlreiche Reisen führten ihn durch
Europa, nach Rußland, Japan und Ägypten. Kazantzakis starb am 26.
Oktober 1957 in Freiburg i. B.

Der Weltruf des Autors begann mit seinem erstmalig 1946 erschiene-
nen, hier wieder vorgelegten Roman «Alexis Sorbas».

Ein Schriftgelehrter beschließt, «der Tintenkleckserei zu entsagen und
sich dem tätigen Leben zu widmen». Er übernimmt in Kreta ein aufgelassenes Braunkohlenbergwerk, um unter einfachen Arbeitern und Bauern wieder Mensch zu werden, eine Existenz «weit weg von der Zunft
papierverschlingender Mäuse» zu führen. Alexis Sorbas, den Helden des
Buches, einen Mazedonier in den Sechzigern, der alle Berufe kennt, «die
man mit Fuß, Hand und Kopf» ausüben kann, lernt er in einer Hafenkneipe kennen, und dieser Philosoph des einfachen Herzens weiß als ein
neuer Sancho Pansa seinem Herrn nicht nur zu dienen, sondern auch den
Gelehrten zu belehren. Der Roman ist eine Liebeserklärung an Griechenland und sein einfaches Menschentum, ein Schelmenroman von antiker
Heiterkeit. Er führt den Leser am besten in die Welt des Dichters ein, der
hinter der dünnen Kruste der Zivilisation den Menschen, das unbe-
kannte, rätselhafte Wesen, sucht: Raubtier und Gotteskind zugleich.

Von Nikos Kazantzakis erschien als rororo-Taschenbuch außerdem:
«Die letzte Versuchung» (Nr. 5464).

Nikos Kazantzakis

ALEXIS SORBAS

Abenteuer auf Kreta

Roman

Das Buch zum Film

Rowohlt

Deutsch von
Dr. Alexander Steinmetz

Mit einem Nachwort
von Nicolaus Schröder

Einmalige Sonderausgabe, Februar 1995

Veröffentlicht im Rowohlt Taschenbuch Verlag GmbH,
Hamburg, September 1955
Für diese Sonderausgabe mit Genehmigung
des Langen Müller Verlages, München
Umschlaggestaltung Walter Hellmann
(Foto: Kinoarchiv Peter W. Engelmeier)
Gesamtherstellung Clausen & Bosse, Leck
Printed in Germany
1200-ISBN 3 499 12091 7

Personen

Alexis Sorbas	*Mazedonischer Arbeiter*
Madame Hortense	*Alternde Chansonette*
Anagnostis	*Gemeindeältester*
Marulja	*Anagnostis' Frau*
Pater Stephanos	*Pope des Dorfes*
Andruljos	*Küster*
Mawrandonis	*Dorfschulze*
Pawlis	*Mawrandonis' Sohn*
Surmelina	*Witwe des Dorfes*
Kondomanoljos	*Kaffeehauswirt*
Mimithos	*Dorftrottel*
Manolakas	*Flurwächter*
Sfakianonikolis	*ein einfältiger Bauer*
Pater Zacharias	*ein Mönch*
Lenjo	*Klageweib*

I

Ich begegnete ihm zuerst im Piräus. Ich war zum Hafen hinabgegangen, um den Dampfer nach Kreta zu nehmen. Der Morgen dämmerte. Ein heftiger Schirokko wehte, und die Salzwasserspritzer flogen bis zum kleinen Kaffeehaus.

Die Glastüren waren geschlossen. Der Raum roch nach Menschen und Salbeitee. Draußen war es kalt, und die Scheiben waren vom Atem der Gäste beschlagen. Fünf, sechs Seeleute, die sich in ihre kaffeebraunen Blusen aus Ziegenhaar verkrochen, tranken Kaffee oder Salbeitee und blickten durch die trüben Scheiben auf das Meer.

Die Fische waren vom Peitschen des Sturms betäubt und hatten sich auf den stillen Grund geflüchtet. Sie warteten, daß sich das Meer droben wieder glättete, und auch die Fischer, die in den Kaffeehäusern eng beieinander hockten, warteten auf das Ende des Unwetters, daß sich die Fische beruhigten und wieder anbissen. Die Seezungen, Wasserskorpione und Rochen kehrten von ihren nächtlichen Raubzügen zurück, um sich schlafen zu legen. Der Tag brach an.

Die Glastür öffnete sich, und ein kleiner, sonnenverbrannter Hafenarbeiter trat ein, ohne Mütze, barfuß und von Straßenkot bespritzt.

«He, Konstantis», rief ein alter Seebär im himmelblauen Überrock, «wie geht's?»

Konstantis spuckte grimmig auf den Boden.

«Wie soll's gehen?» erwiderte er. «Tagsüber Kaffeehaus, abends zu Haus. Tagsüber Kaffeehaus, abends zu Haus! Siehst du, das ist mein Leben. Nix zu tun!»

Einige lachten, andere fluchten und schüttelten den Kopf.

«Das Leben ist ein Gefängnis», sagte ein schnurrbärtiger Mann, der seine Studien beim Karagöz gemacht hatte, «ein lebenslängliches Gefängnis, verflucht noch mal!»

Ein sanftes blaugrünes Licht tränkte die schmutzigen Scheiben, drang in das Kaffeehaus, hängte sich an Hände, Nasen und Stirnen und sprang auf den Schanktisch, daß die Flaschen Feuer fingen. Das elektrische Licht verblaßte. Der übernächtige Wirt streckte gähnend die Hand nach dem Schalter und knipste es aus.

Alles schwieg einen Augenblick. Die Augen hoben sich und blickten in den kotigen Tag hinaus. Man vernahm das Brüllen der Brandung und im Kaffeehaus das Gurgeln der Wasserpfeifen. Der alte Seebär seufzte:

«Wie mag's Kapitän Lemonis gehen? Gott halte seine Hand über ihn.»

Er warf einen scheuen Blick auf das Meer.

«Pfui! Du verdammter Witwenmacher», knurrte er und biß sich auf den grauen Schnurrbart.

Ich saß in einer Ecke und bestellte, weil ich fröstelte, noch einen Salbeitee. Mich schläferte. Doch wehrte ich mich gegen den Schlaf, die Erschöpfung und die Trostlosigkeit des frühen Morgens. Ich blickte durch die trüben Scheiben auf den Hafen. Er war soeben erwacht und heulte mit allen Schiffssirenen und dem Geschrei der Hafenarbeiter und Bootsleute auf. Je angestrengter ich hinaussah, um so dichter wurde das Netz aus Meer, Regen und Fernweh, dessen Maschen mein Herz umschnürten. Ich richtete meine Augen auf den schwarzen Bug eines großen Dampfers, dessen Rumpf noch in Nacht getaucht war. Es regnete, und ich sah, wie die Regenfäden den Himmel mit dem Straßenkot verknüpften.

Ich blickte auf das dunkle Schiff, die Schatten, den Regen. Meine Vergangenheit nahm Gestalt an. Die Erinnerungen stiegen auf. Aus dem Dunst trat, ein Gewebe aus Regen und Sehnsucht, das Antlitz meines liebsten Freundes hervor. Wie lange war es her? Im letzten Jahr? In einem anderen Leben? Gestern? Wann war ich zu diesem Hafen hinabgegangen, um von ihm Abschied zu nehmen? Auch damals, erinnere ich mich, herrschten Regen und Kälte und das gleiche Frühlicht. Und wiederum zuckte mein Herz und lief über.

Der langsame Abschied von geliebten Menschen ist Gift. Besser bleibt man allein, denn Einsamkeit ist das natürliche Klima des Menschen. Doch an jenem regnerischen Morgen konnte ich mich nicht von meinem Freunde losreißen. (Später begriff ich, leider zu spät, warum.) Ich hatte ihn an Bord begleitet und saß in seiner Kabine, seine Koffer standen umher. Lange betrachtete ich ihn durchdringend, wenn er abgelenkt war. Es war, als wollte ich mir seine Gesichtszüge einzeln einprägen – die leuchtenden blaugrünen Augen, das volle junge Gesicht mit seinem feinen und stolzen Ausdruck und vor allem seine edlen Hände mit den langen Fingern. Plötzlich ertappte er mich bei einem jener Blicke, die ihn brennend umfaßten. Er wandte sich mit jener spöttischen Miene um, die er jedesmal aufsetzte, wenn er eine innere Bewegung verbergen wollte. Er sah mich an und verstand. Und um dem Trennungsschmerz auszuweichen, fragte er mich mit ironischem Lächeln:

«Wie lange noch?»

«Was heißt: wie lange noch?»

«...wirst du Papier kauen und dich mit Tinte beschmieren? Komm in den Kaukasus mit! Dort sind Tausende unserer Rasse in Gefahr. Laß sie uns retten.»

Er lachte, als spotte er seines erhabenen Planes.

«Vielleicht retten wir sie nicht», fuhr er fort. «Aber wir retten uns selbst, wenn wir uns bemühen, sie zu retten. Nicht wahr? Du predigst das doch? ‹Die einzige Methode, sich selbst zu retten, besteht in der Bemühung um andere›... Also los, Herr Schulmeister, ich nehme dich beim Wort... Komm!»

Ich antwortete nicht. Heilige Erde des Orients, du alte Göttermutter, du stolzer Schrei des Prometheus, der an den Felsen geschmiedet war... Abermals war unsere Rasse in jenen Jahren an die gleichen Felsen gefesselt und schrie um Hilfe in der Gefahr, und wieder rief sie nach einem ihrer Söhne, um sie zu retten. Ich aber hörte sie untätig an, als wäre der Schmerz nur ein Traum und das Leben eine ergreifende Tragödie, in der es nur ein Beweis von Grobheit und Einfältigkeit ist, sich auf die Szene zu stürzen und mitten in der Handlung Partei zu ergreifen. Ohne eine Antwort abzuwarten, erhob sich mein Freund. Der Dampfer pfiff bereits zum drittenmal. Er hielt mir die Hand hin und verbarg von neuem seine Bewegung hinter einem leichten Spott.

«Auf Wiedersehen, papierverschlingende Maus!» sagte er.

Seine Stimme zitterte. Er wußte, daß es zum Schämen ist, wenn man sein Herz nicht in der Gewalt hat. Tränen, zärtliche Worte, aufgeregte Gebärden, Vertraulichkeiten waren für ihn etwas Häßliches, Menschenunwürdiges. Niemals hatten wir bei aller Liebe je miteinander ein zärtliches Wort gewechselt. Wir spielten und balgten uns wie die wilden Tiere. Er ein feiner, ironischer, gesitteter Mensch, ich ein Barbar. Er, beherrscht wie er war, schöpfte alle Äußerungen seiner ruhigen Seele aus seinem Lächeln, ich dagegen, in meiner Unbeherrschtheit, ließ mich immer wieder von einem unpassenden, wilden Lachen fortreißen.

Auch ich versuchte, meine Unruhe mit einem harten Wort zu tarnen, aber ich genierte mich. Nein, ich genierte mich nicht, ich brachte es einfach nicht fertig. Ich drückte seine Hand, hielt sie fest und ließ sie nicht los. Verlegen blickte er mich an.

«Abschiedsschmerz? Gemütsbewegung?» sagte er, indem er zu lächeln suchte.

«Ja», entgegnete ich gelassen.

«Warum? Haben wir uns darüber nicht schon unterhalten? Sind wir uns nicht schon seit Jahren einig? Wie nennen es deine geliebten Japaner? Futoschin! Das heißt: Apathie, stoische Gelassenheit, das Gesicht eine lächelnde, unbewegliche Maske. Was hinter der Maske vorgeht, ist eine andere Frage.»

«Ja», antwortete ich, indem ich jede feierliche Redensart zu vermeiden suchte. Ich war mir gar nicht sicher, meiner Stimme mächtig zu bleiben.

An Bord ertönte der Gong, die Besucher sollten die Kajüten verlassen. Ein feiner Regen fiel. Die Luft war geschwängert von

leidenschaftlichen Abschiedsworten, heißen Schwüren, lang-
gedehnten Küssen, von letzten Grüßen und Bestellungen…
Die Mutter fiel in die Arme des Sohnes, die Frau in die des
Mannes, der Freund in die des Freundes. Als sollten sie sich für
immer trennen, als sei dieser kleine Abschied der große letzte.
Und das sanfte Echo des Gongs hallte in der feuchten Luft auf
dem Bug und dem Heck des Schiffes wie eine Totenglocke wider. Mich schauderte.

Mein Freund beugte sich zu mir.

«Na», sagte er leise, «hast du Vorahnungen?»

«Ja», erwiderte ich abermals.

«Du glaubst an solche Märchen?»

«Nein», antwortete ich mit Bestimmtheit.

«Also?»

Es gab kein Also; ich glaubte nicht, aber ich fürchtete mich.
Mein Freund legte seine Linke leicht auf mein Knie. So tat er
gewöhnlich in Augenblicken vertrautester Unterhaltung, wenn
ich auf einen Entschluß bei ihm drängte. Wenn er sich dann
sträubte, um schließlich einzuwilligen, berührte er immer mein
Knie, als wolle er mir sagen: «Ich werde tun, was du willst, dir
zuliebe…» Ein paarmal zwinkerte er mit den Augenlidern.
Dann blickte er mich wieder an. Er verstand, daß ich sehr traurig war, und zögerte, von seiner geliebten Waffe – dem Lächeln, diesem spöttischen Lächeln – Gebrauch zu machen…

«Gut», sagte er. «Gib mir deine Hand: wenn sich einer von
uns beiden in Todesgefahr befindet…»

Er hielt inne, als ob er sich schäme. Wir hatten uns seit Jahren über solche metaphysischen Flüge lustig gemacht und Ve-
getarier, Spiritisten, Theosophen und hektischen Kram in denselben Topf geworfen…

«Also?» fragte ich und suchte seine Gedanken zu erraten.

«Fassen wir es als Spielerei auf», sagte er schnell, um dem
gefährlichen Satz zu entrinnen, in den er sich verstrickt hatte.
«Wenn einer von uns beiden sich in Todesgefahr befindet, soll
er an den anderen so intensiv denken, daß er ihn benachrichtigt, wo er sich auch befinden mag… Einverstanden?»

Er versuchte zu lachen, aber seine Lippen waren wie erstarrt und bewegten sich nicht.

«Einverstanden», sagte ich.

Mein Freund fürchtete, seine Unruhe könne zu sehr auffallen, er fuhr darum hastig fort:

«Ich glaube natürlich nicht an solche seelischen Mitteilungen...»

«Macht nichts», murmelte ich. «Meinetwegen...»

«Gut also, meinetwegen. Tun wir, als ob! Einverstanden?»

«Einverstanden», antwortete ich wieder.

Das waren unsere letzten Worte. Stumm drückten wir uns die Hände, sehnsuchtsvoll vereinigten sich die Finger und ließen sich jäh wieder los. Ich eilte von Bord, ohne mich umzublicken, als sei die wilde Jagd hinter mir her. Ich wollte den Kopf wenden, um meinen Freund zum letztenmal zu sehen, aber ich beherrschte mich. ‹Schau dich nicht um!› befahl ich mir. ‹Schluß.› Wie schlammig, plump, ungehobelt ist doch die Seele des Menschen, wie voller roher, grober Empfindungen! Da ist nichts Reines, nichts Beständiges. Sie vermag nicht, etwas vorherzusehen. Wenn sie das könnte, wie anders wäre dieser Abschied gewesen!

Das Licht nahm zu, jener eine Morgen durchdrang sich mit dem von heute. Das Gesicht meines Freundes stand jetzt klarer vor mir, vom Regen benetzt, unbeweglich, traurig, mitten in der Hafenluft...

Die See brüllte, die Glastür des Kaffeehauses öffnete sich, und ein Seemann mit breiten Schenkeln, kurzen Füßen und hängendem Schnurrbart trat ein. Freudige Stimmen tönten ihm entgegen.

«Willkommen, Kapitän Lemonis!»

Ich duckte mich in meine Ecke und suchte meine Seele wieder ins Gleichgewicht zu bringen. Aber das Gesicht meines Freundes hatte sich schon im Regen gelöst.

Kapitän Lemonis zog seine Holzperlenkette aus der Tasche und spielte damit, gelassen, ernst und still. Ich bemühte mich, nichts zu sehen und nichts zu hören, um das zerflimmernde Bild noch ein Weilchen in mir festzuhalten. Wollte ich noch einmal den Zorn, der mich damals gepackt hatte, den Zorn und die Beschämung erleben, als mein Freund mich ‹papierverschlingende Maus› genannt hatte? Ich erinnere mich: seit jenem Tage verkörperte sich mir in diesem Wort der ganze Ekel, den ich vor meinem bisherigen Leben empfand. Wie hatte ich mich, obwohl ich das Leben so liebte, verloren! Mein Freund hatte mir an jenem Tage der Trennung dazu verholfen, klarer zu sehen. Zu meiner großen Freude. Jetzt, wo ich die Bezeichnung für mein Elend kannte, war es vielleicht für mich rascher zu überwinden. So als sei es nicht mehr körperlos und unangreifbar, sondern habe Gestalt angenommen.

Jenes Wort meines Freundes hatte sich in mir eingenistet, und seitdem suchte ich nach einem Anlaß, der Tintenkleckserei zu entsagen und mich einem tätigen Leben zu widmen. Das häßliche Nagetier als geistiges Wappen war mir abscheulich. Endlich hatte sich mir vor einem Monat diese Gelegenheit geboten. Ich pachtete an einem Gestade Kretas, an der Küste des Libyschen Meeres, ein aufgelassenes Braunkohlenbergwerk und war jetzt dorthin unterwegs, um so ein Leben mit einfachen Menschen, Arbeitern und Bauern, zu führen, weit weg von der Zunft der papierverschlingenden Mäuse. Ich rüstete mich zur Ausfahrt und war innerlich tief ergriffen, als läge in dieser Reise ein geheimer Sinn. Jedenfalls hatte ich den Entschluß gefaßt, ein anderes Leben zu beginnen. ‹Bisher, liebe Seele›, sagte ich mir, ‹hast du, um satt zu werden, nur die Haut geschmeckt. Von jetzt ab führe ich dich an das Fleisch.›

Ich war bereit. Am Vorabend des Reisetages fand ich beim Ordnen meiner Papiere ein halbvollendetes Manuskript. Ich nahm es in die Hand und schaute es zögernd an: seit zwei Jahren herrschte Aufruhr in meiner Seele, war eine große Sehnsucht in mir, ein Samenkorn: Buddha! Ich fühlte ihn ununterbrochen in mir wachsen und reifen. Er wurde immer größer, schlug aus und klopfte an meine Brust, um sich aus seinem Kerker zu befreien. Und jetzt hatte ich nicht den Mut, die

Handschrift wegzuwerfen, es war mir einfach unmöglich. Außerdem war es für eine solche Frühgeburt schon zu spät.

In diesem Augenblick, während ich das Manuskript noch unentschlossen in meinen Händen hielt, stand lächelnd mein Freund vor mir in der Luft, voller Ironie und Zärtlichkeit. «Ich nehme es mit!» sagte ich trotzig. «Ich nehme es mit, du brauchst gar nicht so zu lächeln!» Ich wickelte die Blätter sorgfältig ein, wie einen Säugling in seine Windeln, und nahm sie mit.

Die Stimme des Kapitäns Lemonis klang schwer und heiser. Ich war ganz Ohr. Er sprach von den bösen Dämonen, die die Schiffe erklettern und mitten im Sturm die Masten belecken.

«Wenn man sie anfaßt, sind sie weich und klebrig, und die Hände fangen Feuer. Ich strich meinen Schnurrbart und glänzte die ganze Nacht hindurch wie ein Teufel. Die Wogen überfluteten – wie gesagt – das Schiff, und die ganze Kohlenladung stand unter Wasser. Das Frachtgewicht stieg, das Schiff bekam Schlagseite. Aber Gott eilte uns zu Hilfe und schleuderte einen Blitzstrahl. Die Türen der Schiffsluken zersplitterten, und die See füllte sich mit Kohlen. Das Schiff wurde leichter, hob sich und war gerettet. Das ist vorbei!»

Ich zog meinen ‹Reisegefährten›, den kleinen Danteband, aus der Tasche, zündete meine Pfeife an, lehnte mich an die Wand und machte es mir bequem. Einen Augenblick wußte ich nicht so recht, aus welchem Gesang ich schöpfen sollte. Aus dem siedenden Pech der Hölle, aus der kühlenden Flamme des Fegefeuers? Oder sollte ich mich geradewegs in das höchste Stockwerk der menschlichen Hoffnung begeben? Ich hatte die Wahl. Ich hielt meinen mikroskopischen Dante in den Händen und freute mich über meine Freiheit. Die Verse, die ich wählte, sollten meinen Tageslauf bestimmen.

Ich beugte mich über diese dichteste aller Visionen, um endlich zu einem Entschluß zu kommen, aber es gelang mir nicht mehr. Unruhig reckte ich plötzlich meinen Kopf in die Höhe. Mir war, ich weiß nicht wie, als öffneten sich auf meinem Scheitel zwei Löcher. Ich wandte mich jäh und blickte hinter mich in die Richtung der Glastür. Wie ein Blitzstrahl durchzuckte die Hoffnung meinen Geist: ‹Ich werde meinen Freund wiedersehen.› Ich war bereit, das Wunder in mir zu empfangen. Aber es war ein Irrtum. Ein Unbekannter von ungefähr fünfundsechzig Jahren, hochgewachsen, hager, mit aufgesperrten Augen, hatte sein Gesicht an die Scheibe gepreßt und blickte mich an. Er hielt ein kleines plattes Bündel unter dem Arm.

Was mir besonderen Eindruck machte, waren seine Augen. Sie waren spöttisch, traurig, unruhig, ganz Feuer. So schien es mir wenigstens. Sobald sich unsere Blicke begegneten, war es, als sei er sich sicher, daß ich der war, den er suchte. Entschlossen öffnete er die Tür. Mit schnellen elastischen Schritten ging er an den Tischen vorbei und blieb vor mir stehen.

«Hast du eine Reise vor?» fragte er mich. «Wohin mit Gott?»

«Nach Kreta. Warum willst du das wissen?»

«Kannst du mich mitnehmen?»

Ich betrachtete ihn aufmerksam. Seine Wangen waren eingefallen, die Kinnbacken kräftig, die Backenknochen standen vor, sein Wuschelhaar war grau, die Augen sprühten Funken.

«Wieso? Was soll ich mit dir anfangen?»

Er hob seine Schultern.

«Wieso? Weshalb?» sagte er spöttisch. «Kann denn der Mensch nicht auch einmal etwas tun ohne ein Wieso? Einfach weil es ihm Spaß macht? Du könntest mich doch, sagen wir, als deinen Koch mitnehmen. Die Zubereitung von Suppen ist meine Spezialität.»

Ich konnte mich vor Lachen nicht halten. Sein burschikoses Benehmen und seine Worte gefielen mir. Auch gegen gute Suppen hatte ich nichts. Es wäre gar nicht so übel, dachte ich, diesen alten Galgenvogel auf meine Reise an das ferne einsame Gestade mitzunehmen. Suppen, angenehme Unterhaltungen… Wahrscheinlich war er in vielen Häfen vor Anker gegangen, ein zweiter ‹Sindbad der Seefahrer›. Er gefiel mir.

«Was denkst du lange darüber nach?» sagte er und bewegte

seinen mächtigen Kopf. «Hast du eine Waage bei dir? Wiegst du alles genau bis aufs Gramm nach? He, entschließe dich doch! Mut!»

Der baumlange, hagere Kerl stand noch immer vor mir, und es ermüdete mich, beim Sprechen den Kopf zu heben. Ich schloß meinen Dante.

«Setz dich!» sagte ich. «Nimmst du einen Salbeitee?»

«Salbeitee?» antwortete er verächtlich. «Wirt! Einen Rum!» Er trank den Rum schluckweise. Jeden einzelnen Schluck behielt er lange und genießerisch im Mund. Dann ließ er ihn langsam hinuntergleiten, um seine Eingeweide zu erwärmen.

‹Ein Schlemmer, ein Schwelger›, dachte ich.

«Was hast du für einen Beruf?» fragte ich ihn.

«Alle, die man mit Fuß, Hand und Kopf ausüben kann, alle. Das fehlte noch, daß ich da eine Auswahl treffe.»

«Wo hast du zuletzt gearbeitet?»

«In einem Bergwerk. Du mußt wissen, ich bin ein ausgezeichneter Kumpel. Ich verstehe mich auf Metalle, finde Erzgänge, öffne Stollen, steige in alle Schächte hinab und fürchte mich nicht. Ich arbeitete gut, war Werkführer, hatte mich über nichts zu beklagen. Leider machte mir der Teufel einen Strich durch die Rechnung. Am vergangenen Sonnabend hatte ich einen Zacken. Ausgerechnet an jenem Tage war der Besitzer des Bergwerks zur Besichtigung gekommen. Ich treffe ihn und prügle ihn windelweich.»

«Ja, aber warum denn? Was hatte er dir getan?»

«Mir? Nichts! Wirklich nichts! Ich sah den Mann zum erstenmal. Er verteilte sogar Zigaretten unter uns, der arme Kerl.»

«Na also?»

«Ach, was fragst du da noch! Das paßt mir gerade noch in den Kram, mein Bester. Denke an die Geschichte von der Müllerin! Kennt der Hintern der Müllerin die Rechtschreibung? Der Hintern der Müllerin ist der menschliche Geist.»

Ich hatte zwar schon so manche Definition des menschlichen

Geistes gelesen, aber diese war doch die erstaunlichste, sie gefiel mir. Ich sah mir den neuen Kameraden genau an: sein Gesicht war voller Runzeln, zerhackt, wurmstichig, wie zerfressen von Sonnenbränden und Regenschauern. Ein anderes Antlitz machte nach einigen Jahren den gleichen Eindruck eines bearbeiteten, leidenden Holzstücks auf mich: das Gesicht des Panait Istrati.

«Und was hast du da in deinem Bündel? Nahrungsmittel? Kleider? Arbeitsgeräte?»

Er hob seine Schultern und lachte.

«Du kommst mir wirklich wie die Unschuld vom Lande vor», sagte er. «Nimm mir's nicht übel!»

Er streichelte mit seinen langen harten Fingern das Bündel.

«Nein», fuhr er fort, «das ist ein Santuri.»

«Ein Santuri! Spielst du denn Santuri?»

«Wenn ich zuweilen aus Geldmangel vor die Hunde komme, treibe ich mich in den Kaffeehäusern umher und spiele Santuri. Dazu singe ich auch einige alte mazedonische Klephtenlieder. Und dann reiche ich das Tablett herum. Schau! Diese Mütze! Sie füllt sich sofort mit Kleingeld.»

«Wie heißt du?»

«Alexis Sorbas. Man nennt mich auch Telegraphenmast, um mich zu verulken, weil ich aussehe wie ein baumlanger Mönch und mein Kopf einem Käsekuchen gleicht. Das ist mir aber ganz gleich! Manche nennen mich auch ‹Zakatzuka›, weil ich früher mal geröstete Kürbiskerne verkaufte. Außerdem heiße ich auch Peronospora; man behauptet, wohin ich auch gehe, wird alles zu Pulver und Staub. Ich habe noch andere Spitznamen, aber davon ein andermal...»

«Wie hast du Santuri gelernt?»

«Mit zwanzig Jahren. Auf einem Jahrmarkt, in meinem Dorf, hörte ich zum erstenmal Santuri, dort am Fuße des Olymps. Das verschlug mir den Atem. Drei Tage lang konnte ich keinen Bissen in den Mund nehmen. ‹Was fehlt dir denn?› sagte mir mein Vater, Gott hab ihn selig. ‹Ich will Santuri lernen.› – ‹Bist du ein Zigeuner? Du? Schämst du dich nicht? Du

willst ein Musiker werden?› – ‹Ich will Santuri lernen!› Ich
hatte damals einige Ersparnisse, um zu heiraten, falls der
Augenblick kam. Du siehst, was für ein grüner Junge ich noch
war: ich Böcklein wollte heiraten! Also gab ich alles, was ich
besaß und nicht besaß, hin und kaufte mir ein Santuri. Das
hier! Ich nahm es mit mir, ging nach Saloniki, wurde dort mit
einem türkischen Lebemann bekannt, Retsep Effendi, der Unterricht im Santuri gab. Ich falle ihm zu Füßen. ‹Was willst du,
kleiner Grieche?› fragt er mich. ‹Ich möchte Santuri spielen
lernen!› – ‹Gut! Und warum fällst du mir dann zu Füßen?› –
‹Ich hab kein Geld, um dich zu bezahlen.› – ‹Hast du so großes
Verlangen danach?› – ‹Ja.› – ‹Also gut! Ich brauche kein
Geld!› Ich blieb ein ganzes Jahr bei ihm und lernte eifrig. Gott
möge seine Gebeine heiligen! Ich vermute, daß er schon gestorben ist. Wenn Gott auch Hunden den Eintritt ins Paradies ge-
stattet, dann sollte er auch Retsep Effendi aufnehmen. Seit der
Zeit, als ich das Santurispiel lernte, wurde ich ein anderer
Mensch. Wenn ich irgendwelche Unannehmlichkeiten habe
oder die Armut mich plagt, dann spiele ich Santuri, und mir
wird leichter ums Herz. Wenn ich spiele, kann einer mit mir
sprechen – ich höre nichts, und höre ich, so kann ich nicht
antworten. Ich möchte wohl, aber kann nicht.»

«Aber warum denn, Sorbas?»

«Ja, siehst du, es ist eben eine Leidenschaft!»

Die Tür öffnete sich. Das Rauschen des Meeres drang wieder
bis in das Kaffeehaus. Hände und Füße waren verklemmt. Ich
drückte mich noch tiefer in meine Ecke, wickelte mich in meinen Mantel ein und fühlte mich unbeschreiblich glücklich.

‹Wohin mit mir?› dachte ich. ‹Hier geht's mir gut. Könnte
doch dieser Augenblick Jahre so anhalten!›

Ich beobachtete den sonderbaren Gast vor mir. Sein Auge
hielt mich fest: klein, rund, pechschwarz, mit roten Äderchen
auf der Hornhaut. Ich fühlte, wie es mich unablässig durch-
forschte und ergründete.

«Na, und dann?» sagte ich.

Sorbas hob wieder seine mageren Schultern.

«Lassen wir das!» entgegnete er. «Gib mir lieber eine Zigarette!»

Ich reichte sie ihm. Er nahm aus seiner Westentasche Feuerstein und Zündschnur und zog mit halbgeschlossenen Augen vergnügt an der Zigarette.

«Bist du verheiratet?»

«Bin ich nicht auch ein Mensch?» sagte er nervös. «Bin ich nicht auch ein Mensch? Das heißt ein Blinder? Auch ich stürzte in die Grube, in die auch meine Vorfahren gefallen sind. Von nun an ging es abwärts. Ich baute mir ein Haus, brachte Kinder zur Welt, wurde Familienvater. Ein geplagter Mensch! Gut, daß ich wenigstens noch mein Santuri habe.»

«Spieltest du drauf zu Haus, um die trüben Gedanken loszuwerden? Es ist doch so, nicht wahr?»

«Aber mein Lieber! Man merkt's, daß du kein Instrument spielst! Was schwätzt du da! Zu Haus gibt's nur Sorgen! Frau und Kinder! Was werden wir essen? Was werden wir anziehen? Was wird aus uns werden? Eine wahre Hölle! Das Santuri braucht ein frohes Herz. Wenn mir meine Frau eine Gardinenpredigt hält, wie kann man da erwarten, daß ich das Santuri in die Hand nehme? Wenn die Kinder hungrig sind und jammern, möchte ich sehen, ob du da Santuri spielen kannst. Beim Santurispiel kann man nur an das Santuri denken. Kapiert?»

Es war mir klar, daß dieser Sorbas der Mensch war, nach dem ich so lange suchte und den ich bisher nicht hatte finden können. Ein lebendiges Herz, eine warme Kehle, eine unverbrauchte große Seele, die sich noch nicht von ihrer Mutter, der Erde, getrennt hatte, wie der Säugling von der Nabelschnur.

Was hieß Kunst, Schönheitssinn, Keuschheit, Leidenschaft – dieser Arbeiter setzte mir das mit einfachen menschlichen Worten auseinander. Ich sah diese Hände, die mit der Spitzhacke und mit dem Santuri in gleicher Weise umgehen konnten – voller Knoten und Falten, verarbeitet und sehnig. Sorgfältig und zärtlich öffneten sie die Hülle, als entkleideten sie eine Frau, und zogen ein altersglattes Santuri hervor, mit vielen Saiten, Verzierungen aus Bronze und Perlmutter und mit einer roten Seidenquaste am Griff. Die dicken Finger streichelten es langsam, leidenschaftlich, wie man eine Frau streichelt. Und dann hüllten sie es wieder ein, wie man einen lieben Körper einhüllt, damit er nicht friere.

«Hier, das ist es!» murmelte er zärtlich und legte es vorsichtig auf den Stuhl.

Die Seeleute stießen jetzt miteinander an und lachten laut. Der Alte klopfte den Kapitän Lemonis vertraulich auf den Rücken.

«Du hattest aber wirklich ein verdammtes Schwein, Kapitän Lemonis, nicht wahr? Wer weiß, wie viele Kerzen du dem heiligen Nikolaus versprochen hast!»

Der Kapitän runzelte seine stachligen Brauen.

«Jungens, ich schwöre euch beim Meere, als ich den Tod vor mir sah, dachte ich weder an die Großmutter noch an den heiligen Nikolaus. Ich blickte in die Richtung von Salamis, erinnerte mich meiner Frau und rief: ‹Ach, Katerina, läge ich doch jetzt in deinem Bett!›»

Die Seeleute lachten wieder wie närrisch. Auch der Kapitän Lemonis lachte.

«Was ist der Mensch doch für ein Raubtier!» sagte er.

«Der Erzengel mit dem Schwerte steht vor ihm, aber er denkt nur immer an das! Pfui Teufel! Wie gemein!» Er klatschte in die Hände.

«Wirt!» rief er. «Bring den Leuten was zu trinken!»

Sorbas hatte bei dem Gespräch die Ohren gespitzt.

Dann wandte er sich um, blickte auf die Seeleute und schließlich auf mich.

«Er denkt nur immer an das», sagte er. «Was meint er damit?»

Aber plötzlich ging ihm ein Licht auf.

«Bravo!» rief er begeistert. «Diese Seeleute kennen das Geheimnis, weil sie Tag und Nacht mit dem Tode ringen.»

Er fuhr mit seiner großen Hand durch die Luft.

«Schluß damit! Das ist eine andere Geschichte», sagte er.

«Zurück zu unserem Thema! Soll ich hierbleiben? Soll ich mitkommen? Entschließe dich!»

«Sorbas», antwortete ich, und nur mit Mühe und Not beherrschte ich mich, um nicht seine Hand zu drücken. «Sorbas, einverstanden. Du kommst mit. Ich habe Braunkohlen auf Kreta, du wirst die Arbeiter beaufsichtigen. Abends strecken wir uns dann am Strand aus – ich habe weder Frau noch Kinder, noch Hunde – und lassen uns Essen und Trinken schmekken. Und du spielst das Santuri. Wenn du Lust hast.»

«Wenn ich Lust habe! Schuften für dich, soviel wie du willst. Dein Sklave! Aber das mit dem Santuri ist was Besonderes. Dieses Instrument ist ein Raubtier, es will Freiheit. Wenn ich dazu aufgelegt bin, werde ich spielen. Sogar singen werde ich. Und tanzen werde ich den ‹Seibekiko›, den ‹Chasapiko›, den ‹Pentosali›. Aber – versteht sich – ich muß dazu aufgelegt sein. Klare Rechnung, du darfst mich nicht zwingen. Dann hast du mich verloren. In der Hinsicht – mußt du wissen – bin ich ein Mensch»

«Ein Mensch? Was meinst du damit?»

«Na, ein *freier* Mensch.»

«Wirt!» rief ich. «Noch einen Rum!»

«Zwei Rum!» fuhr Sorbas dazwischen. «Du mußt auch einen trinken zum Anstoßen. Salbeitee und Rum passen nicht zusammen. Auch du mußt Rum trinken. Damit unsere Abmachung hält.»

Wir stießen an. Es war schon heller Tag. Die Sirene ertönte. Der Bootsführer, der meine Koffer auf das Schiff gebracht hatte, winkte mir.

«In Gottes Namen, wir müssen los!» sagte ich.

Sorbas bückte sich, nahm das Santuri unter den Arm, öffnete die Tür und trat als erster hinaus.

II

Ein blaues Meer, ein lieblicher Herbst! Die Inseln waren in Licht getaucht. Ein feiner durchsichtiger Regenschleier bedeckte die unsterbliche Nacktheit Griechenlands. Glücklich der Mensch, dachte ich, der vor seinem Tod für würdig befunden wird, das Ägäische Meer zu befahren. Viele Freuden bietet diese Welt – Frauen, Früchte, große Ideen. Doch gibt es, glaube ich, keine Freude, die das menschliche Herz so bewegt, so tief in das Paradies versenken kann, als wenn man, den Namen jeder einzelnen Insel flüsternd, auf einem hellenischen Schiff die Wogen dieses Meeres durchfurcht. Nirgends woanders wird man so friedlich und behaglich aus der Wirklichkeit in den Traum versetzt. Die Grenzen verschwimmen, und die Masten selbst des altersschwächsten Schiffes treiben Knospen und Weintrauben. Man glaubt, hier in Griechenland ist das Wunder die Blüte der Notwendigkeit.

Gegen Mittag hatte der Regen nachgelassen. Die Sonne zerriß die Wolken, zeigte sich erfrischend, zart, neugebadet und hätschelte mit ihren Strahlen die geliebten Gewässer und Küsten. Ich stand am Bug des Schiffes und genoß das Wunder bis zum fernen Horizont.

Hinter mir auf dem Verdeck die Krämerseelen mit den gierigen Augen, die Kirchturmspolitiker mit ihrem Geschwätz, ein verstimmtes Klavier, ehrbare giftspritzende Damen – eine übelwollende, monotone Provinzmisere. Es war einem, als müsse man das Schiff an beiden Enden packen, es ins Meer tauchen, gut schütteln, um alle Lebewesen darauf – Menschen, Mäuse, Wanzen – fortzuschwemmen, und es dann wieder leer und frischgewaschen an die Oberfläche bringen. Gleich aber ergriff mich wieder das Mitleid. Ein buddhistisches, kaltes Mitleid, das Ergebnis komplizierter, metaphysischer Gedankengänge. Ein Mitleid nicht nur mit den Menschen, sondern mit der ganzen Welt, die kämpft, schreit, weint, hofft und nicht einsieht, daß alles nur eine Vorspiegelung von Trugbildern des Nichts ist. Mitleid mit den Fahrgästen, Mitleid mit dem Schiff, dem Meer, mit mir selbst, dem Braunkohlenunternehmen und dem Buddhamanuskript, mit allen diesen eitlen Komplexen von Schatten und Licht, die die reine Luft in Aufruhr versetzen und besudeln. Ich beobachtete Sorbas. Er saß. wachsbleich, in Gedanken versunken, am Bug des Schiffes auf einer Taurolle. Er roch an einer Zitrone, spitzte seine langen Ohren und sah zu, wie die Passagiere sich stritten. Die einen waren für den König, die anderen für Venizelos. Er schüttelte seinen Kopf und spuckte aus.

«Alles olle Kamellen!» murmelte er verächtlich, «Sie haben keine Scham im Leib!»

«Olle Kamellen? Was meinst du damit?»

«Na alles das! Könige, Präsidenten, Abgeordnete! Albernes Zeug!»

Für Sorbas waren die Zeitereignisse nur noch ‹olle Kamellen›, so sehr hatte er alles in sich überwunden. Der Telegraph, das Dampfschiff, die Eisenbahn, die landläufige Ethik, das Vaterland, die Religion erschienen ihm wie ein Haufen Schrott. Seine Seele eilte den irdischen Geschehnissen voraus.

Die Taue an den Masten knirschten, die Küsten tanzten, die Frauen wurden gelb wie Goldmünzen. Sie streckten die Waffen – Schminke, Haarnadeln, Haarkämme –, die Lippen wurden bleich, die Fingernägel blau. Die alten Krähen mauserten sich, die fremden Federn fielen – Schleifen, falsche Brauen, Schönheitspfläuterchen, Brusttücher – und wenn man sie so nahe dem Brechreiz beobachtete, überkam einen Ekel und großes Mitleid.

Auch Sorbas wurde gelb und grün, und sein funkelndes Auge trübte sich. Erst gegen Abend wurden seine Augen wieder lebhafter. Er streckte die Hand aus und zeigte mir zwei hüpfende Delphine, die mit dem Schiff um die Wette schwammen.

«Delphine!» rief er erfreut.

Da bemerkte ich zum erstenmal, daß die Hälfte des Zeigefingers seiner linken Hand fehlte.

«Was hast du da an deinem Finger, Sorbas?» rief ich.

«Nichts!» erwiderte er, verärgert, daß ich nicht genügend auf die Delphine achtete.

«Hat eine Maschine ihn abgehackt?» beharrte ich.

«Eine Maschine? Unsinn! Ich selber habe ihn mir abgeschnitten»

«Du selbst? Aber warum denn?»

«Ach was! Davon verstehst du doch nichts!» sagte er und hob die Schultern. «Ich habe dir doch schon gesagt, daß ich in allen Künsten bewandert bin. Einmal spielte ich auch Töpfer. Ich war ganz närrisch in diese Kunst verliebt. Du kannst dir gar nicht vorstellen, was es heißt, einen Klumpen Tonerde herzunehmen und daraus alles, was du willst, zu machen. Frrr! surrt das Rad, die Tonerde windet sich wie verrückt, und du stehst dabei und sagst: Ich werde einen Krug, werde einen Teller machen, ich werde einen Leuchter, ich werde den Teufel machen! Das bedeutet Mensch sein, sag ich dir, nämlich Freiheit!» Er hatte die Seekrankheit vergessen. Er biß nicht mehr in die Zitrone, sein Auge wurde wieder klar.

«Also?» fragte ich. «Und der Finger?»

«War mir am Rad nur ein Hindernis. Er stand mir immer im Weg und verdarb mir meine Pläne. Ich nahm also eines schönen Tages das Beil…

«Tat es nicht weh?»

«Wieso nicht? Bin ich denn ein Holzklotz? Ein Mensch bin ich, es tat mir schon weh. Er behinderte mich aber, wie gesagt, bei meiner Arbeit. Also weg damit!»

Die Sonne ging unter, die See beruhigte sich allmählich, die Wolken zerstreuten sich. Der Abendstern funkelte am Himmel. Ich blickte auf das Meer, ich schaute auf den Himmel und wurde nachdenklich… So zu lieben, die Axt zu nehmen, sich ein Glied abzuhacken und zu leiden… Doch unterdrückte ich meine Bewegung.

«Kein gutes System das, Sorbas!» sagte ich lachend. «So sah einmal, wie die Legende berichtet, ein Asket eine Frau, die seine männlichen Gefühle reizte, er nahm ein Beil und…»

«Hol ihn der Teufel!» unterbrach mich Sorbas, der erriet, was ich sagen wollte. «Das Ding abhacken! Zum Teufel der Dummkopf! Das harmlose Ding ist doch niemals ein Hindernis.»

«Wieso?» beharrte ich. «Sogar ein großes.»

«Woran soll es mich hindern?»

«In den Himmel zu kommen.»

Sorbas blickte mich spöttisch von der Seite an.

«Aber, du blöder Kerl», sagte er, «das ist doch gerade der Schlüssel zum Paradies!»

Er hob den Kopf und schaute mir ins Gesicht, als wolle er feststellen, wie ich über das künftige Leben, das Himmelreich, Frauen und Priester dächte. Aber ich glaube, daß er da nicht viel herauslas. Nachdenklich schüttelte er seinen grauen, wurmstichigen Kopf. «Verstümmelte kommen nicht ins Paradies!» sagte er und schwieg.

Ich streckte mich in meiner Kajüte aus und nahm ein Buch zur Hand. Buddha beherrschte immer noch all mein Sinnen und Trachten. Ich las den ‹Dialog Buddhas mit dem Hirten›, der mir in den letzten Jahren Frieden und Sicherheit zu schenken pflegte.

‹Der Hirte: – Mein Essen ist gekocht, meine Schafe sind gemolken. Die Tür meiner Hütte ist verriegelt, mein Herdfeuer brennt. Nun magst du, Himmel, regnen, soviel du willst!

Buddha: – Ich brauche keine Speisen und Milch mehr. Die Winde sind meine Hütte, und mein Feuer ist erloschen. Nun magst du, Himmel, regnen, soviel du willst!

Der Hirte: – Ich habe Ochsen, ich habe Kühe, ich habe von den Vätern ererbte Weiden und einen Stier, der meine Kühe bespringt. Nun magst du, Himmel, regnen, soviel du willst!

Buddha: – Ich habe weder Ochsen noch Kühe. Ich habe keine Weiden. Ich habe nichts. Ich fürchte nichts. Nun magst du, Himmel, regnen, soviel du willst!

Der Hirte: – Ich habe eine gehorsame und treue Hirtin. Sie ist seit Jahren meine Frau, und ich freue mich, nachts mit ihr zu spielen. Nun magst du, Himmel, regnen, soviel du willst!

Buddha: – Ich habe eine gehorsame und freie Seele. Seit vielen Jahren richte ich sie dazu ab und lehre sie, mit mir zu spielen. Nun magst du, Himmel, regnen, soviel du willst!›

Noch während diese beiden Stimmen redeten, schlief ich ein. Ein heftiger Wind hatte sich von neuem erhoben, und die Wogen brachen sich am Glas des Bullauges. Ich schwebte, halb eine dichte, halb eine leichte Dampfwolke, zwischen Schlaf und Wachsein. Die Wogen hatten sich in einen Seesturm verwandelt, die Weiden versanken im Meer, die Ochsen, die Kühe, der Stier ertranken. Der Wind riß das Dach von der Hütte und löschte das Herdfeuer. Die Frau schrie laut auf und wälzte sich im Schlamm. Der Hirte stimmte ein Klagelied an und jammerte – ich weiß nicht, was er sagte –, und ich glitt immer tiefer in den Schlaf, wie ein Fisch in das Meer.

Als ich bei Tagesanbruch erwachte, breitete sich rechts vor uns die große, herrscherliche Insel aus, wild und stolz, und die Berge lächelten dampfend und friedlich in der Herbstsonne. Das Meer um uns schäumte indigoblau.

Sorbas, in eine dicke braune Decke gewickelt, konnte sich an der Insel nicht satt sehen. Sein Auge flog von den Bergen zur Ebene und erforschte dann jedes einzelne Gestade. Als ob ihm alle diese Gegenden schon bekannt seien, freute er sich jetzt, im Geiste sie wieder zu betreten.

Ich näherte mich ihm und berührte seine Schulter.

«Sicher kommst du nicht das erste Mal nach Kreta, Sorbas!» sagte ich. «Du beobachtest ja die Insel wie eine alte Freundin.»

Er gähnte faul. Ich merkte, daß er keine Lust hatte, sich zu unterhalten. Ich lachte.

«Hast du keine Lust zum Reden, Sorbas?»

«Das nicht, Chef», antwortete er, «aber es wird mir schwer.»

«Es wird dir schwer?»

Er antwortete nicht sofort. Langsam schweiften seine Blicke wieder die Ufer entlang. Er hatte auf dem Verdeck geschlafen, und seine grauen Wuschelhaare trieften von Morgentau. All die tiefen Falten auf seinen Wangen, am Kinn und am Hals waren jetzt, da die Sonne aufgegangen war, restlos zu sehen.

Endlich bewegten sich seine dicken Lippen, die wie die eines Ziegenbocks herabhingen.

«Es wird mir schwer, so in aller Frühe meinen Mund zum Sprechen zu öffnen», sagte er. «Verzeihung!»

Er schwieg und stierte wieder mit seinem runden Auge auf Kreta.

Die Schiffsglocke rief zum ersten Frühstück. Aus den Kajüten krochen chlorgrüne, zerknitterte Gesichter. Frauen mit zerzausten Frisuren schwankten taumelnd von Tisch zu Tisch. Sie rochen nach erbrochenen Speisen und Kölnisch Wasser, und ihre Augen waren trübe, schreckensweit und blöde.

Sorbas saß mir gegenüber und schlürfte seinen Kaffee mit tierischem Behagen. Er strich sein Brot mit Butter und Honig und aß. Es war ihm leichter ums Herz, sein Gesichtsausdruck wurde milder, sein Mund schien zu lächeln. Ich beobachtete mit heimlicher Freude, wie er allmählich nach dem Schlaf und der Ruhe lebhafter wurde und seine Augen an Glanz zunahmen.

Er zündete sich eine Zigarette an, sog gierig daran, und seine behaarten Nasenlöcher bliesen blaue Wölkchen in die Luft. Er krümmte sein rechtes Bein und setzte sich mit gekreuzten Füßen nieder. Jetzt war es soweit, daß er reden konnte.

«Ob ich zum erstenmal nach Kreta komme?» begann er mit halbgeschlossenen Augen und blickte aus dem Fenster in die Ferne zum Ida hinüber, der nach und nach hinter uns verschwand. «Nein, es ist nicht das erste Mal. Man schrieb 96, ich war in den besten Mannesjahren. Mein Bart und Haar hatten noch ihre echte Farbe, pechschwarz. Ich besaß noch meine zweiunddreißig Zähne. Wenn ich mich betrank, aß ich zuerst die Pasteten, dann den zugehörigen Teller. Und ausgerechnet damals wollte der Teufel, daß mal wieder ein Aufstand auf Kreta ausbrach.

Ich war damals Hausierer. Ich wanderte in Mazedonien von

Dorf zu Dorf, verkaufte Kurzwaren und tauschte dafür Käse, Wolle, Butter, Kaninchen und Mais ein, die ich wiederverkaufte und so das Doppelte verdiente. In jedem Dorfe kannte ich, wenn der Abend kam, ein Haus zum Übernachten – in jedem Dorfe findet sich immer eine mitleidige Witwe. Ich gab ihr also eine Zwirnrolle oder einen Kamm oder ein Kopftuch, natürlich ein schwarzes, wegen des seligen Gemahls, und ich legte mich mit ihr schlafen. Das kostete nicht viel.

Also wie gesagt, so wollte es der Teufel, die Kreter griffen wieder zur Flinte. ‹Verflucht!› sagte ich. ‹Kann denn dieses Kreta uns nicht endlich in Ruhe lassen?› Ich ließ die Zwirnrollen und die Kämme im Stich, nahm eine Knarre, vereinigte mich mit anderen Tagedieben, und wir brachen nach Kreta auf.»

Er schwieg. Wir fuhren eben einen sandigen ruhigen Strand entlang. Die Wogen drangen hier ohne Aufprall in eine kleine Bucht und hinterließen nur einige Schaumflocken auf dem Ufer. Die Wolken hatten sich verzogen, die Sonne strahlte, und das wilde Kreta lächelte friedlich.

Sorbas wandte sich mir wieder zu und blickte mich spöttisch an.

«Chef, du darfst ja nicht glauben, daß ich mich nun hinsetze und dir ausführlich berichte, wie vielen Türken ich den Kopf abgeschlagen und wie viele türkische Ohren ich in Spiritus gelegt habe, wie es in Kreta üblich ist. Nichts davon! Hab keine Lust. Ich schäme mich. Jetzt, wo ich vernünftig geworden bin, denke ich oft darüber nach, wie furchtbar es doch ist, einem Menschen, der einem nichts zuleide getan hat, die Nase abzuschneiden, das Ohr abzureißen, den Bauch aufzuschlitzen und dabei noch Gott anzuflehen, ‹unsere Waffen zu segnen›, das heißt, ihm zuzumuten, ebenfalls Nasen und Ohren abzuschneiden und Bäuche aufzuschlitzen.

Damals kochte mir freilich, wie du siehst, das Blut in den Adern. Wie hätte ich mir über so etwas Gedanken machen sollen! Die richtigen, die ehrlichen Gedanken brauchen Ruhe, Greisenalter, Zahnlosigkeit. Wenn du keine Zähne mehr hast, ist es keine Kunst zu sagen: ‹Schämt euch, Jungens, beißt euch nicht!› Aber wenn du noch deine zweiunddreißig Zähne hast... Der Mensch ist in seiner Jugend ein Raubtier, ein wildes Raubtier, und er frißt Menschen!»

Er wiegte den Kopf.

«Er ißt auch Lämmer und Hühner und Ferkel», fügte er hinzu und zerdrückte die Zigarette auf der Untertasse. «Aber wenn er nicht auch einen Menschen verzehrt, wird er nicht satt. Nein, er wird nicht satt. Was meinst du, gelehrtes Haus?»

Aber ohne eine Antwort abzuwarten, fuhr er mit prüfenden Blicken fort: «Was kannst du auch sagen? Wie ich verstehe, haben Euer Hochwohlgeboren niemals gehungert, niemals gemordet, niemals Ehebruch getrieben. Was weißt du also von der Welt? Gehirnerweichung, der Sonne ausgesetztes Fleisch...» murmelte er mit offener Verachtung.

Und ich schämte mich meiner feinen Hände, meines blassen Gesichtes, meines harmlosen Lebens.

«Meinetwegen», sagte Sorbas und strich herablassend mit der flachen Hand über den Tisch, als wolle er mit einem Schwamm eine Wandtafel abwischen. «Meinetwegen. Eins möchte ich doch nur noch fragen. Du wirst wohl schon einen ganzen Koffer voll Schmöker gelesen haben, du kannst es vielleicht wissen...»

«Gut! Sprich, Sorbas!»

«Hier handelt es sich um ein Wunder, Herr... um ein ganz merkwürdiges Wunder, so daß mir der Verstand stillsteht. Alle diese Schandtaten, diese Plündereien und Metzeleien, die wir Rebellen leisteten, brachten den Prinzen Georg nach Kreta und schenkten uns die Freiheit.» Er stierte mich mit aufgerissenen erstaunten Augen an.

«Eine mysteriöse Geschichte!» murmelte er. «Eine seltsame Geschichte. Für den Triumph der Freiheit in der Welt sind Mord und Totschlag nötig. Wenn ich dir nämlich alle Schandtaten aufzählen wollte, die wir damals begingen, würden dir die Haare zu Berge stehen. Und doch, was war das Resultat? Die Freiheit! Anstatt daß der liebe Gott seinen Blitzstrahl gegen uns schleuderte, schenkte er uns die Freiheit! Das kann ich nicht kapieren.»

Er schaute mich hilflos an. Man merkte, daß ihn dieses Problem sehr quälte und daß er mit ihm nicht zu Rande kam.

«Verstehst *du* das?» fragte er beklommen.

Was sollte ich davon verstehen? Was sollte ich ihm antworten? Entweder gibt es das, was wir Gott nennen, nicht, oder Gott liebt Mord und Schandtaten. Oder das, was wir mit Mord und Schandtaten bezeichnen, ist für das Ringen um die Freiheit in der Welt unentbehrlich...

Ich bemühte mich, für Sorbas eine andere, einfachere Erklärung zu finden. «Wie wächst und gedeiht aus Mist und Dreck eine Blume?» sagte ich. «Nehmen wir an, Sorbas, der Mensch sei der Mist und die Freiheit die Blume.»

«Gut! Aber das Samenkorn!» entgegnete er, mit der Faust auf den Tisch schlagend. «Damit die Blume wächst, ist das Samenkorn not. Wer hat denn ein solches Samenkorn in unsere dreckigen Eingeweide gelegt? Und warum entsteht dann nicht aus diesem Samenkorn die Blume der Güte und Ehrenhaftigkeit? Warum verlangt es Blut und Dreck?»

Ich schüttelte den Kopf.

«Ich weiß nicht», sagte ich.

«Wer weiß es?»

«Niemand.»

«Ja», rief Sorbas verzweifelt und blickte grimmig um sich, «was aber habe ich dann von Dampfschiffen, Maschinen und steifen Kragen?»

Zwei, drei von der Seekrankheit ziemlich erledigte Passagiere, die am Nebentisch saßen und Kaffee tranken, lebten wieder auf, ahnten einen Krach und spitzten die Ohren.

Sorbas paßte es nicht, daß man ihm zuhörte, er dämpfte die Stimme. «Lassen wir das!» sagte er. «Wenn ich daran denke, ist mir, als müsse ich alles, was ich in die Hand bekomme, kaputtschlagen, jeden Stuhl, jede Lampe, oder meinen Schädel gegen die Wand. Und hernach? Was habe ich davon? Hol mich der Teufel! Entweder muß ich den angerichteten Schaden bezahlen, oder ich gehe in die Apotheke, um meinen Kopf verbinden zu lassen. Und wenn es einen Gott gibt, um so schlimmer. Dann ist alles futsch! Er wird mir vom Himmel zuschauen und vor Lachen platzen.»

Jäh erhob er seine Hand, als verjage er eine lästige Fliege.

«Mit einem Wort!» sagte er gelangweilt. «Was ich dir sagen wollte, ist folgendes: Als das königliche Schiff im Flaggenschmuck in den Hafen einfuhr und die Kanonen erdröhnten und der Prinz seinen Fuß auf kretischen Boden setzte... Hast du jemals ein Volk in seiner kollektiven Verrücktheit toben sehen, im Anblick der Freiheit? Nein? Dann bist du blind geboren, mein Bester, und wirst blind sterben. Ich, und wenn ich tausend Jahre leben sollte und nur noch ein kleines Stück Fleisch zum Leben hätte, ich könnte das, was ich an jenem Tage erlebte, nie wieder vergessen. Und wenn es jedem Menschen möglich wäre, sich sein Paradies im Himmel auszusuchen, nach seinem Geschmack – so müßte es sein! Das heißt Paradies! –, ich würde zu Gott sagen: ‹Laß, lieber Gott, mein Paradies ein mit Myrten und Flaggen geschmücktes Kreta sein! Laß den Augenblick, in dem der Fuß des Prinzen Georg Kreta betritt, ewig währen. Ich will nichts anderes von dir.›»

Sorbas schwieg von neuem. Er strich seinen Schnurrbart, füllte sich bis zum Rand ein Glas mit eiskaltem Wasser und trank es in einem Zug.

«Was war denn in Kreta los, Sorbas? Sprich!»

«Wollen wir Phrasen dreschen?» sagte er aufgeregt. «Ich sage dir doch, diese Welt ist mysteriös und der Mensch ein großes Vieh. Ein großes Vieh und ein großer Gott. Einer von den Insurgenten, ein Verbrechertyp, der mit mir zusammen aus Mazedonien nach Kreta gekommen war – Jorgaros hieß er – und der den Galgen hundertmal verdient hatte, ein schmutziges Schwein, weinte eines schönen Tages. ‹Was flennst du, Jorgaros›, sagte ich ihm, und auch meine Augen fließen wie die Brünnlein. ‹Warum weinst du, du Sau!› Er aber umarmte mich, schleckte mich ab und weinte wie ein kleines Kind. Dann zog der Geizkragen seinen Geldbeutel, leerte in seine Schürze die

Goldstücke, die er den erschlagenen Türken bei der Plünderung ihrer Häuser gestohlen hatte, und warf sie mit vollen Händen in die Luft. Hast du es jetzt kapiert, Chef? Das ist die Freiheit!»

Ich erhob mich und stieg auf die Kommandobrücke, um frische Luft zu schöpfen.

Das ist die Freiheit, dachte ich. Eine Leidenschaft haben, Goldstücke sammeln und dann auf einmal die Leidenschaft überwinden und den Schatz in alle vier Winde verstreuen! Sich von einer Leidenschaft befreien, indem man einer anderen, höheren gehorcht... Aber ist das nicht ebenfalls eine Sklaverei? Sich für eine Idee, für seine Rasse, für Gott zu opfern? Oder wird nicht, je höher der Herr steht, der Strick unserer Knechtschaft desto länger? Und dann tummeln wir uns, spielen und springen auf einer geräumigen Tenne und sterben, ohne jemals das Ende des Strickes zu finden. Und das nennen wir Freiheit?

Am Nachmittag erreichten wir unser sandiges Gestade. Ein weißer, feinkörniger Sand, Oleanderbüsche, die noch blühten, Feigenbäume, Johannisbrotbäume und weiter rechts ein niedriger, grauer, baumloser Hügel, der dem umgedrehten Gesicht einer Frau glich. Und unter ihrem Kinn, am Hals, liefen die braunschwarzen Adern – Braunkohlenadern.

Ein Herbstwind blies, Federwölkchen zogen eilig über den Himmel und sänftigten mit ihrem Schatten die Erde. Andere stiegen drohend empor. Bald war die Sonne hinter ihnen verborgen, bald war sie wieder frei, und das Antlitz der Erde klärte sich auf oder verfinsterte sich wie ein lebendiges und erregtes Menschenantlitz. Ich stand versunken am Strand. Die heilige Einsamkeit breitete sich giftig, verführerisch wie die Wüste vor mir aus. Der buddhistische Sirenengesang erhob sich vom Erdboden und schmeichelte sich in mein Innerstes ein: ‹Wann kann ich mich endlich in die Einsamkeit zurückziehen – allein, ohne Gefährten, nur mit der heiligen Gewißheit, daß alles ein Traum ist? – Wann werde ich mich mit meinen Lumpen – ohne Wünsche – fröhlich ins Gebirge zurückziehen?

Wann werde ich mich in der Erkenntnis, daß mein Körper nichts anderes ist als Krankheit und Frevel, Alter und Tod – frei und furchtlos, voller Freude – in den Wald zurückziehen? – Wann? Wann? Wann?›

Sorbas näherte sich, das Santuri unter dem Arm.

«Siehst du die Braunkohle da?» sagte ich, um meine Aufregung zu verbergen, und streckte die Hand in die Richtung des umgedrehten Frauengesichtes.

Aber Sorbas senkte die Augenbrauen, ohne sich umzuwenden.

«Ein anderes Mal, Chef», sagte er. «Erst soll mal die Erde stillstehen. Sie bewegt sich noch, hol's der Teufel, die Dame bewegt sich noch wie ein Schiffsverdeck. Gehen wir schnell ins Dorf!»

Sprach's und wollte sich auf den Weg machen.

Zwei barfüßige Gassenjungen, sonnengebräunt wie Fellachenkinder, liefen herbei und luden die Koffer auf ihre Rücken. Ein dicker, blauäugiger Zollbeamter rauchte in der Baracke, die das Zollamt darstellte, seine Wasserpfeife. Er blickte uns von der Seite an, warf einen langgezogenen Blick in die Koffer, bewegte sich für einen Moment von seinem Stuhle und tat so, als wolle er aufstehen. Aber er brachte es nicht fertig. Langsam hob er den Pfeifenschlauch in die Höhe und sagte schläfrig:

«Willkommen!»

Der eine von den Gassenjungen näherte sich. Er blinzelte mit seinen olivenschwarzen Augen und sagte spöttisch:

«Der ist vom Festland! Er ist zu faul dazu.»

«Sind denn nicht auch die Kreter faule Bäuche, wie der Apostel sagt?»

«Schon!» antwortete der kleine Kreter. «Aber auf andere Weise.»

«Ist das Dorf weit?»

«Bah! Einen Flintenschuß! Sieh! Dort hinter den Gärten, in der Schlucht. Ein gutes Dorf, Herr! Das reine Schlaraffenland: Johannisbrot, Gemüse, Öl, Wein. Und dort im Sand reifen schon im Frühjahr die ersten kretischen Gurken. Der Wind kommt aus Afrika und läßt sie schneller wachsen. Wenn du nachts im Garten schläfst, hörst du sie knarren – krr! krr! krr! – und groß werden.»

Sorbas schritt voran, der Kopf drehte sich ihm noch.

«Mut, Sorbas!» rief ich ihm zu. «Wir sind schon über dem Berg. Keine Angst!»

Wir gingen schnell. Der Boden war mit Sand und Muscheln bedeckt. Hie und da stand ein wilder Feigenbaum, eine Tamarinde, einige Königskerzen, Schilf. Die Wolken zogen immer tiefer, der Wind fiel ab.

Wir kamen an einem großen Feigenbaum vorüber. Er bestand aus zwei ineinander verflochtenen Stämmen und zeigte schon Spuren von Altersschwäche. Der eine Junge mit den Koffern blieb stehen. Er streckte sein Kinn vor und zeigte mir den alten Baum.

«Der Feigenbaum der Prinzessin!» sagte er.

Ich freute mich. Auf der kretischen Erde hat jeder Stein, jeder Baum seine tragische Geschichte.

«Der Prinzessin? Warum?»

«Zur Zeit meines Großvaters liebte eine Prinzessin einen kleinen Hirtenknaben. Aber ihr Vater wollte nichts davon wissen. Sie weinte, sie schrie, sie brachte sich fast um, aber der Alte war nicht zu überreden. Eines Abends waren die beiden jungen Leute verschwunden. Man suchte einen Tag, zwei, drei, eine Woche – sie blieben verschollen. Später fand man sie dann unter dem Feigenbaum eng umschlungen und halb verwest. Der Gestank hatte sie verraten. Verstehst du?»

Während er das erzählte, lachte er sich halbtot.

Aus dem Dorf drangen allerlei Geräusche. Hunde begannen zu bellen, Frauen kreischten, die Hähne meldeten, daß das Wetter umschlug. Die Luft roch nach Schnaps, der in den Kesseln zubereitet wurde.

«Da ist das Dorf!» riefen die Jungen und beschleunigten ihre Schritte.

Als wir den Sandhügel überquert hatten, zeigte sich unseren Blicken das kleine Dorf. Getünchte niedrige Häuser mit flachen Dächern, das eine dicht neben dem anderen, kletterten die Abhänge der Schlucht empor. Mit den offenen Fensterläden, die dunkle Flecken bildeten, glichen sie in die Felsen gekeilten Totenschädeln.

Ich näherte mich Sorbas.

«Achtung, Sorbas!» sagte ich leise. «Benimm dich, wie es sich gehört, sobald wir in das Dorf kommen. Sie dürfen nicht merken, wer wir eigentlich sind, Sorbas. Spielen wir die seriösen Unternehmer – ich den Direktor, du den Werkführer. Die Kreter, mußt du wissen, verstehen keinen Spaß. Sobald sie dich erblicken, finden sie sofort deine Schwäche heraus, und schon hast du deinen Spitznamen, den du nicht mehr loswirst. Du läufst mit ihm umher wie ein Hund, dem man einen Benzinkanister an den Schwanz gebunden hat.»

Sorbas zerrte nachdenklich an seinem Schnurrbart.

«Ich möchte dir was sagen, Chef!» sagte er schließlich. «Sollte es hier eine Witwe geben, kannst du ganz unbesorgt sein. Falls es aber so etwas nicht gibt...»

In diesem Augenblick kam uns, am Eingang des Dorfes, mit ausgestreckter Hand eine zerlumpte Bettlerin entgegen. Sie war von der Sonne gebräunt, strotzte vor Schmutz und hatte ein dickes schwarzes Bärtchen.

«Eh, Gevatter», sagte sie zu Sorbas, «hast du eine Seele?»

Sorbas blieb stehen.

«Jawohl», entgegnete er ernst.

«Dann gib mir fünf Drachmen!»

Sorbas zog aus seiner Rocktasche einen schäbigen ledernen Geldbeutel.

«Da!» sagte er, und seine eben noch gepreßten Lippen lächelten. Er wandte sich mir zu.

«Ist hier alles so billig? Fünf Drachmen die Seele.»

Die Dorfhunde stürzten sich auf uns, die Frauen auf den flachen Dächern stierten uns an, die Kinder folgten uns unter großem Hallo. Die einen bellten, die anderen hupten wie Autos, und andere gingen mit weit aufgerissenen Augen an uns vorüber.

Wir erreichten den Dorfplatz: zwei riesige Silberpappeln, grobbehauene Stämme als Sitzgelegenheiten um sie herum und gegenüber das Kaffeehaus mit einer breiten verwischten Inschrift:

‹Kaffeehaus und Schlachterei zum schamhaften Josef.›

«Warum lachst du, Chef?» fragte Sorbas.

Ich kam nicht mehr dazu zu antworten. Aus der Tür der Kaffeehaus-Schlachterei stürzten fünf, sechs riesige Kerle in blauen Pluderhosen und roten Leibgürteln.

«Guten Tag, Freunde!» riefen sie. «Bitte, bemüht euch zu einem Raki herein. Er kommt heiß aus dem Kessel!»

Sorbas schnalzte mit der Zunge.

«Was meinst du, Herr?» Er wandte sich um und blinzelte mich an. «Trinken wir einen?»

Der Kaffeehausfleischer, ein hagerer flinker Greis, brachte uns Stühle, Wir tranken. Unsere Eingeweide brannten.

Ich erkundigte mich nach einem Quartier.

«Geht doch zu Madame Hortense!» rief einer.

«Eine Französin?» fragte ich überrascht.

«Sie stammt wohl von der Großmutter des Teufels ab, eine Abenteuerin. Sie hat schon manchen Sturm erlebt, und jetzt, im Alter, erlebt sie hier ihren letzten. Sie hat hier eine Herberge eröffnet.»

«Sie verkauft auch Bonbons!» warf ein Junge dazwischen.

«Sie bestreicht sich mit Mehl und färbt sich!» rief ein anderer. «Um den Hals trägt sie ein Band. Auch hat sie einen Papagei…»

«Witwe?» fragte Sorbas. «Ist sie Witwe?»

Aber niemand antwortete.

«Witwe?» fragte er, und das Wasser lief ihm im Munde zusammen.

Der Kaffeebauswirt faßte sich an seinen dichten grauen Vollbart: «Wie viele Haare sind das, Gevatter? Wie viele? Von ebenso vielen Männern ist Madame Hortense Witwe. Begriffen?»

«Freilich», erwiderte Sorbas und leckte sich die Lippen.

«Die ist imstande, auch dich zum Witwer zu machen. Vorsicht, Gevatter!» rief ein alter Mann unter allgemeinem Gelächter.

Der Wirt erschien wieder auf der Bildfläche mit einem Tablett voll neuer Leckerbissen: Brezeln aus Gerstenmehl, Ziegenkäse und Birnen.

«Ach, laßt doch die Herren in Ruhe!» rief er. «Was schwätzt ihr da von Witwen und Madamen? Sie werden bei mir übernachten.»

«*Ich* nehme sie zu mir, Kondomanoljos», sagte der alte Mann. «Ich habe keine Kinder, meine Wohnung ist geräumig, ich habe Platz.»

«Verzeihung, Onkel Anagnostis», schrie der Wirt dem Alten ganz nahe ins Ohr. «Ich hab's zuerst gesagt!»

«Nimm du den einen!» meinte Onkel Anagnostis. «Ich nehme den Alten.»

«Welchen Alten?» unterbrach ihn Sorbas wütend.

«Wir trennen uns nicht», sagte ich und bedeutete ihn, sich nicht aufzuregen. «Wir bleiben zusammen. Wir gehen zu Madame Hortense...»

«Willkommen! Willkommen!»

Ein kleines dickes Frauchen mit flachsblond gebleichten Haaren und einer behaarten Warze am Kinn tauchte watschelnd und krummbeinig unter den Silberpappeln auf, um uns mit offenen Armen zu empfangen. Sie trug ein rotes Samtband um den Hals, und ihre verwelkten Wangen zeigten die Spuren einer bläulichen Schminke. Eine neckische Locke wippte auf ihrer Stirn, so daß man sie mit der späten Sarah Bernhardt in «L'Aiglon» verwechseln konnte.

«Es freut mich, Sie kennenzulernen, Madame Hortense!» begrüßte ich sie und machte mich in einem Anfall von Übermut zum Handkuß fertig.

Das Leben leuchtete wie ein schönes Märchen plötzlich vor mir auf, wie eine Komödie Shakespeares, sagen wir «Der Sturm». Wir hatten einen imaginären Schiffbruch hinter uns und waren, naß bis auf die Haut, hier gelandet. Wir waren im Begriff, die herrlichen Küsten zu durchforschen und die Einheimischen feierlich zu begrüßen. Diese Madame Hortense dünkte mich die Königin der Insel, eine Art blonder schillernder Robbe, die vor vielen tausend Jahren an dieses sandige Gestade verschlagen war, schon halb verfault, parfümiert und mit einem Schnurrbart. Hinter ihr, mit unzähligen Köpfen, schmutzig, behaart und guter Stimmung, Kaliban, das Volk, das sie mit Verachtung und Stolz beobachtete.

Auch Sorbas, der verkleidete Prinz, blickte sie mit weit aufgerissenen Augen an, als wäre sie eine frühere Gefährtin oder eine alte Fregatte, die dereinst in fernen Ländern gekämpft und gesiegt hatte und sich nun, geschlagen und verwundet, ihrer Masten und Segel beraubt, voller Falten und Scharten, die mit Schminke abgedichtet waren, an diesen Strand zurückgezogen hatte, um auf bessere Zeiten zu warten. Sicher erwartete sie Sorbas, den Kapitän mit den vierzig Wunden. Und ich hatte meinen Spaß daran, wie sich diese beiden Komödianten endlich auf dieser einfachen, mit dicken Farben bemalten kretischen Bühne begegneten.

«Zwei Betten, Madame Hortense!» sagte ich und verbeugte mich vor der alten Komödiantin der Liebe. «Zwei Betten ohne Wanzen...»

«Wanzen gibt's bei mir nicht! Nichts von Wanzen!» antwortete sie und warf mir einen langen herausfordernden Blick zu.

«Es gibt welche! Es gibt welche!» höhnten die Mäuler Kalibans.

«Keine Wanzen! Keine Wanzen!» beharrte die Primadonna und bohrte ihr fettes Füßchen, das mit einem dicken hellblauen Strumpf bedeckt war, in die Kieselsteine. Sie trug alte ausgetretene Tanzschuhe mit einer koketten seidenen Schleife.

«Hu, hol dich der Teufel!» johlte Kaliban abermals. Aber Madame Hortense setzte sich würdevoll in Bewegung und zeigte uns den Weg. Sie roch nach Schminke und billiger Toilettenseife.

Sorbas schritt hinter ihr her und verschlang sie mit seinen

Blicken. «Schau doch! Sieh doch!» sagte er leise. «Die Dirne watschelt wie eine Ente. Plaf! Plaf! Wie ein Mutterschaf mit einem Fettschwanz!»

Einige dicke Regentropfen fielen, der Himmel verfinsterte sich. Blaue Blitze prallten an den Bergen ab. Kleine Mädchen in weißen Kapuzenmänteln aus Ziegenhaar verließen eiligst die Weide und führten ihre Ziege und ihr Lamm nach Hause. Die Frauen hockten vor dem Herd und entzündeten das abendliche Feuer.

Sorbas biß aufgeregt auf seinen Schnurrbart und beobachtete unausgesetzt den schaukelnden Hintern der Madame.

«Hm!» murmelte er seufzend. «Der Teufel hole dieses Leben! Es hört nicht auf, uns an der Nase herumzuführen!»

III

Das kleine Gasthaus der Madame Hortense bestand aus ein paar uralten Badekabinen, die zusammengeschoben waren. In der ersten Kabine befand sich der Laden. Es gab dort Bonbons, Zigaretten, Pimpernüsse, Lampendochte, Weihrauch und Fibeln. Vier andere Kabinen schlossen sich an und bildeten die Schlafzimmer. Hinten im Hof waren die Küche, das Waschhaus, der Hühnerstall und die Kaninchen untergebracht. Ringsherum ragten ein Schilfrohrzaun und einige wilde Feigenbäume aus dem feinen Sand. Das ganze Anwesen roch nach Meer, Hühnermist und beißendem Harn. Nur ab und zu, wenn Madame Hortense auf der Bildfläche erschien, verwandelte sich der Geruch – als hätte wer vor einem Friseurladen ein Waschbecken ausgeschüttet.

Nachdem sie die Betten bezogen hatte, legten wir uns hin und schliefen den Schlaf des Gerechten. Ich weiß nicht mehr, was ich träumte, aber am andern Morgen fühlte ich mich wohl und leicht wie nach einem frischen Bad im Meere.

Es war Sonntag. Am nächsten Tag sollten die Arbeiter kommen, um in dem Braunkohlenwerk beschäftigt zu werden. Ich hatte also genügend Zeit, mich noch umzuschauen, an was für eine Küste mich das Schicksal verschlagen hatte. In aller Herrgottsfrühe sprang ich aus den Federn. Ich durchquerte die Gärten, ging am Strand entlang, machte mich mit Wasser, Erde und Luft der Gegend vertraut und pflückte wohlriechende Kräuter, bis meine Hände nach Bohnenkraut, Salbei und Pfefferminze rochen.

Von einer Anhöhe aus hielt ich Umschau. Die Gegend war herb und rauh: Granit, dunkle Bäume und Kalkstein von einer Stärke, daß ihm keine Spitzhacke beikommen zu können schien. Aber plötzlich krochen aus diesem harten Boden feine Lilienblüten hervor und funkelten in der Sonne. Gegen Süden schimmerte rosig in der Ferne ein niedriges Eiland aus weißem Sand, das unter den ersten Sonnenstrahlen wie ein junges Mädchen errötete.

Vom Strand weiter ab zogen sich ausgedehnte Weinberge hin, wuchsen Oliven-, Johannisbrot- und Feigenbäume. Im Windschutz zweier Hügel lagen Gärten mit wilden Obstbäumen und Mispeln, näher der Küste zu gab es fruchtbares Gemüseland.

Eine Zeitlang genoß ich von der Anhöhe den Anblick des sanften, welligen Bodens. In vielen Ringen breiteten sich vor meinen Augen Granit, die dunkelgrünen Johannisbrotbäume, die silberblättrigen Oliven wie ein gestreiftes Tigerfell aus. Dahinter dehnte sich die noch immer bewegte See, endlos und einsam bis nach Libyen hinunter und brüllte, als wolle sie Kreta verschlingen.

Diese kretische Landschaft glich einer guten Prosa: klar durchdacht, nüchtern, frei von Überladenheiten, kräftig und verhalten. Sie drückte das Wesentliche mit den einfachsten Mitteln aus. Sie spielte nicht. Sie wandte keine Kunstgriffe an und blieb jeder Rhetorik fern. Was sie zu sagen hatte, das sagte sie mit einer gewissen männlichen Strenge. Aber zwischen den herben Linien dieser kretischen Landschaft entdeckte man eine

Empfindsamkeit und Zartheit, die keiner vermutet hätte – in den windgeschützten Schluchten dufteten die Zitronen- und Orangenbäume, und in der Ferne ergoß sich aus dem endlosen Meere eine grenzenlose Poesie.

«Kreta», murmelte ich, «Kreta», und mein Herz schlug rascher.

Ich stieg vom Hügel herab und nahm meinen Weg am Strand entlang. Kichernde Mädchen kamen mir aus dem Dorf entgegen, mit schneeweißen Halstüchern, gelben Stiefeln und aufgeschürzten Röcken. Sie begaben sich zur Messe in das nahe der Küste gelegene Kloster, das weiß aus der Ferne herüberschimmerte.

Ich blieb stehen. Sowie sie mich bemerkten, verstummte ihr Lachen. Scheu verschloß sich ihr Gesicht beim Anblick des fremden Mannes, vom Scheitel bis zur Sohle ging ihr Körper in Abwehr über, ihre Finger krampften sich nervös an die enggeknöpften Mieder.

Uralte Instinkte schlugen in ihnen Alarm. An allen kretischen Küsten, die nach Libyen blickten, erschienen jahrhundertelang immer wieder plötzlich die Korsaren. Sie raubten Schafe, Frauen und Kinder, fesselten sie mit ihren roten Gürteln, warfen sie in die untersten Schiffsräume und zogen wieder ab, um sie in Algier, Alexandria oder Beirut zu verkaufen. Jahrhundertelang hallte diese Küste von Wehgeschrei und Klagen wider. Ich sah die Mädchen sich nähern, scheu, die eine dicht neben der anderen, als wollten sie einen undurchdringlichen Wall bilden und sich zu verzweifeltem Widerstand vorbereiten. Bewegungen von selbstverständlicher Sicherheit, die, vor Jahrhunderten unerläßlich, sich noch heute ohne jeden Grund wiederholen, getreu dem Rhythmus eines vergangenen Notstandes.

Aber als die Mädchen an mir vorüberkamen, zog ich mich ruhig zurück und lächelte. Und sobald sie inne wurden, daß die Gefahr ja schon seit Jahrhunderten nicht mehr drohte, erheiterten sich ihre Mienen, als seien sie plötzlich aus tiefem Schlaf in die gesicherte Gegenwart versetzt, die dichte Schlachtordnung löste sich auf, und sie begrüßten mich mit hellen Stimmen. In demselben Augenblick ertönten fröhlich und übermütig die Glocken des fernen Klosters und füllten die Luft mit seligem Glück.

Die Sonne stand schon ziemlich hoch, der Himmel war klar. Ich verzog mich in die Felsen, duckte mich wie eine Möwe in eine Mulde und blickte glücklich auf das Meer. Ich fühlte meinen Körper kräftig, frisch, jeder Muskel gehorchte mir. Mein Geist gab sich der Woge hin, wurde Woge und schmiegte sich widerstandslos dem Rhythmus des Meeres an.

Aber allmählich begann mein Herz anzuschwellen, dunkle Stimmen erhoben sich in mir. Ich wußte, wer mich rief. Seitdem ich wieder allein war, brüllte er in mir, gequält von unsagbaren Wünschen, von leidenschaftlichen, wahnsinnigen Hoffnungen und erwartete Erlösung von mir. Ich nahm meinen Dante, den Reisegenossen, zur Hand, um den furchtbaren, Leid und Kraft speienden Dämon in mir nicht zu hören und ihn zu beschwören. Ich blätterte, las den einen, den anderen Vers, eine Terzine, ich rief das ganze Epos in meine Erinnerung zurück. Aus den brennenden Seiten stiegen heulend die Verdammten empor. Dort bemühten sich große verwundete Seelen, auf einen hohen Berg zu steigen. Weiter oben wandelten auf smaragdenen Wiesen der Glückseligkeit Seelen wie leuchtende Johanniswürmchen. Ich stieg das dreistöckige schreckliche Gebäude des Schicksals auf und ab. Ich ließ mir Zeit, mich in der Hölle, im Fegefeuer und Paradies zu ergehen, als sei ich in diesem Gebäude zu Haus. Bald litt ich, bald hoffte ich, bald schmeckte ich Seligkeiten und ließ mich von den herrlichen Versen tragen.

Ich schloß das Buch und blickte weit auf das Meer hinaus. Eine Möwe schaukelte auf den Wogen und tauchte mit Wollust den Körper ein. Ein sonnengebräunter Knabe erschien am Strand und sang Liebeslieder. Vielleicht verstand er ihren wehmütigen Sinn, denn seine Stimme klang allmählich belegt.

Genauso wurden Jahre und Jahrhunderte lang in ihrer Heimat die Verse Dantes gesungen. Und wie das Liebeslied die

Knaben reif für die Liebe macht, so bereiteten die feurigen florentinischen Strophen die italienische Jugend zum Kampf für die Freiheit vor. Ganze Generationen kommunizierten so mit der Seele des Dichters, indem sie ihre Knechtschaft in Freiheit verwandelten.

Hinter mir hörte ich lachen. Jäh stürzte ich von den Gipfeln Dantischer Dichtung herab, wandte mich um und sah Sorbas stehen. Er lachte über das ganze Gesicht.

«Was ist das nun wieder für ein Betragen, Chef!» rief er aus. «Seit Stunden suche ich dich!»

Und als er mich schweigend und unbeweglich dastehen sah, fuhr er fort: «Mittag ist schon vorüber, die Henne ist gar, wahrscheinlich ist die arme schon zerfallen! Hast du kapiert?»

«Ja, aber ich habe keinen Hunger.»

«Du hast keinen Hunger?» sagte Sorbas und schlug mit den Händen auf seine Schenkel. «Seit heute früh hast du nichts gegessen. Auch der Körper hat eine Seele, erbarme dich seiner! Gib ihm zu essen, Chef, gib ihm zu essen! Er ist doch unser kleines Tragtier. Wenn du ihn nicht fütterst, läßt er dich mitten auf der Straße im Stich.» Seit Jahren verachtete ich diese Freuden des Magens, und wäre es möglich, so würde ich lieber heimlich essen, als täte ich etwas, dessen ich mich schämen müßte. Um jedoch Sorbas zu beschwichtigen, sagte ich: «Gut, ich komme.»

Wir gingen ins Dorf. Die Stunden in den Felsen waren wie Schäferstunden blitzschnell vergangen. Noch schlug mir der feurige Atem des Florentiners entgegen.

«Dachtest du an das Braunkohlenvorkommen?» fragte Sorbas zögernd.

«Freilich, an was sonst?» erwiderte ich lachend. «Morgen geht's los. Ich mußte mal die Kosten überschlagen.» Sorbas warf mir schweigend von der Seite einen Blick zu. Ich merkte, daß er mir nicht so recht traute. Sollte er mir glauben oder nicht?

«Und was ist dabei herausgekommen?» meinte er.

«Daß wir nach drei Monaten täglich zehn Tonnen Braunkohle fördern müssen, um auf unsere Kosten zu kommen.»

Sorbas blickte mich wieder an, aber diesmal war er beunruhigt.

«Und warum gingst du ans Meer?» fuhr er nach einer Weile fort. «Um Berechnungen aufzustellen? Verzeihung, Chef, wenn ich so frage. Aber das kapiere ich nicht. Wenn ich mit Zahlen zu tun habe, verkrieche ich mich in ein Erdloch. Ich werde lieber blind, um nichts zu sehen. Beim Anblick des Meeres oder eines Baumes oder einer Frau, und wäre es auch eine alte Schachtel, gehen alle meine Berechnungen zum Teufel. Die Zahlen fliegen davon, verflucht! Sie fliegen davon und verschwinden.»

«Weshalb, Sorbas?» sagte ich, um ihn zu ärgern. «Da bist du selbst dran schuld. Du hast nicht die Kraft, deinen Verstand im Zaum zu halten?»

«Weiß ich's, Herr! Wie man's nimmt. Es gibt Dinge unter der Sonne, die selbst der weise Salomon... Eines Tages kam ich in ein kleines Dorf. Ein steinalter Greis von neunzig Jahren pflanzte einen Mandelbaum. – ‹He, Großväterchen›, sage ich ihm, ‹du pflanzt einen Mandelbaum?› Er, in seiner gebückten Stellung, wandte sich zu mir um und sagte: ‹Ich, mein Sohn, handle so, als wäre ich unsterblich!› – ‹Und ich›, erwiderte ich ihm, ‹handle so, als müßte ich jeden Augenblick sterben.› Wer von uns beiden hatte nun recht, Chef? Was hast du darauf zu entgegnen?»

Er blickte mich triumphierend an.

Ich sagte kein Wort. Beide Pfade sind steil und eines Mannes würdig, beide können auf den Gipfel führen. So zu handeln, als gäbe es keinen Tod, und so zu handeln, als erwarte man den Tod jeden Augenblick, ist vielleicht ein und dasselbe. Als mich aber Sorbas danach fragte, wußte ich es nicht.

«Also?» fragte mich Sorbas spöttisch. «Mach dir das Herz nicht so schwer, Chef, man kennt sich da nicht aus. Reden wir von was anderem! Ich hatte gerade das Mittagessen im Sinn, die Henne und den Pilaf mit dem Zimt obendrauf. Mein ganzes

Gehirn dampft wie Pilaf. Stopfen wir uns erst den Magen voll und dann wollen wir sehen. Alles der Reihe nach. Jetzt haben wir Pilaf vor uns, also denken wir nur an den Pilaf. Morgen sind die Braunkohlen dran, da kümmern wir uns nur um die Braunkohlen. Keine halbe Arbeit! Verstanden?»

Wir kamen ins Dorf. Die Frauen saßen auf den Türschwellen ihrer Häuser und plauderten, die Greise standen, auf ihre Stöcke gestützt, stumm umher. Unter einem fruchtbeladenen Granatapfelbaum lauste eine runzelige Alte ihr Enkelkind.

Vor dem Kaffeehaus stand in aufrechter Haltung ein Greis von vornehmem Äußeren, mit strengen, gesammelten Gesichtszügen und einer Adlernase. Es war der Dorfschulze, Mawrandonis, von dem wir die Braunkohlengrube gepachtet hatten. Er hatte gestern bei Madame Hortense vorgesprochen, um uns in seine Wohnung zu entführen.

«Es ist eine Schande», sagte er, «daß ihr in der Herberge wohnt, als gebe es keine anständigen Leute im Dorf.»

Er war ernst, seine Sprache gemessen wie bei einem vornehmen Herrn. Wir hatten abgelehnt. Es hatte ihn verdrossen, doch hatte er nicht beharrt.

«Ich habe meine Pflicht getan», sagte er und entfernte sich.

Bald danach hatte er uns Käse, einen Korb mit Granatäpfeln, einen Krug mit Rosinen, getrocknete Feigen und eine Korbflasche Schnaps geschickt.

«Einen Gruß von Kapetan Mawrandonis», sagte der Bote und befreite seinen kleinen Esel von der Last. «Wenig, läßt er bestellen, aber mit Liebe.»

Wir begrüßten nun den Ortsgewaltigen mit besonders herzlichen Worten.

«Möge euch langes Leben beschert sein!» Nach diesen Worten legte er seine Hand auf die Brust und verstummte wieder.

«Der liebt nicht viele Worte», meinte Sorbas. «Ein spröder Kerl.»

«Nein», sagte ich, «ein stolzer Mann. Er gefällt mir.»

Endlich erreichten wir unser Ziel. Die Nasenflügel meines Freundes zuckten vor Vergnügen. Sobald uns Madame Hortense von der Schwelle erblickte, stieß sie einen Freudenruf aus und lief in die Küche. Sorbas deckte im Hof den Tisch unter einer entblätterten Weinlaube. Er schnitt große Scheiben Brot ab, brachte Wein und legte Löffel, Gabeln und Teller hin. Er wandte sich mir mit verschmitztem Blick zu und deutete auf den Tisch: er hatte für drei Personen gedeckt!

«Merkst du was, Chef?» flüsterte er mir zu.

«Natürlich, du alter Wüstling», antwortete ich.

«Die alten Hennen geben die beste Brühe», sagte er und leckte sich die Lippen. «Davon verstehe ich was.»

Flink lief er hin und her. Seine Augen sprühten Funken. Er summte alte Liebeslieder vor sich hin.

«Das heißt leben, Chef! Ein Schlaraffenleben!» sagte er. «Jetzt handle ich, als müsse ich jeden Moment sterben. Und ich beeile mich, nicht zu verrecken, bevor ich die Henne verzehrt habe.»

«Zu Tisch!» befahl Madame Hortense.

Sie hatte den Kochtopf in der Hand und wollte ihn auf den Tisch stellen. Aber sie blieb mit offenem Mund stehen. Sie hatte die drei Gedecke bemerkt. Sie lief vor Freude rot an, warf Sorbas einen Blick zu, und ihre säuerlichen hellblauen Äuglein funkelten.

«Die hat Pfeffer in den Hosen», flüsterte mir Sorbas ins Ohr. Dann wandte er sich mit ausgesuchter Höflichkeit an Madame und sagte:

«Schöne Seejungfrau, wir sind Schiffbrüchige, und das Meer hat uns in dein Reich gespült. Geruhe, mit uns zu speisen, holde Sirene!»

Die alte Chansonette breitete ihre dicken Arme aus und schloß sie wieder, als wollte sie gleich uns beide umarmen, wiegte sich fast graziös in den Hüften, streifte gerührt zuerst Sorbas, dann mich am Ärmel und rannte glucksend in ihre Kammer. Schon nach wenigen Minuten erschien sie wieder, wedelnd und tänzelnd, in ihrer Staatsrobe, einem alten, verschlissenen Samtkleid mit gelben zerfransten Litzen. Die Brust blieb in liebenswürdigster Weise frei, den Ausschnitt schmückte eine altersschwache Stoffrose. In der Hand trug sie den Käfig mit dem Papagei und hängte ihn in der Weinlaube auf.

Wir nahmen sie in die Mitte, Sorbas saß ihr zur Rechten, ich zur Linken. Wir stürzten uns auf die Speisen, als hätten wir tagelang nichts zu uns genommen. Eine Zeitlang sprachen wir kein Wort. Wir fütterten gefräßig die Bestie in uns, tränkten sie mit Wein, die Nahrung verwandelte sich schnell in Blut, die Welt wurde schöner und die Frau neben uns jünger und ihre Falten glätteten sich. Und der grüne Papagei mit der gelben Brust uns gegenüber neigte sich vor und stierte uns an. Bald kam er uns wie ein winziges verzaubertes Männlein vor, bald wie die Seele der alten Kabarettsängerin in der gleichen grüngelben Toilette, und über unseren Köpfen sprossen plötzlich aus der entblätterten Weinlaube große Trauben mit schwarzen Beeren.

Sorbas rollte die Augen, streckte seine Arme, als wollte er die ganze Welt umschlingen, und rief wie entsetzt:

«Ja, was ist denn das! Da trinkt man ein Glas Wein und die Welt geht aus den Angeln. Chef, was ist denn das Leben überhaupt? Bei Gott, sind das Weintrauben, was da über uns baumelt, oder Engel? Ich kann es nicht unterscheiden. Oder ist das alles nichts, gibt es überhaupt nichts, weder Hennen noch Seejungfrauen, noch Kreta? Sprich, äußere dich, damit ich nicht verrückt werde!»

Sorbas war in bester Laune. Er hatte die Henne verdrückt und verschlang jetzt mit den Augen gierig Madame Hortense. Seine Blicke fielen über sie her, kletterten auf und nieder, verkrochen sich in den ausgestopften Busen und betasteten ihn wie Hände. Auch die Äuglein von Madame glänzten. Sie wußte den Wein zu würdigen und ließ sich nicht erst nötigen. Der stürmische Dämon des Weines hatte sie in die guten alten Zeiten zurückversetzt. Sie wurde wieder zärtlich, offenherzig, offenbrüstig, sie verriegelte die Haustür, damit die Dorfbewohner – die Wilden, wie sie sie nannte – sie nicht sehen könnten. Sie zündete sich eine Zigarette an, und ihr steiles französisches Näslein blies bläuliche Ringe in die Luft.

In solchen Augenblicken sind alle Tore der Frau geöffnet, die Wächter sind eingeschlafen, und ein gutes Wort ist allmächtig wie Gold oder wie die Liebe. Ich steckte also meine Pfeife an und sprach das gute Wort: «Du erinnerst mich, Madame Hortense, an Sarah Bernhardt... Verzeihung... als sie noch jung war. Soviel Eleganz, soviel Grazie und gutes Benehmen, soviel Schönheit hätte ich nie auf dieser wilden Insel erwartet. Welcher Shakespeare hat dich unter diese Kannibalen hier verschlagen?»

«Shakespeare?» sagte sie und riß ihre farblosen Augen weit auf. «Was für ein Shakespeare?»

Blitzschnell überflog sie im Geist die bekannten Bühnen, machte einen Abstecher in die Kabaretts von Paris bis nach Beirut, von dort an der Küste entlang nach Anatolien, und plötzlich kam ihr – in Alexandria – ein festlicher Saal in Erinnerung, mit Kronleuchtern und Samtstühlen, voller Männer und Frauen mit bloßen Rücken, Parfums und Blumen. Und schon geht der Vorhang in die Höhe, und auf der Bühne erscheint ein scheußlicher Neger...

«Was für ein Shakespeare», wiederholte sie, glücklich, den Faden gefunden zu haben. «Der auch Othello heißt?»

«Derselbe. Welcher Shakespeare, gnädige Frau, hat dich an diese wilde Felsenküste geschleudert?»

Sie schaute sich um. Die Türen waren geschlossen, der Papagei schlief, die Kaninchen haschten sich, wir waren allein. Und sie begann, uns ihr Herz zu öffnen, wie man einen alten Koffer öffnet, der mit Spezereien, vergilbten Liebesbriefen, abgetragenen Kleidern gefüllt ist... Sie sprach griechisch wie eine spanische Kuh. Sie brachte die Silben durcheinander, sagte statt Admiral Mirakel, statt Revolution Revolver. Trotzdem verstanden wir sie gut. Bald konnten wir uns vor Lachen kaum halten, bald war es – wir hatten ohnehin viel getrunken – zum Heulen.

«Also» (so ungefähr erzählte uns die alte Sirene in ihrem wohlriechenden Hof), «also, ich war einmal eine große und berühmte Dame, keine Kabarettsängerin, sondern eine berühmte Künstlerin und trug seidene Wäsche mit echten Spitzen. Aber die Liebe…»

Sie seufzte tief, nahm eine neue Zigarette und bat Sorbas um Feuer.

«Ich liebte einen Admiral. Kreta hatte mal wieder seine Revolution, und die Flotten der Großmächte lagen in der Suda-Bai vor Anker. Ein paar Tage später ging auch ich dort vor Anker. Fabelhaft! Ihr hättet die vier Admirale sehen sollen! Den Engländer, den Franzosen, den Italiener, den Russen! Alle in Gold mit Lackschuhen und Federbüschen auf dem Kopf, wie die Hähne, riesige Hähne! Jeder wog mindestens achtzig bis hundert Kilo. Und was hatten sie für prächtige Bärte! Schön frisierte, seidige, schwarze, blonde, graue und braune Bärte. Und wie sie dufteten! Jeder hatte seinen eigenen Geruch, und so konnte man sie sogar nachts unterscheiden. Der Engländer roch nach Kölnisch Wasser, der Franzose nach Veilchen, der Russe nach Moschus, und der Italiener war ganz in den Ambra vernarrt. Mein Gott, was für Bärte!

Oft saßen wir zu fünft auf dem Admiralsschiff, alle dekolletiert. Ich trug eine Seidenbluse mit Ausschnitt. Sie klebte auf meiner Haut, denn man hatte mich mit Sekt begossen. Es war ja Sommer. Wir führten ernste Gespräche, wir unterhielten uns über die Revolution. Ich packte sie an ihren Bärten und flehte sie an, die armen guten Kreter nicht zu bombardieren. Wir beobachteten sie durch den Feldstecher, sie hatten sich auf einem Felsen verschanzt. Sie sahen mit ihren blauen Pluderhosen und gelben Stiefeln wie kleine Ameisen aus. Und sie brüllten wie die Wilden und hatten auch eine Fahne…»

Das Schilfrohr des Zaunes bewegte sich. Die alte Kämpferin hielt erschrocken inne: durch das Schilf schimmerten kleine verschmitzte Augen. Die Dorfkinder waren dahintergekommen, was bei uns los war, und lagen auf der Lauer.

Die alte Sängerin wollte sich erheben, doch es gelang ihr nicht. Sie hatte zuviel gegessen und getrunken, in Schweiß gebadet blieb sie sitzen. Sorbas hob einen Stein auf, und die Kinder verschwanden kreischend.

«Weiter! Weiter! Teuere Seejungfrau, holder Goldfisch!»
sagte Sorbas und rückte ihr näher mit seinem Stuhl.

«Ich sagte also zu dem Italiener, mit dem ich mich am besten
stand, und faßte ihn dabei am Bart: ‹Mein lieber Canavaro,
mein kleiner Canavaro – so hieß er nämlich –, nicht bam bum
machen! Nicht bam bum machen!›

Wie oft habe ich die Kreter – ihr könnt's mir glauben! –
vorm Tode gerettet! Wie oft waren die Kanonen schußbereit,
und ich packte den Admiral am Bart, und es war wieder nichts
mit dem Bam Bum! Aber wer hat mir dafür gedankt? Ich warte
noch heute auf einen Orden…»

Madame Hortense war ganz außer sich über den Undank
der Menschen. Ärgerlich schlug sie mit ihrer kleinen weichen,
runzligen Faust auf den Tisch. Und Sorbas stellte sich ergriffen,
beugte sich über ihre Schenkel, die schon manchen Sturm erlebt hatten, berührte sie mit seinen Händen und sagte:

«Meine Bubulina*, tu mir den Gefallen und mache nicht
bam bum!»

«Pfoten weg!» gluckste unsere Madame. «Wofür hältst du
mich eigentlich, mein Lieber!», und sie warf ihm einen zärtlichen Blick zu.

«Es gibt einen Gott», sagte der alte Schlaukopf, «gräme dich
nicht, Bubulina! Es gibt einen Gott. Auch wir stehen zu deiner
Verfügung, sei unbesorgt!»

Die alte Französin hob ihre säuerlichen blauen Augen gen
Himmel, sah aber nichts anderes als ihren grasgrünen Papagei,
der in seinem Käfig schlief.

«Canavaro! Mein kleiner Canavaro!» girrte sie verliebt.

Der Papagei erkannte ihre Stimme, öffnete die Augen,
krallte sich an den Draht des Käfigs und begann mit heiserer
Stimme wie ein Ertrinkender zu rufen:

«Canavaro! Canavaro!»

---

* Bubulina, Heroine aus dem Freiheitskrieg (1821–1828), kämpfte vor allem
zur See wie Canaris.

«Hier!» sagte Sorbas und legte wieder seine Hand auf ihre Schenkel, die schon soviel erlebt hatten, als wolle er von ihnen Besitz ergreifen. Die alte Chansonette wand sich auf ihrem Stuhl hin und her und setzte abermals ihr faltiges Mündchen in Bewegung:

«Auch ich habe gekämpft, Brust gegen Brust wie ein Held. Aber es kamen böse Zeiten. Kreta wurde frei, und die Flotten erhielten Befehl, die Insel zu verlassen. ‹Was soll aus mir werden?› schrie ich und hängte mich an die vier Vollbärte. ‹Wollt ihr mich im Stich lassen? Ich habe mich so an den Luxus gewöhnt, an den Sekt, an die gebratenen Hühner und die niedlichen kleinen Matrosen, die mir Ehrenbezeigungen machten. Was soll jetzt aus mir, der vierfachen Witwe, werden, meine Herren Admirale?›

Sie lachten – ach, diese Männer! – und überschütteten mich mit englischen Pfunden, Liretten, Rubeln und Francs. Ich stopfte mir damit Strümpfe, Busen und Tanzschuhe voll. Und am letzten Abend, an dem wir noch einmal zusammen waren, schrie und jammerte ich wie ein Schloßhund. Die Admirale hatten Mitleid mit mir. Sie füllten die Badewanne mit Sekt, ich badete mich vor ihnen – da sehen Sie, wie intim wir waren –, und dann tauchten sie ihre Gläser in die Wanne und gossen den gesamten Inhalt mir zu Ehren in ihre Kehlen! Als sie berauscht waren, löschten sie die Lichter…

Am nächsten Morgen roch ich am ganzen Körper nach Veilchen, Kölnisch Wasser, Moschus und Ambra. Alle vier Großmächte – England, Rußland, Frankreich und Italien – hielt ich hier auf meinem Schoß gefangen und spielte mit ihnen, so…!»

Madame Hortense breitete ihre kurzen, dicken Arme aus und schwenkte sie hin und her, als schaukelte sie auf ihren Knien einen Säugling.

«Ja, so, so…!»

«Noch am Vormittag begannen die Kanonen zu donnern – ich schwöre es bei meiner Ehre! –, begannen die Kanonen zu donnern, und ein weißes Boot mit zwölf Rudern brachte mich nach Kanea hinüber…»

Sie nahm ihr Taschentuch und vergoß bittere Tränen.

«Meine Bubulina!» rief Sorbas begeistert. «Schließ deine Äuglein! Schließ deine Äuglein, mein Schatz! Ich bin dein Canavaro!»

«Die Pfoten weg, hab ich dir gesagt!» schluchzte die hohe Dame geziert. «Schau mal in den Spiegel! Wo sind deine goldenen Epauletten, wo der Trikanteau und der duftende Vollbart? Wo?»

Sie drückte Sorbas zärtlich die Hand und weinte wieder.

Es wurde kühler. Minutenlang redeten wir kein Wort. Das Meer hinter dem Schilf rauschte friedlich und zart. Der Wind hatte sich gelegt, die Sonne ging unter. In der Abendluft wiegten sich zwei Raben über unseren Köpfen, und ihre Flügel zischten, als zerrisse jemand einen Seidenstoff – das seidene Hemd einer alternden Sängerin.

Die Abenddämmerung senkte sich wie Goldstaub herab und fiel in den Hof. Das Wuschelhaar Madame Hortenses fing Feuer und bewegte sich in der Abendluft, als wolle es auf und davon, um den Brand auf unsere Häupter zu übertragen. Ihr halbgeöffneter Busen, ihre mit den fortschreitenden Jahren verfetteten Knie, die Falten ihres Halses, ihre ausgetretenen Schuhe überzogen sich mit Gold. Die alte Meerjungfrau fröstelte. Sie hatte ihre von Wein und Tränen geröteten Augen halb geschlossen und beobachtete bald mich, bald meinen Kameraden, der im Geiste mit seinen trockenen Lippen wie ein Ziegenbock an ihrem Busen hing. Sie blickte uns beide fragend an – es war inzwischen dunkel geworden – und hatte große Mühe zu unterscheiden, wer von uns beiden Canavaro war.

«Meine teure Bubulina», schnurrte Sorbas wie ein verliebter Kater und lehnte sein Knie an das ihre, «es gibt weder Gott noch Teufel, mach dir keine Sorgen darum. Kopf hoch! Leg das Händchen an deine Wange und singe uns was vor, bis der Tod verreckt!»

Sorbas war in seinem Element. Mit der Linken strich er seinen Schnurrbart, mit der Rechten streichelte er die benebelte Chansonette. Er redete mit verhaltenem Atem, und seine

Augen waren wie verglast. Zweifellos sah er nicht mehr die geschminkte, mumienhafte Alte vor sich, sondern das ganze ‹weibliche Geschlecht›, wie er die Frau gewöhnlich zu nennen pflegte. Das Persönliche verschwand, das Gesicht war nicht zu erkennen. Ganz gleich, ob es sich nun um ein junges Mädchen oder um eine alte Schachtel handelte, um eine Schönheit oder den Ausbund des Häßlichen – alles das waren nur unbedeutende Variationen. Hinter jeder Frau erhob sich für ihn ernst, heilig und geheimnisvoll das Antlitz Aphrodites.

Dieses Antlitz erblickte Sorbas vor sich, mit diesem unterhielt er sich, nach diesem sehnte er sich, und Madame Hortense war nichts als eine vergängliche Maske. Sorbas riß sie in Stücke, um den ewigen Mund des Weibes zu küssen.

«Hoch den Schwanenhals, mein goldiger Schatz», wiederholte er flehentlich, fast außer Atem, «hoch den Schwanenhals und singe uns was vor!»

Die alte Sängerin stützte ihre vom vielen Waschen aufgesprungene Hand an die Wange, und ihre Augen wurden starr. Dann stimmte sie mit einem melancholischen, schrillen Ton ihr Lieblingslied an, das sie schon tausendmal heruntergeleiert haben mochte, und warf dabei Sorbas ein paar schmachtende, halberloschene Blicke zu:

> *«Ach, auf meinem Lebenspfade*
> *Warum bin ich dir begegnet…»*

Sorbas sprang in die Höhe, holte das Santuri, setzte sich mit gekreuzten Beinen auf den Boden, zog das Instrument aus der Hülle, legte es auf seine Knie und streichelte es mit seinen dikken Händen.

«Oh! Ach!» brüllte er. «Nimm ein Messer und schlachte mich, teuere Bubulina!»

Und als die Nacht hereinbrach und am Himmel der Abendstern seine Reise antrat und das Santuri seine sündhafte, betörende Stimme ertönen ließ, da lehnte sich Madame Hortense, vollgepfropft mit Huhn, Reis, gerösteten Mandeln und Wein, schwer und schluchzend auf Sorbas' Schulter. Leise rieb sie sich an seinem knochigen Rücken, gähnte und schluchzte abermals.

Sorbas winkte mir zu, seine Stimme senkte sich:

«Es geht bald los bei ihr, Chef, mach dich aus dem Staube!»

IV

Gott schenkte uns einen neuen Tag. Beim Erwachen saß Sorbas mit gekreuzten Beinen auf seinem Bett, die Pfeife im Mund, in Gedanken versunken. Seine kleinen runden verschwollenen Augen waren auf das Dachfenster geheftet, dessen Scheiben das Morgenlicht milchweiß tönte. Sein nackter, knochiger, unverhältnismäßig langer Hals straffte sich wie ein Raubvogelhals.

Ich hatte mich gestern abend frühzeitig von unserem Festschmaus zurückgezogen und Sorbas mit der alten Meerjungfrau allein gelassen. «Ich gehe», hatte ich gesagt, «viel Vergnügen, Sorbas, und streng dich nicht zu sehr an!»

«Auf Wiedersehen, Chef! Laß uns unseren Kram alleine machen!»

Offenbar war alles in Ordnung, denn im Schlaf war mir, als hörte ich leise schmachtende Seufzer und als schwankte das Nebenzimmer. Dann schlief ich wieder ein. Nach Mitternacht merkte ich, wie Sorbas, um mich nicht zu wecken, mit den Schuhen in der Hand ins Zimmer trat und sich leise niederlegte.

Jetzt lockte ihn das Licht, denn seine Augen waren noch matt und kraftlos. Man merkte, er war noch leicht betäubt. Um seine Schläfen schlugen noch immer die Flügel des Schlafes. Ruhig, widerstandslos gab er sich einer düsteren Strömung hin, die dickflüssigem Honig glich. Die Welt, die Länder, Gewässer, Gedanken, die Menschen trieben einem fernen Ozean entgegen, und Sorbas lief mit ihnen um die Wette, ohne zu widerstreben, ohne zu fragen, glücklich.

Allmählich erwachte das Dorf – Esel, Schweine, Hähne und Menschen lärmten bunt durcheinander. Ich wollte aus dem Bett springen und rufen: «He, Sorbas, heute gibt's Arbeit!», aber auch ich fühlte mich so glücklich. Wortlos und unbeweglich war ich den schwankenden, rotleuchtenden Trugbildern der Frühe ausgeliefert. In solchen magischen Augenblicken schimmert das Leben leicht wie eine Flaumfeder, und die Erde, wogend und weich, wird zu einer Wolke, die bei jedem Windstoß eine andere Gestalt annimmt.

Ich sah Sorbas rauchen. Ich beneidete ihn und nahm meine Pfeife zur Hand. Gerührt betrachtete ich sie: sie war dick, kostbar, englisches Fabrikat. Einer meiner Freunde hatte sie mir geschenkt, der mit den graugrünen Augen und den vornehmen schlanken Händen. Das war vor vielen Jahren am hellen Tag geschehen. Er hatte seine Studien beendet und wollte am Abend nach Griechenland abfahren. «Laß das Zigarettenrauchen», sagte er mir, «du zündest eine an, rauchst sie halb und wirfst sie dann weg wie ein Straßenmädchen. Es ist eine wahre Schande. Schaff dir eine Pfeife an. Sie ist eine treue Gattin. Kommst du nach Hause, erwartet sie dich, ohne sich von der Stelle zu rühren. Wie herrlich! Du bläst blaue Ringe in die Luft und wirst mir für meinen guten Rat dankbar sein.»

Es war Mittag. Wir kamen aus einem Berliner Museum, wo er sich von seinem geliebten Rembrandt verabschiedete – dem Mann mit dem hohen Bronzehelm, den blassen Wangen und dem entschlossenen, traurigen Blick. «Wenn ich einmal in meinem Leben eine menschenwürdige Handlung begehe», flüsterte er und betrachtete den unerbittlichen, schwermütigen Krieger, «werde ich es dem da verdanken...»

Wir traten ins Freie und lehnten uns an eine Säule des Hofes. Uns gegenüber erhob sich ein bronzenes Standbild – eine nackte Amazone ritt mit unaussprechlicher Grazie und Sicherheit auf einem nackten Pferd. Ein kleiner grauer Vogel, eine Bachstelze, setzte sich ihr für einen Augenblick auf den Kopf, wackelte lebhaft mit dem Schwanz, zwitscherte ein paarmal spöttisch und flog davon.

Mir wurde unheimlich zumute.

«Hast du den Vogel gehört?» fragte ich. «Als ob er uns etwas sagen wollte.»

«Ein Vogel ist's, so mag er singen, ein Vogel ist's, so mag er reden», antwortete mein Freund mit dem Vers eines Volksliedes und lächelte.

Warum stimmte mich gerade an diesem Morgen, an diesem kretischen Gestade dieser Vers aus dem alten Klagelied so traurig?

Ich stopfte langsam meine Pfeife und steckte sie an.

Alles hat seinen geheimen Sinn auf dieser Welt, dachte ich. Alles, Menschen, Tiere, Bäume, Sterne und Hieroglyphen, und wehe dem, dem es gelingt, sie zu entziffern und zu deuten... Wenn man sie vor sich sieht, versteht man nichts. Man meint, es seien Menschen, Tiere, Bäume, Sterne. Erst nach vielen Jahren, viel zu spät, kommt man hinter den eigentlichen Sinn.

Der Krieger mit dem Bronzehelm, mein Freund, der an jenem trüben Mittag an der Säule lehnte, das Zwitschern der Bachstelze und schließlich der wehmütige Vers aus dem Totenlied – alles das, so denke ich heute, hatte sicher einen geheimen Sinn. Aber welchen! Ich verfolgte, wie der Rauch in bläulichen, dichten Ringen in die Höhe stieg, um dann langsam zu verblassen und sich in Luft zu verwandeln. Meine Seele verflocht sich mit ihm, spielte, verschwand und wölkte mit einem neuen Rauchwirbel wieder empor, um abermals zu verschwinden. Eine Zeitlang fühlte ich unmittelbar – ohne logische Hilfe, doch deutlich und bestimmt – Entstehung, Blüte und Ende der Welt, als tauchte ich wieder, aber diesmal ohne die trügerischen Phrasen und die freche Akrobatik des Verstandes, in Buddhas Geist. Dieser Rauch war die Essenz seiner Lehre, diese vergänglichen Ringe waren in ihrer ständigen Wandlung das Leben, das ruhig, lautlos und glücklich im blauen Nirwana endet... Ich machte mir weiter keine Gedanken, ich legte keinen Wert darauf, etwas zu suchen und zu finden. Ich hatte keinen Zweifel: ich lebte die Gewißheit.

Ein leiser Seufzer entrang sich meiner Brust. Und als hätte

mich dieser Seufzer wieder in die Wirklichkeit zurückgeführt, erblickte ich um mich herum die vier Wände der elenden hölzernen Kabine und an einer von ihnen einen kleinen Spiegel, auf den die ersten hellen Sonnenstrahlen fielen. Mir gegenüber hockte auf seinem Lager Sorbas, kehrte mir den Rücken zu und rauchte.

Und plötzlich kam in meinem Innern der gestrige Tag wieder zum Vorschein mit allen seinen tragikomischen Erlebnissen: der verflogene Duft von Veilchen, Kölnisch Wasser, Moschus und Ambra, der Papagei, eine Menschenseele, die in einen Papagei verwandelt war und krächzend in ihrem eisernen Käfig umherflatterte, und eine alte Barke, die von einer ganzen Armada übriggeblieben war und von alten Seeschlachten erzählte...

Sorbas hörte meinen Seufzer, schüttelte den Kopf und sagte: «Wir haben uns nicht korrekt benommen, Chef. Die Arme hat bemerkt, wie wir beide lachten! Und wie du dann plötzlich verschwunden bist, ohne ihr den Hof zu machen, als wäre sie eine Greisin von tausend Jahren! Es ist eine Schande! Das war nicht nett von dir, so benimmt man sich nicht, nein, entschuldige! Sie ist doch in erster Linie eine Frau, ein schwaches, ewig nörgelndes Geschöpf. Jedenfalls war es gut, daß ich dablieb, um sie zu trösten.»

«Aber was sagst du da, Sorbas!» unterbrach ich ihn lachend. «Meinst du im Ernst, daß jede Frau nichts anderes als das im Sinn hat?»

«Jawohl sie hat nichts anderes im Sinn, Chef. Höre auf mich, ich habe viel erlebt, viel durchgemacht und bin auf diese Weise sozusagen ein Menschenkenner geworden. Das Weib ist nun einmal ein krankes, ein schwaches, immer nörgelndes Geschöpf. Wenn du ihr nicht sagst, daß du sie liebst und sie besitzen willst, jammert und heult sie. Vielleicht mag sie dich gar nicht, vielleicht ekelt sie sich sogar vor dir, vielleicht sagt sie dir nein. Das hat damit nichts zu tun. Wer sie anschaut, soll sich von ihren Reizen wie von einem Magneten angezogen fühlen. Das will die Arme, tu ihr also den Gefallen! Ich hatte zum Bei-

spiel eine Großmutter, sie mochte an die achtzig Jahre sein. Ihr
Leben klingt wie ein Roman. Aber das ist ein Kapitel für sich...
Sie war, wie gesagt, an die Achtzig alt, und unserem Haus gegenüber wohnte ein Mädchen im Blütenalter von siebzehn Jahren. Sie hieß Krystallo. Jeden Samstagabend trafen wir Dorf-
grünschnäbel uns in der Schenke, tranken einen gehörigen
Schluck, steckten uns einen Basilienzweig hinter das Ohr, ein
Vetter von mir nahm seine Mandoline, und dann brachten wir
ihr ein Ständchen. Mit einem Schwung und einem Feuer ohne-
gleichen. Wir brüllten wie die Büffel. Jeder von uns wollte sie
haben. Und so zogen wir sämtlich vor ihr Haus, damit sie sich
einen von uns aussuchen sollte. Ja, du wirst es kaum glauben,
das Weib ist wirklich ein Rätsel, mit einer Wunde, die niemals
heilt. Alle Wunden heilen einmal, die aber nie, und mögen
noch so viele Leute anderer Meinung sein. Was bedeuten da
achtzig Jahre auf dem Buckel? Die Wunde bleibt immer offen.
Jeden Samstagabend legte also die Alte ihr Polsterkissen aufs
Fensterbrett, nahm heimlich, ohne daß es jemand merkte,
einen kleinen Spiegel in die Hand und kämmte ihre paar Sträh-
nen zu einem Scheitel. Dabei blickte sie verstohlen um sich.
Wenn jemand nahte, kauerte sie sich scheinheilig zusammen
und tat, als ob sie schliefe. Aber es hatte sich was mit dem
Schlaf. Ungeduldig wartete sie auf das Ständchen. Mit achtzig
Jahren. Da siehst du wieder, was für ein mysteriöses Wesen das
Weib doch ist. Man möchte heulen. Aber damals war ich noch
ein kleiner Leichtfuß, ich verstand noch nichts davon und
konnte lachen. Eines Tages war ich auf sie böse. Sie hatte mir
vorgeworfen, ich liefe allen Mädchen nach. Da konnte ich
mich nicht halten und sagte ihr meine Meinung: ‹Weshalb
reibst du dir jeden Sonnabend deine Lippen mit Nußblättern
ein und kämmst dir einen Scheitel? Glaubst du, wir bringen *dir*
das Ständchen? Da irrst du dich. Wir meinen Krystallo. Du
riechst nach Weihrauch wie eine Leiche, über die der Pope das
Rauchfaß schwingt.›

Du kannst's mir glauben, Chef, damals begriff ich zum erstenmal, was eine Frau ist. Zwei glänzende Tränen rollten aus

den Augen meiner Großmutter. Sie duckte sich wie eine Hündin, und ihr Unterkiefer zitterte. ‹Ja, die Krystallo›, rief ich und näherte mich ihr, damit sie mich besser hörte. ‹Wir meinen Krystallo.› Jugend ist unmenschlich grausam und herzlos. Die Großmutter hob ihre dürren Hände zum Himmel und schrie: ‹Fluch über dich aus tiefstem Herzen!› Und seit jenem Tag ging es mit der Armen bergab. Sie siechte dahin und war nach zwei Monaten tot. Während sie in den letzten Zügen lag, bemerkte sie mich. Sie schnaufte wie eine Schildkröte und streckte ihre knochige Hand aus, um mich zu packen: ‹Du hast mich ins Grab gebracht, du hast mich auf dem Gewissen, verdammter Bengel. Mein Fluch über dich, und mögest du erleiden, was ich gelitten habe!›

Die Alte hat nicht vergeblich geflucht», sagte er und streichelte seinen Schnurrbart. «Ich glaube, ich habe schon fünfundsechzig Jahre hinter mir. Aber selbst wenn ich hundert alt werden sollte, Chef – ich werde nicht gescheit. Ich werde immer noch einen kleinen Spiegel in der Tasche haben und den Weibern nachlaufen.»

Er lachte von neuem und warf den Zigarettenstummel durch das Dachfenster.

«Ich habe mancherlei Laster», sagte er, «aber dieses wird mich umbringen.»

Er sprang aus dem Bett:

«Jedoch lassen wir das, genug der Worte. Heute wird gearbeitet!»

Er zog sich in aller Eile an und ging hinaus.

Ich neigte meinen Kopf und überlegte hin und her, was Sorbas eigentlich hatte sagen wollen. Eine ferne, verschneite Stadt tauchte in meinem Geist auf. Ich war in einer Rodin-Ausstellung vor einer gewaltigen Bronzehand, der ‹Hand Gottes›, stehengeblieben. Die Handfläche war halb geschlossen, und in ihr rangen ekstatisch ein Mann und eine Frau und hielten sich umschlungen. Ein Mädchen näherte sich mir. Auch sie war von der ewigen Spannung in dieser Gruppe tief betroffen. Sie war schlank und von guter Figur und hatte blondes dichtes Haar, kräftige Kiefer und schmale Lippen. Sie machte einen entschlossenen und männlichen Eindruck. Ich bin sonst für belanglose Gespräche nicht leicht zu haben, ich weiß nicht, wie ich dazu kam, sie anzureden:

«Woran denken Sie?»

«Wie man dem entfliehen könnte!» murmelte sie verdrossen.

«Wohin? Die Hand Gottes ist überall. Es gibt keine Rettung. Bedauern Sie das?»

«Nein. Vielleicht ist die Liebe die größte Freude auf unserer Erde. Vielleicht. Aber jetzt, wo ich diese Bronzehand sehe, möchte ich am liebsten das Weite suchen.»

«Sie ziehen die Freiheit vor?»

«Ja.»

«Aber wenn wir nur frei sind, wenn wir der bronzenen Hand gehorchen? Wenn das Wort ‹Gott› nicht den oberflächlichen Sinn hat, den ihm die breite Masse gibt?»

Sie blickte mich unruhig an. Ihre Augen glänzten wie graues Metall, ihre Lippen waren trocken und verbittert.

«Ich verstehe Sie nicht», sagte sie und entfernte sich erschrocken. Ich hatte sie längst vergessen, es schien für immer. Und doch lebte sie wohl in mir weiter, unter der Grabplatte meiner Brust, und tauchte jetzt, hier an diesem entlegenen Gestade, aus der Tiefe meiner Seele blaß und klagend wieder empor.

Ich hatte mich nicht gut aufgeführt, Sorbas hatte recht. Diese Hand aus Bronze hätte einen so guten Vorwand abgegeben. Wir hatten schon den ersten Kontakt miteinander, die passenden Worte waren schon gesprochen, und wir hätten uns langsam, ohne es selbst zu merken, oder wenn wir es gemerkt hätten, ohne uns zu schämen, umarmen und uns in der Hand Gottes getrost vereinigen können. Aber ich sprang plötzlich von der Erde in den Himmel, und das Mädchen erschrak und verschwand.

Der alte Hahn im Hof der Madame Hortense krähte. Durch das kleine Fenster trat der Tag schneeweiß in das Zimmer.

Ich erhob mich. Die Arbeiter hatten sich allmählich eingefunden und klopften ungeduldig mit ihren Spaten und Spitzhacken auf den Boden. Ich hörte, wie Sorbas den Leuten die notwendigen Anordnungen erteilte. Er hatte sich schon richtig eingearbeitet, und man merkte, wie er sich auf das Befehlen verstand und keine Verantwortung scheute. Ich blickte durch das Fenster und sah ihn dastehen: ein Riese inmitten von ungefähr dreißig sonnengebräunten, schlanken Männern in blauer Pluderhose. Gebieterisch streckte er seinen Arm aus, seine Worte waren knapp und bestimmt. Auf einmal packte er einen jungen Burschen, der mürrisch dastand und nicht mitmachen wollte, am Kragen und fuhr ihn an:

«Wenn du was zu sagen hast, dann sag's laut! Das Gebrumme gefällt mir nicht. Wenn du keine Lust zur Arbeit hast, scher dich ins Kaffeehaus!»

Madame Hortense erschien auf der Bildfläche, mit struppigem Haar und aufgedunsenen Wangen, ohne Schminke, in einem weiten, schmutzigen Gewand und völlig ausgetretenen Schlappantoffeln. Die alternde Chansonnette hustete wie ein heiserer Esel. Sie blieb einen Augenblick stehen und beobachtete voller Bewunderung und Stolz ihren Sorbas. Sie hustete von neuem, damit er sie höre, und ging, sich in den Hüften wiegend, wie eine Bachstelze, dicht an ihm vorüber, beinahe hätte sie ihn mit ihrem weiten Ärmel gestreift. Sorbas aber würdigte sie keines Blickes. Er ließ sich von einem Arbeiter ein Stück von einer Brezel und eine Handvoll Oliven geben.

«Vorwärts, Jungens», rief er. «Bekreuzigt euch! Im Namen Gottes!» Und rüstig ausschreitend dirigierte er die Schar den Berg hinan.

Ich möchte hier nicht die Arbeit in der Grube schildern. Dazu braucht es Geduld, und ich habe keine. Wir hatten nicht weit von der Küste aus Schilf, Weidenruten und Benzinkanistern eine Baracke errichtet. Sorbas stand in aller Frühe auf, nahm seine Spitzhacke und machte sich noch vor seinen Leuten an die Arbeit. Er teufte einen Gang, ließ ihn im Stich, fand anderswo eine Ader Lignit, der wie Steinkohle glänzte, und tanzte vor Freude. Aber schon nach wenigen Tagen verlor sich die Spur, und Sorbas warf sich rücklings auf den Boden, streckte Hände und Füße in die Luft und verfluchte den Himmel.

Er nahm seine Arbeit sehr ernst. Er fragte mich auch gar nicht mehr um Rat. Schon in den ersten Tagen ging die ganze Sorge und Verantwortung aus meinen Händen in seine über. Ihm oblagen Beschlußfassung und Ausführung. Ich mußte freilich für etwaige Schäden und Verluste aufkommen, was mich aber nicht allzusehr bedrückte, denn es war mir klar, daß diese Monate zu den glücklichsten meines Lebens zählten. Wenn ich die Kosten überschlug, hatte ich das Gefühl, sehr billig zu meinem Glück zu kommen.

Mein Großvater mütterlicherseits machte jeden Abend mit der Laterne einen Rundgang durch sein kretisches Dorf, um zu sehen, ob jemand von auswärts eingetroffen war. Er nahm ihn mit sich nach Haus, gab ihm reichlich zu essen und zu trinken, dann setzten sie sich auf den Diwan, er zündete seine lange Pfeife an, wandte sich an seinen Gast – für den es ohnehin Zeit war, sich erkenntlich zu zeigen – und sagte ihm in gebieterischem Ton:

«Erzähle!»

«Was soll ich denn erzählen, Vater Mustojiorgis?»

«Was bist du, wer bist du, woher kommst du, welche Städte und Dörfer hast du schon gesehen? Alles muß ich wissen. Vorwärts, sprich!» Und der Gast begann zu erzählen, Dichtung und Wahrheit, alles durcheinander. Mein Großvater rauchte seine lange Pfeife dazu und nahm, bequem auf dem Diwan ausgestreckt, im Geist an den Reisen seines Gastes teil. Gefiel ihm der Gast, sagte er:

«Du kannst auch morgen noch bleiben. Du hast gewiß noch manches zu erzählen.»

Mein Großvater hatte nie sein Dorf verlassen, er ist weder nach Kandia noch nach Rethymno jemals gekommen. «Wozu?» sagte er sich. «Viele Leute aus Kandia und Rethymno besuchen öfters unser Dorf, und Kandia und Rethymno nehmen bei mir Quartier – Friede sei mit ihnen! – Weshalb soll ich also zu ihnen kommen?»

Heute trete ich ausgerechnet an diesem kretischen Gestade in die Fußstapfen meines Großvaters. Auch ich habe jetzt, als hätte ich ihn mit der Laterne gesucht, einen solchen Gast gefunden. Ich lasse ihn nicht wieder los, obgleich er mir teurer zu stehen kommt als ein reichliches Nachtmahl; aber das ist er schon wert. Jeden Abend erwarte ich ihn nach der Arbeit, lasse ihn mir gegenüber sitzen, wir essen, es kommt der Augenblick, da er seine Schuld begleichen muß, und ich sage ihm: «Erzähle!» Ich nehme meine Pfeife und höre zu. Dieser Gast hat viel von der Welt gesehen. Er kennt die menschliche Seele in- und auswendig. Ich werde nicht satt, ihm zuzuhören.

«Erzähle, Sorbas, erzähle!»

Und schon breitet sich in dem kleinen Raum zwischen Sorbas und mir ganz Mazedonien aus, mit allen seinen Bergen, seinen Wäldern, seinen Seen und Flüssen, mit seinen Komitadschis, seinen fleißigen Mannweibern und den rauhen, wie aus einem Guß geschaffenen Männern. Der heilige Berg Athos erscheint mit seinen einundzwanzig Klöstern, seinen kleinen Häfen und dicksteißigen Faulpelzen. Am Schluß seines Vortrages über den Athos schüttelt Sorbas seinen Rockkragen und will sich kranklachen:

«Gott schütze dich vor dem Hinterteil der Maulesel und dem Vorderteil der Mönche!»

Jeden Abend führt mich Sorbas in Griechenland, in Bulgarien, in Konstantinopel spazieren. Ich schließe meine Augen und sehe. Er hat dieses Labyrinth, den vielgequälten Balkan, an allen Ecken und Enden kennengelernt, und seine kleinen Falkenaugen haben alles schnell, scharf und gründlich beobachtet. Dinge, an die wir gewöhnt sind und an denen wir gleichgültig vorbeilaufen, erscheinen vor seinem aufmerksamen, erstaunten Blick wie schreckliche Rätsel. Er sieht eine Frau vorübergehen und bleibt entsetzt stehen. «Welch ein Geheimnis ist hier verborgen?» fragt er. «Was ist eigentlich eine Frau, und warum verdreht sie uns so den Kopf? Was ist das schon wieder, das möchte ich doch wissen!» Mit demselben fragenden Erstaunen pflegt er jeden Menschen, einen blühenden Baum, ein Glas frisches Wasser anzusehen. Alles sieht Sorbas täglich zum erstenmal.

Als wir gestern vor der Baracke saßen, er vor sich ein Glas Wein, fragte er mich bestürzt:

«Was hat es wohl mit diesem roten Wasser auf sich, Chef? Aus einem Stück Holz kommen Knospen, später hängen einige saure Kinkerlitzchen daran. Die Zeit vergeht, die Sonne kommt, sie macht das ganze Zeug süß, und wir nennen es Weintrauben. Wir treten sie, holen den Saft heraus und füllen ihn in Fässer. Er kocht von ganz allein. Im Oktober, am Tage des heiligen Georg, des Trunkenbolds, öffnen wir die Fässer, und es fließt Wein heraus! Was für ein Wunder! Man trinkt diesen roten Saft, und die Seele wird so groß, daß sie in diesem elenden Körper gar keinen Platz mehr hat und den lieben Gott zum Zweikampf herausfordert. Was ist das? Sprich!» Ich redete kein Wort; ich hörte Sorbas zu und fühlte die Jungfräulichkeit der Welt sich erneuern. Alles Alltägliche und Entfärbte nahm seinen alten Glanz wieder an wie damals, als es von Gott geschaffen wurde. Das Wasser, die Frau, der Stern, das Brot kehrten zu ihrer ursprünglichen, geheimnisvollen Quelle zurück, und der göttliche Wirbelwind erhob sich wieder in die Luft.

Jeden Abend lag ich auf dem Kies am Strande und wartete sehnsüchtig auf Sorbas. Wenn er dann nachlässig heranschritt, mit Schlamm und Kohlenstaub bedeckt, kam er mir vor wie eine ungeheure Maus, die aus dem Erdinnern gekrochen war. Schon von weitem merkte ich an der Haltung seines Körpers, an dem gesenkten oder hoch emporgerichteten Kopf, an der Bewegung seiner langen Arme, wie die Arbeit verlaufen war.

Anfangs ging ich mit ihm zusammen zur Grube und beobachtete die Arbeiter. Ich bemühte mich, ein anderer zu werden, mich für praktische Arbeit zu interessieren, das Menschenmaterial, das in meine Hände gefallen war, kennen und lieben zu lernen und die schon so lang ersehnte Freude zu genießen, mich

64

nicht mehr mit Worten, sondern mit lebendigen Menschen abzugeben. Ich hatte verschiedene romantische Pläne, vorausgesetzt, daß das Unternehmen von Erfolg begleitet war: ich wollte eine Art Kommune organisieren, mit Arbeit für alle, gleichem Essen und gleicher Kleidung, mit einem gemeinsamen Einkommen, als wären wir Brüder. Eine Art von neuem religiösem Orden sollte entstehen, der Sauerteig für ein neues, besseres Zusammenleben aller Menschen...

Ich konnte mich aber noch nicht entschließen, Sorbas in meine Pläne einzuweihen. Es paßte ihm nicht, wenn er mich unter den Arbeitern sah, wenn ich mich in alles einmischte und immer die Partei des Arbeiters ergriff. Er verzog seine Lippen und sagte:

«Hast du keine Lust, einen Spaziergang zu machen? Bei dieser herrlichen Sonne? Am Meer entlang?»

Ich ließ mich zunächst nicht von meinem Vorhaben abbringen. Ich fragte die Leute aus, unterhielt mich mit ihnen, und bald lernte ich die Lebensgeschichte jedes einzelnen kennen: die Kinder, die sie aufzuziehen hatten, die Schwestern, die sie unter die Haube bringen mußten, die alten schwachen Eltern, alle ihre Sorgen, Krankheiten und Leiden. «Was interessieren dich die Privatangelegenheiten der Arbeiter?» sagte er mir ärgerlich. «Du wirst sie bedauern, du wirst sie mehr lieben als nötig und besonders mehr, als im Interesse unseres Unternehmens liegt. Und du wirst sie stets entschuldigen, was sie auch ausfressen mögen... und dann, wehe für sie und für uns, geht alles zum Teufel. Den strengen Chef fürchten die Arbeiter, und weil sie ihn achten, arbeiten sie. Beim milden Herrn schlagen sie über die Stränge und bummeln. Kapiert?»

Ein andermal, es war Feierabend, warf er seine Spitzhacke wütend vor die Baracke und fuhr mich an:

«Ich bitte dich, misch dich nicht in alles! Ich baue auf und du reißt ein. Was hast du ihnen heute wieder für Unsinn aufgetischt! Sozialismus – albernes Geschwätz! Bist du Prediger oder Kapitalist? Du hast zu wählen!»

Aber was hieß hier wählen? Ich war von der naiven Idee

65

besessen, beides miteinander zu verbinden und die Synthese zu finden, in der sich die unaufhebbaren Gegensätze verbrüdern könnten, um so gleichzeitig das irdische Leben und das Himmelreich zu gewinnen. So tat ich von Kindheit an. Als ich noch zur Schule ging, organisierte ich mit meinen vertrautesten Kameraden einen Geheimbund der Freunde – so nannten wir ihn. Hinter verriegelten Türen legten wir einen heiligen Schwur ab, unser ganzes Leben der Bekämpfung des Unrechts zu weihen, und während wir beim Schwur unsere Hand auf das Herz legten, kullerten dicke Tränen aus unseren Augen.

Kindhafte Ideale! Aber wehe dem, der sich über sie lustig machte! Wenn ich denke, wo die Mitglieder des ‹Geheimbundes der Freunde› gelandet sind – Kurpfuscher, Rechtsverdreher, Krämer, verschlagene Politiker, Redakteure von Wurstblättern –, dann könnte mir das Herz springen. Das Klima unseres Planeten ist rauh und hart, wie es scheint, und die wertvollsten Samenkörner können sich nicht entwickeln oder ersticken gleich unter Salbei und Disteln. Und doch, das sehe ich heute, bin ich immer noch nicht gescheit geworden. Immer noch – Gott sei Lob – bin ich bereit, mich in Donquichotterien zu stürzen.

Jeden Sonntag machten wir uns beide wie zwei Hochzeiter zurecht. Wir rasierten uns, zogen ein neues weißes Hemd an und machten am späten Nachmittag Madame Hortense unsere Aufwartung. Sie schlachtete dann eine Henne, wir setzten uns zu dritt an den Tisch, aßen und tranken, und Sorbas tauchte seine langen Hände in den gastlichen Busen und nahm Besitz von ihm. Und wenn wir dann, in später Nacht, wieder an unserem heimischen Gestade landeten, schien uns das Leben so einfach und voll guter Absichten, und wenn es bejahrt war, so war es doch angenehm und gastlich wie Madame Hortense.

An einem solchen Sonntag, bei der Rückkehr von einem solchen reichlichen Liebesmahle, beschloß ich, zu sprechen und Sorbas meine Pläne anzuvertrauen. Er hörte mich mit weitgeöffnetem Mund an, beherrschte sich aber. Nur ab und zu bewegte er entrüstet seinen Kopf. Gleich bei meinen ersten Worten wurde er nüchtern, sein Hirn klärte sich, und als ich geendet hatte, riß er sich aufgeregt ein paar Haare aus seinem Schnurrbart.

«Entschuldige», sagte er, «aber ich glaube, daß bei dir eine Schraube los ist. Wie alt bist du eigentlich?»

«Fünfunddreißig.»

«So? Ja, dann bist du ein hoffnungsloser Fall.»

Sprach's und lachte sich halbtot. Ich fühlte mich getroffen.

«Glaubst du nicht an den Menschen?» schrie ich ihn an.

«Reg dich nicht so auf, Chef. Nein, ich glaube an nichts. Wenn ich an den Menschen glaubte, würde ich auch an Gott glauben, sogar an den Teufel. Und das ist mir zuviel des Guten. Mit solchem Kram möchte ich mich nicht um meine fünf Sinne bringen.»

Er schwieg, nahm seine Mütze ab, kratzte sich wie ein Rasender den Kopf und zerrte an seinem Schnurrbart, als hätte er vor, ihn auszureißen. Er wollte etwas sagen, beherrschte sich aber wieder. Er sah mich schräg aus den Augenwinkeln an und legte schließlich los:

«Der Mensch ist ein Vieh!» schrie er und stieß grimmig seinen Stock in den Kies. «Ein großes Vieh. Euer Hochwohlgeboren haben davon keine Ahnung, alles hat in deinem Leben geklappt. Aber frage mich nicht! Ein Vieh, sage ich dir, ist der Mensch. Hast du ihm was Böses angetan, so respektiert er dich und zittert vor dir. Hast du ihm etwas Gutes getan, so kratzt er dir die Augen aus. Man sollte immer den Abstand bewahren. Laß den Menschen nicht zuviel Freiheit, sag ihnen nicht, daß wir alle gleich sind, daß wir alle die gleichen Rechte haben, denn sie werden sofort dein Recht mit Füßen treten, sie reißen dir dein Brot vom Munde fort und lassen dich elend krepieren. Abstand bewahren, Chef! Ich meine es nur gut mit dir.»

«Ja, glaubst du denn an gar nichts», sagte ich ärgerlich.

«Nein, ich glaube an nichts, wie oft soll ich dir denn das sagen! Ich glaube an nichts, an niemand. Ich glaube nur an Sorbas. Nicht etwa, weil Sorbas vielleicht besser ist als die anderen, davon ist keine Rede. Auch er ist ein Vieh. Ich glaube an

Sorbas, denn nur ihn habe ich in meiner Gewalt, nur ihn kenne ich, alle anderen sind für mich Gespenster. Mit seinen Augen sehe ich, mit seinen Ohren höre ich, mit seinen Gedärmen verdaue ich. Wenn ich sterbe, stirbt alles. Die ganze sorbasische Welt versinkt im Nichts!»

«So ein Egoismus!» sagte ich spöttisch.

«Da ist nichts zu machen, mein Lieber! Es ist so. Bohnen habe ich gegessen, von Bohnen rede ich; Sorbas bin ich, wie Sorbas rede ich.» Ich schwieg. Wie Peitschenschläge trafen mich seine Worte. Ich freute mich, daß er so stark war und einen solchen Ekel vor den Menschen empfinden konnte, und daß es ihm doch Spaß machte, mit ihnen zu leben und zu arbeiten. Ich wäre schon längst ein Asket geworden oder hätte die Menschen mit falschen Federn geschmückt, um sie ertragen zu können.

Im Sternenlicht sah ich Sorbas lächeln, er verzog den Mund bis zu den Ohren dabei.

«Habe ich dich geärgert, Chef?» sagte er auf dem Weg zur Baracke. Ich antwortete nicht; ich fühlte, daß mein Verstand mit Sorbas einer Meinung war, aber daß mein Herz nicht mitmachen wollte. Es war im Begriff, einen Anlauf zu nehmen, dem ‹Vieh› zu entrinnen und sich einen Weg ins Freie zu bahnen.

«Ich bin heute abend nicht müde, Sorbas», sagte ich; «du kannst ja schlafen gehen.»

Die Sterne funkelten, das Meer rauschte leise und beleckte die Kiesel, ein Johanniswürmchen zündete unter seinem Leib das grüngoldene Liebeslaternchen an. Aus den Haaren der Nacht tröpfelte Tau. Ich legte mich auf das Angesicht und tauchte ins Schweigen unter, ohne an etwas zu denken. Ich wurde eins mit der Nacht und dem Meer, und meine Seele kam sich selber wie ein Johanniswürmchen vor, das sich mit seinem Laternchen auf der feuchten dunklen Erde niedergelassen hat und wartet.

Die Sterne wanderten, die Stunden verflossen – und als ich mich erhob, hatte ich mir, ohne zu verstehen wie, endgültig die

Doppelaufgabe ins Herz gegraben, die ich hier an diesem Strande zu erfüllen hatte: mit Buddha fertig zu werden, alle meine metaphysischen Sorgen in Wörter zu kleiden, mich von einer grundlosen Angst zu befreien und von jetzt ab für immer in einen nüchternen, warmen Kontakt mit den Menschen zu kommen.

«Vielleicht», sagte ich mir, «ist es noch nicht zu spät.»

V

«Onkel Anagnostis, der Gemeindevorsteher, bittet Sie, ihn zu einem kleinen Frühstück in seiner Wohnung beehren zu wollen. Der Bezirksverschneider kommt heute ins Dorf, um die Schweine zu kastrieren. Seine Frau wird die verschnittenen Teile für Sie braten. Sie können bei dieser Gelegenheit auch zum Namenstag seines Enkels Minas gratulieren.»

Es ist ein eigenartiges Vergnügen, ein kretisches Bauernhaus zu betreten. Hier weht noch eine echt patriarchalische Luft: Der Kamin, daneben an der Wand ein Öllämpchen, Fässer mit Öl und anderen Lebensmitteln und links vom Eingang in einer Wandnische ein Krug mit frischem Wasser, mit einem Stöpsel aus Reisig. An den Balken hängen Kränze von Quitten und Granatäpfeln und wohlriechende Kräuter, Salbei, Minze, Rosmarin und Pfefferkraut.

Im Hintergrund sieht man drei, vier Holzstufen, die zu einem erhöhten Raum, einer Art Tribüne, führen, mit dem eisernen Bettgestell, und darüber die Ikonen mit dem brennenden Nachtlicht. Das Haus scheint unbewohnt, leer zu sein, und doch ist alles da – so wenig braucht der Mensch zum Leben.

Die milde, strahlende Herbstsonne versprach einen herrlichen Tag. Wir saßen vor dem Hause in dem kleinen Hof unter einem fruchtbehangenen Olivenbaum. Zwischen seinen silbergrauen Blättern schimmerte in der Ferne, ruhig wie ein Spiegel, das Meer. Einzelne dünne Wölkchen schwebten über uns, die die Sonne bald verdeckten, bald wieder freiließen. Es war, als atme die Welt bald freudig, bald traurig.

In einer anderen Ecke des Hofes, in einem kleinen Stall, quiekte das kastrierte Schwein vor Schmerz und schrie uns die Ohren voll. Aus dem Kamin stieg der Duft der in der Kohlenglut bratenden Hoden in unsere Nase.

Wir unterhielten uns über alles, was einen Ewigkeitswert besitzt: über die Saaten, über die Weinberge, über den Regen. Wir mußten laut sprechen, denn der alte Gemeindevorsteher hörte nicht gut. Er hatte, wie er sich ausdrückte, ein stolzes Ohr. Aber es war anregend, ihm zuzuhören. Sein Leben verlief so ruhig wie das eines Baumes in einer windgeschützten Schlucht. Eines schönen Tages war er zur Welt gekommen. Er wuchs heran, heiratete und zeugte Kinder, denen viele Enkelkinder folgten. Die Nachkommenschaft war gesichert.

Der alte Kreter gedachte der vergangenen Zeiten, als die Insel noch zur Türkei gehörte. Er erzählte uns von seinem Vater und von den Wundern, die damals geschahen, weil die Menschen noch gottesfürchtig und fromm waren.

«Ja, ich, den ihr hier seht, der Onkel Anagnostis, bin durch ein Wunder zur Welt gekommen. Wenn ich euch das erzähle, werdet ihr vor Erstaunen die Hände über dem Kopf zusammenschlagen und im Kloster der Muttergottes eine Kerze anzünden.» Er bekreuzigte sich und fing zu erzählen an:

«Also, in unserem Dorfe lebte damals eine reiche Türkin – Gott verdamme sie! Eines schönen Tages wurde dieses Biest schwanger, und es dauerte nicht lange, da sollte das Kind zur Welt kommen. Man legte sie zurecht, und sie brüllte drei Tage und drei Nächte lang wie ein Kalb. Aber das Kind kam nicht. Eine ihrer Freundinnen – Gott verdamme sie! – sagte zu ihr: ‹Tsafer Chanum, ruf doch die Mutter Meiré zu Hilfe!› Mutter Meiré nennen die Türken die Muttergottes, ‹die Panajia› – groß ist ihre Gnade! ‹Die soll ich anrufen?› brüllte die Hündin. ‹Lieber sterbe ich.› Aber die Schmerzen wurden immer unerträglicher. Wieder vergingen ein Tag und eine Nacht, sie brüllte, aber sie konnte nicht entbinden. Die Schmerzen ließen nicht nach. Sie konnte sich nicht mehr halten und rief in ihrer Verzweiflung: ‹Mutter Meiré! Mutter Meiré!› Sie schrie und schrie, aber ihr Zustand wurde immer schlimmer, und das Kind kam nicht. ‹Sie hört nicht›, sagte die Freundin, ‹wahrscheinlich kann sie nicht türkisch; rufe sie mit ihrem griechischen Namen!› – ‹Muttergottes der Griechen!› schrie die Hündin. ‹Muttergottes der Griechen!› Alles umsonst; die Schmerzen wurden nur noch heftiger. ‹Du rufst nicht richtig›, sagte die Freundin, ‹du rufst nicht richtig, Tsafer Chanum! Deshalb kommt sie nicht.› Da, in ihrer Todesangst, brüllte die Hündin, die Christenfeindin, so laut sie konnte: ‹Meine Panajia!› In diesem Augenblick glitt das Kind aus ihrem Leib wie ein Aal.

Das geschah an einem Sonntag. Und was für ein Zufall: am anderen Sonntag kam meine Mutter in die Wehen. Auch sie hatte schreckliche Schmerzen, die Arme, und schrie. Sie rief die Panajia um Hilfe, aber vergeblich. Mein Vater saß auf der Erde mitten im Hofe und konnte vor Angst weder essen noch trinken. Er konnte die Muttergottes nicht verstehen. Bei der Tsafer Chanum, der Hündin, war sie auf deren Hilferufe sofort herbeigeeilt, um sie zu erlösen, und jetzt…

Am vierten Tage konnte sich mein Vater nicht mehr halten, er nimmt seinen Wanderstab und – hast du nicht gesehen! – ist er schon im Kloster der Muttergottes, der Ermordeten – möge sie uns immer beistehen! Er betritt die Kirche, ohne sich zu bekreuzigen, so wütend war er. Er verriegelt die Tür und stellt sich vor ihre Ikone. ‹He, Heilige Jungfrau!› ruft er. ‹Du weißt doch, daß meine Frau, die Marulja, dir jeden Samstagabend Öl bringt und deine Lämpchen anzündet. Seit drei Tagen und drei Nächten windet sie sich in Schmerzen und fleht dich um Hilfe an. Hörst du sie nicht? Ich glaube wirklich, daß du taub geworden bist. Handelte es sich um eine Tsafer Chanum, eine türkische Hündin, dann wärest du sicher sofort da, um ihr zu helfen. Aber für meine Frau, die Christin, hast du nur taube Ohren. Wärest du nicht die Gottesmutter, so könntest du was mit diesem Knüppel erleben!›

Sprach's und zeigte ihr, ohne vorher niederzuknien, den Rücken, um sich zu entfernen. Aber – o Wunder! – in diesem Augenblick knarrte die Ikone, als ob sie zerspringen wollte. So knarren die Ikonen, falls ihr es noch nicht wißt, wenn sie ein Wunder tun wollen. Mein Vater verstand es sofort. Er wandte sich um, fiel auf die Knie, bekreuzigte sich und rief: ‹Ich habe gesündigt, Panajia, aber jetzt ist alles in Butter!›

Kaum war er wieder im Dorfe, da erreichte ihn schon die gute Nachricht: ‹Möge er lange leben! Deine Frau hat einen Sohn geboren.› Mich, den ihr hier vor euch seht, den Onkel Anagnostis. Aber ich kam mit einem etwas zu stolzen Ohr zur Welt. Mein Vater hatte ja der Gottesmutter vorgeworfen, sie sei taub. – ‹So?› wird sie sich gesagt haben. ‹Jetzt mache ich dir deinen Sohn taub, damit du in Zukunft nicht mehr lästerst.›»

Der Onkel Anagnostis bekreuzigte sich:

«Schon recht, Gott sei Dank! Sie hätte mich ja auch blind oder blödsinnig oder bucklig machen können. Oder sie hätte mich auch, Gott behüte, als Mädchen erschaffen können. Schon recht, groß ist ihre Gnade!»

Er füllte die Gläser.

«Groß ist ihre Gnade!» sagte er und hob das Glas.

«Auf dein Wohl, Onkel Anagnostis, möchtest du hundert Jahre alt werden und Urenkel erleben!»

Der Alte goß in einem Zuge das Glas hinunter und wischte sich seinen Schnurrbart:

«Nein, mein Sohn, es genügt! Die Enkel genügen mir. Meine Zeit ist um. Ich bin schon zu alt, meine Lenden versagen. Was habe ich also noch vom Leben?»

Er schenkte wieder ein, holte aus seinem Gürtel Nüsse und in Lorbeerblätter gewickelte trockene Feigen und verteilte sie unter uns.

«Alles was ich hatte und nicht hatte, habe ich unter meine Kinder verteilt. Jetzt nage ich am Hungertuch. Ich lasse mir aber deshalb keine grauen Haare wachsen. Gott wird mir schon weiterhelfen.»

«Gott wird schon weiterhelfen», schrie Sorbas dem Alten

72

ins Ohr. «Aber was haben wir davon? Er schenkt uns ja doch nichts, der Geizkragen.»

Der Gemeindevorsteher runzelte die Stirn.

«Laß Gott aus dem Spiele!» sagte er ernst. «Lästere ihn nicht. Er verläßt sich auf uns, der Bedauernswerte.»

Inzwischen brachte seine Frau, unterwürfig, ohne ein Wort zu reden, auf einer irdenen Schüssel die ‹unaussprechlichen Teile› des Schweins und einen großen bronzenen Krug mit Wein. Sie stellte alles auf den Tisch, faltete die Hände, ohne sich zu setzen, und senkte die Augen. Ich ekelte mich vor dem Fraß, genierte mich jedoch, ihn zurückzuweisen. Sorbas sah mich von der Seite an und lächelte.

«Das ist das zarteste Fleisch», versicherte er mir, «du brauchst dich nicht zu ekeln.»

Der alte Anagnostis kicherte.

«Tatsächlich. Koste es wenigstens mal! Ei, da läuft dir das Wasser im Mund zusammen. Als Prinz Georg unserem Kloster einen Besuch abstattete, bereiteten ihm die Mönche ein wahrhaft königliches Festmahl. Allen anderen setzten sie Fleischgerichte vor, nur der Prinz bekam einen tiefen Teller voll Suppe. Der Prinz rührte mit dem Löffel die Suppe um und fragte erstaunt: ‹Bohnen?›

‹Iß nur›, sagte der greise Abt, ‹iß und dann laß uns sehen.› Der Prinz kostete einen Löffel, zwei, drei, schließlich leerte er den Teller und leckte seine Lippen.

‹Das ist ja etwas Prachtvolles›, sagte er, ‹herrliche Bohnen, weich wie Brägen!›

‹Das sind keine Bohnen, mein Prinz›, sagte der Abt lachend, ‹wir haben sämtliche Hähne der Provinz kastriert.›»

Der alte Anagnostis spießte mit der Gabel ein Stück von den Hoden des Schweines auf und reichte es mir.

«Ein fürstlicher Leckerbissen!» sagte er lachend. «Mund auf!»

Ich öffnete meinen Mund und er steckte ihn mir hinein.

Dann füllte er wieder die Gläser, und wir tranken auf seine Enkel. Die Augen des Großvaters glänzten.

«Was soll dein Enkel mal werden, Onkel Anagnostis?»
fragte ich ihn.

«Was er werden soll, mein Sohn? Er wird schon den richtigen Weg finden. Vor allem soll er ein braver Mensch werden,
ein guter Familienvater. Er soll Kinder und Enkelkinder zur
Welt bringen, und eins von seinen Kindern soll mir ähnlich
sein; so daß die alten Leute bei seinem Anblick ausrufen: ‹Seht
doch, wie er dem Onkel Anagnostis gleicht! Gott hab ihn selig!
Er war ein guter Mensch.›»

«Marulja!» sagte er, ohne seine Frau anzublicken; «Marulja! Der Krug ist leer; bring uns neuen Stoff!»

In diesem Augenblick öffnete das Schwein mit einem kräftigen Stoß die Tür des kleinen Stalles und lief grunzend in den
Hof.

«Das arme Tier hat Schmerzen», sagte Sorbas mitleidig.

«Was du nicht sagst!» rief der alte Kreter und lachte.

«Wenn dir so etwas passierte, würde dir das nicht auch weh
tun?»

Sorbas rückte auf seinem Stuhl und brummte entsetzt:
«Halt's Maul, du Schafskopf!»

Das Schwein lief im Hofe hin und her und blickte uns böse
an.

«Bei Gott, man möchte meinen, es verstehe, daß wir sie aufessen!» sagte der Gemeindevorsteher, dem das bißchen Wein
schon zu Kopf gestiegen war.

Aber wir beide, Sorbas und ich, verzehrten still und vergnügt
den köstlichen Leckerbissen, wie die Kannibalen, tranken dazu
den dunklen Wein und bewunderten durch die silbergrauen
Zweige des Olivenbaumes das Meer, das jetzt, bei Sonnenun-
tergang, wie eine große Rose zu leuchten begann.

Als wir spät am Abend das Haus des Gemeindevorstehers
verließen, war auch Sorbas in der richtigen Stimmung. Er
wurde immer gesprächiger. «Über was sprachen wir vorgestern?» fing er an. «Du möchtest also das Volk erleuchten, du
willst ihm die Augen öffnen. Ja, wie stellst du dir denn das vor?
Meinst du wirklich, daß du dem Onkel Anagnostis die Augen

öffnen kannst? Hast du nicht gesehen, wie seine Frau vor ihm ständig katzbuckelte und nur auf Befehle wartete? Ich möchte mal sehen, wie du dem beibringen willst, daß die Frau mit dem Mann gleichberechtigt ist. Daß es eine Grausamkeit ist, wenn man ein Stück Schweinefleisch ißt, während das Schwein noch lebend herumläuft und vor Schmerzen laut brüllt! Und daß es ein Blödsinn ist, sich mit dem Gedanken zu begnügen, daß Gott schon weiterhelfen wird, während du dem Hungertod nahe bist. Was hat der rückständige Onkel Anagnostis davon, wenn du ihm mit solchen belehrenden Albernheiten kommst? Du bringst ihn dadurch nur in Verlegenheit. Und was hat die Frau Marulja davon? Sie werden sich bald in den Haaren liegen, die Henne möchte ein Hahn werden, und schließlich werden sie sich gegenseitig die Federn ausreißen ... Laß doch die Leute in Ruhe, Chef, und öffne ihnen die Augen nicht! Wenn du es fertig gebracht hast, was werden sie dann schon sehen? Ihr eigenes Elend! Laß sie doch in ihrer Unwissenheit. Laß sie so weiterwursteln!»

Er schwieg einen Augenblick, kratzte sich den Kopf und überlegte.

«Außer», sagte er schließlich, «außer...»

«Außer? Was meinst du?»

«Außer, du könntest ihnen, falls du ihnen die Augen geöffnet hast, eine bessere Welt zeigen als die finstere, in der sie jetzt ein halbwegs bequemes Leben führen... Kannst du das?»

Auf diese Frage vermochte ich nicht zu antworten. Ich wußte wohl, was niedergerissen werden mußte, aber ich wußte nicht, was man dann auf den Trümmern aufbauen könnte. Das weiß niemand genau, dachte ich. Die alte Welt steht handgreiflich vor dir, fest verankert. Wir leben sie und kämpfen mit ihr jeden Augenblick. Sie existiert. Die zukünftige Welt ist noch ungeboren, nicht zu greifen, im Flusse. Sie besteht aus dem Stoff, aus dem die Träume entstehen. Sie ist eine Wolke, die heftige Winde hin und her schleudern – die Liebe, die Phantasie, der Zufall, Gott –, bald wird sie dünner, bald dichter, sie unterliegt dem ständigen Wandel... Auch der größte Prophet kann der

Menschheit höchstens eine Parole geben, und je unbestimmter diese ist, desto größer ist der Prophet.

Sorbas sah mich ironisch an und lächelte. Das verdroß mich.

«Ich kann's», antwortete ich hartnäckig.

«Das kannst du? Los, also sprich!»

«Ich kann dir's nicht sagen, du verstehst es doch nicht.»

«So? Dann kannst du überhaupt nichts», sagte Sorbas und schüttelte seinen Kopf. «Glaube nicht, daß ich Tinte gesoffen habe, Chef! Da bist du im Irrtum. Ich bin ungebildet wie Onkel Anagnostis, doch nur nicht so dumm wie er. Nein! Da ich schon nichts davon verstehe, wie sollen es dieser harmlose Mensch und seine Lebensgefährtin, diese einfältige Kuh, kapieren? Und alle die anderen Anagnostis und Maruljas der Welt? Laß sie beim alten, an das sie nun einmal gewöhnt sind! Glaubst du nicht, daß bisher alles bei ihnen gut geklappt hat? Sie leben, und zwar nicht schlecht. Sie haben Kinder und Enkel, der liebe Gott macht sie taub und blind, und sie rufen: ‹Gott sei Dank!› Sie haben sich in ihr Elend gefügt. Laß sie also in Ruhe und schweig.»

Ich schwieg. Wir kamen am Garten der Witwe vorbei. Sorbas blieb einen Augenblick stehen und seufzte, sprach aber kein Wort. Irgendwo in der Nähe mußte es geregnet haben. Die Luft war frisch und roch nach Erde. Die ersten Sterne traten aus den Wolken. Der Neumond glänzte grasgrün, und der Himmel strömte Frieden und Lieblichkeit aus.

Dieser Mann, dachte ich, ist nicht in die Schule gegangen, und sein gesunder Menschenverstand ist nicht verdorben. Er hat viel erlebt und erlitten, sein geistiger Horizont hat sich erweitert, ohne die primitive Kühnheit zu verlieren. Alle die für uns so komplizierten ungelösten Probleme löst er mit einem Schwertstreich wie sein Landsmann, der große Alexander. Selten ist er der Genasführte, denn er stützt sich mit seinem ganzen Körper, vom Scheitel bis zur Sohle, auf die Erde. Die Wilden in Afrika verehren die Schlange, denn ihr ganzer Körper berührt die Erde, und so sind ihr alle Geheimnisse der Erde bekannt. Sie kennt sie mit ihrem Bauch, mit ihrem Schwanz, mit ihren Geschlechtsteilen, mit ihrem Kopf. Sie verbindet sich mit der Mutter Erde und wird eins mit ihr. So einer ist auch Sorbas. Wir Gebildeten sind wie die hirnlosen Vögel der Luft.

Immer zahlreicher brachen die Sterne auf, wild, unnahbar, hart, ohne Mitleid mit den Menschen.

Wir schwiegen. Mit Entsetzen beobachteten wir den Himmel, sahen jeden Augenblick neue Sterne im Osten aufflammen, andere Sterne auftauchen und die Feuersbrunst wachsen.

Wir erreichten die Baracke. Ich hatte keinen Hunger und setzte mich am Strand auf einen Felsblock. Sorbas zündete die Lampe an, aß, wollte mich aufsuchen, entschloß sich aber anders, legte sich ins Bett und schlief.

Das Meer war wie erstarrt, keine Welle regte sich. Auch die Erde war wie gelähmt von dem drohenden Beschuß der Sterne und hüllte sich in tiefes Schweigen. Kein Hund bellte, kein Nachtvogel klagte. Es war totenstill. Eine heimtückische, gefährliche Ruhe, aus Tausenden von Schreien in uns geronnen, so fernen oder so tiefen, daß keiner sie hörte. Ich fühlte nur das Sieden meines Blutes, in den Schläfen und Halsadern.

‹Die Melodie des Tigers›, dachte ich mit Schaudern.

In Indien singt man bei Anbruch der Nacht ganz leise eine traurige, monotone Melodie, ein wildes leises Lied, das wie das ferne langgezogene Gähnen eines Raubtieres ist – die Melodie des Tigers. Das menschliche Herz ist voll zitternder Spannung.

Wie ich so saß und dachte, begann sich die Leere in meiner Brust wieder langsam zu füllen, die Ohren erwachten, das Schweigen verwandelte sich in Geschrei. Die Seele schien dieser Melodie zu antworten und verließ den Körper, um zu lauschen.

Ich bückte mich, füllte meine Hand mit Meerwasser und benetzte mir Schläfen und Stirn. Ich fühlte mich erfrischt. In meiner Brust ließen sich drohende, verworrene, ungeduldige Stimmen vernehmen – der Tiger saß in mir und brüllte.

Und plötzlich hörte ich die Stimme ganz deutlich.

«Buddha! Buddha!» rief ich und sprang auf.

Ich lief das Ufer entlang, als wollte ich vor ihm fliehen. Seit einiger Zeit, wenn ich nachts allein bin, wenn überall Ruhe, Friede herrscht, höre ich seine Stimme – anfangs traurig, flehend, wie ein Klagelied, allmählich aber drohend und gebieterisch. Und sie klopft in meiner Brust wie ein Kind, dessen Stunde gekommen ist.

Es mochte gegen Mitternacht sein. Dunkle Wolken hatten sich am Himmel zusammengeballt, dicke Tropfen fielen auf meine Hände. Das störte mich aber nicht. Ich war in eine glühende Atmosphäre versunken, ich fühlte rechts und links an meinen Schläfen zwei Feuergarben.

‹Der Augenblick ist gekommen›, empfand ich mit Schaudern, ‹das Rad Buddhas überrollt mich! Der Augenblick ist gekommen, mich von dieser wundersamen Bürde zu befreien.›

Schnell kehrte ich in die Baracke zurück und zündete die Lampe an. Sorbas, den das plötzliche Licht störte, öffnete die Augen und sah mir zu, wie ich mich über das Papier beugte, um zu schreiben. Er brummte etwas in seinen Bart – ich hörte nicht hin –, drehte sich auf die andere Seite und schlief weiter.

Ich schrieb hastig, ich hatte es eilig. Der ganze ‹Buddha› war eigentlich schon in mir fertig, ich sah, wie er sich innerlich aus mir löste, wie ein blaues Band voller Buchstaben, er löste sich fast zu schnell, und ich beeilte mich nachzukommen. Ich schrieb ohne Unterlaß, alles war so leicht und einfach geworden. Ich schrieb nicht, ich schrieb ab. Eine ganze Welt zog an mir vorüber, geschaffen aus Mitleid, Entsagung und Luft – Buddhas Paläste, die Haremsfrauen, der goldene Wagen, die drei schicksalhaften Begegnungen mit dem Greis, dem Kranken, dem Toten, die Flucht, die Askese, die Erlösung, die Verkündigung der Errettung. Aus der Erde sprossen gelbe Blumen, die Bettler und die Könige legten sich gelbe Gewänder an, die Steine, die Hölzer, das Fleisch wurden leichter. Die Seelen verwandelten sich in Luft, in Geist. Der Geist sank ins Nichts zurück. Meine Finger wurden müde, aber ich wollte nicht, konnte nicht aufhören. Die Vision eilte im Fluge vorüber, drohte mir zu entfliehen, ich mußte sie einholen.

Als mich Sorbas am Morgen fand, war ich mit dem Gesicht auf dem Manuskript eingeschlafen.

VI

Die Sonne näherte sich schon dem Zenit, als ich erwachte. Von der Überanstrengung beim Schreiben war meine rechte Hand wie erstarrt, und meine Finger versagten den Dienst. Das buddhistische Ungewitter war über mich hinweggestürmt und hatte mich ermattet und leer zurückgelassen.

Ich bückte mich und las die auf dem Fußboden zerstreuten Manuskriptblätter auf. Ich hatte weder die Lust noch die Kraft, sie mir anzusehen, als wäre diese stürmische Eingebung ein schöner Traum gewesen, den ich nicht in Worte gezwängt und geschändet sehen wollte.

Ein milder Herbstregen fiel. Sorbas hatte, bevor er zur Arbeit ging, das Kohlenbecken angezündet Den ganzen Tag über saß ich mit gekreuzten Beinen daneben, die Hände über dem Feuer, unbeweglich, ohne zu essen, und lauschte den leisen Tropfen des ersten Regens.

Ich dachte an nichts. Mein Gehirn ruhte sich aus, zusammengerollt wie ein Maulwurf im feuchten Erdreich. Ich vernahm die leisen Regungen und nagenden Geräusche der Erde, hörte die Regentropfen fallen und die Samenkörner schwellen. Ich fühlte, daß sich Himmel und Erde umschlangen. So hatten sie sich in grauer Vorzeit gepaart und Kinder gezeugt. Und vor mir, am Strande, brüllte und leckte die See wie ein Raubtier, das seine Zunge ausstreckt, um Wasser zu trinken.

Ich war glücklich und wußte das. Solange wir ein Glück erleben, sind wir uns dessen nie so recht bewußt. Erst wenn es uns verlassen hat und wir Rückschau halten, merken wir plötzlich

– und zuweilen mit Erstaunen –, wie glücklich wir waren. Ich aber lebte an diesem kretischen Gestade das Glück und wußte auch, daß ich glücklich war.

Vor mir blaute das unendliche Meer, bis an die afrikanische Küste hinunter. Oft wehte ein heißer Südwind, der Liwas, herüber, der aus fernen brennenden Wüsten kam. Am Morgen roch das Meer wie eine Wassermelone, mittags dampfte es und seine Wellen glichen winzigen, noch unentwickelten Mädchenbrüsten, abends aber seufzte es rosig, weinfarben und dunkelblau.

Es machte mir abends Vergnügen, meine Hand mit feinem blondem Sand zu füllen und ihn heiß und weich durch meine Finger gleiten zu lassen. Dann wurde die Hand zur Sanduhr, aus der das Leben rinnt und entschwindet. Es entschwindet, und ich blicke aufs Meer, höre Sorbas und fühle meine Schläfe sich weiten vor Fröhlichkeit.

Einmal, erinnere ich mich, sagte meine kleine vier Jahre alte Nichte Alka, als wir am Silvesterabend das Schaufenster eines Spielwarenladens bewunderten, etwas ganz Erstaunliches: «Onkel Drache» – so nannte sie mich –, «Onkel Drache, ich bin so froh, daß mir Hörner gewachsen sind.» Ich war bestürzt. Was für ein Wunder ist doch das Leben! Und wie verwandt sind alle Seelen, wenn sie tief bis auf ihre Wurzeln tauchen! Wie eins werden sie dann! Und gleich erinnerte ich mich an ein Museum, in dem ich eine Buddhamaske aus glänzendem Ebenholz gesehen hatte. Buddha war erlöst. Eine ungeheure Freude durchwogte ihn nach siebenjähriger Qual. Seine Stirnadern rechts und links waren darüber so angeschwollen, daß sie die Haut sprengten und sich in zwei kräftige Hornspiralen verwandelten.

Am Spätnachmittag hatte es aufgehört zu regnen, und der Himmel war wieder klar. Ich hatte Hunger und freute mich, denn bald würde Sorbas kommen, Feuer anmachen und seinen Dienst als Koch antreten.

«Das ist auch so eine endlose Schweinerei!» sagte Sorbas oftmals, sobald er den Kochtopf aufs Feuer stellte. «Man hat nicht nur mit der Frau eine ewige Plage – hol sie der Teufel! –, man hat sie auch mit dem Kochen.»

In dieser Landschaft hatte ich zum erstenmal Freude am Essen. Wenn abends Sorbas zwischen zwei großen Ziegelsteinen Feuer anmachte, wenn wir uns dann an den gedeckten Tisch setzten und aßen und tranken und wenn dann unsere Gespräche ihren Höhepunkt erreicht hatten, merkte ich, daß auch das Essen eine seelische Verrichtung ist und daß Fleisch, Brot und Wein Urstoffe sind, aus denen der Geist entsteht.

Nach der Arbeit und vor dem Abendessen war Sorbas nie guter Stimmung. Er hatte keine Lust, sich mit mir zu unterhalten, man mußte ihm sozusagen jedes Wort mit der Zange aus dem Munde holen. Aber sobald er, um seine eigenen Worte zu gebrauchen, die Maschine mit Kohlen versorgt hatte, kam Leben in die schläfrige, müde Fabrik seines Körpers, alle Räder begannen zu rollen, und die Arbeit ging munter vorwärts. Seine Augen leuchteten, sein Gedächtnis strömte über, seine Füße bekamen Flügel, er tanzte.

«Sag mir, was du aus den Speisen machst, welche du ißt, und ich werde dir sagen, wer du bist», sagte er einmal. «Die einen verwandeln sie in Fett und Kot, die anderen in Arbeit und gute Laune. Wieder andere, habe ich gehört, verwandeln sie in Gott. Also gibt es drei Sorten von Menschen. Ich, Chef, gehöre weder zu den Schlimmsten noch zu den Besten, ich stehe in der Mitte. Was ich esse, verwandle ich in Arbeit und gute Laune. Das ist nicht das Schlechteste!»

Er blickte mich verschmitzt an und lachte.

«Ich vermute», sagte er, «daß du deine Mahlzeiten in Gott verwandeln möchtest. Aber du kommst nicht zu Rande und quälst dich umsonst. Dir ist dasselbe wie dem Raben passiert.»

«Was ist denn dem Raben passiert, Sorbas?»

«Der hatte früher einen ganz ordentlichen Gang, würdig eines Raben. Aber eines Tages setzte er sich in den Kopf, auch so einherzuschreiten wie das Rebhuhn und sich dabei in die Brust zu werfen. Seitdem hat er seinen eigentlichen Gang vergessen und jetzt hinkt er, wie du siehst.»

Ich blickte auf, ich hörte Sorbas aus dem Stollen zurückkehren. Bald darauf sah ich ihn vor mir, mürrisch, mit einem Gesicht wie drei Tage Regenwetter. Seine langen Arme baumelten wie zwei verstimmte Glocken in der Luft.

«'n Abend, Chef!» sagte er kleinlaut.

«Guten Abend! Wie ging's heute mit der Arbeit?»

Er antwortete nicht.

«Ich will erst mal Feuer anmachen», sagte er dann, «und kochen.» Er holte aus der Ecke ein Bündel Holz, ging hinaus, schichtete es geschickt zwischen den beiden Ziegelsteinen auf und machte Feuer. Dann stellte er den irdenen Kochtopf auf, füllte ihn mit Wasser, Zwiebeln, Tomaten und Reis. Ich deckte inzwischen einen kleinen runden Tisch mit einer Serviette, schnitt einige dicke Scheiben Weizenbrot und goß aus einer großen Korbflasche Wein in eine Kürbisflasche, die uns seinerzeit Onkel Anagnostis geschenkt hatte.

Sorbas kniete vor dem Kochtopf und blickte schweigend mit weitoffenen Augen ins Feuer.

«Hast du eigentlich Kinder?» fragte ich ihn plötzlich.

«Weshalb willst du das wissen? Ich habe eine Tochter.»

«Verheiratet?»

Sorbas lachte.

«Warum lachst du, Sorbas?»

«Wie kann man so fragen?» sagte er. «Hältst du sie für so dumm, nicht zu heiraten? Ich arbeitete in einem Erzbergwerk bei Prawita auf der Halbinsel Chalkidike. Eines Tages bekam ich einen Brief von meinem Bruder Jannis. Ich habe übrigens ganz vergessen, dir zu sagen, daß ich einen Bruder habe, der ein guter Hausvater ist, brav, gottesfürchtig, ein Wucherer und Duckmäuser, ein Mann, wie er sein soll, eine Stütze der Gesellschaft. Er ist Krämer in Saloniki. ‹Lieber Bruder Alexis›, schrieb er mir, ‹deine Tochter, die Frosso, ist auf Abwege geraten, sie hat unseren ehrlichen Namen geschändet. Sie hat einen Geliebten und von dem ein Kind. Aus ist's mit unserer Ehre! Ich werde ins Dorf gehen und sie umbringen.›»

«Und was tatest du, Sorbas?»

Sorbas hob seine Schultern:

«Pff! Weiber! sagte ich und zerriß den Brief.»

Er rührte das Essen um, tat Salz dazu und lachte.

«Aber das Allerkomischste kommt noch», fuhr er fort. «Nach einem Monat bekomme ich von meinem Bruder, diesem Esel, einen zweiten Brief: ‹Freue dich, mein lieber Bruder Alexis!› schrieb mir der Waschlappen. ‹Hinsichtlich unserer Ehre ist alles wieder in Ordnung. Du kannst deine Stirn wieder aufrecht tragen, der Betreffende hat Frosso geheiratet.›» Sorbas wandte sich um und blickte mich an. Beim Schein seiner Zigarette sah ich seine Augen funkeln. Er hob abermals seine Schultern und meinte verächtlich: «Pff! Mannsbilder!» Und sogleich fuhr er fort:

«Was hat man von den Weibern zu erwarten? Daß sie mit dem ersten besten Kinder kriegen. Und was hat man von den Männern zu erwarten? Daß sie in die Falle geraten. Das kannst du für bare Münze nehmen!» Er nahm den Kochtopf vom Feuer, und wir setzten uns zu Tisch.

Sorbas war bald wieder in Gedanken versunken. Irgend etwas quälte ihn. Er sah mich an, öffnete seinen Mund, um zu reden, und schloß ihn wieder. Ich konnte im Lichte der Lampe deutlich seine verdrießlichen und unruhigen Augen sehen.

Ich hielt nicht mehr an mich:

«Sorbas, du hast mir etwas zu sagen. Sprich, du liegst in den Wehen! Schieß los!»

Er schwieg – hob einen Kieselstein vom Boden auf und schleuderte ihn mit aller Kraft durch die Tür.

«Laß die Steine in Ruhe! Sprich!»

Er streckte seinen faltigen Hals vor, stierte mich an und fragte mich verlegen:

«Hast du Vertrauen zu mir, Chef?»

«Gewiß, Sorbas! Was du auch unternimmst, es kann dir nichts mißlingen, selbst wenn du wolltest. Du gleichst einem Löwen oder einem Wolf. Diese Tiere benehmen sich nie wie Schafe oder Esel, sie verleugnen niemals ihre Natur. So ist es auch mit dir: du bleibst Sorbas vom Scheitel bis zur Sohle.»

Sorbas schüttelte den Kopf

«Aber ich weiß nicht, wohin – zum Teufel! – unser Weg führt.»

«Ich weiß es. Mach dir keine Sorge! Immer geradeaus!»

«Sag's noch einmal, damit ich Mut fasse!» rief er.

«Immer geradeaus!»

Seine Augen leuchteten.

«Jetzt kann ich's dir sagen! Seit einigen Tagen wälze ich einen großen Plan, eine verrückte Idee im Kopf. Wollen wir sie verwirklichen?» sagte er.

«Da fragst du noch? Deshalb sind wir ja hier, um Ideen zu verwirklichen.»

Sorbas beugte sich leicht vornüber, streckte seinen Hals vor und sah mich halb erfreut, halb erschreckt an.

«Sprich deutlich, Chef!» rief er. «Sind wir denn nicht wegen der Kohlen hier?»

«Die Kohlen sind nur der äußere Anlaß. Ein Vorwand, um bei den Leuten nicht in Verdacht zu kommen. Sie müssen uns für brave Unternehmer halten, sonst schmeißen sie uns faule Eier nach. Verstanden, Sorbas?»

Sorbas traute seinen Ohren nicht. Er strengte sich an zu begreifen, er konnte dieses große Glück nicht fassen. Plötzlich war ihm alles klar. Er stürzte sich auf mich und packte mich an der Schulter.

«Kannst du tanzen?» fragte er mich erregt. «Tanzt du?»

«Nein.»

«Nein?!»

Erstaunt ließ er die Arme sinken.

«Gut! Dann tanze ich allein, Chef. Geh beiseite, sonst stoße ich dich um. Hoheh! Hoheh!»

Mit einem Satz war er draußen, warf Schuhe, Rock und Weste auf einen Haufen, krempelte die Hose hoch, bis zu den Knien, und begann zu tanzen. Sein Gesicht, das noch von Kohlenstaub starrte, war pechschwarz. Seine Augen leuchteten schneeweiß. Er stürzte sich in den Tanz, klatschte in die Hände, sprang und wirbelte sich in die Luft, fiel mit gebeugten

Knien wieder zu Boden und sprang aus dem Sitz wieder empor, als ob er aus Gummi sei. Und immer wieder flog er in die Luft, als hätte er Flügel, um die erhabenen Gesetze der Natur zu bezwingen und im Nichts zu verschwinden. Es war, als befände sich in diesem wurmstichigen Körper die Seele im Kampfe mit dem Fleisch, als wollte sie es mit sich reißen und sich gleich einer Sternschnuppe mit ihm in die Finsternis stürzen. Sie schüttelte den Körper hin und her, der immer wieder zurückfiel, weil er sich in der Luft nicht lange halten konnte, sie schüttelte ihn unbarmherzig von neuem und trieb ihn noch höher, aber der armselige Körper stürzte wieder ab und landete in Angstschweiß gebadet am Boden.

Sorbas runzelte die Stirn. Seine Mienen zeigten eine beunruhigende Härte. Er stieß keine unartikulierten Laute mehr aus. Mit zusammengebissenen Zähnen versuchte er das Unmögliche zu erreichen.

«Sorbas! Sorbas!» rief ich. «Genug!»

Ich fürchtete, der alte Körper könne diesem Ungestüm plötzlich erliegen und in tausend Stücke zerspringen.

Ich hatte gut rufen, Sorbas dachte nicht daran, auf die Stimme der Erde zu hören. Seine Eingeweide waren schon zum Vogel geworden.

Ich folgte besorgt den wilden, verzweifelten Bewegungen.

Als kleiner Junge hatte ich eine zügellose Phantasie gehabt und meinen Freunden ungeheuerliche Geschichten erzählt, an die ich schließlich selbst glaubte.

«Wie ist denn dein Großvater gestorben?» hatten mich eines Tages meine Mitschüler in der ersten Klasse der Volksschule gefragt.

Und ich heckte sofort ein Märchen aus und redete drauflos, und je mehr ich mich in diesen Unsinn hineinredete, desto mehr glaubte ich daran. «Mein Großvater», erzählte ich, «trug Gummischuhe. Eines Tages, als sein Bart schon ganz weiß war, sprang er vom Dach unseres Hauses herunter. Aber sobald er die Erde berührte, prallte er ab wie ein Ball und flog wieder in die Höhe, über das Haus hinauf, immer höher und höher, bis er schließlich in den Wolken verschwand. So starb mein Großvater.» So oft ich nun in die kleine Kirche des Hl. Minas gekommen war und im unteren Teil des Ikonostas das Bild mit der Himmelfahrt Christi sah, hatte ich seit dem Tage, an dem ich dieses Märchen erfunden hatte, meine Mitschüler auf dieses Gemälde aufmerksam gemacht:

«Seht, mein Großvater mit den Gummischuhen!»

Und heute abend erlebte ich beim Anblick des tanzenden Sorbas noch einmal dieses Kindermärchen mit Schrecken, als fürchtete ich mich, auch er könnte in den Wolken verschwinden.

«Sorbas! Sorbas! Genug!» rief ich.

Sorbas saß jetzt zusammengesunken, außer Atem, auf dem Boden. Sein ganzes Gesicht glänzte vor Glück. Seine grauen Haare klebten an seiner Stirn, und ein Gemisch von Kohlenstaub und Schweiß bedeckte die Wangen und das Kinn.

Besorgt beugte ich mich über ihn.

«Jetzt fühle ich mich leichter», sagte er, «wie nach einem Aderlaß. Jetzt kann ich auch wieder reden.»

Er ging in die Baracke, setzte sich an das Kohlenbecken, sah mich an, und sein Gesicht leuchtete.

«Was ist nur in dich gefahren, so einen Tanz vorzuführen?»

«Was hätte ich tun sollen, Chef? Ich war vor Freude übergeschnappt, ich mußte meinem Herzen Luft machen. Und wie kann man seinem Herzen Luft machen? Mit Worten? Pff!»

«Was für eine Freude meinst du?»

Unruhig blickte er mich an, seine Lippen zitterten.

«Was für eine Freude? Nun alles, was du mir eben gesagt hast! Oder war das nur leeres Geschwätz? Sagtest du nicht, daß wir nicht der Kohlen halber hier sind? Ist es nicht so? Sprich doch, damit ich weiß, woran ich bin! Wir sind doch hier, um unsere Zeit totzuschlagen und den Leuten Sand in die Augen zu streuen, damit sie uns nicht für verrückt halten und faule Eier werfen. Und wenn wir dann unter uns sind und uns niemand sieht, lachen wir uns krank! Ehrenwort! Das war auch mein Wunsch, aber ich war bisher noch nicht so recht dahintergekommen. Bald hatte ich die Kohlen im Sinne, bald die Frau Bubulina, bald euer Hochwohlgeboren… ein richtiges Durcheinander. Öffnete ich im Bergwerk einen Stollen, sagte ich: ‹Ich will Kohlen! Kohlen! Kohlen!› Und vom Scheitel bis zur Sohle wurde ich selbst zur Kohle. Und wenn ich mich dann nach Feierabend mit dieser alten Schachtel – möge es ihr immer gutgehen! – abgab, hängte ich den ganzen Kram an ihr Halsband, die Braunkohlen und die Herren Unternehmer, und mich dazu; ich wußte nicht mehr, wo mir der Kopf stand. Und wenn ich alleine war und nichts zu tun hatte, dachte ich an dich, Chef, und mir brach das Herz. Mich quälten Gewissensbisse. ‹Es ist eine Schande, Sorbas›, sagte ich mir, ‹eine Schande, diesen guten Menschen zum Narren zu halten und ihm sein Geld durchzubringen. Wie lange willst du ihn begaunern, Sorbas! Schluß damit!›

Ich wußte nicht mehr aus noch ein, Chef. Auf der einen Seite zog der Teufel an mir, auf der anderen der liebe Gott! Ich in der Mitte! Beide drohten mich zu zerreißen. Aber jetzt, Chef, hast du ein großes Wort gesprochen, und meine Augen sehen. Ich bin nicht mehr blind, habe alles verstanden, und wir sind einer Meinung. Der Würfel ist gefallen. Wieviel Geld hast du noch? Her damit! Wir bringen es unter!»

Er wischte sich den Schweiß von der Stirn und schien etwas zu suchen. Die Speisereste lagen noch auf dem kleinen Tisch. Er streckte seine große Hand aus und sagte:

«Du erlaubst, ich habe wieder Hunger.»

Er nahm eine Scheibe Brot, eine Zwiebel, eine Handvoll Oliven und verschlang alles wie ein heißhungriger Wolf. Dann kippte er die Flasche über den Mund, ohne sie mit den Lippen zu berühren, und ließ den Wein in die Kehle glucksen. Er schnalzte mit der Zunge.

«Alles wieder in Ordnung. Das Herz ist wieder an seinem richtigen Platz», sagte er.

Er plinkerte mir mit einem Auge zu und fragte mich:

«Weshalb lachst du nicht? Warum schaust du mich so an? Ich bin nun einmal so. Ein Teufel sitzt in mir. Er befiehlt mir

87

und ich tue, was er mir sagt. Jedesmal wenn ich aus irgendeinem Anlaß zu ersticken drohe, ruft er: ‹Tanze!› und ich
tanze. Und ich bin sofort wieder in Ordnung. Als mein Kind,
der kleine Dimitrakis, damals auf der Chalkidike, starb, tat ich
genau so und tanzte. Die Verwandten und Freunde, die mich
angesichts der Leiche tanzen sahen, stürzten sich auf mich, um
mich zu packen. ‹Sorbas ist verrückt geworden, Sorbas ist verrückt geworden!› schrien alle. Hätte ich aber in diesem Augenblick nicht getanzt, wäre ich tatsächlich verrückt geworden,
doch vor Schmerz. Er war mein erstgeborener Sohn, drei Jahre
alt, ich konnte den Verlust nicht überwinden. Kapierst du, was
ich sage, oder rede ich in den Wind?»

«Ich verstehe, Sorbas, ich verstehe; du redest nicht in den
Wind.»

«Ein anderes Mal war ich in Rußland – auch dort bin ich
hingekommen – in Noworossijsk. Es handelte sich wie gewöhnlich um Minen, um Kupferminen. Ich hatte ein paar russische Wörter gelernt, just soviel, wie ich für meine Arbeit
brauchte: ‹Nein, ja, Brot, Wasser, ich liebe dich, komm, wieviel?› Eines Tages machte ich die Bekanntschaft eines über-
zeugten Bolschewisten. Jeden Abend saßen wir in einer
Hafenkneipe und stürzten eine Pulle Wodka nach der andern
hinunter, bis wir in der richtigen Stimmung waren. Dann wurden wir ein Herz und eine Seele. Wir erzählten uns unsere Er-
lebnisse. Er berichtete, was er in der russischen Revolution
erlebt hatte, ich beichtete ihm, was mir in meinem Leben passiert war. Wir besoffen uns, siehst du, und waren wie Brüder.
Wir konnten uns zur Not ziemlich gut mit Gesten verständi-
gen. Er fing immer an, und wenn ich ihn nicht mehr verstand,
rief ich ‹stop!›. Und schon stand er auf und tanzte mir vor, was
er mir zu sagen hatte. Ich tat das gleiche. Was wir nicht münd-
lich erzählen konnten, erzählten wir uns mit den Füßen, mit
den Händen, mit dem Bauch und mit wilden Schreien: ‹Hei!
Hei! Hopla! Wira!›

Wie gesagt, der Russe fing meistens an: wie sie sich Gewehre
verschafft hatten, wie es zum Bürgerkrieg gekommen war, wie

sie Noworossijsk besetzt hatten. Wenn ich dann nicht mehr verstehen konnte, was er mir sagte, rief ich ‹stop!›, und der Russe stand auf und tanzte wie närrisch, wie ein Teufel. Ich sah auf seine Hände, seine Füße, seine Brust, seine Augen und verstand alles: wie sie in Noworossijsk eingedrungen waren, wie sie die Reichen umgelegt, die Läden geplündert und die Frauen in den Häusern vergewaltigt hatten. Zuerst taten die so, als ob sie heulten, zerkratzten sich das Gesicht und kratzten die Eindringlinge. Aber allmählich wurden sie zahm, schlossen die Augen und kreischten vor Vergnügen. Ja, so sind die Weiber...

Dann kam ich an die Reihe. Schon bei meinen ersten Worten stand der Russe wie ein Ochse vor dem Scheunentor. Er rief ‹stop›. Das wollte ich ja! Ich sprang auf, schob Stühle und Tische zur Seite und fing an zu tanzen... Ja, mein Lieber, wie tief ist doch die Menschheit gesunken, hol's der Teufel! Man hat den Körper zum Schweigen gebracht, und nur der Mund redet noch. Aber was kann schon der Mund sagen? Du hättest sehen sollen, wie der Russe mich anstierte, vom Kopf bis zu den Füßen, und wie er alles verstand! Ich erzählte ihm tanzend meine Leidensgeschichte, meine Reisen, wie oft ich mich verheiratet hatte, welche Berufe ich hinter mir hatte: Steinmetz, Kumpel, Hausierer, Töpfer, Komitadschi, Santurispieler, Verkäufer von gerösteten Kichererbsen, Schmied, Schmuggler; wie man mich einsperrte, wie ich durchbrannte, wie ich nach Rußland kam...

Alles verstand er, so dumm er auch war. Meine Hände und Füße sprachen, meine Haare und meine Kleider. Sogar ein Messer an meinem Gürtel sprach mit... Als ich fertig war, umarmte mich der Dussel, küßte mich, wir füllten von neuem unsere Gläser mit Wodka, weinten und lachten und lagen einander in den Armen... Am frühen Morgen trennte man uns, schwankenden Schrittes gingen wir nach Haus, um uns schlafen zu legen. Und abends trafen wir uns dann wieder.

Du lachst. Du glaubst mir nicht, Chef. Du sagst dir wahrscheinlich: ‹Was gibt dieser Seefahrer Sindbad da für Quatsch zum besten!› Und doch! Ich wette um meinen Kopf: so reden auch die Götter und die Teufel. Aber ich sehe, du bist schon müde. Bist halt sehr zart, kannst nichts vertragen. Also – in die Falle; morgen ist wieder ein Tag. Ich habe einen Plan, einen großen Plan, morgen sprechen wir darüber. Jetzt rauche ich noch eine Zigarette. Vielleicht tauche ich auch meinen Kopf ins Meer. Er brennt, ich muß ihn löschen. Gute Nacht!»

Es dauerte lange, bis ich einschlief. Ein verpfuschtes Leben, dachte ich. Könnte ich doch alles, was ich gelesen, gesehen, gehört habe, mit einem Schwamm auslöschen und in Sorbas' Schule mit dem wirklichen Abc wieder von vorn anfangen! Wie ganz anders wäre dieser neue Weg! Ich würde meine fünf Sinne an die Kandare nehmen und meinen ganzen Körper soweit bringen, sich an allem zu freuen und alles zu verstehen. Ich würde laufen, ringen, schwimmen, reiten, rudern, Auto fahren, schießen lernen. Ich würde das Fleisch mit meiner Seele, die Seele mit meinem Fleisch füllen. Ich würde endlich diese beiden Erbfeinde in meiner Brust miteinander versöhnen…

Auf meinem Lager sitzend, dachte ich darüber nach, wie umsonst mein Leben verlief. Durch die offene Tür sah ich undeutlich Sorbas in der sternenhellen Nacht auf einem Felsstein wie einen Nachtvogel hocken, mit dem Blick auf das Meer. Ich beneidete ihn. ‹Er hat die Wahrheit gefunden›, dachte ich, ‹er ist auf dem richtigen Weg.›

In einer anderen primitiven und schöpferischen Epoche wäre Sorbas Häuptling eines Stammes geworden, er wäre vorangeschritten und hätte sich mit dem Beil einen Weg gebahnt. Oder er wäre ein berühmter Troubadour geworden, der die Ritterburgen aufgesucht hätte, und alle Herren, alle Mägde und Erbfrauen hätten an seinen Lippen gehangen… In unserer prosaischen Epoche streicht er wie ein hungriger Wolf um die Hürden oder wird zum Hanswurst irgendeines Federfuchsers.

Plötzlich sah ich Sorbas aufstehen. Er zog sich aus, warf seine Sachen auf die Kiesel und sprang ins Wasser. Ab und zu sah ich bei dem schwachen Mondlicht seinen dicken Kopf emportauchen und wieder verschwinden. Von Zeit zu Zeit stieß er einen Schrei aus, bellte, wieherte oder krähte wie ein Hahn – seine Seele kehrte in dieser einsamen Nacht zu den Tieren zurück und erfrischte sich in den Wogen des Meeres...

Unversehens schlief ich leise ein. In aller Frühe erschien Sorbas, lachend, ausgeruht, und packte mich an den Füßen.

«Steh auf, Chef!» sagte er. «Ich will dir meinen Plan beichten. Hörst du?»

«Ich höre.»

Er kniete sich auf den Boden und rückte mit dem Projekt einer Drahtseilbahn heraus, die vom Gipfel des Berges bis zur Küste führen sollte, sie könnte das Holz, das wir für die Schächte brauchten, zu Tal fördern, der Rest ließe sich dann als Bauholz verkaufen. Wir hatten bereits beschlossen, einen Fichtenwald, der Klostereigentum war, zu pachten, aber der Transport wäre uns zu teuer gekommen, und Maultiere waren nicht aufzutreiben. So war Sorbas auf den Gedanken geraten, eine Schwebebahn mit dickem Kabel, mit hohen Masten und Flaschenzügen zu bauen und auf diese Weise die Baumstämme vom Berggipfel an die Küste zu befördern.

«Einverstanden?» fragte er mich, sobald er geendet hatte. «Unterschreibst du?»

«Ich unterschreibe, Sorbas. Einverstanden.»

Er machte das Kohlenbecken an, stellte den Kocher auf das Feuer, bereitete mir den Kaffee, warf mir ein Decke über die Füße, damit ich nicht fror, und entfernte sich vergnügt.

«Heute», sagte er, «werden wir einen neuen Stollen bauen. Ich habe eine Schwarze-Diamanten-Ader gefunden!»

Ich schlug Buddhas Manuskript auf und vertiefte mich in *meine* Stollen. Ich arbeitete den ganzen Tag, und mit dem Fortschreiten der Arbeit wurde mir leichter und freier zumute. Ich fühlte mich von einer eigenen, verzwickten, vielseitigen Erregung gepackt, von Erleichterung, Stolz und Ekel. Aber ich arbeitete unverdrossen, denn ich wußte mich erlöst, sobald ich dieses Manuskript beendigt, versiegelt und gebunden haben würde.

Ich hatte Hunger. Ich aß einige Rosinen und Mandeln und ein Stück Brot. Dann wartete ich auf Sorbas, der mir alles, was des Menschen Herz erfreut, mitbrachte – das heitere Lachen, die gute Unterhaltung und köstliche Speisen.

Gegen Abend tauchte er auf. Er kochte, wir aßen, aber seine Gedanken waren woanders. Er kniete nieder, bohrte kleine Holzstäbe in die Erde, spannte eine Schnur aus, hängte an winzige Masten ein Streichholz und suchte der Schnur das richtige Gefälle zu geben, damit die ganze Geschichte nicht aus den Fugen ginge.

«Wird das Gefälle zu groß», erklärte er mir, «ist alles futsch, und wird es zu gering, ist abermals alles futsch. Das Gefälle muß auf das Haar stimmen, und dazu braucht es Gehirnschmalz und Wein.»

«Wein haben wir in Hülle und Fülle», sagte ich schmunzelnd, «aber Gehirnschmalz?»

Er konnte sich vor Lachen nicht halten und meinte:

«Du verstehst sicher was davon, Chef.»

Dabei musterte er mich mit zärtlichen Blicken.

Er setzte sich, um auszuruhen, und steckte sich eine Zigarette an. Seine Zunge löste sich.

«Wenn das mit der Schwebebahn klappt», sagte er, «werden wir den ganzen Wald an die Küste befördern. Wir werden eine Fabrik errichten, Bretter, Pfähle und Grubenholz herstellen und eine Masse Geld verdienen. Wir werden einen Dreimaster vom Stapel laufen lassen, einen Aufstieg wie nie erleben, einen Stein hinter uns werfen und große Weltreisen unternehmen.»

Seine Augen leuchteten; sie füllten sich mit fernen Städten, Frauen, Lichterfülle, Wolkenkratzern, Maschinen, Dampfschiffen…

«Ich habe schon weiße Haare, meine Zähne fangen an zu wackeln, ich habe keine Zeit mehr zu verlieren, Chef. Du bist noch jung und kannst dich gedulden, ich kann's nicht mehr. Bei Gott. Je älter ich werde, desto lebhafter werde ich! Man soll mir doch nicht erzählen, das Alter zähme die Menschen! Ihr Verstand nehme ab, sie sähen den Tod nahen, hielten ihm den Hals hin und sagten: ‹Haue mir den Kopf ab, mein Gebieter, damit ich in den Himmel komme!› Bei mir stimmt das nicht. Je älter ich werde, desto stürmischer werde ich. Ich streiche so leicht nicht die Segel, ich will noch die Welt erobern.»

Er stand auf und nahm das Santuri von der Wand.

«Komm her, du Dämon!» sagte er. «Was klebst du da an der Wand und schweigst!»

Ich wurde nicht überdrüssig zu beobachten, mit welcher Sorgfalt und Zärtlichkeit Sorbas das Santuri aus der Hülle nahm, als schäle er eine Feige oder entkleide eine Frau.

Er legte das Instrument auf seine Knie, beugte sich darüber und streichelte sanft die Saiten – als ob er sie um Rat fragen wolle, welche Melodie sie singen sollten, als ob er sie bitte aufzuwachen, als ob er sie anflehe, seiner bedrückten Seele Gesellschaft zu leisten, die die Einsamkeit nicht mehr ertragen konnte. Er griff eine Melodie an und brach wieder ab. Er versuchte es mit einer zweiten, die Saiten knirschten, als litten sie und sträubten sich. Sorbas lehnte sich an die Wand und trocknete sich den Schweiß, der plötzlich von seiner Stirn rann.

«Es will nicht...» murmelte er mit einem entsetzten Blick auf das Instrument, «es will nicht...»

Er wickelte es wieder vorsichtig ein, als wäre es ein Raubtier und könnte ihn beißen. Dann erhob er sich langsam und hängte es wieder auf.

«Es will nicht...» murmelte er nochmals, «es will nicht... man darf es nicht zwingen.»

Er setzte sich wieder auf die Erde, vergrub einige Kastanien in die Glut des Kohlenbeckens und füllte unsere Gläser mit Wein. Er tat ein paar Züge, schälte eine Kastanie und reichte sie mir.

«Verstehst du das, Chef?» fragte er mich. «Mir ist es schleierhaft. Alles hat eine Seele, das Holz, die Steine, der Wein, den wir trinken, die Erde, über die wir gehen. Alles...»

Er hob sein Glas:

«Auf dein Wohl!»

Sprach's, leerte es und füllte es wieder.

«Dieses verflixte Leben!» murmelte er. «So eine Dirne! Genau wie Frau Bubulina.»

Ich lachte.

«Du kannst's mir glauben, das ist nicht zum Lachen. Das Leben ist genau wie die Bubulina. Sie ist zwar ein altes Weib und macht einem doch viel Spaß. Sie versteht sich auf Tricks, daß einem die Sinne vergehen. Man schließt die Augen und meint, in den Armen eines Mädchens von zwanzig Jahren zu liegen. Glaub mir's, sie wird wieder zwanzig, wenn man in Stimmung ist und das Licht auslöscht. Du wirst mir vielleicht sagen, daß sie schon mulsch ist, daß sie so manchen Sturm erlebt hat, daß sie sich mit Admiralen, Matrosen, Soldaten, Bauern, Krämern, Priestern, Fischern, Polizisten, Lehrern, Predigern, Friedensrichtern herumgetrieben hat – was ist schon dabei? Die Schlampe vergißt im Umsehen, sie erinnert sich an keinen ihrer Liebhaber, sie wird wieder – ich übertreibe nicht – zum Nesthäkchen, zur unschuldigen Taube, zum Turteltäubchen und – höre und staune! – sie errötet und zittert, als wäre es das erste Mal! Wirklich, das Weib ist doch ein Rätsel. Tausendmal kann sie sich hinlegen, tausendmal steht sie als Jungfrau wieder auf. Und fragst du: warum? Weil sie sich an nichts mehr erinnert.»

«Aber der Papagei erinnert sich noch», sagte ich, um zu sticheln. «Er ruft immer wieder einen Namen, aber nicht deinen. Bringt dich das nicht auf? Macht dich das nicht verrückt, wenn du mit ihr im siebenten Himmel bist, und du hörst den Papagei ‹Canavaro! Canavaro!› rufen? Möchtest du ihn dann nicht am Kragen packen und erwürgen, damit er endlich gescheit wird und ‹Sorbas! Sorbas!› ruft?»

«Ach, dummes Gerede!» sagte Sorbas und hielt sich mit seinen groben Händen die Ohren zu. «Erwürgen soll ich ihn? Aber gerade diesen Namen höre ich doch so furchtbar gern! Die Gottvergessene hängt den Vogel nachts über ihr Bett, und der Gauner hat dir ein Auge, das die Dunkelheit durchbohrt. Kaum sieht er uns an der Arbeit, da schreit er schon: ‹Canavaro! Canavaro!›

Und ich schwöre dir – aber wie soll ich dir das klarmachen, diese verfluchten Schmöker haben dich ja ganz blöde gemacht –, ich schwöre dir, alsbald fühle ich Lackschuhe an meinen Haxen, Federn auf meinem Kopf und an meinem Kinn einen in Ambra getauchten, seidenen Vollbart. Buon giorno! Buona sera! Mangiate maccaroni? Ich werde ein richtiger Canavaro. Ich besteige mein tausendmal durchlöchertes Admiralsschiff, ich heize die Kessel, und die Kanonen beginnen zu sprechen!»

Sorbas brach in lautes Gelächter aus. Er schloß sein linkes Auge und blinzelte mir zu.

«Du mußt mir schon verzeihen», sagte er, «aber ich gleiche meinem Großvater, dem Kapitän Alexis – Gott heilige seine Gebeine! Er war hundert Jahre alt und saß gewöhnlich am späten Nachmittag auf der Schwelle seines Hauses, um die jungen Mädchen, die zum Brunnen gingen, aufs Korn zu nehmen. Aber seine Augen waren schon trübe, er sah nicht mehr gut. Er rief also die Mädchen zu sich. – ‹Wer bist du?› – ‹Lenjo, die Tochter des Mastrandonis.› – ‹Komm doch ein bißchen näher, damit ich dich streicheln kann! Keine Angst!› Sie unterdrückten ein Lachen und näherten sich. Der Großvater legte seine Hand auf das Gesicht des Mädchens und streichelte es, langsam, zärtlich, begehrlich. Und seine Tränen flossen in Strömen. – ‹Warum weinst du, Großvater?› fragte ich ihn einmal. – ‹Ach, mein Junge, ist es nicht zum Weinen, daß ich bald sterben muß und so viele schöne Mädchen hinter mir lasse?›»

Sorbas stieß einen Seufzer aus.

«Armer Großvater, ich kann dich verstehen», sagte er. «Oft denke ich, wenn doch alle schönen Frauen zusammen mit mir sterben würden! Aber diese Schlampen werden leben, werden gut leben. Männer werden sie umarmen, und Sorbas wird zu Staub geworden sein, auf dem sie herumtrampeln.»

Er nahm ein paar Kastanien aus der Glut und schälte sie. Wir prosteten uns zu. Noch lange tranken wir so ein Glas nach dem andern und kauten leise wie zwei große Kaninchen, draußen aber brüllte das Meer.

VII

So saßen wir ziemlich lange neben unserem Kohlenbecken und schwiegen. Ich spürte wieder, was für ein einfaches und schlichtes Ding doch das Glück sein kann – ein Glas Wein, eine Kastanie, ein armseliges Kohlenbecken oder das Rauschen des Meeres. Nichts weiter. Es bedarf nur, um das zu verstehen, eines einfachen, schlichten Herzens dazu.

«Wie oft warst du verheiratet?» fragte ich.

Wir waren beide in bester Stimmung. Beide von Herzen so grenzenlos glücklich. Wir kamen uns wie zwei kleine kurzlebige Insekten vor, die eng mit der Erdrinde verhaftet waren, und dünkten uns selig, unter dem Schutz von Schilfrohr, Brettern und leeren Benzinkanistern eine bequeme Ecke gefunden zu haben, in der wir uns aneinander kauern konnten. Vor uns standen verschiedene angenehme und eßbare Dinge, in uns herrschte Friede, Liebe und Geborgenheit.

Sorbas hörte mich nicht. Wer weiß, auf welchen fernen Ozeanen, bis zu denen meine Stimme nicht zu dringen vermochte, seine Gedanken umhersegelten.

«Wie oft warst du verheiratet?» fragte ich wieder.

Er sprang auf. Endlich hatte er mich gehört. Er schüttelte seinen langen Arm und sagte:

«Was wärmst du da wieder auf! Bin ich kein Mann? Auch ich habe diese große Dummheit begangen. Denn das ist die Ehe für mich, mögen mir alle Ehemänner verzeihen! Ich habe also die große Dummheit begangen und mich verheiratet.»

«Schön, aber wie oft?»

Er kratzte sich nervös am Hals und überlegte einen Augenblick.

«Wie oft?» sagte er schließlich. «Ehrlich einmal und ein für alle Male. Halbehrlich zweimal. Unehrlich zwei-, dreitausendmal, ich habe darüber nicht Buch geführt.»

«Weiter! Erzähle doch, Sorbas! Morgen ist Sonntag, wir werden uns rasieren, uns in unseren Sonntagsstaat werfen,

Frau Bubulina besuchen und herrlich und in Freuden leben. Morgen brauchen wir nicht zu arbeiten, da können wir also heute mal aufbleiben. Erzähle doch!»

«Was soll ich denn erzählen? Über so etwas spricht man doch nicht. Die ehrlichen Paarungen sind fade, Gerichte ohne Pfeffer. Was soll ich dir also erzählen? Was hast du von einem Kuß, wenn die Heiligen dich von ihren Ikonen anblinzeln und dir ihren Segen erteilen? Bei uns im Dorf sagt man: ‹Nur gestohlenes Fleisch ist schmackhaft.› Meine Frau ist kein gestohlenes Fleisch.

Und wie soll man sich an die vielen unehrlichen Paarungen erinnern! Meinst du, daß der Hahn darüber Buch führt? Und warum soll er auch? Als ich noch jung war, hatte ich die Manie, mir von jeder Frau, mit der ich anbandelte, eine Haarlocke geben zu lassen. Ich hatte immer eine kleine Schere bei mir, selbst wenn ich zur Kirche ging. Man ist Mensch, man weiß nie, was einem passieren kann. Mit der Zeit hatte ich eine ganz schöne Lockensammlung beieinander: schwarze Locken, blonde, braune und sogar weiße. Ein ganzes Kopfkissen voll, auf dem ich zu schlafen pflegte. Aber nur im Winter, im Sommer war es mir zu warm. Aber es dauerte nicht lange, und ich ekelte mich davor. Das Kopfkissen fing nämlich an zu riechen, und da warf ich es in den Ofen.» Lachend fuhr er fort:

«Das war meine Buchführung, Chef. Alles wanderte in den Ofen. Ich hatte keine Lust mehr. Ich hatte nicht gedacht, daß so etwas ins Endlose gehen könnte. Ich warf auch die Schere weg.»

«Und die halbehrlichen Paarungen, Sorbas?»

«Auch die haben ihren Reiz», kicherte er. «Ach, diese slawischen Frauen! Mögen sie tausend Jahre leben! Die sind großartig! Da heißt es nicht: ‹Wo warst du? Warum bist du so spät gekommen? Wo hast du geschlafen?› Sie fragt dich nicht und du fragst sie auch nicht. Da herrscht noch Freiheit!»

Er leerte sein Glas, kaute eine Kastanie und sprach: «Die eine hieß Sofinka, die andere Nuscha. Die Sofinka lernte ich in einem großen Dorfe kennen, nicht weit von Noworossijsk. Es war im Winter und es lag viel Schnee. Ich suchte Beschäftigung in einem Bergwerk und kam ins Dorf. Es war gerade Jahrmarkt, und aus allen benachbarten Dörfern hatten sich Männer und Frauen eingefunden, um zu kaufen und zu verkaufen. Da Hungersnot und entsetzliche Kälte herrschten, verkauften die Leute alles, was sie hatten, ihr Letztes, sogar die Heiligenbilder, für ein Stück Brot.

Wie ich so herumschlendere, sehe ich plötzlich ein riesiges Frauenzimmer von zwei Meter Länge von einem Karren springen, mit Augen blau wie das Meer und einem herrlichen Busen, wie eine Stute... Ich war ganz weg. ‹Ach, armer Sorbas›, sagte ich, ‹das hätte nicht kommen sollen!›

Ich lief ihr nach. Ich war wie berauscht von ihrem Anblick. Sie bewegte ihre Hinterbacken wie zwei Osterglocken. ‹Was suchst du Arbeit in einem Bergwerk?› sagte ich mir. ‹Du bist doch ein Depp! Hier ist das wahre Bergwerk! Stürz dich hinein und bohre Schächte!›

Das Mädchen blieb stehen, feilschte, kaufte ein Bündel Holz, hob es empor – mein Gott, diese Arme! – und warf es auf den Karren. Dann kaufte sie noch ein wenig Brot und fünf, sechs geräucherte Fische. – ‹Wieviel macht's?› fragte sie. ‹So und soviel...› Sie hakte ihre goldenen Ohrringe los, um zu bezahlen, weil sie kein Geld hatte. Das ging mir denn doch über die Hutschnur. Ich sollte zulassen, daß eine Frau ihre Ohrringe hergibt, ihre Schmucksachen, ihre Toilettenseife, ihr Lavendelfläschchen... Wenn es so weit kommt, geht die Welt zugrunde! Dann kannst du auch einen Pfau rupfen. Brächtest du's übers Herz, einen Pfau zu rupfen? Niemals! Nein, nein, solange Sorbas lebt, sagte ich, gibt's so etwas nicht. Ich öffnete meinen Geldbeutel und bezahlte. Damals waren die Rubel nicht mehr wert als Lumpenpapier; für hundert Drachmen konnte man einen Maulesel kaufen, für zehn Drachmen eine Frau.

Ich bezahlte also. Die Riesendame wandte sich um und schaute mich an. Sie ergriff meine Hand und wollte sie küssen. Ich zog sie aber zurück. Hielt sie mich etwa für einen alten Mann? ‹Spassiba! Spassiba!› rief sie mir zu. Das bedeutet:

‹Danke! Danke!› Und mit einem Satz saß sie im Karren, ergriff die Zügel und knallte schon mit der Peitsche. ‹Sorbas›, sprach ich zu mir, ‹aufgepaßt! Sie brennt dir durch!› Mit einem Satz saß auch ich im Karren neben ihr. Sie sagte kein Wort, schaute mich auch gar nicht an, sondern versetzte dem Gaul eins mit der Peitsche und fort ging's.

Unterwegs wurde mir klar, daß ich diese Frau haben mußte. Ich konnte nur wenig Russisch, aber zu so etwas bedarf's auch nicht vieler Worte. Wir redeten mit den Augen, Händen und Knien. Kurz und gut, wir kamen in das Dorf, hielten vor einer Bauernhütte und stiegen vom Karren. Mit einem kräftigen Stoß öffnete das Mädchen die Hoftür. Wir luden das Holz ab, nahmen die Fische und das Brot und traten ins Zimmer. Eine alte Frau saß neben dem erloschenen Herd, sie zitterte vor Kälte. Sie war in Säcke, Lumpen und Schafsfelle eingemummelt, fror aber trotzdem wie ein Schneider. Es war aber auch eine Hundekälte, sag ich dir, daß einem die Nägel von den Fingern fielen. Ich bückte mich, warf reichlich Holz in den Kamin und machte Feuer. Die Alte warf mir einige Blicke zu und lächelte. Ihre Tochter tuschelte was, ich konnte es aber nicht verstehen. Wie gesagt, ich machte Feuer an, die Alte wurde wieder warm und lebte auf.

Inzwischen deckte das Mädchen den Tisch. Sie brachte eine Flasche Wodka, und wir tranken ein paar Gläschen. Sie heizte den Samowar, kochte Tee, und wir setzten uns an den Tisch, aßen und gaben auch der Alten zu essen. Dann machte sie das Bett zurecht, legte frisches Leinen auf, entzündete das Öllämpchen vor der Ikone der Gottesmutter und bekreuzigte sich. Hierauf winkte sie mir, und wir knieten beide vor der Alten nieder und küßten ihre Hand. Diese legte ihre mageren Hände auf unseren Kopf und murmelte dazu. Wahrscheinlich erteilte sie uns ihren Segen.

‹Spassiba! Spassiba!› rief ich, und mit einem Satz ging's mit der Riesendame ins Bett.»

Sorbas blickte in die Ferne, auf das Meer.

«Sie hieß Sofinka...» sagte er und schwieg.

«Und dann», fragte ich ungeduldig, «und dann?»

«Kein und dann! Was ist das für eine Mode mit deinen vielen ‹und dann› und ‹warum›! Spricht man über solche Dinge? Die Frau ist eine kühle Quelle. Du bückst dich, schaust dein Gesicht und trinkst, und deine Knochen knacken. Dann kommt ein anderer, der auch Durst hat, auch er bückt sich, schaut sein Gesicht und trinkt. Und wieder ein anderer... eine Quelle ist eine Quelle. Dasselbe gilt für die Frau.»

«Und dann hast du dich wieder davongemacht?»

«Was hätte ich anders tun sollen? Ich sage doch, sie ist eine Quelle, ich der Wanderer. Ich habe mich wieder aus dem Staube gemacht. Drei Monate lang hab ich mich bei ihr aufgehalten – Gott schütze sie! –, ich darf mich nicht beklagen. Aber nach drei Monaten erinnerte ich mich daran, daß ich doch eigentlich auf der Suche nach Arbeit in einem Bergwerk war. – ‹Sofinka›, sagte ich ihr eines Tages, ‹ich habe zu tun, ich muß dich verlassen.› – ‹Gut›, sagte sie, ‹geh! Nach einem Monat erwarte ich dich wieder. Bist du bis dahin nicht hier, bin ich frei. Auch du bist dann frei. Gott sei mit dir!› Ich machte mich auf den Weg.»

«Und bist du nach einem Monat zurückgekehrt?»

«Aber mit allem schuldigen Respekt, sei doch nicht blöd! Was heißt zurückkehren! Da kommst du schlecht bei diesen Damen an. Nach zehn Tagen fand ich im Kuban-Gebiet eine andere, die Nuscha.»

«Und...?»

«Ein andermal, Herr. Sonst gibt es russischen Salat... Auf das Wohl der Sofinka!»

Mit einem Zug leerte er das Glas und lehnte sich an die Wand.

«Gut! Ich will dir also auch von Nuscha erzählen. Mir brummt schon der Schädel vor lauter Rußland. Los, das muß raus!»

Er wischte sich den Schnurrbart und schürte das Feuer. «Wie gesagt, die Nuscha lernte ich in einem Dorf des Kuban-Gebietes kennen. Es war Sommer. Mit Bergen von Wassermelonen und Zuckermelonen. Ich nahm mir eine, kein Mensch sagte mir was. Ich halbierte sie und steckte meine Schnauze hinein.

Alles gibt es dort in Rußland in Hülle und Fülle, massenweise. Du brauchst nur zu wählen und zu nehmen. Und nicht nur Wassermelonen und Zuckermelonen, sondern auch Fische, Butter und Weiber. Du siehst auf deinem Wege eine Melone, du nimmst sie dir. Du siehst eine Frau, du nimmst sie dir. Nicht wie hier, in diesem räudigen Lande, wo man dich wegen einer Melonenschale sofort vor den Kadi zitiert und wo, wenn du dich einer Frau näherst, ihr Bruder dich mit seinem Messer ohne weiteres in Hackfleisch verwandelt. Abscheuliche Geizhälse diese Lauser hier! Hol sie alle der Teufel! Ja, in Rußland, da gibt es noch anständige Kerle!

Ich kam also in das Kuban-Gebiet. In einem Gemüsegarten sah ich eine Frau, sie gefiel mir. Du mußt wissen, Chef, die slawische Frau ist nicht so wie diese gemeinen habgierigen Griechinnen, die die Liebe nach dem Gewicht verkaufen und alles tun, um dich beim Wiegen noch zu betrügen. Die Slawin legt eher noch zu, sie gibt reichlich und geizt nicht wie diese griechischen Knickerinnen. – ‹Wie heißt du?› fragte ich sie. Siehst du, ich hatte schon von den Weibern etwas Russisch gelernt. ‹Nuscha. Und du?› – ‹Alexis. Du gefällst mir sehr, Nuscha.› Sie blickte mich an, wie man ein Pferd beschaut, das man kaufen will. – ‹Und du siehst auch nicht schlecht aus›, sagte sie. ‹Du hast gesunde Zähne, einen großen Schnurrbart, einen breiten Rücken, kräftige Arme. Du gefällst mir.› Wir hatten uns nichts weiter zu sagen, es war ja auch nicht nötig. Wir waren uns einig: am gleichen Abend sollte ich in meinem guten Anzug zu ihr kommen. – ‹Hast du auch eine Pelzjacke?› fragte mich Nuscha. – ‹Ja, aber bei dieser Hitze...› – ‹Macht nichts, bring sie mit, damit du recht vornehm aussiehst.›

Ich zog mich also am Abend wie ein Hochzeiter an, nahm die Pelzjacke unter den Arm und einen Spazierstock mit silbernem Griff in die Hand und schob los. Ein großes Bauernhaus mit Kühen, Obstpressen, mit offenem Feuer im Hof mit Kesseln

darüber. ‹Was kocht ihr da?› fragte ich. – ‹Sirup aus Wassermelonen.› – ‹Und hier?› – ‹Sirup aus Zuckermelonen.› Donnerwetter, hier ist was los, dachte ich. Sirup aus Wassermelonen und Zuckermelonen! Das gelobte Land! Schluß mit dem
Hungern! Bravo, Sorbas, hier bist du richtig. Wie eine Maus in
einem Sack voll Käse.

Ich stieg die Treppe empor, mächtige, knarrende Holzstufen. Oben auf dem Treppenabsatz erwarteten uns der Vater
und die Mutter Nuschas. Sie trugen eine Art Pumphosen, grün
mit einem roten Gürtel, von dem dicke Quasten herabhingen.
Feine Leute! Sie umarmten und küßten mich, daß ich ganz mit
Speichel bedeckt war. Sie sprachen so schnell auf mich ein, daß
ich nur wenig verstehen konnte, worüber ich mich aber nicht
aufregte. An ihren Gesichtern merkte ich, daß sie nichts Böses
gegen mich im Sinne hatten. Ich trete ein. Welch herrlicher Anblick! Die Tische mit köstlichen Speisen und Getränken gedeckt, wie vollbeladene Segelschiffe. Alle im Saal empfingen
mich stehend, Verwandte, Frauen und Männer, an der Spitze
Nuscha, geschminkt, in einem prächtigen Kleid, mit tiefem
Ausschnitt, wie eine Galionsfigur. Sie strotzte vor Schönheit
und Jugend. Sie trug ein rotes Kopftuch, und auf ihrer Bluse
waren über dem Herzen Hammer und Sichel eingestickt. ‹Ach,
du gottloser Sorbas›, sagte ich mir, ‹dieser Braten ist für dich?
Diesen Körper wirst du heute abend umarmen? Gott verzeihe
deinem Vater und deiner Mutter, die dich geboren haben!›

Wir stürzten uns heißhungrig auf die Speisen und Getränke,
Frauen und Männer. Wir aßen wie die Schweine, wir tranken
wie die Büffel.

‹Und der Pope?› fragte ich Nuschas Vater, der neben mir saß
und dessen Körper dampfte, so viel hatte er gegessen. ‹Wo ist
der Pope, der uns trauen soll?› – ‹Wir brauchen keinen Popen›,
sagte er und sprühte mich wieder mit Speichel an, ‹wir brauchen keinen Popen. Religion ist Opium für das Volk.›

Sprach’s und erhob sich von seinem Platz wie ein aufgebläh-
ter Truthahn, lockerte seinen roten Gürtel, streckte die Hand
vor und bat um Ruhe. In der anderen Hand hielt er das bis zum

Rande gefüllte Glas und stierte mich an. Dann begann er zu reden. Er hielt mir einen Vortrag. Gott weiß, was er redete! Ich wurde es allmählich leid, so lange zu stehen, außerdem war mir der Wein schon etwas zu Kopf gestiegen. Ich setzte mich wieder und berührte mit meinem Knie Nuschas Knie, die rechts neben mir saß.

Der Alte redete weiter, unermüdlich, der Schweiß rann ihm von der Stirn, bis sich alle auf ihn stürzten und ihn umarmten, um ihn endlich zum Schweigen zu bringen. Das wirkte. Nuscha winkte mir zu: ‹Jetzt bist du an der Reihe!›

Ich erhob mich also und hielt eine Ansprache, halb russisch, halb griechisch. Was ich sagte? Hol mich der Teufel, wenn ich das wüßte. Ich erinnere mich nur noch, daß ich schließlich einige Klephtenlieder zum besten gab. Dabei begann ich, ohne jeden Grund, wie ein Esel zu schreien:

> *Klephten stiegen auf die Berge,*
> *Wollten gerne Pferde stehlen!*
> *Als sie keine Pferde fanden,*
> *Führten sie die Nuscha fort!*

Siehst du, Chef, ich habe es den Umständen entsprechend etwas umgeändert.

> *Sie enteilen, sie enteilen.*
> *(Liebe Mutter, auf! Sie eilen)*
> *Meine Nuscha! Meine Nuscha!*
> *Wehe!*

Und als ich ‹wehe!› brüllte, stürzte ich mich auf Nuscha und küßte sie. Das war alles! Als ob ich das Zeichen gegeben hätte, auf das alle warteten, erhoben sich ein paar rotbärtige Kerle und löschten sämtliche Lichter.

Die Frauen, diese Schlauberger, kreischten, als hätten sie Angst. Aber nicht lange, dann kicherten und lachten sie, und Männer und Frauen fingen an sich zu kitzeln.

Was dann geschah, Chef, weiß nur der liebe Gott. Aber ich glaube, auch der wußte es nicht. Hätte er es gewußt, dann hätte er sicher seinen Blitzstrahl auf uns geschleudert, um uns zu verbrennen. Männer und Frauen, ein wüster Knäuel, wälzten sich auf dem Boden. Ich suchte meine Nuscha, konnte sie aber nicht finden. Ich fand eine andere, die ich sofort erledigte.

Bei Tagesanbruch erhob ich mich, um mich mit meiner Frau zu entfernen. Es war noch dunkel, ich konnte nichts sehen. Ich ziehe an einem Fuß, aber es war nicht Nuschas. Ich ziehe an einem anderen, wieder nichts. Ich packe einen dritten, vierten, – endlich erwische ich Nuschas Fuß. Ich ziehe feste und befreie sie aus den Klauen von drei Kerlen, die die Ärmste fast platt gedrückt hätten, und wecke sie. – ‹Nuscha›, sage ich, ‹komm!› – ‹Vergiß nicht deine Pelzjacke!› antwortete sie. ‹Los!› Und wir gehen.»

«Na und?» fragte ich wieder, als Sorbas schwieg.

«Laß mich doch endlich in Ruhe mit deinem ‹na und›! – Ich lebte sechs Monate mit ihr zusammen. Bei Gott! Seitdem fürchte ich mich vor nichts mehr, vor gar nichts mehr. Nur eins möchte ich: daß der Teufel oder der liebe Gott mir diese sechs Monate nie aus dem Gedächtnis löschen. Hast du verstanden? Sag ja!»

Er war so aufgeregt, daß er die Augen schloß. Zum erstenmal sah ich ihn so von einem Erlebnis beeindruckt.

«Du hast sie also sehr geliebt?»

«Du bist noch jung, sehr jung, was verstehst du davon? Wenn du mal weiße Haare hast, können wir ja über diese Geschichte ohne Ende reden...»

«Über was für eine Geschichte ohne Ende?»

«Über die Frau. Wie oft soll ich dir das sagen? Die Frau ist eine Geschichte ohne Ende. Du bist wie einer von den kleinen Hähnen, die blitzschnell auf die Hennen springen, dann den Hals aufblähen, auf den Misthaufen steigen und, stolz über ihre Leistung, krähen. Die Henne gilt ihnen nichts, ihr roter Kamm ist ihnen die Hauptsache. Was für einen Begriff können die von der Liebe haben? Der Teufel hole sie!»

Voller Verachtung spuckte er auf den Boden.

«Na und, Sorbas», fragte ich wieder, «und Nuscha?»

«Eines Abends kam ich nach Hause und fand sie nicht. Sie war ausgerückt. Irgendein hübscher Bengel, ein Soldat, war in jenen Tagen im Dorf aufgetaucht und mit ihr verschwunden. Mein Herz war wie in Stücke gerissen, aber bald flickte ich es wieder zusammen. Du hast sicher schon solche tausendmal geflickten Segel gesehen, mit roten, gelben und schwarzen Pflastern, mit dickem Bindfaden zusammengenäht, die niemals zerreißen und den heftigsten Stürmen Widerstand leisten. So ein Segel ist auch mein Herz. Tausendmal durchlöchert, tausendmal geflickt, unbesiegbar.»

«Warst du denn der Nuscha nicht böse? Sorbas!»

«Ja, warum denn? Glaub mir: Die Frau ist was ganz anderes, sie ist gar kein Mensch. Warum sollte ich ihr böse sein? Die Frau ist ein unbegreifliches Ding, und alle Gesetze des Staates und der Religion befinden sich auf dem Holzweg. Sie müßten den Frauen gegenüber ganz anders gehandhabt werden, nicht so streng und ungerecht. Wenn es nach mir ginge, würde ich für den Mann und für die Frau verschiedene Gesetze aufstellen. Zehn, hundert, tausend Gebote für den Mann, der Mann verträgt das. Aber keins für die Frau. Wie oft soll ich dir das sagen, Chef! Die Frau ist ein schwaches Geschöpf. Also auf das Wohl Nuschas! Auf das Wohl der Frau! Und Gott möge auch uns Männern Verstand geben!»

Er trank, hob den Arm und ließ ihn mit einem Ruck fallen, als hätte er ein Beil in der Hand.

«Entweder soll er uns Verstand geben», sagte er, «oder er soll eine Operation an uns vornehmen. Sonst – glaub mir's! – sind wir verloren.»

VIII

Heute regnet es leise und milde, der Himmel vereint sich in unsagbarer Zärtlichkeit mit der Erde. Ich denke an ein indisches Relief auf dunkelgrauem Stein: ein Mann hat seine Arme um eine Frau geschlungen und schenkt sich ihr sanft und ergeben. Die Jahrhunderte haben an den beiden Gestalten genagt, bis sie fast völlig abgewetzt wurden, und man meint nur noch zwei in sich verschlungene Insekten wie durch einen Regenschleier zu sehen, der die Flügel feuchtet, und sacht, aber gierig saugt die Erde die innig Vereinten auf.

Ich sitze in der Baracke und beobachte, wie die Erde sich dunkler färbt und das Meer aschgrau schimmert. Soweit das Auge den Strand entlangstreift: Kein Mensch, kein Segel, kein Vogel. Einzig der Erdgeruch dringt zum kleinen Fenster herein.

Ich erhob mich und hielt die Hand in den Regen, wie ein Bettler. Plötzlich hatte ich das Verlangen zu weinen. Was da als Drangsal aus der feuchten Erde emporstieg, das galt nicht mir, das steckte nicht in mir, sondern war dunkler und tiefer: der panische Schreck. Das friedliche Tier auf der Weide empfindet ihn, wenn es plötzlich, ohne den Gegner zu sehen, wittert, daß es von allen Seiten umzingelt ist und nicht mehr entrinnen kann.

Ich wollte aufschreien, ich wußte, daß es mich erleichtern würde. Aber ich schämte mich.

Der Himmel senkte sich tiefer und tiefer. Ich blickte durch das Fenster. Die Wolken hatten sich auf dem Braunkohlenhügel niedergelassen. Solche Stunden im leisen Regen sind mit Wehmut und Trauer gefüllt, sie benetzen die Seele und versenken sie ins Erdreich. Alle bitteren Erinnerungen kehren wieder, die im Herzen begraben waren. Abschiedsstunden von lieben Freunden, lächelnde Frauen, die nicht mehr sind, Hoffnungen, die keine Flügel mehr haben wie Schmetterlinge, denen nur noch der Leib verblieb, ein Wurmleib. Und ein solcher Wurm sitzt nun im tiefsten Winkel des Herzens und nagt.

Ganz langsam, durch den Regen und das feuchte Erdreich hindurch, stiegen die Erinnerungen an meinen Freund wieder auf, der in die Fremde, fern in den Kaukasus, gezogen war. Ich nahm die Feder zur Hand, beugte mich über das Papier und begann, mich mit ihm zu unterhalten, um das Regennetz zu zerreißen und aufzuatmen:

«Lieber Freund, ich schreibe Dir von einer verlassenen Küste der Insel Kreta. Ich bin mit dem Schicksal übereingekommen, mich einige Monate hier aufzuhalten, um zu spielen, und zwar den Kapitalisten zu spielen, den Besitzer eines Braunkohlen-vorkommens. Um hernach, wenn das Spiel gelingen sollte, zu erklären, daß ich nicht gespielt, sondern einen großen Entschluß verwirklicht und mein Leben geändert habe.

Du hast mich, wie Du Dich erinnerst, bei Deiner Abreise ‹papierverschlingende Maus› genannt. Das ärgerte mich, und ich beschloß für einige Zeit – oder für immer? –, den papiere-nen Wust zum Teufel zu schicken und ein Tatmensch zu werden. Ich habe einen Hügel mit Lignit gepachtet, mir Arbeiter, Spitzhacken, Schaufeln, Azetylenlampen, Körbe und Loren besorgt, Gänge gegraben und verkrieche mich darin. Das nebenbei, um Dich auf Touren zu bringen! So wurde ich, indem ich grub und Erdlöcher aushob, aus einer ‹papierverschlingenden Maus› zum Maulwurf. Ich hoffe Dich mit meiner Metamorphose einverstanden.

Du hast Dich oft im Scherz meinen Schüler genannt. Ich kenne die Pflicht und den Erfolg des berufenen Lehrers genau: er soll sich nämlich bemühen, von seinem Schüler zu lernen, soll auf den Weg achten, den die Jugend geht, und selbst ihrem Ziele entgegenstreben. Darum habe ich mir die Lehre meines Schülers zunutze gemacht und bin nach Kreta gekommen.

Meine hiesigen Freuden sind groß, denn sie sind sehr einfach. Sie bestehen aus den ewigen Elementen: reine Luft, Meer, Weizenbrot, und abends hockt ein besonderes Exemplar von Sindbad dem Seefahrer neben mir, tut seinen Mund auf und redet, daß man glaubt, im siebenten Himmel zu sein. Manchmal, wenn die Worte nicht mehr reichen, springt er auf und tanzt. Und wenn er sich ausgetanzt hat, nimmt er sein Santuri auf die Knie und spielt mir etwas vor.

Die Melodie ist bald wild, daß du daran ersticken könntest, weil du plötzlich merkst, wie fade und erbärmlich bisher dein Leben war, kein Mannesleben. Bald ist sie traurig, und du spürst das Leben zwischen deinen Fingern wie Sand zerrinnen, und es gibt keine Rettung mehr. Mein Herz benimmt sich wie ein Weberschiffchen und saust von einem Ende der Brust zum anderen, hin und her. Es webt an diesen paar Monaten auf Kreta, und – Gott verzeih's mir – ich glaube, daß ich glücklich bin.

Konfuzius sagt: ‹Viele suchen das Glück über Menschenmaß, andere darunter. Aber das Glück richtet sich nach unserer Statur.› Das ist richtig. Danach gibt es so viele Glücke, wie es menschliche Staturen gibt. Von diesem Zuschnitt, mein lieber Schüler und Lehrer, ist zur Zeit mein eigenes Glück. Ich messe und messe es wieder, um zu sehen, was für eine Statur ich jetzt habe. Denn Du weißt ja, daß die Statur des Menschen nicht immer die gleiche ist.

Wie sich doch die menschliche Seele je nach dem Klima, dem Ruhebedürfnis, der Einsamkeit oder Geselligkeit verändert. Betrachte ich die Menschen hier vom Standpunkt meiner Einsamkeit, so kommen sie mir nicht wie Ameisen, sondern eher wie riesige Ungetüme, wie Dinosaurier oder Flugreptilien vor, die in einer Atmosphäre leben, die mit Kohlensäure und dichter kosmogonischer Fäulnis gesättigt ist. Ein unbegreiflicher, sinnloser, höchsterbärmlicher Dschungel. Begriffe wie ‹Vaterland› und ‹Rasse›, die Du werthältst, wie ‹Übervaterland› und ‹Menschheit›, die mich bezaubern, besitzen vor dieser Allmacht der Vergänglichkeit den gleichen Wert. Wir werden wie Puppen aufgezogen, um ein paar Silben zu sprechen, und manchmal nicht einmal das, sondern wir geben dann nur unartikulierte Laute von uns, ein ‹a› oder ‹u›, und zerbrechen hinterher. Selbst die erhabensten Ideen, sobald man ihnen den Bauch aufschlitzt, sind nichts anderes als Puppen, die mit Kleie gefüllt sind, und mitten in der Kleie steckt eine Blechfeder.

Du weißt genau, daß diese grausamen Gedanken, anstatt mich aus der Fassung zu bringen, mir im Gegenteil den nötigen Zündstoff für meine innere Flamme geben. Denn, sagt mein Lehrer Buddha, ‹ich habe gesehen›. Und weil ich gesehen und mich durch Augenblinzeln mit dem unsichtbaren, jovialen und an Phantasie so reichen Regisseur verständigt habe, kann ich jetzt meine Rolle auf Erden zu Ende spielen, das heißt im Zusammenhang und ohne Lampenfieber. Denn diese Rolle verdanke ich nicht nur ihm, der die Feder in mir aufzog, sondern auch meinem eigenen Willen. Warum? Weil ich ‹gesehen› habe, arbeite auch ich an dem Stück mit, das ich auf Gottes Bühne spiele.

Indem ich so meine Blicke über die Weltbühne schweifen lasse, sehe ich auch Dich in den fernen Gefilden des Kaukasus Deine Rolle spielen. Du bemühst Dich, Tausende von Seelen unserer Rasse aus Gefahr zu erretten.

Du Pseudoprometheus, was wirst Du unter den dunklen Mächten, die Du bekämpfst und die Dich bekämpfen, zu leiden haben, unter Hunger, Kälte, Krankheit und Tod. Und Du wirst Dich, glaube ich – stolz wie Du bist –, darüber freuen, daß der dunklen Mächte so viele und daß sie unbesiegbar sind. Denn so nimmt Dein Plan heroische Gestalt an, er wird fast hoffnungslos, und Deine Seele erhebt sich zu höherer Tragik.

Sicherlich hältst Du solch ein Leben für ein Glück. Und da Du es dafür hältst, ist es auch eins. Auch Du hast das Glück nach Deiner Statur zugeschnitten, und Deine Statur gewinnt – Gott sei Dank! – der meinen einen Vorsprung ab.

Eine schönere Belohnung kann der gute Lehrer sich gar nicht wünschen, als einen Schüler zu bilden, der ihn hinter sich läßt. Was mich betrifft, so bin ich oft vergeßlich. Ich gerate auf Abwege, mein Glaube ist ein Mosaik, das aus lauter Unglauben besteht; zuweilen möchte ich tauschen – für einen Augenblick mein ganzes Leben hingeben. Du aber hältst das Steuer fest in der Hand und vergißt nicht, selbst in den süßesten sterblichen Augenblicken, wohin die Fahrt geht.

Erinnerst Du Dich noch des Tages, als wir beide über Italien nach Griechenland heimfuhren? Wir hatten beschlossen, uns nach dem Pontus zu begeben, dem größte Gefahr drohte, und waren dabei, diesen Plan auszuführen. In einer kleinen Stadt verließen wir in aller Eile, denn wir hatten nur eine Stunde Aufenthalt, den Zug, um mit dem nächsten weiterzufahren. Wir besuchten einen wunderbar üppigen Park in der Nähe des Bahnhofs, mit breitblättrigen Bäumen, Bananen, Schilfrohr von dunkelmetallischer Farbe. Bienen hingen an einem blühenden Ast, und er zitterte vor Freude und ließ die Gäste an sich saugen.

Wir gingen weiter, stumm, begeistert, als träumten wir. Plötzlich erblickten wir an einer Biegung des blühenden Weges zwei Mädchen, die im Gehen lasen. Ich erinnere mich nicht, ob sie schön oder häßlich waren. Ich weiß nur noch, daß die eine blond, die andere brünett war und daß beide luftige Blusen trugen. Und mit der Kühnheit, die man nur so im Traume hat, näherten wir uns ihnen, und Du sagtest lachend: ‹Was Sie auch lesen, wir würden uns gern mit Ihnen darüber unterhalten!›

Sie lasen Gorkij.

Wir begannen ein hastiges Gespräch, denn die Zeit drängte, über das Leben, die Armut, den Aufstand der Seele, über die Liebe…

Nie werde ich unsere Freude und unseren Kummer vergessen. Als wären wir alte Freunde, alte Geliebte dieser beiden unbekannten Mädchen, als wären wir für ihre Seelen und ihre Körper verantwortlich. Wir mußten uns beeilen, ein paar Minuten später mußten wir uns schon trennen, für immer. In der zitternden Luft standen Entführung und Tod.

Der Zug fuhr ein, pfiff. Wir schreckten auf, als erwachten wir. Wir schüttelten einander die Hände. Nie werde ich diesen festen verzweifelten Händedruck vergessen, diese zehn armen Finger, die sich nicht lassen wollten! Das eine Mädchen war sehr blaß, das andere lachte und bebte. Wenn ich mich recht erinnere, sagte ich Dir damals:

‹Was bedeuten Griechenland, Vaterland, Pflicht? Das hier war die Wahrheit!›

Und Du antwortetest:

‹Griechenland, Vaterland, Pflicht bedeuten an sich nichts. Aber für dieses Nichts laufen wir aus freien Stücken ins Verderben!›

Warum ich Dir das schreibe? Einmal, um Dir zu sagen, daß ich nichts von allem vergessen habe, was wir zusammen erlebten. Dann aber, um endlich eine Gelegenheit wahrzunehmen, Dir brieflich das alles auszudrücken, was mir, wenn wir zusammen sind, nicht möglich ist. Wir hatten ja immer die gute oder schlechte Gewohnheit, in unseren Gesprächen an uns zu halten.

Jetzt, wo Du nicht vor mir stehst, wo Du mein Gesicht nicht siehst und ich nicht Gefahr laufe, vor Dir empfindsam oder lächerlich zu erscheinen, sage ich Dir, daß ich Dich sehr liebe.»

Ich schloß den Brief. Ich hatte mich mit meinem Freund unterhalten und fühlte mich erleichtert. Ich rief Sorbas. Unter eine Felsennase geduckt, um nicht naß zu werden, probierte er seine Drahtseilbahn aus.

«Komm, Sorbas! Steh auf! Wir machen einen Spaziergang ins Dorf.»

«Du hast Einfälle! Es regnet. Willst du nicht allein gehen?»

«Jawohl, ich bin bei Laune und will sie nicht verlieren. Wenn wir beisammen sind, fürchte ich mich vor nichts. Komm!»

Er lachte.

«Freut mich, daß du mich brauchst. Gehen wir!»

Er zog seinen kretischen Wollmantel mit der spitzen Kapuze an – ein Geschenk von mir –, und wir machten uns durch den Schlamm auf den Weg.

Es regnete. Die Gipfel der Berge waren verhüllt, kein Lüftchen wehte, die Steine blänkerten. Der kleine Lignitberg erstickte im Dunst. Man hätte meinen können, daß den Hügel mit dem Gesicht einer Frau ein unendlicher Kummer umwölkte, als müßte er unter der Last des Regens vergehen.

«Wenn es regnet, leidet das menschliche Herz», sagte Sorbas. «Nimm's ihm nicht übel.»

An einem Zaune bückte er sich und pflückte die ersten wilden Narzissen. Er betrachtete sie lange, als könnte er sich nicht satt an ihnen sehen. Mit geschlossenen Augen sog er ihren Duft ein und reichte sie mir.

«Wenn man wüßte», sagte er, «was die Steine, Blumen, der Regen zu sagen haben! Vielleicht rufen sie, vielleicht rufen sie uns, und wir – wir haben kein Gehör mehr dafür. Wann öffnen sich endlich die Ohren der Menschen? Wann öffnen sich unsere Augen, um zu sehen? Wann öffnen sich die Arme, daß sich alles umarmt, die Steine, die Blumen, der Regen, die Menschen? Was meinst du? Was sagen deine alten Schmöker dazu?»

«Der Teufel hole sie!» sagte ich mit einem Lieblingsausdruck von Sorbas. «Der Teufel hole sie! Nichts anderes.»

Sorbas faßte mich am Arm.

«Ich will dir was sagen, aber sei mir nicht böse! Wirf alle deine Schmöker auf einen Haufen und verbrenne sie. Hernach, wer weiß? Du bist nicht dumm, du bist ein guter Mensch ... aus dir kann noch etwas werden.»

«Er hat recht, er hat recht!» sagte mir eine innere Stimme. «Er hat recht, aber ich kann nicht.»

Sorbas zögerte weiterzusprechen, er überlegte. Dann sagte er:

«Ich fange an zu begreifen ...»

«Was denn? Sag's schon!»

«Weiß ich's? Mir ist so, als finge ich an zu begreifen ... Aber wenn ich es dir zu erklären versuchte, käme nichts Gescheites dabei heraus. Ein anderes Mal, wenn ich dazu aufgelegt bin, tanze ich es dir vor.»

Der Regen prasselte. Wir gelangten ins Dorf. Kleine Mädchen kamen mit den Schafen von der Weide. Die Landleute hatten die Ochsen ausgespannt und zogen von den Äckern heim. Die Frauen lasen ihre Kinder in den Gassen auf. Der unerwartete Platzregen hatte das ganze Dorf in die freudigste Stimmung versetzt. Die Frauen kreischten, und ihre Augen lachten, an den keilförmigen Vollbärten und langen Schnurrbärten der Männer hingen dicke Regentropfen. Erde, Steine, Gräser dufteten herb. Naß wie die Pudel krochen wir in der Café-Fleischerei ‹Zum schamhaften Josef› unter. Alle Tische waren besetzt. Die einen spielten Karten, die anderen unterhielten sich so laut, als trennten sie Berge voneinander. An einem kleinen Tisch im Hintergrund thronten auf einer hölzernen Bank die Notabeln des Dorfes: Der Onkel Anagnostis in weißem Hemd mit weiten Ärmeln, Mawrandonis, der stumm und ernst seine Wasserpfeife rauchte und dabei auf den Boden sah, der Lehrer, ein hagerer Mann in den mittleren Jahren, der sich auf seinen dicken Spazierstock stützte und mit jovialem Lächeln einem struppigen Kerl zuhörte, der eben aus Kandia zurückgekehrt war und von den Wundern der großen Stadt erzählte. Der Kaffeehauswirt lehnte an seinem Schanktisch und horchte lachend hin, ohne die Kaffeekesselchen, die in langer Reihe über dem Feuer aufgestellt waren, außer acht zu lassen.

Sobald uns Onkel Anagnostis erblickte, erhob er sich. «Bitte, setzt euch doch! Sfakianonikolis erzählt gerade, was er in Kandia erlebt hat... höchst spaßig! Nehmt bitte Platz!»

«Zwei Schnäpse, Manoljos!» rief er dem Wirt zu.

Wir setzten uns. Als der rauhe Jäger sah, daß wir Fremde waren, wurde er verlegen und schwieg.

«Hast du nicht auch das Theater besucht, Kapetan Nikolis?» fragte ihn der Lehrer, um ihn zum Sprechen zu veranlassen. «Wie hat dir's gefallen?»

Sfakianonikolis ergriff mit seiner großen Hand sein Glas Wein, leerte es in einem Zug und faßte Mut.

«Selbstverständlich war ich auch im Theater. Das fehlte noch! Immer wieder hörte ich die Leute von der Kotopuli reden, Kotopuli hier, Kotopuli da. Eines Abends bekreuzigte ich mich und sagte mir: so wahr ich Sfakianonikolis heiße, ich muß mir doch mal die Kotopuli ansehen. Den Deibel auch, ich möchte wissen, warum man so viele Umstände mit ihr macht.»

«Und was hast du gesehen, Nikolis?» fragte Onkel Anagnostis. «Was hast du gesehen, bei Gott!»

«Nichts, bei allen Heiligen, gar nichts! Da redet man immer vom Theater, und man beschließt, sich mal amüsieren zu gehen. Schade um das rausgeworfene Geld! Denk dir ein Kaffeehaus, rund wie eine Tonne, voller Stühle, Leuchter und Menschen. Ich war wie geblendet, konnte nicht mehr sehen, wußte nicht, wo mir der Kopf stand. ‹Deibel›, dachte ich, ‹das ist die wahre Hexenküche! Das ist nichts für mich.› Aber schon nahm mich eine Mamsell an der Hand, eine richtige Bachstelze. ‹Wohin führst du mich denn?› schrie ich sie an. Sie ließ mich aber nicht los und schließlich sagte sie: ‹Setz dich!› Ich setzte mich. Vor mir, hinter mir, rechts und links Menschen. ‹Das ist furchtbar›, sagte ich mir, ‹man kriegt ja keine Luft! Ich muß ja ersticken!› Ich fragte meinen Nachbar: ‹Wo stecken die Permadonnen? Wo kommen sie her?› ‹Von dort›, sagte er und zeigte mit dem Finger auf einen Vorhang, auf den ich nun neugierige Blicke warf.

Und wirklich! Es klingelt, der Vorhang teilt sich, und auf einmal ist die Kotopuli da. Das war dir vielleicht eine Frau. Mit allem, was dazu gehört. Sie tänzelte hin und her wie ein Fohlen, bis die Leute genug davon hatten und in die Hände klatschten. Worauf sie verschwand.»

Die Bauern konnten sich vor Lachen kaum halten. Sfakianonikolis wurde das zu dumm, er blickte zur Tür.

«Es regnet», sagte er, um das Thema zu wechseln.

Alle sahen hinaus. Just in diesem Augenblick lief draußen hastig eine Frau vorbei, den Rock bis zu den Knien geschürzt, mit schwarzen Haaren, die ihr bis auf die Schultern fielen. Die Kleider klebten ihr wie Fischschuppen auf der Haut und brachten einen Körper zur Geltung, der fest im Fleisch und herausfordernd war.

Ich fuhr empor. ‹Was für ein Raubtier!› dachte ich. Wie ein weiblicher Tiger kam sie mir vor, geschmeidig, gefährlich, eine Menschenfresserin. Die Frau wandte den Kopf für Sekunden zur Seite und warf einen feurigen Blick ins Kaffeehaus.

«Heilige Mutter Gottes!» flüsterte ein bartloser Jüngling, der an der großen Fensterscheibe saß.

«Verfluchte Hexe!» brüllte Manolakas, der Flurwächter.
«Du heizt einem ein und läßt einen sitzen!»

Der Jüngling an der Fensterscheibe stimmte zögernd, zuerst
ganz leise, dann immer lauter mit rauher Stimme ein Liedchen
an:

«Das Kissen der Witwe riecht wie nach Quitten,
ich hab dran gerochen, ich kann nicht mehr schlafen.»

«Halt's Maul!» schrie Mawrandonis und drohte mit dem
Schlauch seiner Wasserpfeife.

Das wirkte. Ein alter Mann neigte sich zu Manolakas, dem
Flurwächter.

«Dein Onkel ist ja ganz außer sich. Wenn er könnte, würde
er die Unglückliche in Stücke reißen – Gott schütze sie!»

«He, Vater Andruljos!» sagte Manolakas. «Mir scheint,
auch du hast dich an die Röcke der Witwe gehängt. Du bist
Küster und schämst dich nicht?»

«Höre, was ich dir sage! Gott schütze sie! Hast du noch
nicht bemerkt, wie die Kinder aussehen, die in letzter Zeit bei
uns geboren werden? Das sind keine Kinder, das sind Engel.
Und weshalb? Das verdanken wir der Witwe. Sie verführt sozusagen das ganze Dorf: man löscht seine Lampe und meint,
nicht die Frau im Arm zu haben, sondern die Witwe. Und
darum bringt unser Dorf so hübsche Kinder zur Welt.»

Nach einigen Sekunden fuhr der alte Andruljos fort:

«Glücklich die Schenkel, die sie drücken dürfen! Ach, alter
Junge, ich wollte, ich wäre zwanzig wie der Bengel von Mawrandonis!»

«Gleich wird er auf der Bildfläche erscheinen!» sagte einer
lachend.

Alle sahen nach der Tür. Es regnete in Strömen. Die Tropfen
klatschten auf die Steine. Ab und zu durchzuckte ein Blitzstrahl
den Himmel. Sorbas, noch ganz von dem Auftritt der Witwe
benommen, winkte mir.

«Es hat aufgehört, Chef, wir können gehen!»

Im Türrahmen tauchte ein junger Mann auf, barfuß, mit
wuschligem Haar und großen scheuen Augen. Ähnlich wie

115

Heiligenmaler Johannes den Täufer darstellen, mit Augen, die vom Fasten und Beten unnatürlich vergrößert sind.

«Tag, Mimithos!» riefen ein paar Männer und lachten.

Jedes Dorf hat seinen Trottel; und wenn es keinen hat, dann schafft es sich einen an, um sich zu amüsieren. Mimithos war der Trottel des Dorfes.

«Mitbürger!» stotterte Mimithos mit seiner Fistelstimme. «Mitbürger, die Witwe Surmelina hat ihr Mutterschaf verloren. Wer es findet, bekommt fünf Liter Wein Finderlohn.»

«Scher dich zum Teufel!» rief Mawrandonis. «Verdrück dich!»

Erschrocken verzog sich Mimithos in die Ecke dicht bei der Tür.

«Setz dich, Mimithos! Trink einen Schnaps, damit du dich nicht erkältest!» sagte der alte Anagnostis, der ihn bemitleidete. «Was soll aus unserem Dorf ohne einen Narren werden?»

Ein schwächlicher junger Bursche mit verwaschenen blauen Augen trat ein. Er war außer Atem, die klatschnassen Haare klebten an seiner Stirn.

«Tag, Pawlis!» rief Manolakas. «Guten Tag, kleiner Vetter! Nimm Platz!»

Mawrandonis runzelte beim Anblick seines Sohnes die Brauen.

‹Das soll mein Sohn sein?› dachte er. ‹Dieser Schwächling? Wem zum Teufel sieht er eigentlich ähnlich? Ich möchte ihn am liebsten am Kragen packen und wie einen Tintenfisch auf das Pflaster knallen.›

Sorbas saß wie auf Kohlen. Die Witwe hatte es ihm angetan.

«Wir wollen gehen, Chef!» sagte er immer wieder. «Hier kann man verrückt werden.»

Ihn deuchte, die Wolken hätten sich zerstreut und es lachte die Sonne. Als sei es ihm gleichgültig, fragte er den Wirt:

«Wer ist diese Witwe?»

«Eine Stute», erwiderte Kondomanoljos.

Er legte den Finger an die Lippen und wies mit den Augen

auf Mawrandonis, der sich mit seinem Nargileh zu schaffen machte und den Fußboden wieder anstarrte.

«Eine Stute», wiederholte er; «lassen wir das Thema, damit wir uns nicht versündigen.»

Mawrandonis erhob sich und wickelte den Schlauch um den Hals der Wasserpfeife.

«Entschuldigt», sagte er, «ich gehe nach Hause. Komm, Pawlis! Begleite mich.»

Er ging voran und beide verschwanden im Regen. Auch Manolakas stand auf und folgte ihnen.

Kondomanoljos machte es sich auf Mawrandonis' Stuhl bequem. «Armer Mawrandonis! Er wird vor Ärger noch bersten», sagte er leise, um an den Nebentischen nicht gehört zu werden. «Der hat sich was Schönes eingebrockt. Gestern habe ich mit meinen eigenen Ohren gehört, wie Pawlis zu ihm sagte: ‹Wenn sie mich nicht heiratet, bringe ich mich um.› Aber die Schlampe will nichts von ihm wissen. Rotznase nennt sie ihn.»

«Gehen wir!» sagte Sorbas wieder, der, wenn die anderen die Witwe erwähnten, mehr und mehr sein Gleichgewicht verlor.

Die Hähne begannen zu krähen, der Regen ließ etwas nach.

«Wir können gehen», sagte ich.

Mimithos schlüpfte aus seiner Ecke und heftete sich an unsere Fersen. Die Kieselsteine waren blank, die Türen vom Regen pechschwarz geworden, die alten Weiber gingen mit kleinen Körben auf Schneckensuche. Mimithos näherte sich mir und berührte meinen Arm.

«Gib mir eine Zigarette, Chef! Das bringt Glück in der Liebe.»

Ich reichte sie ihm, er streckte seine magere, sonnengebräunte Hand aus.

«Gib mir auch Feuer!»

Er sog den Rauch in die Lunge und blies ihn durch die Nasenlöcher wieder aus. Vor Wonne schloß er die Augen.

«Ich komme mir wie ein Pascha vor!» murmelte er.

«Wo gehst du hin?»

«Zum Garten der Witwe. Sie hat gesagt, sie werde mir zu essen geben, wenn ich den Verlust ihres Mutterschafes bei den Bauern anzeige.»

Wir gingen ziemlich schnell. Die Wolken hatten sich etwas gelichtet, die Sonne zeigte sich wieder. Das ganze Dorf schien frisch gewaschen zu lachen.

«Gefällt dir die Witwe, Mimithos?» fragte Sorbas und seufzte.

Mimithos kicherte.

«Warum soll sie mir nicht gefallen? Bin ich nicht auch aus einer Jauchegrube gekrochen?»

«Aus einer Jauchegrube?» sagte ich erstaunt. «Was meinst du damit?»

«Na, aus dem Mutterleib.»

Ich war entsetzt. Nur ein Shakespeare hätte in einer seiner schöpferischsten Minuten einen so rohen, realistischen Ausdruck finden können, um das dunkle und widrige Geheimnis der Geburt zu umschreiben.

Die großen, verzückten Augen fielen mir an Mimithos auf. Sie schielten etwas.

«Wie verbringst du deine Zeit, Mimithos?»

«Wie ich meine Zeit verbringe? Wie ein Pascha! Am Morgen wache ich auf und esse ein Stück Brot. Dann arbeite ich als Lastträger, ganz gleich, wo und was, mache kleine Botengänge, karre Mist, sammle Pferdeäpfel und fange auch Fische mit meiner Rute. Ich wohne bei meiner Tante, Frau Lenjo, dem Klageweib. Du wirst sie wohl kennen, alle Leute kennen sie. Man hat sie sogar photographiert. Abends gehe ich nach Hause, esse einen Teller Suppe und trinke ein Glas Wein, so ich habe. Habe ich keinen, dann Wasser, das Gottesgetränk, und reichlich, bis mir der Bauch anschwillt. Und dann ‹gute Nacht!›»

«Willst du nicht heiraten?»

«Heiraten? Ich bin doch nicht verrückt. Was sagst du da! Warum soll ich mir solche Scherereien aufhalsen? Die Frau braucht Schuhe. Wo soll ich die hernehmen? Ich laufe barfuß.»

«Hast du keine Stiefel?»

«Wieso nicht? Im vergangenen Jahre starb da einer, und meine Tante, die Lenjo, hat sie ihm ganz einfach von den Füßen gezogen. Aber ich ziehe sie nur zu Ostern an. Da gehe ich in die Kirche und mache mich über die Popen lustig. Hinterher ziehe ich sie aus, hänge sie um den Hals und gehe heim.»

«Was liebst du am meisten auf der Welt, Mimithos?»

«Zuerst das Brot. Es geht nichts über Brot. Recht warm und womöglich Weizenbrot. Dann auch den Wein und schließlich den Schlaf.»

«Und die Frau?»

«Pah! Iß, trink und leg dich schlafen, sag ich dir! Alles andere ist Mist!»

«Und die Witwe?»

«Zum Teufel! Laß mich damit in Ruhe! Weiche von mir, Satan!»

Er spuckte dreimal aus und bekreuzigte sich.

«Kannst du schreiben und lesen?»

«Keine Spur! Als ich noch klein war, schickte man mich mit Gewalt in die Schule. Aber bald erwischte mich der Typhus und ich wurde zu blöde zum Lernen. Und so war ich vom Unterricht befreit.»

Sorbas langweilten allmählich meine Fragen. Er dachte nur noch an die Witwe.

«Chef!» sagte er und faßte mich am Arm.

Dann wandte er sich an Mimithos:

«Gehe voraus, wir haben was zu besprechen.»

«Chef!» sagte er leise und erregt «Ich möchte dir was sagen. Mach dem männlichen Geschlecht keine Schande! Der Gott-Teufel schickt dir diesen Leckerbissen, und du hast Zähne und willst ihn verschmähen? Streck die Hand aus, bitte schön! Zu was hat uns der Schöpfer Hände gegeben? Zum Greifen. Greif also zu! Ich habe in meinem Leben viele Frauen gesehen, aber dieses Weib... verdammt noch mal!»

«Ich will keine Scherereien!» antwortete ich wütend. Es erboste mich, daß auch mich dieser allvermögende Körper wie ein brünstiges Wild gereizt hatte.

«Du willst keine Scherereien?» meinte Sorbas erstaunt «Was willst du denn sonst?» Ich antwortete nicht.

«Das ganze Leben ist eine Schererei», fuhr Sorbas fort, «der Tod ist es nicht. Weißt du, was leben heißt? Den Rock ausziehen und die Ärmel aufkrempeln.»

Ich redete keinen Ton. Ich wußte, daß Sorbas recht hatte. Ich wußte es, aber mir fehlte der Mut. Ich hatte einen falschen Weg eingeschlagen, mein Kontakt mit den Menschen war auf einen nichtssagenden Monolog gesunken. Ich war so tief gesunken, daß ich, vor die Wahl gestellt, mich in eine Frau zu verlieben oder ein gutes Buch über die Liebe zu lesen, das Buch vorgezogen hätte!

«Laß die Kostenanschläge», fuhr Sorbas fort, «laß die Zahlen! Schlage diese verdammte Waage kurz und klein, schließ den Laden, sag ich dir. Jetzt gilt es nur noch, deine Seele zu retten oder zu verlieren. Nimm ein Taschentuch, knüpfe ein paar Pfunde rein, aber Goldstücke, denn Papiergeld sticht nicht ins Auge, schicke das Geld durch Mimithos der Witwe und laß ihr sagen: ‹Viele Grüße vom Bergwerksbesitzer! Er erlaubt sich, dir dieses Taschentuch zu überreichen. Nicht viel, läßt er dir sagen, aber mit Liebe. Und du sollst dich nicht über das verlorene Schaf aufregen. Keine Sorge! Er wird alles wiedergutmachen. Keine Angst! Er hat dich am Kaffeehaus vorbeigehen sehen und fühlt sich seitdem in einer anderen Welt.›

So machst du es. Und am nächsten Abend – je schneller, desto besser – klopfst du an ihre Tür. Du sagst ganz einfach, du hättest dich im Dunkeln verirrt und bätest sie um eine Laterne. Oder dir sei plötzlich schwindlig geworden und du möchtest ein Glas Wasser. Oder noch besser, du kaufst ihr ein neues Schaf und bringst es ihr. ‹Bitte schön, Frau›, sagst du ihr, ‹hier ist das verlorene Schaf, ich habe es gefunden.› Und die Witwe – hör zu – wird dir den Finderlohn geben und du wirst – weiß Gott, könnte ich doch mitaufsitzen! – du wirst, sag ich dir, zu Pferde ins Paradies eingehen. Ein anderes Paradies gibt's nicht, mein Lieber. Höre nicht auf die Popen. Ein anderes Paradies gibt's nicht!»

Wir mußten uns dem Garten der Witwe genähert haben, denn Mimithos seufzte plötzlich und stimmte im Falschton, wenn auch stotternd, das Volkslied an:

Die Kastanie braucht Wein,
Und Honig die Nuß,
Der Bursche das Mädchen,
Das Mädchen den Burschen.

Sorbas fiel leise ein. Seine Nasenflügel bebten. Er blieb einen Augenblick stehen, holte tief Atem und blickte mich an.

«Laß mich zufrieden!» erwiderte ich barsch und beschleunigte meine Schritte. Er schüttelte den Kopf und brummte etwas in seinen Bart, aber ich hörte nicht hin.

Als wir in der Baracke ankamen, hockte sich Sorbas auf den Boden, legte sein Santuri auf seine Knie, hob in Gedanken versunken den Kopf, als suche er nach einer Weise und spielte eine klagende Melodie. Ab und zu warf er mir von der Seite einen Blick zu. Ich fühlte, daß er mir mit dem Santuri sagte, was er mir mit Worten nicht ausdrücken wollte oder konnte: Daß mein Leben verpfuscht sei, daß die Witwe und ich zwei Insekten wären, die nur eine Sekunde unter der Sonne lebten, um dann für alle Ewigkeit zu krepieren.

Plötzlich erhob er sich, als habe er verstanden, daß alle seine Mühe umsonst sei. Er lehnte sich an die Wand und zündete sich eine Zigarette an. Dann sagte er: «Ich will dir ein kleines Erlebnis aus Saloniki mit einem Hodscha erzählen, auch wenn es nichts nützen sollte. Ich betätigte mich damals als Hausierer. Ich zog von einem Quartier zum andern und verkaufte Zwirnrollen, Nähnadeln, Heiligenlegenden, Weihrauch, Pfeffer... Ich hatte damals eine Stimme wie eine Nachtigall. Du mußt wissen, daß man die Frauen mit einer guten Stimme am leichtesten kriegt. – Gibt es überhaupt etwas, womit sie nicht zu kaufen sind, diese Losen? – Was in ihren Köpfen vorgeht, wissen die Götter! Du kannst häßlich, lahm, bucklig sein – macht nichts, wenn du nur eine schöne Stimme hast. Da werden sie verrückt.

Ich machte also den Hausierer und kam auch in das türkische Stadtviertel. Wie es schien, war eine reiche Türkin von meiner Stimme so bezaubert, daß sie kein Auge mehr zutat. Sie rief also einen alten Hodscha zu sich, drückte ihm einen Haufen Silbermünzen in die Hand und sagte nur: ‹Aman! Bring mir sofort den Gjaur her, den Hausierer! Ich halt's nicht mehr aus!›

Der Hodscha ließ sich das nicht zweimal sagen.

‹He, Grieche, komm mit!› – ‹Nein, ich komme nicht. Wo soll ich denn hin?› – ‹Eine Chanum, dummer Grieche, frisch wie Quellwasser, erwartet dich auf ihrem Zimmer, komm!› Ich wußte aber, daß die Christen damals im Türkenviertel bei Nacht umgebracht wurden. ‹Nein, ich komme nicht›, erwiderte ich. ‹Fürchtest du nicht Gott?› – ‹Warum soll ich ihn fürchten?› – ‹Weil der dumme Grieche, der Gelegenheit hat, mit einer Frau zu schlafen, und es nicht tut, eine große Sünde begeht. Wenn eine Frau dich auffordert, das Lager mit ihr zu teilen, und du gehst nicht hin, ist deine Seele verloren! Die betreffende Frau wird am Jüngsten Tage sich seufzend bei Gott beklagen, und dieser Seufzer wird dich, magst du sein, wer du willst, und wärest du auf Erden der beste Mensch gewesen, sofort in die Hölle stürzen.›»

Sorbas seufzte.

«Wenn es eine Hölle gibt», fuhr er fort, «dann komme ich hinein, und zwar aus diesem Grunde. Nicht weil ich gestohlen, gemordet oder Ehebruch getrieben hätte, nein, nicht deshalb. Das macht nichts, der liebe Gott verzeiht das alles. In die Hölle komme ich, weil in jener Nacht eine Frau mich auf ihrem Bett erwartete und ich ging nicht zu ihr hin...» Er erhob sich, machte Feuer und rüstete das Essen. Dabei sah er mich von der Seite an und schmunzelte verächtlich.

«Tauben Ohren predigt man vergebens!» brummte er, bückte sich und begann ärgerlich in das feuchte Holz des Ofens zu pusten.

IX

Die Tage wurden kürzer, das Licht schwächer, das Menschenherz am Ende eines jeden Nachmittages bedrückter. Die primitive Angst der Ahnen, die an den langen Winterabenden die Sonne immer früher erlöschen sahen, kroch aus den Schlupfwinkeln. Morgen, dachten sie in ihrer Verzweiflung, erlischt sie ganz, und mit Zittern und Zagen wachten sie die lange Nacht hindurch auf den Höhen.

Sorbas spürte diese Angst tiefer und primitiver als ich. Um ihr zu entrinnen, verließ er die unterirdischen Stollen nicht, bis die Sterne am Himmel funkelten.

Er war auf eine gute, nicht allzu feuchte Lignitader gestoßen, mit geringem Aschegehalt, reich an Kalorien, und war zufrieden. Denn auf der Stelle verwandelte sich der Gewinn in Reisen, Frauen und neue Abenteuer. Ungeduldig wartete er auf den Tag, an dem er so viele Flügel – so nannte er das Geld – verdiente, um fliegen zu können. Deshalb verbrachte er ganze Nächte, sich an seiner winzigen Drahtseilbahn zu versuchen und das richtige Gefälle ausfindig zu machen, damit die Baumstämme sanft und weich, wie von Engeln getragen – wie er sich ausdrückte –, zu Tal fahren könnten.

Eines Tages nahm er ein großes Blatt Papier und Farbstifte zur Hand und malte: den Berg, den Wald, die Drahtseilbahn, die Stämme, die am Kabel hinabgleiten. Jeden Stamm versah er rechts und links mit blauen Flügeln. In den kleinen runden Hafen zeichnete er schwarze Schiffe, papageiengrüne Matrosen und Leichter ein, die mit gelben Stämmen beladen waren. In den vier Ecken standen vier Mönche, aus deren Mündern rosenfarbene Bänder wehten, mit der Inschrift «Groß bist du, Herr, und wunderbar deine Werke», in steilen schwarzen Buchstaben.

Seit einigen Tagen hatte Sorbas es mit dem Feueranmachen sehr eilig. Er kochte, wir aßen, und schon war er wieder verschwunden. Bald hernach kehrte er verdrießlich zurück.

«Wo hast du dich wieder herumgetrieben?» fragte ich ihn.

«Was kümmert dich das?» sagte er und wechselte das Thema.

Eines Abends fragte er mich verlegen:

«Gibt es einen Gott oder nicht? Was sagst du dazu, Chef? Und wenn es einen gibt – alles ist möglich –, wie stellst du ihn dir vor?»

Ich hob die Schultern, ohne zu antworten.

«Ich – aber lache nicht! – stelle mir Gott vor genau wie mich. Nur größer, kräftiger, verrückter. Und außerdem unsterblich. Er sitzt bequem auf weichen Schafsfellen, und seine Baracke ist der Himmel. Nicht aus Benzinkanistern wie unsere, sondern aus Wolken. In seiner Rechten hat er weder Schwert noch Waage – damit gehen Metzger und Krämer um. Gott hält vielmehr einen großen Schwamm voll Wasser in der Hand, wie eine Regenwolke. Rechts von ihm ist das Paradies, links die Hölle. Da kommt denn die arme Seele, splitterfasernackt, sie hat ja ihren Körper verloren, und zittert vor Kälte. Gott blickt sie an und lacht verschmitzt, dabei macht er den strengen Richter. ‹Komm her!› sagt er zu ihr mit lauter Stimme. ‹Komm her, du Verdammte!›

Dann beginnt das Verhör. Die Seele fällt Gott zu Füßen. ‹Wehe›, ruft sie, ‹ich habe gesündigt!›, und sie fängt an, ihre Sünden herunterzuleiern. Eine Litanei, die kein Ende nimmt. Gott hat bald die Nase voll, er gähnt. ‹Schweig endlich!› schreit er sie an. ‹Du brüllst ja, daß mir der Schädel platzt!›, und schwups! fährt er mit dem Schwamm durch die Luft und löscht alle Sünden aus. ‹Mach, daß du weiterkommst! Ins Paradies!› sagt er. ‹Petrus! Laß die hier auch hinein, das arme Kind!›

Denn das mußt du wissen, Chef: Gott ist ein Edelmann, und der wahre Adel liegt im Verzeihen!»

An jenem Abend, als Sorbas sich in diesem spaßigen Tiefsinn erging, mußte ich lachen, wenn ich nicht irre. In meiner Brust aber nistete sich dieser mitleidige, freigebige und allmächtige ‹Adel› Gottes ein.

Eines anderen Abends – es regnete draußen – hockten wir

wieder in unserer Baracke und rösteten Kastanien im Kohlenbecken. Sorbas blickte mich eine Zeitlang nachdenklich an, als wollte er ein großes Geheimnis enthüllen. Schließlich hielt er nicht mehr an sich.

«Ich möchte wissen, Chef», sagte er, «was zum Teufel findest du an mir und packst mich nicht am Kragen, und wirfst mich hinaus! Ich hab dir schon gesagt, daß man mich ‹Peronospora› nennt, denn wohin ich komme, lasse ich keinen Stein auf dem andern... Dein Betrieb wird vor die Hunde gehen. Schmeiß mich raus, rat ich dir.»

«Du gefällst mir», antwortete ich, «das genügt mir.»

«Aber merkst du denn nicht, daß bei mir eine Schraube los ist? Vielleicht auch zwei, vielleicht nur eine halbe, verflucht, wenn ich das nur wüßte! Aber *eine* fehlt mir gewiß. Bitte, hör mich an, dann wirst du begreifen: seit Tagen, seit Nächten läßt die Witwe mir keine Ruhe. Es handelt sich nicht um mich, das kann ich dir schwören. Von mir aus soll sie der Teufel vereinnahmen! Ich rühre sie nicht an, sie ist nichts für meinen Schnabel... Andrerseits will ich nicht, daß sie der Welt verlorengeht. Sie soll nicht allein schlafen. Das wäre nicht recht, Chef, das ertrüge ich nicht. So streiche ich denn nachts um ihren Garten – deshalb siehst du mich so oft verschwunden und fragst mich, wo ich war –, und weißt du warum? Um aufzupassen, ob jemand mit ihr schlafen geht, damit ich endlich Ruhe habe!»

Ich lachte.

«Lache nicht, Chef! Wenn eine Frau allein schläft, dann sind wir Männer daran schuld, allesamt. Am Jüngsten Tage müssen wir alle Rechenschaft ablegen. Wie gesagt, Gott verzeiht alle Sünden, er hat den Schwamm in der Hand. Aber diese Sünde verzeiht er nicht. Wehe dem Manne, der mit einer Frau schlafen kann und es nicht tut! Wehe der Frau, die mit einem Manne schlafen kann, und es nicht tut! Entsinnst du dich noch, was der Hodscha mir sagte?»

Er schwieg einen Augenblick. Dann fuhr er plötzlich fort:

«Kann ein Toter wieder auferstehen?»

«Ich glaube nicht, Sorbas.»

«Ich auch nicht. Aber wenn es der Fall wäre, dann würden die Menschen, die ihre Pflicht nicht getan haben, diese Deserteure, auf die Erde zurückkehren. Und weißt du als was? Als Maulesel!»

Er schwieg wieder nachdenklich, seine Augen funkelten.

«Wer weiß», fuhr er belustigt fort, «vielleicht sind diese Dussels, diese Menschen, die in ihrem Leben keine richtigen Männer, keine richtigen Frauen waren, alle heute Maulesel, eigensinnige, halsstarrige Maulesel? Was meinen Euer Hochwohlgeboren dazu?»

«Daß bei dir nur eine halbe Schraube los ist, Sorbas», antwortete ich lachend. «Steh auf! Hole das Santuri!»

«Heute abend gibt's kein Santuri, Chef, nimm's nicht übel! Heute halte ich Reden, quatsche ich Unsinn. Weißt du warum? Weil ich Raupen im Kopf habe. Der neue Schacht liegt mir auf dem Magen. Und da kommst du mir ausgerechnet mit dem Santuri…»

Sprach's, nahm die Kastanien aus der Asche, gab mir eine Handvoll und füllte die Gläser mit Schnaps.

«Gott lasse die Waage sich zur Rechten neigen!» sagte ich und stieß mit ihm an.

«Zur Linken», verbesserte Sorbas, «zur Linken! Auf der Rechten gibt's nichts Ordentliches!»

Mit einem Zug goß er das Feuerwasser hinunter und streckte sich auf sein Lager aus.

«Morgen», sagte er, «muß ich alle Kräfte beisammen haben. Ich habe mit tausend Dämonen zu kämpfen. Gute Nacht!»

Am andern Tag, in aller Frühe, begab sich Sorbas tief in den Stollen. Man hatte schon den neuen Gang in die gute Lignitader vorgetrieben, das Wasser tropfte von der Decke, die Arbeiter wateten im Schlamm. Sorbas hatte schon am Tage vorher Stämme heranschleppen lassen, um den Gang abzustützen. Aber er war in großer Unruhe. Das Holz war nicht dick genug. Bei dem feinen Instinkt, mit dem er dieses unterirdische Labyrinth wie seinen eigenen Körper erlebte, witterte er, daß die

Abstützung nicht genügend gesichert war, und vernahm, wenn auch leise, für die anderen nicht wahrnehmbar, ein Knacken im Holz, als seufzte das Deckengerüst unter der allzu großen Belastung.

Und noch etwas beunruhigte Sorbas heute besonders: in dem Augenblick, als er in den Stollen einsteigen wollte, sah er den Popen des Dorfes, den Pater Stephanos, auf seinem Maultier vorbeireiten. Er strebte in aller Eile dem benachbarten Frauenkloster zu, um eine todkranke Nonne mit den Sterbesakramenten zu versehen. Glücklicherweise hatte Sorbas gerade noch Zeit, dreimal auf den Boden zu spucken, bevor der Priester ihn anredete.

«Guten Morgen, Pater!» stieß er als Antwort zwischen den Zähnen hervor. Um gleich darauf zu flüstern:

«Dein Fluch über mich!»

Er fühlte aber, daß diese Beschwörung nicht ausreiche, und verzog sich ärgerlich in den Stollen. Dort herrschte ein schwerer Dunst von Braunkohle und Azetylen. Die Arbeiter hatten am Tag zuvor begonnen, die Pfähle einzurammen und den Stollen zu stützen. Sorbas bot ihnen barsch und verdrießlich die Tageszeit und machte sich ans Werk.

Eine Gruppe von zehn Männern brach mit ihren Spitzhakken die Ader an, bis die Kohle in größeren oder kleineren Stükken sich zu ihren Füßen häufte. Andere schaufelten sie zusammen und förderten sie auf kleinen Loren zutage.

Plötzlich hielt Sorbas inne, winkte den Arbeitern, das gleiche zu tun, und horchte. Wie der Reiter eins wird mit seinem Pferd, der Kapitän mit seinem Schiff, so verschmolz Sorbas mit seinem Bergwerk. Er fühlte die Stollen sich in seinem Fleisch wie Adern verästeln, und was die dunklen Kohlenmassen nicht empfinden konnten, das empfand Sorbas mit menschlicher Hellsicht.

Er hatte also seine großen Ohren gespitzt und horchte. In diesem Augenblick betrat ich den Stollen. Wie von einer Ahnung getrieben, war ich aus dem Schlaf gefahren, hatte mich in die Kleider geworfen und war hinausgestürzt, ich wußte selbst nicht, wohin und warum. Mein Leib schlug, ohne zu zaudern, den Weg nach der Grube ein. Und ich erreichte sie ausgerechnet in dem Moment, als Sorbas erregt und angespannt lauschte.

«Nichts Besonderes», sagte er, «es schien mir nur so. An die Arbeit, Jungens!»

Er wandte sich um und erblickte mich.

«Nanu? So früh schon hier?» sagte er erstaunt.

Er näherte sich mir.

«Willst du nicht lieber an die Luft gehen, Chef?» flüsterte er mir zu. «Du kannst dich ein anderes Mal hier umschauen.»

«Was ist los, Sorbas?»

«Nichts... Ich spinne. Heute früh hab ich einen Popen gesehen. Mach, daß du fortkommst!»

«Wäre es nicht eine Schande fortzugehen, wenn Gefahr im Verzug ist?»

«Jawohl!» antwortete Sorbas.

«Würdest du weggehen?»

«Nein.»

«Also?» sagte ich.

«Die Maßregeln, die ich für Sorbas ergreife», entgegnete er aufgebracht, «sind nicht dieselben wie für die anderen. Da du aber zu der Einsicht gekommen bist, daß es eine Schande ist wegzugehen, so bleib.»

Er nahm seinen Hammer, stellte sich auf die Fußspitzen und begann, mit dicken Nägeln das Deckengerüst zu sichern. Ich holte eine Lampe von einem Pfahl, watete durch den Schlamm und schaute mir die dunkelbraun schimmernde Ader an. Riesige Wälder waren hier versunken, Millionen Jahre waren darüber hinweggegangen, die Erde kaute, verdaute, verwandelte ihre Kinder. Die Bäume wurden zu Kohle, und Sorbas kam und entdeckte sie.

Ich hängte die Lampe wieder an ihren Platz und beobachtete Sorbas bei der Arbeit. Er gab sich ihr völlig hin, hatte nichts anderes im Sinne, wurde eins mit der Erde, der Spitzhacke und der Kohle. Mit dem Hammer und den Nägeln verwuchs er zu einem Körper und kämpfte mit dem Holz. Er kämpfte mit der Decke des Stollens, die sich immer mehr durchdrückte. Er kämpfte mit dem ganzen Berg und wollte ihm die Kohle mit List und Gewalt entreißen. Sorbas hatte ein untrügliches Gefühl für die Materie, und unfehlbar schlug er dort auf sie ein, wo sie am schwächsten war und bezwungen werden konnte. Und wie ich ihn so mit Kohlenstaub geschwärzt vor mir sah – nur noch das Weiß seiner Augäpfel stach davon ab –, schien er sich als Kohle getarnt zu haben, schien er ganz zu Kohle geworden, um sich dem Gegner leichter zu nähern und seine Festung zu stürmen.

«Bravo, Sorbas!» rief ich unwillkürlich.

Doch er drehte sich nicht einmal um. Wie hätte er sich auch jetzt in ein Gespräch mit einer ‹papierverschlingenden Maus› einlassen sollen, die statt einer Spitzhacke einen Bleistift in der Hand hielt? Er hatte zu tun und ließ sich nicht herab, mit mir zu sprechen. – ‹Laß mich in Ruhe und sprich mich bei der Arbeit nicht an!› sagte er mir eines Abends. ‹Ich platze sonst noch mal.› – ‹Du platzt, Sorbas? Warum?› – ‹Immer diese Warums! Wie ein Dreikäsehoch! Wie soll ich dir's erklären? Bei der Arbeit bin ich völlig, vom Scheitel bis zur Sohle, mit dem Stein oder der Kohle oder auch dem Santuri verwachsen. Und wenn du mich plötzlich berührst oder mich ansprichst und ich mich umdrehen muß, kann ich platzen. Nun weißt du's!›

Ich schaute auf die Uhr, es war gegen zehn.

«Frühstückspause, meine Herrschaften!» sagte ich.

Geschwind warfen die Arbeiter ihr Werkzeug in die Ecke, wischten sich den Schweiß von der Stirn und machten sich fertig, den Stollen zu verlassen. Sorbas war so in seine Arbeit vertieft, daß er mich nicht gehört hatte. Und hätte er mich gehört, er hätte trotzdem weitergearbeitet.

«Moment», sagte ich zu den Arbeitern, «eine Zigarette!»

Ich durchwühlte meine Taschen nach der Schachtel. Die Arbeiter standen wartend um mich herum.

Plötzlich fuhr Sorbas auf. Er preßte sein Ohr an die Stollenwand, im Scheine der Azetylenlampe sah ich deutlich, wie er krampfhaft den Mund öffnete.

«Was ist los, Sorbas?» fragte ich.

Im gleichen Moment schon schien die ganze Decke des Stollens über unseren Köpfen zu wanken.

«Haut ab!» schrie Sorbas heiser. «Haut ab!»

Wir drängten uns zum Ausgang. Aber ehe wir noch das erste Gerüst erreichten, krachte es zum zweitenmal über uns, noch stärker. Sorbas war gerade dabei, einen großen Baumstamm zu heben, um mit ihm als Keil das schwache Gerüst zu verstärken. Gelang es ihm schnell genug, hielt vielleicht die Decke noch ein paar Sekunden stand, und wir hatten Zeit, uns zu retten.

«Haut ab!» ließ sich die dumpfe Stimme von Sorbas hören, als käme sie aus dem Schoß der Erde.

Mit der charakteristischen Feigheit, von der die Menschen häufig in kritischen Momenten befallen werden, stürzten wir alle hinaus, ohne uns um Sorbas zu kümmern. Erst nach einigen Sekunden fing ich mich wieder und eilte zu Sorbas zurück.

«Sorbas», rief ich, «Sorbas!»

Es schien mir aber nur so, als hätte ich gerufen, denn ich merkte gleich, daß mir der Laut in der Kehle steckengeblieben war. Die Angst hatte meine Stimme erstickt.

Ich schämte mich. Ich tat einen Schritt rückwärts und streckte meine Arme aus. Soeben hatte Sorbas den dicken Stützbalken festgekeilt und sprang mit einer blitzschnellen Wendung zum Ausgang. Im Halbdunkel stieß er mit mir zusammen, und ohne es zu wollen, lagen wir uns in den Armen. «Lauf! Lauf!» würgte er hervor.

Wir liefen und erreichten den Ausgang, vor dem die Arbeiter, wortlos und leichenblaß, auf uns warteten.

Zum drittenmal, aber noch stärker als vorher, ließ sich das Krachen vernehmen, als werde ein Baum vom Blitz mitten durchgespalten. Der Lärm wurde sofort von rollenden Donnerschlägen übertönt, der Berg wankte, der Stollen stürzte zusammen.

«Gott sei uns gnädig!» riefen die Arbeiter und bekreuzigten sich.

«Habt ihr die Spitzhacken liegenlassen?› schrie Sorbas wütend.

Die Arbeiter schwiegen.

«Warum habt ihr sie nicht mitgenommen? Habt ihr in die Hosen gemacht, ihr Helden? Schade um das Gerät!»

«Hast du keinen anderen Kummer als die paar Spitzhacken, Sorbas?» warf ich dazwischen. «Wir wollen doch froh sein, daß keinem was geschehen ist. Wir werden dir das nie vergessen. Alle verdanken wir dir das Leben.»

«Ich habe Hunger», sagte Sorbas. «Ich habe ein Loch im Bauch.»

Er nahm sein Taschentuch mit dem Frühstück, das er auf einen Stein gelegt hatte, knüpfte es auf, holte Brot heraus, Oliven, Zwiebeln, eine gekochte Kartoffel und eine kleine Flasche Wein.

«Bitte, langt zu!» sagte er mit vollem Mund.

Er aß heißhungrig, gierig, als hätte er plötzlich seine Kräfte verloren und wollte sie wieder auffüllen.

Gebückt, schweigsam verschlang er sein Frühstück, setzte die Flasche an den Mund, hob den Hals empor und ließ den Wein in die ausgetrocknete Kehle gluckern.

Die Arbeiter faßten wieder Mut, öffneten ihre fadenscheinigen Brotbeutel und fingen zu essen an. Mit gekreuzten Beinen hockten sie alle um Sorbas herum, kauten und schauten ihn immer wieder an. Sie wären ihm am liebsten zu Füßen gefallen und hätten ihm die Hände geküßt, aber sie wußten, daß er ein Sonderling war, und keiner getraute sich, den Anfang zu machen.

Endlich entschloß sich Michelis, der älteste, der einen dicken grauen Schnurrbart hatte, ihn anzureden:

«Wärest du nicht gewesen, Meister Alexis, hätten unsere Kinder heute keinen Vater mehr.»

«Halt's Maul!» sagte Sorbas mit vollgestopften Backen, und keiner wagte mehr, auch nur ein Wort zu reden.

X

«Wer hat dieses Labyrinth der Ungewißheit geschaffen, diesen Tempel der Anmaßung, diesen Sündenkrug, dieses Saatfeld der tausend Ränke, dieses Tor der Hölle, diesen randvollen Korb der Bosheiten, dieses honiggleiche Gift, diese Erdenfessel der Sterblichen: die Frau?»

Ich saß neben dem Kohlenbecken und schrieb langsam und bedächtig diesen buddhistischen Gesang ab. Ich bemühte mich heftig, mit allerlei Bannformeln mir einen regennassen Leib mit wogenden Hüften aus dem Sinn zu schlagen, der in diesen Winternächten durch die feuchte Luft geisterte. Ich weiß nicht, wie es kam: gleich nach dem Einsturz des Stollens, bei dem mein Lebensfaden plötzlich zu reißen drohte, spukte die Witwe in meinem Blut. Sie rief nach mir wie ein Raubtier, herrisch und vorwurfsvoll: «Komm, komm! Das Leben ist wie der Blitz, komm schnell! Komm, ehe es zu spät ist!»

Ich wußte, daß es Mara war, der Geist des Bösen in der Gestalt des Frauenleibs mit den üppigen Hüften. Ich kämpfte dagegen an. Ich hatte mich hingesetzt, meinen Buddha zu schreiben, genau wie die Wilden in ihren Höhlen mit spitzen Steinen oder Farben die Raubtiere einritzen oder malen, die beutehungrig draußen umherschleichen. Auch sie halten, was sie bewegt, im Bild – an den Felswänden – fest, damit es nicht über sie herfällt und sie verschlingt.

Seit dem Tag, an dem ich beinahe zerquetscht worden wäre, glitt die Witwe durch die glühende Luft meiner Einsamkeit und winkte mir wollüstig aus den Hüften zu. Am Tag war ich stark, mein Geist war wach, ich brachte es fertig, sie zu vertreiben. Ich schrieb, in welcher Gestalt der Versucher zu Buddha kam, wie er sich als Frau verkleidete und sich mit den steilen harten Brüsten auf seine Knie lehnte, wie dann Buddha die Gefahr erkannte, seine ganze Existenz in den Kampf warf und den Versucher vernichtete. Auch ich konnte ihn vernichten. Ich schrieb und fühlte mich bei jedem Satz erleichtert. Ich schöpfte Mut, ich spürte, wie der Versucher vor der allmächtigen Zauberformel des Wortes die Flucht ergriff. Aber während ich mich über Tag tapfer nach Kräften herumschlug, streckte nachts mein Geist die Waffen, die inneren Tore öffneten sich, und die Witwe trat ein.

Morgens erwachte ich erschöpft und zerschlagen, und der Kampf setzte von neuem ein. Ab und zu hob ich den Kopf, wenn das Licht mit dem sinkenden Tag die Flucht ergriff und Dunkel mich plötzlich anfiel. Die Tage wurden kürzer, das Weihnachtsfest nahte, ich verfolgte diesen ewigen Kampf in den Lüften und sprach mir zu: ‹Ich bin nicht allein; eine Großmacht, das Licht, kämpft wie du, unterliegt und siegt und verzweifelt nicht. Mit ihr im Bunde werde ich siegen!›

Es schien mir – und das ermutigte mich sehr –, daß auch ich einem allumfassenden Rhythmus gehorchte, wenn ich mit der Witwe rang. Da will nun, sagte ich mir, die listige Materie diesen Körper sanft unterjochen und die freie Flamme löschen, die in ihm lodert. Und ich dachte: Gott ist die unzerstörbare Macht, die die Materie in Geist verwandelt. Jeder Mensch hat in sich ein Stück dieses göttlichen Wirbels, deshalb gelingt es ihm, Brot, Wasser und Fleisch in Gedanken und Tat zu verwandeln. Sorbas hat recht: ‹Sage mir, was du aus dem machst, was du ißt, und ich sage dir, wer du bist!›

Ich bemühte mich also, das heiße Verlangen des Fleisches in Buddha zu verwandeln.

«Woran denkst du? Was bedrückt dich, Chef?» sagte Sorbas zu mir am Heiligen Abend. Er merkte, mit welchem Dämon ich mich herumschlug. Ich tat so, als ob ich nicht hörte. Aber Sorbas ließ nicht so leicht locker.

«Du bist jung», sagte er, und plötzlich nahm seine Stimme einen bitteren und zornigen Ton an, «du bist jung und kräftig, ißt und trinkst gut, atmest reine Luft und speicherst Kräfte auf. Und was machst du damit? Du schläfst allein. Schade um die Kräfte! Geh hin, aber gleich heute abend, verliere keine Zeit! Alles auf der Welt ist so einfach. Wie oft soll ich dir das sagen! Mach nicht alles so schwierig!»

Ich hatte das Buddhamanuskript vor mir aufgeschlagen und blätterte darin. Ich hörte Sorbas' Worte und wußte, daß sie mich auf einen sehr sicheren, sehr menschlichen Weg wiesen. Auch sie stammten aus dem Geiste Maras, des listigen Kupplers.

Ich hörte ihn schweigend an. Ich war entschlossen zu widerstehen. Langsam durchblätterte ich das Manuskript und pfiff dabei, um meine Unruhe zu verbergen. Aber Sorbas, der sich über mein Verstummen ärgerte, ließ nicht ab zu schüren.

«Heute abend ist Weihnachten. Mach dich auf die Socken, ehe es zur Kirche geht! Heute abend wird Christus geboren, tu auch du dein Wunder, Chef!»

Ich erhob mich gereizt

«Schluß damit, Sorbas! Jeder Mensch geht seinen eigenen Weg, genau wie jeder Baum seine Eigenart hat. Hast du jemals den Feigenbaum ausgescholten, weil er keine Kirschen trägt? Dann schweige bitte! Es ist gleich Mitternacht, laß uns zur Kirche gehen, damit auch wir sehen, wie Christus geboren wird.»

Sorbas zog seine dicke Wintermütze tief über den Kopf.

«Gut», sagte er verdrießlich, «gehen wir. Aber das sollst du wissen: Gott wäre mit dir zufrieden, wenn du heute abend zur Witwe gegangen wärest wie der Erzengel Gabriel. Wenn Gott denselben Weg gegangen wäre wie du, wäre er niemals zu Maria gekommen, und Christus wäre niemals geboren worden. Wenn du mich nach Gottes Weg fragst, würde ich dir sagen: der Weg zu Maria. Maria ist die Witwe.»

Er wartete vergebens auf eine Antwort. Polternd öffnete er die Tür, wir traten ins Freie. Wütend stieß er seinen Stock auf die Kiesel.

«Jawohl», wiederholte er hartnäckig, «Maria ist die Witwe.»

«Ziehen wir los», sagte ich, «und schrei nicht so!»

Wir schritten in der Winternacht kräftig aus. Der Himmel war von vollkommener Klarheit, die Sterne funkelten groß und nah und hingen wie Feuerbälle in der Luft Die Nacht schien, während wir am Strand dahinzogen, wie ein Raubtier zu brüllen, das sich am Ufer ausgestreckt hatte.

‹Von heute ab›, dachte ich, ‹nimmt das Licht, das der Winter in die Enge trieb, wieder zu, als werde es heute nacht mit dem göttlichen Kinde zusammen geboren.›

Alle Bauern hatten sich schon in dem warmen, duftenden Bienenstock der Kirche dicht zusammengedrängt Vorne die Männer, hinten die Frauen, mit gefalteten Händen. Der Pope Stephanos, um Haupteslänge alle überragend, vom vierzigtägigen Fasten abgemagert, lief im goldenen Meßgewand mit großen Schritten hin und her, schwang das Rauchfaß, sang aus vollem Halse und konnte kaum den Augenblick erwarten, bis Christus geboren wurde, um nach Haus zu gehen und sich auf die fette Suppe, auf die Würste und auf das Geselchte zu stürzen...

Hätte die Verkündigung gelautet: ‹Das Licht ist heute geboren›, statt ‹Der Heiland ist heute geboren› – das menschliche Herz wäre nie so ergriffen worden. Die Idee wäre nicht zur Legende geworden und hätte die ganze Welt erobert. Sie hätte ein normales natürliches Phänomen bezeichnet und keinen Umschwung in unserer Phantasie oder richtiger in unserer Seele hervorgerufen. Aber das Licht, das im Herzen des Winters geboren wird, ist zum Kinde geworden und das Kind zu Gott, und seit zwei Jahrtausenden hegt ihn unsere Seele am Busen und stillt ihn...

Kurz nach Mitternacht nahm die mystische Feier ihr Ende. Christus war geboren, und die Bauern eilten hungrig, glücklich nach Haus, um zu schmausen und bis ins Innerste ihres Leibes das Mysterium der Inkarnation zu erleben. Der Leib ist die feste Grundlage. Allem voran das Brot, das Fleisch und der Wein. Ohne Brot, Fleisch und Wein kann Gott nicht entstehen.

Die Sterne leuchteten, groß wie Engel, über der schneeweißen Kuppel der Kirche, die Milchstraße ergoß sich von einem Ende des Himmels zum anderen, ein grüner Stern funkelte wie ein Smaragd über uns.

«Glaubst du», sagte Sorbas, «daß Gott Mensch wurde und in einem Stalle zur Welt kam? Glaubst du das, oder hältst du das für Schwindel?»

«Darauf kann man schwer antworten, Sorbas. Ich glaube es und glaube es auch nicht. Und du?»

«Was soll ich dir sagen! Wie soll sich da einer auskennen? Als ich noch ein kleiner Bengel war und meine Großmutter mir Märchen erzählte, hielt ich alles für Unsinn. Und doch zitterte ich vor Aufregung, ich lachte und weinte, als ob ich es glaubte. Als mir dann der Bart wuchs, warf ich alle diese Märchen zum alten Eisen und machte mich sogar lustig darüber. Aber jetzt, auf meine alten Tage, bin ich kindisch geworden und glaube wieder daran… Was für ein komisches Geschöpf ist doch der Mensch!»

Wir hatten den Weg zu Madame Hortense eingeschlagen und liefen wie hungrige Gäule.

«Diese schlauen Kerle, die heiligen Väter!» sagte Sorbas. «Sie packen dich am Bauch, wie soll man da entrinnen? ‹Du sollst›, sagen sie, ‹vierzig Tage lang kein Fleisch essen, du sollst fasten.› Und warum? Damit man schmachtet nach Fleisch. Diese Schlauberger! Sie sind in allen Schlichen zu Hause!»

Er beschleunigte seine Schritte

«Nimm deine Beine in die Hand, Chef! Die Truthenne in der Bratpfanne ist schon gar.»

Als wir in die kleine Stube unserer Madame mit dem breiten Lotterbett traten, war der Tisch schon mit weißem Tuch gedeckt, die Truthenne spreizte die Keulen duftend nach oben, und aus dem glühenden Kohlenbecken stieg eine angenehme Wärme.

Madame Hortense hatte sich Locken gebrannt und trug einen rosenroten, verschlissenen Schlafrock mit breiten Ärmeln und zerrissenen Spitzen. Ein zwei Finger breites Band, für den heutigen Abend kanariengelb, schlang sich um ihren faltigen Hals. Ihre Achselhöhlen hatte sie sich mit Orangenwasser besprengt.

‹Wie weise ist doch alles auf Erden eingerichtet!› dachte ich. ‹Und wie paßt sich die Erde so schön dem menschlichen Herzen an! Da ist zum Beispiel diese alte Chansonnette. Sie hat so manchen Sturm erlebt und landete schließlich als Wrack an dieser verlassenen Küste. Vereinigt sie nicht in dieser elenden Kammer die ganze heilige Sorgfalt und Wärme der Frau?›

Das sorgfältig zubereitete, üppige Mahl, das glühende Kohlenbecken, die geschmückte Frau, die alle Flaggen gesetzt hatte, der Duft des Orangenwassers, alle diese kleinen, so menschlichen Sinnengenüsse lassen sich so einfach und schnell in eine große Seelenfreude verwandeln!

Meine Augen wurden feucht. Ich fühlte mich an diesem schönen Abend, an dieser entlegenen Küste nicht einsam und verlassen. Ein weibliches Wesen, das mit solcher Hingabe, Zärtlichkeit und Geduld die Mutter, die Schwester, die Frau vertrat, war herbeigeeilt, mich zu umsorgen. Und ich, der nichts zu bedürfen glaubte, empfand plötzlich Mangel an allem.

Sorbas mußte wohl von der gleichen sanften Rührung befallen sein, denn er stürzte sich sogleich auf die beflaggte Chansonnette und schloß sie in seine Arme.

«Christus ist geboren!» rief er. «Sei gegrüßt, du weibliches Geschlecht!»

Er wandte sich lachend an mich:

«Siehst du, was für ein schlaues Geschöpf doch das Weib ist! Es ist ihr gelungen, sogar den lieben Gott einzuwickeln!»

Wir setzten uns an den Tisch, wir stürzten uns auf die Speisen, wir tranken Wein, unser Körper fühlte sich befriedigt, unser Herz hüpfte vor Freude. Sorbas war wieder bester Laune.

«Iß und trink», rief er mir immer wieder zu, «iß und trink, sei lustig und singe wie die Hirten ‹Ehre sei Gott in der Höhe!› Christ ist geboren, das ist nichts Geringes! Erhebe deine Stimme mit Jubel, daß Gott dich hört und einfällt!»

Er war wieder in seinem Element.

«Christus ist geboren, du weiser Salomon, du Papierkratzer! Stelle keine dummen Fragen: ist er geboren oder nicht? Mein Lieber, er ist geboren, sei doch kein Esel! Wenn du eine Lupe in die Hand nimmst, um unser Trinkwasser zu betrachten – sagte mir einmal ein Ingenieur –, dann siehst du im Wasser ganz kleine Würmer schwimmen, die mit bloßem Auge nicht zu erkennen sind. Du siehst die Würmer und magst nicht trinken. Aber wenn du nicht trinkst, mußt du verdursten. Zerbrich also die armselige Lupe, Chef, damit die Würmer sofort verschwinden und du dich am Wasser erfrischen kannst!»

Er hob sein volles Glas, wandte sich an unsere buntbemalte Genossin und sagte:

«Meine teure Bubulina, meine alte Kampfgenossin, ich trinke dieses Glas auf dein Wohl! Ich habe in meinem Leben viele Schiffsfiguren gesehen. Sie sind an den Bug genagelt, mit ragendem Busen, feuerroten Wangen und Lippen. Sie haben alle Meere befahren, sind in allen Häfen gelandet, und wenn das Schiff leck geworden ist, steigen sie an Land und verbringen ihren Lebensabend in einer Fischerkneipe, die von trinkfesten Kapitänen besucht wird.

Meine Bubulina! Wie ich dich heute abend an dieser Küste vor mir erblicke, nachdem ich gut gegessen und getrunken habe und mir die Augen geöffnet sind, erscheinst du mir wie die Bugfigur eines großen Schiffes. Und ich bin dein letzter Hafen, meine teure Bubulina, ich bin die Kneipe, in der die trinkfesten Kapitäne verkehren! Komm, lehne dich an meine Männerbrust! Streiche die Segel! Ich trinke dieses volle Glas, meine Sirene, auf dein Wohl!»

Madame Hortense vergoß Tränen der Rührung, wie es sich gehört, und fiel Sorbas um den Hals.

«Du wirst sehen», flüsterte mir Sorbas ins Ohr, «mit meinem Trinkspruch habe ich mir was Schönes eingebrockt. Die Schlampe wird mich heute abend nicht fortlassen. Aber was soll ich tun? Ich bedaure diese armen Geschöpfe.»

«Christus ist geboren! Auf unser Wohl!» prostete er seiner Sirene zu. Er hakte seinen Arm in den ihren. Beide leerten in einem Zuge ihr Glas und blickten sich gerührt in die Augen.

Der Morgen dämmerte schon, als ich allein das warme Stübchen mit dem großen Bett verließ und mich auf den Heimweg machte. Auch das Dorf hatte gut gegessen und getrunken und schlief bei geschlossenen Türen und Fenstern den Schlaf des Gerechten unter den großen Sternen des Winterhimmels.

Es war kalt, das Meer rauschte. Am östlichen Himmel tanzte verwegen der Morgenstern. Ich ging den Strand entlang und spielte mit den Wellen. Sie netzten meine Füße, ich wich zurück und lief ihnen wieder nach, ich war glücklich.

‹Das ist das wahre Glück›, sagte ich mir, ‹ein Leben ohne Ehrgeiz und Hetze, als ob einem aller Ehrgeiz der Welt im Leibe steckte! Ein Leben in der Einsamkeit, fern von den Menschen! Weihnachten feiern und nach gutem Essen und Trinken sich allen Versuchungen und Schlingen entziehen, die Sterne über sich haben, das Land zur Linken, das Meer zur Rechten, und plötzlich tief im Herzen verspüren, daß das Leben sein letztes Wunder vollbracht hat: es ist zur Legende geworden!›

Die Tage vergingen, ich spielte den starken Mann, aber es wollte mir nicht gelingen. Wie ein Alpdrücken lasteten in der Festwoche die Erinnerungen auf mir und füllten meine Brust mit Klängen der Sehnsucht nach lieben Menschen, die nicht mehr waren. Ich fühlte wieder die Wahrheit der uralten Sage: Das menschliche Herz ist eine Grube, mit Blut gefüllt. Über ihre Ränder bücken sich die geliebten Toten, das Blut zu trinken und wieder lebendig zu werden, und je lieber sie einem sind, desto mehr Blut trinken sie.

Silvesterabend. Eine Schar Bauernjungen, die ein großes Papierschiff mit sich führten, zog vor unserer Baracke auf. Mit gellenden, lustigen Stimmen sangen sie die üblichen ‹Kalanda›, die Neujahrslieder. Der Hl. Basilius pflegt an diesem Tage aus seiner Geburtsstadt, Cäsarea, zu kommen. Und er stand da vor dieser indigoblauen kretischen Küste, stützte sich auf einen Stock – gleich würde er sich mit Blättern und Blüten bedecken – und stimmte auf Sorbas, mich und die nicht vorhandene ‹hohe Gemahlin› ein Lob- und Preislied an.

Ohne ein Wort zu äußern, nahm ich an der schönen alten Volkssitte teil. Ich fühlte wieder ein Blatt, wieder ein Jahr vom Lebensbaum fallen. Ich rückte der dunklen Grube wieder einen Schritt näher. «Was hast du, Chef?» fragte Sorbas, der aus vollem Halse den Gesang der kleinen Bengel begleitete und das

Tamburin schlug, «was ist mit dir los? Du siehst ja so blaß und gealtert aus. An solchen Tagen werde ich wieder zu einem Kind! Ich werde wiedergeboren wie Christus. Wird er nicht jedes Jahr geboren? Mir geht's genauso!»

Ich legte mich ins Bett und schloß die Augen. An diesem Abend war ich ungeselliger Laune und hatte keine Lust zu Gesprächen.

Ich konnte nicht einschlafen. Als müßte ich an diesem Abend von meinen Taten Rechenschaft ablegen, zog wie ein böser Traum mein früheres Leben hastig, unzusammenhängend, ungewiß an mir vorbei, und ich betrachtete es verzagt. Gleich einer flaumigen Wolke, ein Spielball der Winde, wandelte sich mein Leben und nahm die Gestalt eines Schwans, eines Hundes, eines Dämons, eines Skorpions, eines Goldfasans, eines Affen an – und unaufhörlich teilte und löste sich die Wolke, vom Regenbogen überstrahlt, von den Winden gehetzt, in winzige Nebelschwaden auf.

Alle Fragen, die ich mir im Leben gestellt hatte, blieben nicht nur unbeantwortet, sondern wurden noch verwickelter und bedrückender. Und meine größten und schönsten Hoffnungen demütigten sich, vernünftigerweise...

Der Tag brach an. Ich öffnete meine Augen nicht, ich versuchte, meine heiße Sehnsucht zu ballen, die feste Gehirnkruste zu durchbohren und in den gefährlichen, dunklen Kanal zu dringen, in dem sich jeder menschliche Tropfen mit dem großen Ozean vermischt. Ich hatte es eilig, den Schleier zu lüften, um zu sehen, was mir das neue Jahr bringen werde.

«Guten Morgen, Chef! Prost Neujahr!»

Sorbas' Stimme holte mich jäh auf die Erde zurück. Ich öffnete die Augen und sah gerade noch, wie Sorbas einen großen Granatapfel auf die Schwelle der Baracke schleuderte. Die frischen Rubine spritzten bis an mein Bett; ich las einige davon auf und aß sie, um meine trockene Kehle zu erfrischen.

«Viel Geld, gute Laune, Glück in der Liebe!» rief Sorbas vergnügt. Er wusch sich, rasierte sich und legte sein bestes Gewand an – eine Hose aus grüner Wolle, eine graue Weste und einen Überrock aus halbgeschorenem Ziegenfell. Dann setzte er seine Astrachanmütze auf, strich seinen Schnurrbart und sagte:

«Ich will heute zur Kirche gehen, ich vertrete da unsere Gesellschaft. Es liegt nicht in unserem Geschäftsinteresse, daß man uns für Freimaurer hält. Was habe ich dabei zu verlieren! Und außerdem werde ich so meine Zeit totschlagen.»

Er blinzelte mir zu.

«Vielleicht treffe ich auch die Witwe.»

Gott, die Vorteile unserer Unternehmung und die Witwe bildeten eine einträchtige Mischung in Sorbas' Geist. Ich hörte ihn sich leichten Schrittes entfernen und erhob mich mit einem Ruck. Der Zauber war gebrochen, meine Seele fand sich wieder im Fleisch gefangen.

Ich zog mich an, eilte zum Strand und war glücklich, als wäre ich einer Gefahr oder einer Sünde entronnen. Wie eine Gotteslästerung erschien mir auf einmal mein nächtlicher Wunsch, die noch ungeborene Zukunft zu entschlüsseln.

Ich erinnere mich eines Morgens, an dem ich auf einem Baum eine Schmetterlingspuppe entdeckt hatte. Der Schmetterling hatte gerade die Hülle gesprengt und schickte sich an auszuschlüpfen. Ich wartete lange, ungeduldig, denn ich hatte es eilig. Ich hauchte den Schmetterling an, und das Wunder begann sich vor meinen Augen in einem rascheren Ablauf als natürlich zu entfalten. Die Hülle öffnete sich ganz, der Schmetterling kroch heraus. Aber nie werde ich mein Entsetzen vergessen: seine Flügel waren noch gekrümmt und zerknittert. Der kleine Körper zitterte und suchte sie zu spannen, aber es war unmöglich. Auch ich versuchte, ihm mit meinem Atem zu helfen, doch umsonst. Ein allmähliches Reifen war nötig, die Flügel hätten sich langsam in der Sonne entfalten müssen, jetzt war es zu spät. Mein Atem hatte den Schmetterling gezwungen, zu früh auszukriechen, ein Siebenmonatskind. Er zappelte verzweifelt und starb nach einigen Sekunden auf meiner flachen Hand.

Diese kleine Leiche, glaube ich, ist die schwerste Last, die mein Gewissen bedrückt. Heute begreife ich erst richtig, daß es eine Todsünde ist, die ewigen Gesetze zu vergewaltigen. Wir haben die Pflicht, uns nicht zu beeilen, nicht ungeduldig zu werden und dem ewigen Rhythmus der Natur mit Vertrauen zu folgen.

Ich setzte mich auf einen Stein, um mich in aller Ruhe mit diesem Neujahrsgedanken vertraut zu machen. Ach! sagte ich mir, käme doch mein Leben im neuen Jahre ohne diese hysterische Ungeduld aus! Könnte doch dieser kleine Schmetterling, den ich in meiner Eile und Ungeduld umbrachte, immer vor mir herflattern, um mir den richtigen Weg zu zeigen!

XI

Als ich aufstand, war mir so fröhlich zumute, als hätte ich ein Neujahrsgeschenk bekommen. Die Luft war kalt, der Himmel klar, das Meer lauter Glanz. Ich schlug den Weg ins Dorf ein. Die Messe mußte zu Ende sein. Ich fragte mich aus einer lächerlichen Unruhe heraus, wer mir zuerst begegnen werde. Bedeutete es Glück oder Unglück? Ob es ein kleines Kind war, das Neujahrsgeschenke schleppte, oder ein rüstiger Greis im weißen, breitärmeligen Hemd, der stolz und zufrieden sein durfte, seine Pflicht auf Erden getan zu haben. Je näher das Dorf rückte, desto größer wurde diese törichte Unruhe.

Plötzlich drohten meine Knie zu versagen. Unter den Olivenbäumen tauchte mit wiegenden Schritten und heiteren Blicken die Witwe auf.

Ihr federnder Gang glich dem eines Tigers, und ein starker Geruch von Moschus schien hinter ihr herzuwehen. Ich spürte, daß dieses Raubtier kein Mitleid kannte und daß die einzige Rettung für mich in der Flucht bestand. Aber wie sollte ich fliehen, da die Witwe doch immer näher kam. Der Kies schien zu knirren, als marschierte eine Armee vorüber. Sie hob den

Kopf, das Kopftuch rutschte, und ihr rabenschwarzes Haar kam zum Vorschein. Sie warf mir einen schmachtenden Blick zu und lächelte. In ihren Augen lag eine tierhafte Anmut. Und als schäme sie sich, das tiefe Geheimnis einer Frau – ihr Haar – den Blicken des Herrn der Schöpfung preisgegeben zu haben, rückte sie das Tuch hastig wieder zurecht.

Ich wollte ihr Glück zum neuen Jahr wünschen, aber es saß mir etwas in der Kehle wie an jenem Tag, als der Stollen einstürzte und mein Leben in höchster Gefahr gewesen war. Der Wind spielte mit dem Schilf ihres Zaunes, die Strahlen der Wintersonne fielen in das dunkle Laub der Zitronen- und Orangenbäume, und der ganze Garten schimmerte wie ein Paradies.

Die Witwe blieb stehen. Mit einem kräftigen Stoß öffnete sie die Tür. In diesem Moment ging ich an ihr vorbei. Sie drehte sich um und ließ ihren Blick über mich gleiten, während sie ihre Brauen spielen ließ.

Sie zog die Tür nicht hinter sich zu, und ich sah sie mit wiegenden Hüften hinter den Orangenbäumen verschwinden.

Die Schwelle überschreiten, die Gartentür zuriegeln, ihr nachlaufen, sie um die Hüfte packen und, ohne ein Wort zu reden, ins aufgedeckte Bett schleppen – so hätte es sich für einen ‹Mann› gehört. So hätte mein Großvater getan, und hoffentlich werden auch seine Enkel einmal so handeln, ich dagegen stehe da und überlege…

‹In einem anderen Leben›, murmelte ich mit bitterem Lächeln, ‹werde ich mich besser aufführen.›

Ich schlug mich in die Büsche. Ich fühlte eine Last auf dem Herzen, als hätte ich eine Todsünde begangen. Ich irrte hin und her, es war kalt, ich fror wie ein Schneider. Ich versuchte, das Wiegen, das Lächeln, die Augen, den Busen der Witwe aus meinen Gedanken zu verbannen. Sie kehrten unaufhörlich wieder. Es war, um verrückt zu werden. Noch hatten die Bäume keine Blätter, aber die Knospen begannen schon zu schwellen. In jeder Knospe tasteten sich schon Blüten, künftige Früchte vor, strebten, gesammelte Kraft im Hinterhalt, sich ins Licht zu stürzen. Unter der trockenen Rinde vollzog sich mitten im Winter das große Wunder des Frühlings, leise, langsam, heimlich, bei Tag und bei Nacht.

Plötzlich schrie ich vor Freude auf: in einer Mulde vor mir blühte tapfer ein Mandelbaum. Er eröffnete den Reigen der anderen Bäume und verkündete den Frühling.

Eine große Erleichterung kam über mich. Ich sog diese würzigen, schwebenden Düfte tief in mich ein, verließ den Pfad und hockte mich unter die blühenden Zweige.

Lange blieb ich so sitzen. Ich dachte an nichts, war sorglos und glücklich. Ich saß inmitten der Ewigkeit, unter einem Baum des Paradieses.

Plötzlich vertrieb mich eine grobe Stimme aus meinem Paradies.

«Was machst du in diesem Loch hier, Chef? Ich suche dich schon seit Stunden. Es ist gleich Mittag. Wir müssen gehen.»

«Wohin?»

«Du fragst noch? Hast du keinen Hunger? Das Ferkel ist schon aus dem Bratofen gekrochen! Das duftet, daß einem das Wasser im Munde zusammenläuft... Darum los!»

Ich erhob mich und streichelte den rauhen Stamm des Mandelbaumes, der dieses Blütenwunder hervorgebracht hatte. Sorbas ging voran, flink, unternehmungslustig und hungrig. Die Urbedürfnisse des Menschen – Essen, Trinken, Weiber, Tanz – hausten noch unerschöpflich in diesem begehrlichen und robusten Körper. In der Hand trug er einen Gegenstand, der in rosa Papier gewickelt und mit einem goldenen Faden verschnürt war.

«Ein Neujahrsgeschenk?» fragte ich.

Sorbas suchte hinter einem Lachen seine Rührung zu verbergen. «Nun ja. Die Arme soll sich nicht zu beklagen haben! Sie soll sich an die Glanzzeit erinnert fühlen... Sie ist eine Frau, haben wir festgestellt, also ein wehleidiges Ding.»

«Eine Photographie?»

«Wirst schon sehen, nur Geduld! Es ist von mir selbst. Wir müssen uns beeilen!»

Die Mittagssonne tat unseren Knochen wohl. Auch das Meer erwärmte sich in der Sonne und schien zufrieden und glücklich. Sogar das Felseneiland in der Ferne, das in leichten Dunst gehüllt war, schien sich aus dem Wasser gehoben zu haben und zu schwimmen.

Wir kamen ins Dorf. Sorbas ging an meiner Seite und sagte leise: «Weißt du's schon? Die Person war in der Kirche. Ich stand ganz vorn, neben dem Vorsänger. Plötzlich sah ich die heiligen Ikonen aufstrahlen. Christus, die Heilige Jungfrau, die zwölf Apostel, alle glänzten.

‹Was kann das nur sein?› sagte ich und bekreuzigte mich. Etwa die Sonne?› Ich drehte mich um, es war die Witwe.»

«Schluß mit dem Unsinn, Sorbas! Es reicht mir», sagte ich und beschleunigte meine Schritte.

«Ich habe sie nahebei gesehen, Chef. Auf der Wange hat sie ein Schönheitsfleckchen, das einen närrisch machen kann. Da hast du wieder so ein Mysterium in dem Schönheitsfleckchen auf den Wangen der Frauen!»

Er riß seine Augen vor Staunen noch weiter auf.

«Kennst du das, Chef? Die Haut ist spiegelglatt. Auf einmal ist da ein schwarzer Fleck, und das genügt, dich den Kopf verlieren zu lassen. Kannst du das kapieren? Was sagen deine Schmöker dazu?»

«Der Teufel soll sie holen!»

Sorbas lachte vergnügt.

«Endlich mal!» sagte er. «Geht dir ein Licht auf?»

Wir gingen schnell am Kaffeehaus vorbei, ohne uns aufzuhalten. Madame Hortense hatte im Backofen ein Spanferkel zubereitet und empfing uns an der Schwelle.

Sie hatte wieder das gelbe Band um den Hals geschlungen, und wer sie so dastehen sah, dick geschminkt und gepudert, die wulstigen Lippen kirschrot gemalt, der konnte tatsächlich vor ihr erschrecken. Sobald sie uns erblickte, geriet der ganze Fleischberg vor Entzücken in Bewegung. Ihre farblosen Äuglein flitzten neckisch hin und her und blieben an Sorbas' aufgezwirbeltem Schnurrbart hängen.

Sobald die Haustür fest zugeriegelt war, packte er sie um die Hüfte und gratulierte ihr zum neuen Jahr.

«Sieh mal, meine Bubulina, was ich dir mitgebracht habe», sagte er und küßte sie auf ihren dicken, faltigen Hals. Seine Bartstoppeln kitzelten sie heftig, aber sie ließ es nicht merken. Gespannt blickte sie auf das Geschenk, riß es Sorbas aus der Hand, löste die goldene Schnur, entfernte das Papier und gab ihrer Freude durch laute Ausrufe lebhaften Ausdruck. Ich bückte mich, um zu sehen: Auf einem dicken Pappdeckel hatte der Galgenstrick vier große beflaggte Kriegsschiffe in gelber, brauner, grauer und schwarzer Farbe gemalt. Mitten zwischen den Schiffen schwamm auf den blauen Wogen eine schneeweiße splitterfasernackte Sirene mit entfesseltem Haar, vorgestreckter Brust, einem gewundenen Fischschwanz und einem gelben Bändchen um den Hals – Madame Hortense. Sie hielt vier Fäden in der Hand und an ihnen vier Kriegsschiffe fest, von denen die englische, die russische, die französische und die italienische Flagge wehten. Und an jeder Ecke des Bildes hing ein Bart, ein blonder, ein brauner, ein grauer und ein schwarzer.

Die alte Chansonnette verstand sofort, was das sinnige Geschenk zu bedeuten hatte.

«Ich!» sagte sie, indem sie mit dem Finger auf die Sirene wies, und warf Sorbas einen schmachtenden Blick zu. «Auch ich war einmal eine Großmacht...»

Sie griff nach einem kleinen runden Spiegel, der über ihrem Bett neben dem Papageienkäfig hing, und hängte dafür Sorbas' Kunstwerk hin. Unter dem dicken Firnis von Schminke und Puder mochte ihr Gesicht vor Freude die Farbe gewechselt haben.

Sorbas pirschte sich in die Küche. Er hatte Hunger. Er brachte die Platte mit dem Ferkel, stellte eine große Flasche Wein daneben und füllte drei Gläser.

«Bitte zu Tisch!» rief er und klatschte in die Hände. «Wir beginnen mit dem Bauch als der Grundlage. Später, Bubulina, gehen wir tiefer!»

Die Seufzer und schmachtenden Blicke unserer alten Sirene hatten die Heiterkeit etwas getrübt. Auch sie mochte zu Beginn jedes Jahres ihr kleines ‹Jüngstes Gericht› halten. Auch sie mochte über ihr vergangenes Leben nachdenken und es für verpfuscht halten. In diesem Frauenkopf, der so viel Haare hatte lassen müssen, standen an solchen Feiertagen die großen Städte, die Männer, die seidenen Überröcke, die Sektflaschen und die parfümierten Vollbärte aus den Grüften ihres Herzens wieder auf und riefen nach ihr.

«Ich habe keinen Appetit», murmelte sie geziert.

Sie kniete vor dem Kohlenbecken und schürte die glühenden Kohlen. Das Feuer spiegelte sich in ihren hängenden Wangen. Eine Locke fiel ihr von der Stirn und streifte das Feuer. Ein aufdringlicher Geruch nach versengten Haaren verbreitete sich sofort in der Kammer.

«Ich esse nichts… ich esse nichts», wiederholte sie, als sie merkte, daß wir keine Notiz davon nahmen.

Sorbas ballte ärgerlich die Faust, er war einen Augenblick unentschlossen. Er konnte sie nach Belieben ihrem Dickkopf überlassen, während wir uns auf das Spanferkel stürzten. Er konnte auch vor ihr knien, sie in seine Arme schließen und mit einigen guten Worten besänftigen. Die widersprechendsten Gefühle spiegelten sich in seinem gegerbten Gesicht.

Plötzlich schien er wieder beruhigt. Er hatte sich entschieden. Er kniete nieder, umfaßte die Knie der Sirene und sagte in herzzerreißendem Ton:

«Wenn du nicht essen willst, meine Bubulina, geht die Welt zugrunde. Erbarme dich der Welt und iß dieses Ferkelfüßchen!», und er steckte ihr die kleine knusprige Haxe in den Mund.

Dann nahm er die Holde in seine Arme, hob sie auf und setzte sie zwischen uns auf den Thron.

«Iß, mein Schatz», sagte er, «damit uns der heilige Basilius besucht. Sonst kommt er nicht, wie du weißt. Sondern kehrt in seine Heimat, nach Cäsarea, zurück, nimmt Papier und Tintenfaß, Neujahrskuchen und Geschenke, die Spielsachen der

Kinder und sogar unser Ferkel mit, und der Traum ist aus. Darum öffne dein Mündchen, mein Hühnchen, und iß!»

Er streckte zwei Finger aus und kitzelte sie in der Achselhöhle. Die alte Sirene kicherte, trocknete ihre geröteten Augen und nagte mit scheinbarer Überwindung an dem knusprigen Füßchen…

Plötzlich begannen uns zu Häupten, auf dem Dach, zwei verliebte Kater zu miauen. Ihre Stimmen hoben und senkten sich haßvoll und drohend, und schon hörten wir sie sich balgen und sich gegenseitig zerfleischen.

«Miau, miau», machte Sorbas und sah Madame Hortense mit eingekniffenem Auge an.

Sie lächelte und drückte ihm heimlich unter dem Tisch die Hand. Ihre Kehle löste sich wieder und sie schloß sich in bester Stimmung dem gemeinsamen Mahle an.

Die Sonne ging langsam unter. Ihre Strahlen drangen durch das kleine Fenster und ließen sich auf den Füßen unserer braven Wirtin nieder. Die Flasche war leer, und Sorbas hatte sich wie ein streunender Kater den Schnurrbart geputzt und an das ‹ewig Weibliche› herangemacht. Madame Hortense hatte den Kopf eingezogen, und der warme Weindunst, der dem Mund ihres Nachbarn entströmte, ließ sie erschauern.

«Was für ein Rätsel, Chef!» wandte sich Sorbas an mich. «Bei mir ist alles verkehrt. Als kleiner Junge – so sagte man mir – benahm ich mich wie ein Alter, ich war ernst, wortkarg und sprach in dem polternden Ton eines Weihnachtsmannes. Ich war, so hieß es immer, meinem Großvater ähnlich! Aber je mehr ich an Jahren zunahm, desto leichtsinniger wurde ich. Mit zwanzig verübte ich einige Streiche, aber mit Maßen, und es waren auch nur die üblichen. Erst mit vierzig kam ich auf den richtigen Geschmack und geriet in die tollsten Händel. Und heute, wo ich die sechzig überschritten habe – ich bin genau fünfundsechzig alt, aber das ganz unter uns – heute also, wo ich über sechzig bin… ja, wie soll ich dir das erklären, Chef? – Auf Ehrenwort, die Welt ist mir heute zu klein.»

Er hob sein Glas und wandte sich feierlich seiner Herzdame zu. «Auf dein Wohl, Bubulina, Gott lasse dir im neuen Jahr wieder Zähne und Augenbrauen wachsen! Und besorge dir eine Haut, die wie Marmor ist, daß die verdammten Falten an deinem Hals verschwinden! Und Kreta soll wieder Revolution haben, und die vier Großmächte sollen hier wieder mit ihren Flotten vor Anker gehen – jede soll einen Admiral haben und jeder Admiral einen gekräuselten, parfümierten Vollbart. Und dann steige abermals, holde Sirene, aus dem Schaum der Wogen und laß deinen süßen Gesang ertönen. Und dann sollen alle Flotten an diesen zwei runden und ungebändigten Klippen zerschellen!»

Sprach's und streckte seine große Hand nach ihren schlaffen, hängenden Brüsten aus.

Sorbas hatte von neuem so Feuer gefangen, daß er vor Aufregung heiser war. Ich hatte einmal im Film einen türkischen Pascha gesehen, der sich in einem Pariser Kabarett verlustierte. Er hielt ein blondes Mädchen auf dem Schoß und liebkoste es wie eine Hure des Paradieses. Sogar sein Fez schien sich an diesem zärtlichen Spiel zu beteiligen, denn plötzlich hob sich die baumelnde Quaste langsam in die Luft, um sich dann kerzengrade in die Höhe zu richten.

«Warum lachst du?» fragte mich Sorbas.

Aber Madame Hortense hatte noch immer den Trinkspruch im Sinn.

«Ach, mein guter Sorbas», sagte sie, «wie wäre das möglich! Die Jugend kehrt nicht mehr wieder.»

Sorbas rückte ihr noch näher, die beiden Stühle backten zusammen.

«Weißt du, Bubulina», sagte er und versuchte sich dabei schon am dritten Knopf ihrer Bluse, «ich werde dir ein dolles Geschenk machen: Es gibt einen neuen Arzt, der Wunder vollbringen kann. Er verschreibt dir eine Arznei – ob Tropfen oder Pulver, weiß ich nicht – und du bist wieder zwanzig, und wenn's hoch kommt fünfundzwanzig. Weine nicht, Bubulina, ich lasse sie dir aus Europa kommen...»

Die alte Sirene fuhr in die Höhe. Zwischen ihren paar Haarsträhnen schimmerte die Kopfhaut durch.

«Wirklich?» rief sie. «Wirklich?»

Sie schlang die dicken, fetten Arme um den Hals ihres Galans.

«Wenn es Tropfen sind, liebster Sorbas», schnurrte sie wie eine Katze und rieb sich an ihm, «bestellst du mir gleich einen ganzen Ballon. Und wenn es Pulver ist...»

«Einen ganzen Sack!» unterbrach sie Sorbas und hatte den dritten Blusenknopf aufgeknöpft.

Die Katzenmusik setzte wieder ein. Die eine Stimme klagte und flehte, die andere zürnte und drohte...

Unsere Wirtin gähnte. Sie warf Sorbas einen schmachtenden Blick zu.

«Hörst du diese schmutzigen Katzen? Sie schämen sich...» flüsterte sie und setzte sich ihm auf den Schoß. Sie schmiegte sich an seinen Hals und seufzte, sie hatte reichlich getrunken und ihre Augen verschleierten sich.

«Woran denkst du, Bubulina?» fragte Sorbas und griff in ihren Busen.

«An Alexandrien...» hauchte die vielgereiste Sirene und vergoß Krokodilstränen, «an Beirut... an Konstantinopel... an Türken, Araber, an Scherbet, goldene Sandalen und rote Feze...»

Und von neuem seufzte sie.

«Wenn Ali Bei die Nacht bei mir blieb – solchen Schnurrbart, solche Brauen, solche Arme! –, ließ er Trommler und Flötenspieler im Hof antreten und warf ihnen Geld aus dem Fenster zu. Und die Nachbarinnen platzten vor Eifersucht und sagten: ‹Ali Bei ist mal wieder bei der Dame...›

In Konstantinopel ließ mich Suleiman Pascha freitags nicht ausgehen, aus Angst, der Sultan könnte auf dem Weg zur Moschee von meiner Schönheit betört werden und mich rauben... Wenn er morgens mein Haus verließ, stellte er drei Neger als Wache vor meine Tür, damit sich ja kein männliches Wesen mir näherte. Ach, mein kleiner Suleiman!»

Sie zog ein Taschentuch aus der Bluse, biß hinein und schnaufte wie eine Schildkröte.

Sorbas setzte sie auf den Stuhl daneben und stand aufgeregt auf. Er durchquerte zwei- bis dreimal die Kammer, soweit Platz dazu blieb, und schnaufte ebenfalls. Dann wurde ihm plötzlich der Raum zu eng, er griff nach seinem Stock, rannte in den Hof und lehnte eine Leiter an die Wand. Ich sah ihn die Sprossen wütend emporklettern, immer zwei zugleich.

«Wen willst du verprügeln, Sorbas?» rief ich. «Suleiman Pascha?»

«Diese verfluchten Katzen!» schimpfte er. «Sie geben keine Ruhe!» Und mit einem Satz war er auf dem Dach.

Madame Hortense – berauscht, mit zerstörter Frisur – hatte ihre vielgeküßten Äuglein geschlossen und schnarchte diskret. Der Traumgott hatte sie entführt und in die großen Städte des Orients getragen – in verschlossene Gärten, in dunkle Harems, in die Arme verliebter Paschas. Und dann schwebte er mit ihr über Meere hin, und sie sah sich im Traum vier Angelruten auswerfen und vier große Panzerschiffe fangen.

Ruhig, lächelnd, wie nach einem erfrischenden Bade im Meer, schlief die alte Sirene den Schlaf des Gerechten.

Sorbas trat in die Kammer und schwang seinen Knüppel.

«Schläft sie?» sagte er. «Schläft die Schlampe?»

«Ja, Sorbas Pascha, der Voronoff, der alle alten Leute verjüngt, hat sie entführt, der Schlaf. Jetzt ist sie wieder zwanzig und geht in Alexandrien und Beirut spazieren…»

«Zum Teufel mit dem schludrigen Weibsbild!» sagte Sorbas und spuckte auf den Boden.

«Sieh bloß, wie sie lächelt! Laß uns gehen, Chef!»

Er setzte seine Mütze auf und öffnete die Tür.

«Aber das gehört sich doch nicht, so zu verschwinden und sie allein zu lassen», sagte ich.

«Sie ist nicht allein», knurrte Sorbas. «Suleiman Pascha leistet ihr Gesellschaft. Siehst du das nicht? Die verdammte Hexe ist mal wieder im siebenten Himmel. Laß uns die Tür von draußen zumachen!»

Wir traten hinaus in die frische Luft. Der Mond zog am klaren Himmel dahin.

«Diese Weiber!» sagte Sorbas. «Aber was können sie schon dafür! Wir Männer sind schuld, wir Esel, wir Tapsei! Die Suleimans und die Sorbase!»

Und gleich darauf: «Doch auch wir können nichts dafür. Nur einer ist schuld, ein einziger: der Oberesel, der Obertaps, der Ober-Suleiman Pascha, er allein... du weißt, wen ich meine.»

«Vorausgesetzt, daß es ihn gibt. Aber wenn es ihn nicht gibt?»

«Dann ist alles zum Teufel!»

Lange schritten wir aus, ohne ein Wort zu reden. Allerlei wilde Gedanken mußten in Sorbas' Schädel rumoren, denn er schlug von Zeit zu Zeit mit seinem Stock auf die Steine und spuckte aus.

Plötzlich wandte er sich mir zu.

«Gott segne die Gebeine meines Großvaters! Der kannte sich in den Weibern aus, denn auch er – Gott hab ihn selig! – war hinter ihnen her, und sie machten ihm die Hölle heiß. ‹Bei allem Guten, das ich dir wünsche, mein Junge›, sagte er mir, ‹aber nimm dich vor den Weibern in acht! Als Gott Adam eine Rippe wegnahm, um die Frau zu erschaffen, verwandelte sich der Teufel in eine Schlange und – hast du nicht gesehen! – schnappt er ihm die Rippe fort und macht sich aus dem Staube... Gott hinterher und bekommt ihn zu packen. Aber im letzten Moment entwischt das Luder und er behält nur die Hörner in der Hand. Eine gute Hausfrau, denkt der liebe Gott, spinnt auch mit einem Löffel. Also werde ich das Weib aus den Hörnern des Teufels machen. So tat er denn auch, und seitdem hat uns der Teufel in den Klauen, mein lieber Alexis. Wo du auch eine Frau anfaßt, die Teufelshörner sind überall. Darum Vorsicht, mein Junge! Sie hat auch die Äpfel im Paradies stibitzt und in ihrem Busen versteckt, und jetzt trippelt sie daher und plustert sich auf. Wenn du von diesen Äpfeln ißt, bist du verloren. Wenn du nicht davon ißt, bist du genauso verloren. Ich weiß nicht, was ich dir raten soll, mein Junge. Mach, was du willst!› So sprach mein seliger Großvater, aber bei mir war Hopfen und Malz verloren. Ich habe es genauso gemacht wie er und bin vor die Hunde gekommen!»

Wir schritten eilig durch das Dorf. Der sonst so stille Mond schien um seine Ruhe gekommen. Stelle dir vor, du hättest dich betrunken und wärst ins Freie gegangen, um Luft zu schöpfen, und mit einem Schlag ist die Welt verwandelt. Die Wege werden zu Milchbächen, aus Gräben und Wagenspuren strömt weißer Kalk, die Berge haben sich mit Schnee bedeckt. Hände, Gesicht und Hals phosphoreszieren wie der Bauch eines Glühwürmchens. Der Mond aber hängt an deiner Brust, ein rundes Medaillon exotischer Herkunft.

Wir beschleunigten schweigend unsere Schritte. Das Mondlicht und der Wein benebelten uns, die Füße schienen kaum den Boden zu berühren. Hinter uns, in dem schlafenden Dorf, waren die Hunde auf die flachen Dächer geklettert und bellten mit langgezogenen Tönen den Mond an. Es war einem zumute, als müsse man selbst seinen Hals recken und den Mond anbellen.

Wir kamen am Garten der Witwe vorbei. Sorbas blieb stehen. Der Wein, das Essen, der Mond hatten ihn berauscht. Er hob den Hals und stimmte mit seinen groben Eselstönen ein unanständiges Lied an, das ihm gerade in seinem Überschwang eingefallen sein mochte.

«Auch so ein Teufelsbraten!» sagte er dann. «Laß uns weitergehen!»

Der Morgen dämmerte, als wir die Baracke erreichten. Ich fiel todmüde aufs Bett. Sorbas wusch sich, holte den Spirituskocher und braute sich einen Kaffee. Er hockte sich vor die Tür, zündete sich eine Zigarette an und blickte ruhig, unbeweglich mit steilem Oberkörper auf das Meer hinaus. Seine Gesichtszüge waren ernst und gesammelt. Er glich einem japanischen Bild, das mir besonders gefiel: Der Asket sitzt mit gekreuzten Beinen am Boden, in einen orangeroten Talar gehüllt. Sein Antlitz leuchtet wie hartes, feines Schnitzwerk aus Holz, das vom Regen geschwärzt ist, und mit aufrechtem Nacken, lächelnd und furchtlos, blickt er in die dunkle Nacht vor sich hin...

Ich schaute in Sorbas' mondhelles Gesicht und freute mich, wie mutig und einfach er sich mit der Welt auseinandersetzte, wie Körper und Seele bei ihm eine Einheit bildeten, wie sich alle Dinge – Frauen, Brot, Wasser, Zukost und Schlaf – harmonisch und glücklich seinem Fleisch verbanden und zu Sorbas wurden. Nie hatte ich solch ein freundschaftliches Verhältnis zwischen einem Menschen und dem Weltall erlebt.

Der Mond ging, kugelrund, blaßgrün, im Westen unter. Eine unbeschreibliche Zartheit ergoß sich über das Meer.

Sorbas warf die Zigarette weg. Er streckte die Hand aus, wühlte in einem Korb, holte Bindfäden, Zwirnrollen, kleine Stäbchen heraus, zündete die Lampe an und stellte mit dem Modell seiner Drahtseilbahn neue Versuche an. Während er sich über sein primitives Spielzeug beugte, steckte er sicherlich in den schwierigsten Berechnungen, denn alle Augenblicke kratzte er sich am Kopf und fluchte.

Plötzlich wurde ihm die Sache zu dumm. Er gab der Drahtseilbahn einen derben Tritt, und sie stürzte zusammen.

XII

Der Schlaf übermannte mich. Als ich erwachte, war Sorbas nicht mehr zu Hause. Es war kalt. Ich verspürte keine Lust aufzustehen. Ich entnahm dem kleinen Regal über mir ein Lieblingsbuch, das ich mit auf die Reise genommen hatte, die Gedichte Mallarmés. Ich las langsam, wahllos, klappte das Buch bald auf, bald zu und legte es schließlich an seinen Platz. Zum erstenmal schienen die Verse mir heute blutlos, duftlos und ohne Substanz. Farblose leere Wörter, die in der Luft schwebten. Klares Leitungswasser, ohne Bakterien, aber auch ohne Nährstoffe. Ohne Leben.

Wie in den Religionen, die den Schöpferatem verloren, die Götter nur noch als poetische Motive oder Zierate leben, die menschliche Einsamkeit und die Wände zu schmücken, so verhält es sich auch mit diesen Gedichten. Aus dem leidenschaftlichen Sehnen des Herzens, das von Erde und Samen trächtig war, ist ein untadeliges Spiel des Verstandes geworden, in die Luft gebaute Architektur, ebenso kunstvoll wie kompliziert.

Ich schlug das Buch wieder auf und las weiter. Warum hatten diese Gedichte mich jahrelang so gepackt? Als reine Poesie. Das Leben war in ihnen zum durchsichtigen, leichten Spiel geworden, und kein Tropfen Blut beschwerte es mehr. Das menschlich Ursprüngliche – wie die Liebe, das Fleisch, der Schrei – ist dumpf und trübe und voller Begierden. Es muß zur abstrakten Idee geläutert werden, muß sich im Hochofen des Intellekts, im Zaubertiegel der Alchimie entstofflichen und zergehen! Alles was mich ehemals so begeistert hatte, kam mir an diesem Morgen wie akrobatische Künste eines Scharlatans vor. Am Ende jeder Kultur landet die menschliche Angst bei Taschenspielertricks voller Meisterschaft – bei reiner Dichtkunst, reiner Musik, reinem Denken. Im letzten Menschen – der sich von allem Glauben, von allen Illusionen befreit hat, der nichts mehr erwartet und nichts mehr fürchtet – ist der Ton, aus dem er gemacht ward, zu Geist geworden, und der Geist hat nichts mehr, wo er Wurzeln schlagen und sich nähren kann... Der letzte Mensch ist entlarvt: ohne Samen, ohne Exkremente, ohne Blut. Alle Dinge sind zu Wörtern, alle Wörter zu musikalischer Taschenspielerei geworden, und nun sitzt er im äußersten Winkel seiner Einsamkeit und zerlegt die Musik in mathematische Gleichungen, die stumm bleiben.

Ich fuhr empor. Buddha ist der letzte Mensch! durchzuckte es mich, das ist sein geheimer und schrecklicher Sinn. Buddha ist die ‹reine Seele›, denn sie ist leer. In ihm ist das Nichts, er ist das Nichts. Laßt Leib, Verstand und Herz sich entleeren! ruft er. Wo er den Fuß hinsetzt, sprudelt kein Quell, wächst kein Gras mehr, wird kein Kind mehr geboren.

‹Ich muß ihn›, dachte ich, ‹mit Gleichnissen und Zaubersprüchen belagern und beschwören, muß ihn zwingen, aus meinem Inwendigen zu treten, muß ein Netz von Bildern über ihn werfen, um ihn zu fangen und mich zu befreien.›

Die Arbeit am ‹Buddha› hörte auf, ein literarisches Spiel zu sein. Sie wurde zum Kampf auf Leben und Tod gegen die furchtbare Macht der Zerstörung in mir, ein Kampf gegen das große Nein, das mein Herz zerfleischte. Vom Ausgang dieses Kampfes hing das Heil meiner Seele ab.

Freudig nahm ich das Manuskript zur Hand. Ich hatte die Zielscheibe gefunden und wußte, wohin ich halten mußte. Buddha ist der letzte Mensch. Aber wir selbst stehen noch mitten im Anfang. Wir haben noch nicht gegessen, getrunken, sattsam geliebt, wir haben überhaupt noch nicht gelebt! Dieser schwierige, kurzatmige Greis ist zu früh erschienen. Er soll sich so rasch wie möglich empfehlen!

Mit diesem Vorsatz begann ich zu schreiben. Ich schrieb nicht, ich kämpfte regelrecht. Es wurde eine unbarmherzige Jagd, ein Kesseltreiben und Ködern, um das Wild aus seinem Schlupfwinkel zu zwingen. Keine Beschwörung, die magischer wäre als die Kunst. Dunkle mörderische Kräfte hausen in uns, schreckliche Triebe, die uns töten, zerstören, hassen und schänden lassen. Bis die Kunst auf den Plan tritt und uns mit ihrer sanften Schalmei befreit.

Ich schrieb, jagte, kämpfte den ganzen Tag. Am Abend war ich erschöpft; aber ich merkte, ich hatte Gelände gewonnen und ein paar feindliche Vorposten überwältigt. Ich wollte essen und schlafen, um mit der Frühe den Kampf zu erneuern.

Die Nacht war hereingebrochen, als Sorbas kam. Sein Gesicht war verklärt. ‹Auch er hat gespurt, auch er!› dachte ich und sah ihm gespannt entgegen. Ich war die ganze Geschichte ein bißchen leid geworden und hatte ihm vor einigen Tagen im Ärger gesagt: «Das Geld geht zur Neige, Sorbas. Was du tun willst, tu bald. Wir müssen die Drahtseilbahn bauen. Wenn's mit den Kohlen nicht klappt, müssen wir uns aufs Holz verlegen. Sonst sind wir bankrott.»

Sorbas kratzte sich den Kopf.

«Das Geld geht zur Neige? Das ist fatal.»

«Ja, Sorbas, wir haben alles ausgegeben, das kannst du leicht nachrechnen. Wie weit bist du mit deinen Berechnungen für die Drahtseilbahn? Immer noch nicht fertig?»

Er hatte nicht geantwortet. Er schämte sich.

«Verfluchte Bahn», hatte er gemurmelt, «ich kriege dich schon!» Heute abend schien er's geschafft zu haben, er leuchtete, als er eintrat.

«Ich habe es, Chef», rief er schon von weitem. «Ich habe das richtige Gefälle gefunden.»

«Also dann, vorwärts! An die Gewehre, Sorbas! Was brauchst du?»

«Morgen in aller Frühe gehe ich, das notwendige Material in der Stadt zu kaufen – dicke Stahltrossen, Flaschenzüge, Nägel, Klammern... Ich bin wieder da, bevor du mich fortgehen sahst.» Flink machte er Feuer und kochte. Wir aßen und tranken mit trefflichem Appetit. Wir waren heute beide ein Stück weitergekommen.

Am nächsten Morgen begleitete ich Sorbas ins Dorf. Wir unterhielten uns über vernünftige und praktische Dinge, über die Arbeit im Bergwerk. An einem Abhang stolperte Sorbas über einen Stein, der sogleich ins Rollen kam. Erschrocken blieb er stehen, als erlebte er so etwas zum erstenmal. Er wandte sich um und blickte mich an. In seinen Augen stand ein leises Entsetzen.

«Hast du das bemerkt? Die Steine an den Abhängen werden lebendig.»

Ich sagte nichts, aber meine Freude war groß. ‹Genau so›, dachte ich, ‹erblicken die großen Seher und großen Dichter alles zum erstenmal. Jeden Morgen entdecken sie eine neue Welt. Nein, sie entdecken sie nicht, sie schaffen sie.›

Die Welt war für Sorbas nicht anders als für die ersten Menschen eine bedrängend kompakte Vision. Die Sterne berührten ihn, die Wogen brachen sich an seinen Schläfen. So erlebte er, ohne den verzerrenden Spiegel der reinen Vernunft, die Erde, das Wasser, die Tiere und Gott.

Madame Hortense war benachrichtigt worden und erwartete uns an der Schwelle, in voller Bemalung, mit Puder kalfatert, sichtbar beunruhigt. Sie hatte sich wie ein Dudelsack zum Wochenendball hergerichtet. Das Maultier stand an der Pforte, Sorbas schwang sich auf seinen Rücken und ergriff die Zügel.

Vorsichtig trat die alte Sirene näher und legte ihre fette Hand auf die Brust des Tieres, als wollte sie ihren Geliebten von der Reise abhalten.

«Sorbas», girrte sie und stellte sich auf die Zehen, «lieber Sorbas…» Er wandte den Kopf zur Seite. Er war kein Freund von Liebesgeständnissen mitten auf der Straße. Die arme Madame bemerkte Sorbas' Blick und erschrak. Ihre Hand ruhte noch flehentlich auf der Brust des Maultieres.

«Was willst du denn?» fragte Sorbas verärgert.

«Sorbas», flehte sie flüsternd, «bleib brav… Vergiß mich nicht, bleib brav!»

Er zog die Zügel an, ohne zu antworten. Das Maultier setzte sich in Gang.

«Gute Reise, Sorbas!» rief sie. «Drei Tage, hörst du? Nicht länger!» Er drehte sich um und winkte. Die alte Sirene weinte, und ihre Tränen gruben Furchen in den Puder.

«Ehrenwort, Chef! Ich bin bald wieder da», rief Sorbas. «Auf Wiedersehen!»

Und er verschwand unter den Oliven.

Madame Hortense weinte noch immer. Eine kleine Weile konnte die Ärmste noch gerührt zwischen dem silbrigen Laub die rote Decke wahrnehmen, die sie aufgelegt hatte, daß ihr Schatz bequem sitzen könne. Bald war auch diese ihren Augen entschwunden. Madame Hortense blickte umher. Die Welt war leer geworden für sie.

Ich kehrte nicht an den Strand zurück. Ich wollte mich in die Berge schlagen. Bevor ich den Pfad erreichte, hörte ich es trompeten: der Landbriefträger zeigte dem Dorf sein Kommen an.

«Chef!» rief er laut und winkte mir zu.

Er näherte sich und händigte mir ein Paket Zeitungen, Zeitschriften und zwei Briefe aus. Den einen steckte ich sofort in die Tasche, um ihn am Abend zu lesen, wenn der Tag sich neigt und Friede über den Geist kommt. Ich wußte, wer ihn geschrieben hatte, und wollte die Freude hinausschieben, um sie länger zu genießen.

Den Absender des anderen Briefes erkannte ich an der harten und scharfen Schrift und den fremden Briefmarken. Er kam von einem alten Mitschüler, von Karajannis aus Afrika, von einem Berg am Tanganjikasee. Er war ein Sonderling gewesen, ungestüm, dunkelhäutig, mit schneeweißen Zähnen. Einer seiner Eckzähne ragte wie der eines Ebers heraus. Er sprach nicht, er schrie. Er diskutierte nicht, sondern stritt. Er war ein sehr junger Professor der Theologie gewesen und hatte schon den Talar getragen, als er die kretische Heimat verließ. Er hatte sich in eine seiner Schülerinnen verliebt, und man hatte beide eines Tages auf freiem Felde ertappt, als sie sich gerade küßten. Noch am selben Tage hatte der Professor den Talar abgelegt und das Dampfschiff bestiegen. Er war nach Arika zu einem Verwandten gefahren, hatte sich in die Arbeit gestürzt, eine Seilerei gegründet und war ein steinreicher Mann geworden. Ab und zu ließ er von sich hören und lud mich für sechs Monate zu sich ein. Aus jedem seiner Briefe – und noch ehe ich sie las – fühlte ich aus den vielen, mit Zwirn gehefteten Seiten einen Sturmwind wehen, der mir die Haare zu Berge trieb. Und immer wieder entschloß ich mich zu der Reise nach Afrika und machte mich trotzdem nicht auf den Weg.

Ich wich vom Pfad, setzte mich auf einen Stein, öffnete den Brief und las:

«Wann, Du an den griechischen Klippen klebende Auster, wann wirst Du Dich endlich aufraffen, mich zu besuchen? Wahrscheinlich bist auch Du einer von den Faulenzern daheim, die sich in den Kaffeehäusern herumtreiben. Bilde Dir bitte nicht ein, nur die Kaffeehäuser seien Kaffeehäuser. Eure Bücher, Gewohnheiten und berühmten Ideologien sind nichts anderes. Heute ist Sonntag, ich habe nichts zu tun. Ich befinde mich daheim auf meinem Besitz und denke an Dich. Die

Sonne brennt wie ein Backofen. Kein Tropfen Regen. Dafür haben wir, wenn es April, Mai und Juni hier regnet, eine regelrechte Sintflut.

Ich bin hier ganz allein und fühle mich wohl dabei. Es gibt hier zwar einige andere Griechen, aber ich will sie nicht sehen. Ich verabscheue sie. Sogar bis hierher, Ihr wandelnden Kaffeehäuser, die der Teufel hole, habt Ihr uns Euren Aussatz geschickt, Euer verdammtes Parteigezänk. Die Politik hat schuld, wenn Griechenland zugrunde geht. Abgesehen vom Kartenspiel, der Unwissenheit und der Schürzenjägerei.

Ich hasse die Europäer, deshalb halte ich mich lieber in den Bergen von Vassamba auf. Ich hasse die Europäer, aber die faulen Griechen und alles Griechische hasse ich noch mehr. Nie wieder werde ich griechischen Boden betreten. Muß ich krepieren, dann hier! Ich habe sogar schon mein Grab anlegen lassen vor meinem Hause, auf einsamem Berge. Auch den Grabstein dazu. Und ich habe selbst in klotzigen Lettern drauf eingemeißelt:

HIER RUHT EIN GRIECHE,
DER DIE GRIECHEN VERABSCHEUT.

Ich lache mich krank, ich spucke aus, ich fluche, ich weine, wenn ich an Griechenland denke. Nur um keine Griechen sehen zu müssen, habe ich für immer meine Heimat verlassen. Ich kam hierher, ich nahm mein Schicksal an die Hand – nicht umgekehrt, denn der Mensch tut, was er will! Ich habe gearbeitet und arbeite noch wie ein Hund. Ich habe Ströme von Schweiß vergossen und vergieße sie noch. Ich schlage mich mit der Erde, der Luft, dem Regen herum, mit meinen Arbeitern und Sklaven, schwarzen und roten.

Ich habe keine Freude außer meiner Arbeit. Der körperlichen und geistigen, aber die körperliche ist mir lieber. Es tut mir wohl zu ermüden, zu schwitzen, meine Knochen knirschen zu hören. Ich hasse das Geld. Ich werfe es größtenteils weg, ich vergeude es, wo und wie es mir paßt. Ich bin kein

Sklave des Geldes, das Geld ist vielmehr der meine. Ich bin ein Sklave der Arbeit und stolz darauf. Ich fälle Bäume im Auftrag der Engländer, mit denen ich ein Abkommen getroffen habe. Ich fabriziere Seile. Zur Zeit pflanze ich auch Baumwolle. Ich habe viele Arbeiter, schwarze, rote und schwarzrote. Darunter Schweinehunde, Schlafmützen, Dreckfinken, Lügner und Zuhälter. Gestern abend kam es zwischen zwei Stämmen meiner Schwarzen, den Vajiai und den Vangini, zur Prügelei einer Frau wegen, einer Hure. Aus reiner Eigenliebe. Genau wie bei uns zu Haus! Sie beschimpften sich gegenseitig, gingen mit Keulen aufeinander los, schlugen sich die Köpfe ein. Mitten in der Nacht kamen die Frauen in meine Wohnung gelaufen, weckten mich kreischend und baten mich, den Vorfall zu schlichten. Ich wurde wütend. Ich schickte sie allesamt zum Teufel und dann zur englischen Polizei. Aber sie blieben die ganze Nacht vor meiner Tür und heulten. Als es tagte, ging ich hinaus und hielt strenges Gericht.

Morgen, Montag, in aller Frühe werde ich mich in die Berge von Vassamba begeben, in die dichten Wälder, zu den klaren Quellen, in das ewige Grün… Und wie lange soll es noch dauern, bis Du Faulpelz Dich endlich von diesem Babylon, ‹der Mutter aller Huren und Erdengreuel›, Europa, losreißen wirst? Wann kommst Du, um mit mir diese reinen und einsamen Gipfel zu besteigen?

Ich habe von einer Schwarzen ein Kind, ein Mädchen. Die Mutter habe ich weggejagt, sie setzte mir öffentlich Hörner auf, am hellichten Tag, unter jedem grünen Baum. Als es mir zu toll wurde, schickte ich sie zum Teufel. Aber die Kleine habe ich behalten, sie ist jetzt zwei Jahre alt. Sie kann schon gehen und fängt zu sprechen an, ich bringe ihr Griechisch bei. Der erste Satz, den sie gelernt hat, heißt: ‹Pfui, ihr Saugriechen! Pfui, ihr Saugriechen!›

Sie ähnelt mir, der kleine Schelm. Nur die breite platte Nase hat sie von der Mutter. Ich liebe sie, wie man seine Katze oder seinen Hund liebt. Komm doch auch und mache irgendeiner Vassamba einen Jungen; wir verheiraten sie eines Tages mit-

einander, und alle Teile kommen dabei auf ihre Kosten. Der
Teufel sei mit Dir und mir, lieber Freund.»

Und er unterzeichnete:

«Karajannis, servus diabolicus Dei.»

Ich ließ den Brief geöffnet auf meinen Knien liegen. Wieder
kam der glühende Wunsch über mich zu packen. Doch nicht
aus innerer Notwendigkeit. Ich fühlte mich glücklich hier, wie
zu Haus, nichts mangelte mir. Aber seit jeher hat mich der
heiße Wunsch besessen, soviel Länder und Meere wie möglich,
bevor ich sterbe, zu sehen und zu berühren.

Ich stand auf. Ich änderte meinen Plan und stieg nicht höher
in die Berge hinauf, sondern zur Küste hinab. Ich spürte den
anderen Brief in der oberen Rocktasche und konnte mich nicht
mehr halten. Der süße und quälende Vorgeschmack der Freude
hatte mir lange genug gedauert. In der Baracke angelangt,
machte ich Feuer, kochte mir Tee und aß Butter- und Honig-
brot und Orangen. Dann zog ich mich aus, legte mich auf mein
Bett und öffnete den Brief:

«Mein Lehrer und neubekehrter Schüler, sei gegrüßt!

Ich habe hier wichtige und schwierige Arbeit zu leisten,
‹Gott› sei Dank! Ich sperre dieses gefährliche Wort in Anfüh-
rungsstriche ein (wie ein Raubtier in einen Käfig), damit Dir
nicht schon beim Öffnen des Briefes schwach wird. Die Arbeit
ist also hier schwierig, ‹Gott› sei Dank! Eine halbe Million
Griechen sind in Südrußland und Kaukasien in Gefahr. Viele
von ihnen sprechen zwar nur Türkisch oder Russisch, aber ihr
Herz spricht leidenschaftlich griechisch. Sie sind unseres Blutes. Du brauchst sie nur anzusehen – wie ihre Augen funkeln
und zupacken, wie ihre Lippen listig und sinnlich lächeln, und
wie sie sich zu Herren über diese unermeßliche russische Erde
gemacht haben und von den Muschiks bedienen lassen – und
Du verstehst, daß sie echte Nachkommen Deines geliebten
Odysseus sind. Und schon liebst Du sie und kannst sie nicht
zugrunde gehen lassen.

Denn es droht ihnen völliger Untergang. Sie haben alles, was
sie hatten, verloren. Sie sind hungrig und nackt. Bald werden

sie von den Bolschewisten, bald von den Kurden verfolgt. Aus allen Himmelsrichtungen sind sie geflüchtet und stauen sich nun in ein paar Städten Georgiens und Armeniens. Es mangelt an Lebensmitteln, Kleidern, Medikamenten. Sie wimmeln in den Häfen umher und schauen ängstlich nach griechischen Schiffen aus, um zur Mutter Griechenland heimzukehren. Ein lebendiger Teil unserer Rasse, mein Lehrer, ein lebendiger Teil unserer Seele, ist eine Beute der Panik.

Wenn wir sie ihrem Schicksal überlassen, sind sie verloren. Es bedarf großer Liebe und Einfühlung, eines großen Enthusiasmus und praktischen Verstandes – zweier Tugenden, die du gern Arm in Arm siehst –, um sie zu retten und in unsere freie Erde zu verpflanzen. Dorthin, wo sie uns allen am meisten nützen, an die mazedonischen oder thrazischen Grenzen. Nur so können Hunderttausende von Griechen gerettet werden, und wir mit ihnen. Denn seit dem Augenblick meiner Ankunft hier zog ich getreu Deiner Lehre einen Kreis und nannte ihn ‹meine Pflicht›. Ich sagte mir: ‹Rette ich diesen gesamten Kreis, bin auch ich gerettet – rette ich ihn nicht, so bin ich verloren.› Und in diesem Kreis befinden sich diese fünfhunderttausend Griechen.

Ich besuche alle gefährdeten Gebiete, sammle die Griechen, setze Berichte auf, schicke Telegramme in die Welt, bemühe mich, die offiziellen Stellen zu überreden, Schiffe, Lebensmittel, Kleider, Medikamente zu schicken und alle diese Menschen nach Griechenland zu schaffen. Wenn es ein Glück ist, so beharrlich für eine solche Sache zu kämpfen, dann bin ich glücklich. Ich weiß nicht, ob das Maß meines Glückes, wie Du sagst, meiner Statur entspricht, ich hoffe es, denn dann wäre ich sehr groß. Ich wollte aber, mein Körper wüchse proportional meinem Glück – dann reichte es bis zu den äußersten Grenzen Griechenlands. Aber Theorien beiseite! Du räkelst Dich bequem an Deinem kretischen Gestade, lauschst dem Meer und dem Santuri und hast Zeit. Ich habe keine. Der Tatendrang verzehrt mich, und ich freue mich dessen. Die Tat, mein untätiger Lehrer, die Tat! Es gibt sonst kein Heil in der Welt.

Der Gegenstand meiner Betrachtungen ist sehr einfach, so-zusagen aus einem Stück. Ich sage mir: diese Pontier und Kau-kasier, die Bauern von Kars und die Kaufleute und Krämer von Tiflis, von Batum, Noworossijsk, Rostow, von Odessa und von der Krim, sie sind alle von unserem Blut, sie gehören zu uns. Für sie wie für uns heißt die Hauptstadt Griechenlands Konstantinopel. Wir haben alle das gleiche Vorbild, Du nennst es Odysseus, andere Konstantin Paläologos, aber sie meinen nicht ihn, der im Straßenkampf in Byzanz fiel, sondern jenen anderen, der nach der Sage zu Marmor wurde. Ich nenne, mit Deiner Erlaubnis, dieses Musterexemplar unserer Rasse Akri-tas. Dieser Name gefällt mir am besten, er ist strenger und krie-gerischer. Bei seinem Klang erhebt sich der ewige Hellene in Waffen, der rastlos und stets an der Grenze kämpft. An allen Grenzen: den nationalen, den geistigen, den seelischen. Und fügst du noch seinen Vornamen Digenis hinzu, dann hebst du die wahre Bestimmung unserer Rasse, die wunderbare Syn-these zwischen Orient und Okzident, noch deutlicher hervor.

Ich halte mich jetzt in Kars auf, um hier aus den umliegenden Dörfern alle Griechen zu sammeln. Am Tage meiner Ankunft hatten die Kurden in der Umgegend der Stadt einen Popen und einen unserer Lehrer gefangengenommen und sie mit Hufeisen wie Maultiere beschlagen. Entsetzt versammelten sich alle Notabeln in dem Haus, in dem ich wohne. Schon hören wir die Kanonen der Kurden, die näher und näher rücken. Alle haben ihre Augen auf mich gerichtet, als hätte ich allein die Macht, sie zu retten.

Eigentlich wollte ich morgen nach Tiflis fahren, aber jetzt, angesichts der Gefahr, schäme ich mich zu fliehen. Ich bleibe also. Ich will nicht behaupten, daß ich mich nicht fürchte. Ich fürchte mich, aber ich schäme mich auch. Verhielte sich nicht der Krieger Rembrandts genauso? Er blieb, und so bleibe ich auch. Falls die Kurden in die Stadt dringen, ist es nur recht und natürlich, daß sie mich als ersten beschlagen. Du würdest si-cherlich nie, mein Lehrer, erwarten, daß dein Schüler als Maul-tier verenden könnte.

Nach unendlichen, echt griechischen Diskussionen haben wir schließlich bestimmt, daß sich heute abend alle Griechen einfinden, samt ihren Maultieren, Pferden, Ochsen und Schafen, mit Frauen und Kindern, und daß wir morgen früh uns gen Norden aufmachen. Ich werde als Leithammel an der Spitze marschieren.

Eine patriarchalische Völkerwanderung, über hohe Gebirge und durch Ebenen mit sagenhaften Namen! Ich werde eine Art Moses sein – ein Pseudomoses – und das auserwählte Volk in das Gelobte Land führen, wie Du Griechenland nennst. Damit ich meiner mosaischen Mission würdig bin und Dir keine Schande mache, müßte ich freilich meine eleganten Gamaschen wegschmeißen, die Dir so häufigen Anlaß zum Spotten gaben, und meine Füße mit Binden aus Schafsfell umwickeln. Auch sollte ich mir einen langen Rauschebart zulegen und – die Hauptsache nicht zu vergessen – zwei Hörner. Aber leider kann ich Dir diesen Gefallen nicht tun. Du könntest leichter meine Seele als meine Kleidung ändern. Ich trage Gamaschen, bin rasiert wie ein Kohlstrunk und unbeweibt.

Mein lieber Lehrer, hoffentlich bekommst Du diesen Brief, es ist vielleicht mein letzter. Wer kann wissen? Ich habe kein Vertrauen zu den geheimnisvollen Kräften, die angeblich die Menschen beschützen. Ich glaube an blinde Kräfte, die ohne Bosheit, Ziel oder Zweck nach rechts oder links um sich schlagen und denjenigen töten, der sich in ihrer Reichweite aufhält. Wenn ich die Erde verlasse (ich gebrauche diesen Ausdruck an Stelle des eigentlichen, um dich und mich nicht zu erschrecken), wenn ich also die Erde verlassen sollte, dann leb wohl, mein lieber Lehrer! Ich schäme mich, es zu sagen, aber verzeih mir, ich kann nicht anders: auch ich habe Dich sehr geliebt.»

Und darunter mit Bleistift in Eile die Nachschrift gekritzelt:

«P.S. Den Vertrag, den wir bei meiner Abreise auf dem Dampfschiff geschlossen haben, vergesse ich nicht. Wenn ich ‹die Erde verlasse›, werde ich Dich benachrichtigen, wo Du auch stecken magst. Erschrick dann nicht!»

XIII

Drei bis fünf Tage vergingen: Von Sorbas keine Spur. Am sechsten Tag erhielt ich aus Kandia einen ellenlangen Brief, eine regelrechte Abhandlung. Sie war auf parfümiertes rosa Papier geschrieben und zeigte in der oberen Ecke ein Herz, das von einem Pfeil durchbohrt war.

Ich habe ihn sorgfältig aufbewahrt und gebe ihn hier unter Beibehaltung seines gekünstelten Ausdrucks wieder. Ich habe nur die drolligen orthographischen Schnitzer verbessert. Sorbas hielt die Feder wie eine Axt, er teilte kräftige Schläge mit ihr aus, und so war das Papier verschiedentlich beschädigt und mit Tinte verschmiert.

«Lieber Chef, mein Herr Kapitalist!

Ich greife zur Feder, um Dich erst mal zu fragen, ob Dein Befinden befriedigend ist. Auch uns geht es gut, Gott sei Dank!

Was mich betrifft, so habe ich schon lange begriffen, daß ich nicht als Pferd oder Ochse zur Welt gekommen bin. Nur die Tiere leben, um zu essen. Um der diesbezüglichen Anklage zu entgehen, mache ich Tag und Nacht mir zu tun. Ich setze mein Brot aufs Spiel für eine Idee, ich drehe die Sprichwörter um und sage zum Beispiel: Lieber zehn Tauben in der Hand, als einen Spatzen auf dem Dach.

Viele sind Patrioten, ohne dabei zu verlieren. Ich bin keiner, selbst, wenn ich dabei zu Schaden käme. Viele glauben ans Paradies und meinen, so ihr Schäfchen ins trockne zu bringen. Ich habe kein Schäfchen, ich bin frei. Ich habe keine Angst vor der Hölle, wo mein Schäfchen krepieren könnte. Ich hoffe auch nicht aufs Paradies, wo es sich an Klee vollfressen könnte. Ich bin ein ungehobelter Klotz, ich weiß mich nicht auszudrücken, aber Du, Chef, verstehst mich.

Viele fürchten die Nichtigkeit aller Dinge, ich habe sie überwunden. Viele machen sich Gedanken, ich brauche mir keine zu machen. Ich freue mich weder über das Gute, noch ärgere ich mich über das Böse. Wenn ich höre, daß die Griechen Konstantinopel genommen haben, so ist das für mich das gleiche, als hätten die Türken Athen erobert.

Wenn du aus den Albernheiten, die ich bei Dir an den Mann bringe, folgerst, ich hätte bereits Gehirnerweichung, dann schreibe es mir bitte. Ich besuche alle Geschäfte in Kandia, um Kabel für meine Drahtseilbahn zu kaufen, und bin guter Dinge.

Die Leute fragen mich, warum? Aber, wie soll ich es ihnen erklären? Ich lache, weil ich plötzlich, wenn ich meine Hand auf das Kabel lege, um zu prüfen, ob es in Ordnung ist, daran denke, was eigentlich der Mensch ist. Warum ist er zur Welt gekommen, und wozu ist er nutz? Zu nichts, wenn ich von mir aus schließe. Alles ist Jacke wie Hose: ob ich eine Frau habe oder keine, ob ich ehrlich oder unehrlich, ob ich Pascha oder Lastträger bin. Wichtig ist nur, ob ich lebe oder ob ich tot bin. Ob mich der Teufel holt oder Gott (Du magst darüber denken, was Du willst, ich glaube, es läuft auf dasselbe hinaus), ich werde krepieren, als Kadaver daliegen und meine Umgebung verpesten, und die Menschen werden sich gezwungen sehen, mich vier Fuß unter die Erde zu bringen, um nicht zu ersticken.

Und jetzt, da wir mitten dabei sind, möchte ich Dich was fragen, wovor mich gruselt – vor anderem gruselt's mich nicht – und das mir Tag und Nacht keine Ruhe läßt: ich meine das Alter, der Himmel bewahre uns davor. Der Tod ist nichts, ein pfff! und das Licht ist aus. Aber das Alter ist eine Schande.

Ich halte es für eine sehr große Schande zuzugeben, daß ich alt bin, und tue mein Möglichstes, damit niemand was davon merkt. Ich springe, ich tanze, das Kreuz tut mir weh, aber ich tanze; ich trinke, mir wird schwindlig, alles dreht sich im Kreis, aber ich stolpere nicht und tu, als sei alles in Ordnung. Ich schwitze, ich springe ins Meer und erkälte mich, ich möchte husten, damit mir leichter wird, aber ich bin zu stolz und unterdrücke den Husten mit Gewalt – hast Du jemals mich husten hören? Das erlebst Du nicht! Und nicht nur, wenn ich mit anderen Leuten zusammen bin. Ich schäme mich vor Sorbas, Du kannst mir's glauben Auf dem Athos – ich hätte mir besser vorher den Fuß gebrochen! – lernte ich einen Mönch kennen, den Pater Laurentius aus Chios. Dieser Pinsel bildete sich ein, einen Teufel in sich zu haben. Er hatte ihm sogar einen Namen gegeben, er hieß ihn Chodscha. ‹Chodscha will am Karfreitag Fleisch essen›, knurrte der arme Kerl und schlug mit seinem Kopf auf die Kirchenschwelle. ‹Chodscha will mit einer Frau schlafen, Chodscha will den Abt totschlagen. Chodscha, ich nicht!› Und seine Stirn und die steinerne Schwelle trafen sich immer häufiger.

So habe ich auch einen Teufel in mir, Chef, und nenne ihn Sorbas. Der inwendige Sorbas will durchaus nicht alt werden, er altert auch nicht, er ist ein Riesenbursche mit rabenschwarzem Haar und hat alle zweiunddreißig (in Ziffern 32) Zähne und eine Nelke hinterm Ohr. Der äußere Sorbas ist ein Wrack geworden, er hat weiße Haare und Runzeln, er schrumpft zusammen, und seine Zähne fallen ihm aus, und in seinen Ohrmuscheln wachsen die weißen Eselshaare des Alters.

Was soll man da machen, Chef? Wie lange werden die beiden Sorbas noch miteinander ringen? Wer wird von ihnen die Zeche bezahlen? Wenn ich bald krepiere, ist alles gut, ich kann mich beruhigen. Wenn ich aber noch eine Weile lebe, dann gute Nacht! Dann kommt der Tag, der mich zum Gespött meiner Mitmenschen macht. Ich verliere meine Freiheit, meine Tochter und Schwiegertochter halsen mir einen Säugling, eine Mißgeburt auf, und ich soll aufpassen, daß der Sprößling nicht hinfällt, daß er sich nicht verbrennt, daß er sich nicht naß macht. Und wenn er sich naß macht, halten sie mich an – pfui! –, ihn zu säubern!

Auch Dir wird es einmal nicht anders gehen, auch wenn Du noch jung bist! Ich warne Dich! Deshalb höre, was ich Dir sage! Schlage denselben Weg wie ich ein! Das ist unsere einzige Rettung. Wir wollen uns in den Bergen herumtreiben, Kohle fördern, Erz, Eisen und Zink, und einen Haufen Geld verdienen, damit die Verwandten uns respektieren, die Freunde uns schmeicheln und die Bonzen uns mit dem Hut in der Hand grüßen. Gelingt uns das nicht, ist es besser, von den Wölfen, Bären oder irgendeinem anderen Raubtier zerrissen zu werden. Denn Gott hat die Raubtiere geschaffen, um Leute wie uns zu verschlingen, damit wir nicht zum Gespött werden.»

Hier hatte Sorbas einen hochgewachsenen, hageren Mann mit Buntstift dazugemalt. Er lief im Sturmschritt unter grünen Bäumen dahin, und sieben rote Wölfe waren ihm auf den Fersen, darunter stand mit ungefügen Buchstaben: «Sorbas und die sieben Sünden».

«Beim Lesen meines Briefes», hieß es dann weiter, «wirst Du verstehen, was für ein unglücklicher Mensch ich bin. Nur wenn ich mich mit Dir unterhalte, habe ich diesen Schimmer, meine Hypochondrie zu kurieren. Du bist wie ich, Du weißt es nur nicht. Auch Du hast einen Teufel im Leib, aber Du kennst seinen Namen noch nicht. Und darum ist Dir manchmal zum Ersticken zumute. Taufe ihn, Chef, und Dir wird ein Stein von der Seele fallen.

Wie gesagt, ich bin unglücklich. Ich fühle deutlich, daß all meine Klugheit nur Dummheit ist, und nichts weiter. Trotzdem gibt es Augenblicke, Stunden, Tage, wo ich Überlegungen anstelle wie ein bedeutender Mann, und könnte ich alles, was mir der inwendige Sorbas befiehlt, verwirklichen, die Welt würde staunen.

Da ich mit meinem Leben keinen Vertrag über seine Länge abgeschlossen habe, lockere ich die Bremse erst dann, wenn es gefährlich bergab geht. Das Leben des Menschen ist eine Straße, die steigt und fällt. Alle vernünftigen Menschen bedienen sich deshalb einer Bremse. Ich jedoch – und darin besteht mein persönlicher Mut – habe schon längst meine Bremse weggeworfen und fürchte mich vor Karambolagen nicht. So nennen wir Arbeiter die Entgleisungen. Hol mich der Teufel, wenn ich mich darum bekümmern sollte, ob ich entgleise. Ich bin Tag und Nacht unterwegs, wo was los ist, ich tue, was ich lustig bin, und wenn ich mir den Hals dabei breche oder zu Brei zerquetscht werde. Was habe ich zu verlieren? Nichts. Kann ich mir, wenn ich mir Zeit lasse und Schritt für Schritt gehe, nicht genau so den Hals brechen? Stimmt's nicht? Also los, keine Müdigkeit vorgeschützt!

Du lachst mich jetzt sicher aus. Ich schreibe Dir trotzdem meine Fisematenten oder, wenn Du das lieber hörst, meine Gedanken oder meine Schwächen – ich begreife, bei Gott, nicht, was für ein Unterschied zwischen den dreien bestehen soll – lache mich aber ruhig aus, wenn es Dir Spaß macht! Ich lache dann wieder, weil Du lachst – und so nimmt das Lachen, wie das in der Welt so ist, kein Ende. Jeder Mensch hat seine Marotte, aber die größte ist meiner Meinung, keine zu haben. Ich studiere also für meine Person hier in Kandia meine Marotten und schreibe so ausführlich darüber, weil ich um Deinen Rat bitten möchte. Du bist zwar noch jung, aber Du hast schon die alten Weisen gelesen und bist so – nimm es mir nicht übel! – ein bißchen altklug geworden. Ich brauche also Deinen Rat.

Ich glaube, daß jeder Mensch einen besonderen Geruch hat. Wir spüren ihn nicht, denn die verschiedenen Gerüche vermischen sich, und wir wissen dann nicht, welcher Dir und welcher mir gehört. Alles was sich feststellen läßt, ist ein übler Gestank, den wir auch Menschentum nennen, das heißt Menschengestank. Die meisten atmen ihn wie Lavendel ein, mir wird speiübel dabei. Doch das nebenbei.

Ich wollte sagen – fast hätte ich wieder die Bremse gelokkert –, diese Weibsbilder haben doch eine feuchte Nase, sie riechen sofort, wie die Hündinnen, welcher Mann sie begehrt und wer nicht. So kommt es, daß mir in jeder Stadt, in der ich mich aufhalte, und so auch wieder hier, immer zwei, drei Frauen nachlaufen, mag ich auch häßlich wie ein Affe und ein richtiger Klappergreis sein. Die Hündinnen nehmen meine Spur auf – Gott sei ihnen gnädig!

Am Tag meiner glücklichen Ankunft in Kandia, es war um die Dämmerstunde, wo sich der Hund vom Wolf nicht mehr unterscheiden läßt, lief ich sofort in die Geschäfte, aber alle waren geschlossen. Ich suchte eine Herberge auf, gab meinem Maultier zu fressen, aß dann selbst und machte mich fein. Ich steckte mir eine Zigarette an und ging auf den Bummel. Ich kannte keine Seele in der Stadt, sowenig wie mich jemand kannte, ich hatte keine Rücksicht zu nehmen. Ich konnte nach Belieben auf der Straße pfeifen, lachen oder mit mir selbst sprechen. Ich kaufte mir geröstete Kürbiskerne, spuckte sie aus und trieb mich umher. Die Laternen wurden angezündet, die Männer tranken ihren Uso, die Frauen gingen heim; die Luft roch nach Schminke, Seife und nach Braten am Spieß. ‹Alter Junge›, sagte ich, ‹wie lange wirst du noch leben und schnüffeln können? Du wirst nicht mehr lange die Luft einholen, also atme recht tief.› – ‹Ja›, sagte ich mir und schlenderte auf dem großen Platz, den Du kennst, umher. Plötzlich höre ich lautes Geschrei, Tanzmusik, Tamburin, orientalische Lieder. Ich spitze meine Ohren und laufe in die Richtung, aus der der Lärm kam. Es war ein Vergnügungslokal, genau was ich mir wünschte. Ich trete ein und setze mich ganz vorn an einen Tisch. Warum sollt ich mich genieren? Wie gesagt, niemand kannte mich, ich war völlig frei!

Eine dicke alte Schachtel tanzte auf dem Podium. Sie hob und senkte ihre Röcke, aber ich hatte weiter nicht acht. Ich bestelle eine Flasche Bier, und schon setzt sich ein niedliches braunes Flittchen, fingerdick angestrichen, neben mich und ‹Du erlaubst, Großväterchen?› sagt sie lachend.

Das Blut stieg mir zu Kopf. Ich hätte sie am liebsten gleich erwürgt, dieses alberne Frauenzimmer, aber ich hielt an mich, aus Mitleid mit dem weiblichen Geschlecht, und rief: ‹Kellner, zwei Flaschen Sekt!› (Verzeih mir, Chef, ich bezahlte von Deinem Geld, aber es ging nicht anders. Der Hieb saß zu tief. Ich hatte unsere Ehre zu retten, die Deine wie die meine. Ich mußte diese Rotznase auf die Knie vor uns zwingen, das war meine Pflicht. Du hättest mich in so schwieriger Lage bestimmt nicht im Stich gelassen. Darum: Kellner, zwei Flaschen Sekt!) Der Champagner kommt, ich bestelle auch Kuchen, und dann wieder Champagner. Ein Blumenverkäufer nähert sich unserem Tisch mit Jasmin. Ich kaufe den ganzen Korb und schütte ihn diesem Stinktier in den Schoß, das uns zu beleidigen wagte.

Der Sekt war gut, wir tranken tüchtig, aber ich schwöre Dir, ich habe die Kleine nicht angefaßt. Ich weiß, woran ich mit mir bin. Als ich jung war, war mir das Anfassen die Hauptsache. Jetzt, wo ich alt bin, spiele ich den Kavalier und gebe das Geld mit vollen Händen aus. Dafür haben die Weiber Sinn, das macht ihnen Spaß. Selbst wenn du einen Buckel hast und nur noch eine Ruine bist, spielt alles das keine Rolle. Sie sehen das gar nicht. diese Schlampen, sie sehen nur die Hand, die unablässig in den Geldbeutel greift.

Ich machte also so weiter – der liebe Gott möge es Dir hundertfach erstatten! –, und die Kleine klebte bald wie eine Klette an mir. Zuerst rückte sie ganz vorsichtig näher und drängte ihr Knie an meine mageren Beine. Aber ich war wie ein Eisblock, mochte auch alles in mir kochen. Das kann die Weiber rasend machen, merk Dir's für den Fall, daß Du mal in eine ähnliche Situation gerätst. Wenn sie merken, daß Du innerlich brennst und sie doch nicht anfaßt, kannst Du sie zur Verzweiflung bringen.

Kurz und gut, die mitternächtliche Stunde kam und ging vorüber. Die Lichter wurden allmählich gelöscht, die Vorstellung war zu Ende. Ich zog ein Bündel Tausender aus der Tasche, bezahlte und gab dem Kellner ein reichliches Trinkgeld. Die Kleine hängte sich bei mir ein.

«Wie heißt du?» fragte sie mit schmachtendem Unterton.

«Großväterchen», antwortete ich tückisch.

Das Weibsstück kniff mich heftig in den Arm.

«Ach, hör damit auf», flüsterte sie leise.

Ich ergriff ihr Händchen und drückte es zärtlich.

«Komm, mein Kleines», sagte ich, aber meine Stimme war heiser.

Das übrige kannst Du Dir denken. Wir haben unser Geschäft geregelt. Dann schliefen wir ein. Als ich erwachte, mochte es Mittag sein. Ich blickte mich überall um. Was gab es nicht alles zu sehen! Ein kleines sauberes Zimmer mit Lehnstühlen, einem Waschtisch, Seife, Flaschen, Fläschchen, großen und kleinen Spiegeln. An den Wänden hingen bunte Kleider und eine Menge

Photographien – Matrosen, Offiziere, Kapitäne, Polizisten, Tänzerinnen, halbnackte Frauen. Und neben mir im Bett lag warm, duftend, mit verwühltem Haar das weibliche Geschlecht.

‹He, Sorbas›, flüsterte ich und schloß die Augen, ‹du kamst schon bei Lebzeiten ins Paradies. Hier ist es gut sein, hier bringen dich keine zehn Pferde weg.›

Wie ich Dir schon früher erklärte, hat jeder Mensch sein eigenes Paradies. Deins ist mit Büchern und großen Tintenflaschen vollgestopft. Für einen anderen besteht es aus Fässern voll Wein, Uso und Kognak. Einem dritten bedeuten ganze Berge von englischen Pfunden das Paradies. Mein Paradies ist jetzt ein kleines Zimmer mit bunten Röcken, Parfüms und wohlriechender Seife, ich liege in einem breiten Bett mit Sprungfedern und das weibliche Geschlecht mir zu Seite.

Eine gebeichtete Sünde ist keine Sünde. Ich habe den ganzen Tag im Zimmer gehockt. Wo sollte ich hingehen? Ich hatte nichts zu versäumen. Und hier fehlte es mir an nichts. Ich bestellte mir in der besten Garküche eine große Platte mit lauter kräftigen Leckerbissen: mit schwarzem Kaviar, Koteletts, Fischen, Zitronenmark, Backwerk. Dann setzten wir unser Spiel da fort, wo wir stehengeblieben waren, und pennten hinterher ein. Gegen Abend wachten wir wieder auf und zogen uns an. Arm in Arm gingen wir ins Lokal, wo allerlei los war.

Kurz und gut, Chef, ich möchte Dir nicht die Ohren vollschwatzen, an diesem Fahrplan hat sich noch nichts geändert. Aber hab keine Angst! Ich denke auch ans Geschäftliche. Ab und zu besuche ich die Läden und werfe einen Blick auf die Ware. Sei unbesorgt! Ich kaufe das Kabel und alles Nötige. Einen Tag früher oder einen Tag oder eine Woche später, was besagt das schon! Wenn's die Katze zu eilig hat, heißt es im Sprichwort, bringt sie blinde Kätzchen zur Welt. Also langsam voran. In Deinem eigensten Interesse möchte ich meine Augen und Ohren erst an die neue Umgebung gewöhnen und meinen Geist etwas ausruhen, damit man mich nicht betrügt.

Das Kabel muß erstklassig sein, sonst sind wir aufgeschmissen. Verliere also nicht die Geduld und habe Vertrauen zu mir! Im übrigen brauchst Du Dir keine Sorgen um mich zu machen. Die Abenteuer erhalten mich frisch: in wenigen Tagen bin ich zwanzig geworden. Ich fühle mich so kräftig, als wüchsen mir neue Zähne. Früher war ich manchmal kreuzlahm, jetzt laufe ich wie ein Wiesel herum. Jeden Morgen schaue ich in den Spiegel und wundere mich, daß meine Haare noch nicht schwarz wie Stiefelwichse geworden sind.

Aber Du wirst fragen, warum ich Dir das alles schreibe. Weil ich, das muß einmal heraus, in Dir meinen Beichtvater sehe, und ich schäme mich nicht, Dir alle meine Sünden zu beichten. Aber weißt Du auch warum? Weil ich glaube, daß es Dir völlig schnuppe ist, ob ich gut oder böse handle. Wie der liebe Gott hast auch Du einen großen Schwamm, und flips flaps! gut oder böse – Du löschst alles aus. Deshalb habe ich den Mut, Dir alles zu sagen. Hör also zu!

Es geht mit mir drüber und drunter, hoffentlich werde ich nicht verrückt. Beantworte bitte sofort diesen Brief! Bis ich Deine Antwort habe, sitze ich wie auf Kohlen. Ich glaube, ich stehe schon seit Jahren nicht mehr auf der Liste des Herrgotts. Ebensowenig auf der des Teufels. Ich bin nur in Deinem Register eingetragen und habe keinen außer Euer Hochwohlgeboren, an den ich mich wenden kann. Schenke mir also Dein Ohr! Gestern gab es ein Volksfest in einem Nachbardorf. Der Teufel hole mich, wenn ich wußte, welchem Heiligen zu Ehren. Lola – ich habe wahrhaftig vergessen, sie Dir vorzustellen, also Lola heißt sie – Lola sagte zu mir:

‹Großväterchen› (sie nennt mich wieder Großväterchen, aber nunmehr aus Zärtlichkeit), ‹Großväterchen, ich möchte zum Fest.›

‹Dann gehe nur, Großmütterchen›, antwortete ich, ‹geh nur in Gottes Namen!›

‹Du sollst aber mitkommen!›

‹Ich komme nicht mit, ich mache mir nichts aus den Heiligen. Geh nur allein!›

‹Dann gehe ich auch nicht.›

Ich traute meinen Ohren nicht.

‹Du gehst nicht? Warum? Hast du keine Lust?›

‹Ich gehe nur, wenn du mitkommst.›

‹Aber warum? Du bist doch ein freier Mensch.›

‹Nein, ich bin's nicht.›

‹Du willst nicht frei sein?›

‹Nein, ich will nicht.›

Das ist doch unglaublich, Chef! Zum Verrücktwerden!

‹Du willst nicht frei sein?› rief ich.

‹Nein, ich will nicht! Ich will nicht! Ich will nicht!›

Ich schreibe Dir aus Lolas Zimmer, auf Lolas Papier, paß um Gottes willen auf: Ich halte nur den für ein menschliches Wesen, der frei sein will. Die Frau will nicht frei sein. Ist also die Frau ein menschliches Wesen? Bitte, antworte mir sofort! Ich grüße Dich herzlich, mein lieber Chef

Ich, Alexis Sorbas.»

Als ich den Brief zu Ende gelesen hatte, war ich eine Weile im Zweifel. Ich wußte nicht, ob ich mich ärgern, lachen oder diesen einfachen Menschen bewundern sollte, der die Schale des Lebens – Logik, Moral und Anstand – zum Platzen bringt und bis zu seiner Substanz vorstößt. Alle die kleinen, so nützlichen Tugenden fehlen ihm. Ihm ist nur eine Tugend verblieben, eine unbequeme, schwierige, gefährliche Tugend, die ihn unwiderstehlich bis an die äußerste Grenze, bis an den Abgrund treibt.

Diesen ungebildeten Arbeiter, der, wenn er schreibt, im Überschwang seiner Ungeduld die Federn zerbricht, beherrschen, gleich den ersten Menschen, die von den Affen abstammen, oder gleich den großen Philosophen, die fundamentalen Probleme des Lebens, die er in seinem Innern als unmittelbare, dringende Notwendigkeiten erlebt. Er sieht die Dinge zum erstenmal wie ein Kind, ist immer erstaunt und fragt. Alles erscheint ihm als Wunder, und jeden Morgen, wenn er die Augen aufschlägt und die Bäume, das Meer, die Steine oder einen Vogel sieht, steht er mit offenem Munde da.

Ich erinnere mich, wie wir eines Tages ins Dorf gingen und einem alten Mann begegneten, der rittlings auf einem Maultier saß. Sorbas riß seine runden Augen auf und betrachtete aufmerksam das Maultier. Das Feuer und die Kraft seiner Augen waren so groß, daß der Bauer vor Entsetzen ein Kreuz schlug und ausrief:

«Bei der Liebe Gottes, Gevatter, wirf nicht den bösen Blick auf das Tier, es könnte krepieren!»

Ich fragte Sorbas:

«Warum schreit der Alte so? Hast du ihm was getan?»

«Ich? Was soll ich ihm tun? Ich habe sein Maultier betrachtet. Macht es gar keinen Eindruck auf dich?»

«Wieso?»

«Merkwürdig, daß es auf Erden Maultiere gibt.»

Ein anderes Mal lag ich am Strand und las. Sorbas kam und setzte sich mit gekreuzten Beinen mir gegenüber. Er legte sein Santuri auf die Knie und begann zu spielen. Allmählich änderten sich seine Gesichtszüge. Eine wilde Freude, eine ungewöhnliche Begeisterung malte sich in seinem Gesicht, er reckte den langen, faltigen Hals und fing zu singen an.

Mazedonische Weisen, Klephtenlieder, wilde Schreie – die menschliche Stimme schien in frühgeschichtliche Zeiten zurückzukehren, als der bloße Schrei noch alles miteinschloß, was wir heute Musik, Dichtung, Gedanken nennen. «Akh! Akh!» schrie Sorbas aus innerstem Leibe. Die dünne Kruste, die wir Zivilisation nennen, zerriß, und das unsterbliche Raubtier, der behaarte Gott, der schreckliche Gorilla, kam zum Vorschein.

Kohlenbergwerke, Verluste und Gewinne, die verschiedenen Bubulinas und Zukunftspläne verschwanden. Der Schrei riß alles sich nach, wir bedurften nichts mehr. Unbeweglich saßen wir beide am einsamen kretischen Gestade und hielten in unserer Brust alle Freuden und Leiden des Lebens fest. Es gab keine Freuden und Leiden mehr, die Sonne rückte weiter, der Große Bär tanzte um die unbewegliche Himmelsachse, der Mond stieg auf und beobachtete erstaunt zwei kleine Lebewesen, die singend am Strand saßen und sich vor niemandem fürchteten.

«Der Mensch ist ein wildes Tier», sagte Sorbas plötzlich aus dem Überschwang seines Singens heraus, «wirf die Schmöker fort, schämst du dich gar nicht? Der Mensch ist ein Raubtier und Raubtiere lesen nicht.»

Er schwieg einige Augenblicke, dann sagte er lachend:

«Kennst du die Geschichte, wie Gott den Menschen geschaffen hat? Weißt du, welches die ersten Worte waren, die dieses Raubtier von Mensch an Gott gerichtet hat?»

«Nein, woher soll ich das wissen? Ich war nicht dabei.»

«Aber ich!» rief er, und seine Augen leuchteten.

«Dann erzähle!»

Und Sorbas gab halb entrückt, halb spöttisch, sein Märchen von der Erschaffung des Menschen zum besten:

«Also höre! Eines Morgens erwacht Gott aus dem Schlaf und hat Katzenjammer. ‹Was für ein Teufel von Gott bin ich doch›, sagt er, ‹daß ich nicht einmal Menschen um mich habe, die mich beweihräuchern und bei meinem Namen schwören, um mir die Zeit zu vertreiben. Ich habe es satt, einsam wie ein alter Uhu mein Leben zu fristen. Pfui!›

Er spuckt in seine Hände, krempelt seine Ärmel auf und setzt sich die Brille auf die Nase. Dann nimmt er eine Handvoll Erde, spuckt hinein, macht einen Lehmkloß daraus, gibt ihm die Gestalt eines kleinen Menschen und legt ihn in die Sonne.

Nach sieben Tagen nimmt er ihn wieder weg. Er war gar. Der liebe Gott schaut ihn sich an und meint lachend:

‹Hol mich der Teufel, das ist ja ein Schwein, das auf den Hinterfüßen stehen kann. Ich wollte eigentlich ganz etwas anderes machen. Da habe ich mir was Schönes eingebrockt.›

Er packt den Menschen am Kragen und versetzt ihm einen Fußtritt. ‹Scher dich von dannen›, sagte er, ‹wenn es dir Spaß macht, so brauchst du just nur noch kleine Schweinekinder zu kriegen – die Erde ist dein. Ab durch die Mitte! Eins, zwei, drei, vorwärts marsch!› Aber es war gar kein Schwein, mein Bester, sondern trug einen weichen Hut, hatte die Jacke nachlässig über die Schulter hängen, eine Hose mit Bügelfalten und Schlappschuhe mit roten Rosetten. In seinem Gürtel steckte ein scharfgeschliffener Dolch – den hatte ihm sicher der Teufel geschenkt – mit der Inschrift: ‹Ich werde dir die Haut abziehen.›

Es war der Mensch. Der liebe Gott streckt ihm die Hand entgegen, damit er sie küßt, aber der Mensch streicht seinen Schnurrbart und sagt:

‹Platz da, Alter, und laß mich vorbei.›»

Sorbas hielt inne, ich krümmte mich vor Lachen. Er runzelte die Stirn:

«Das ist nicht zum Lachen, so war es.»

«Aber woher weißt du das?»

«Ich hab es im Gefühl und hätte an Adams Stelle genauso gehandelt. Ich wette meinen Kopf, Adam hätte gar nicht anders gekonnt. Glaub doch nicht an die dummen Schmöker, glaub lieber mir!»

Ohne eine Antwort abzuwarten, griff er wieder nach seinem Santuri...

Ich hielt noch immer den parfümierten Brief mit dem Herzen, das ein Pfeil durchbohrt hatte, in der Hand und ließ all die Tage, die wir gemeinsam verbracht hatten, mit ihrem Reichtum an menschlichem Gehalt an mir vorüberziehen. An Sorbas' Seite hatte die Zeit ein neues Gesicht für mich bekommen. Sie bestand nicht mehr aus einem mathematischen Ablauf von Ereignissen, noch aus einem unlösbaren philosophischen Problem. Sie wurde zu feinkörnigem, warmem Sand, der mir sanft durch die Finger rann.

«Gesegnet sei Sorbas», flüsterte ich, «er hat meinen abstrakten Begriffen, die vor Kälte in mir erstarben, einen liebenswerten und warmen Leib gegeben. Wenn er nicht da ist, friere ich wieder ein.» Ich nahm ein Blatt Papier, rief einen Arbeiter und schickte ein dringendes Telegramm nach Kandia:

«Kehre sofort zurück!»

XIV

Sonnabend, Spätnachmittag, erster März. Ich hatte mich an einen Felsen gelehnt, vor mir die weite Fläche des Meeres, und schrieb. Ich hatte heute die erste Schwalbe gesehen und war fröhlich. Die Austreibung Buddhas ergoß sich ungehindert auf das Papier, das Ringen mit ihm hatte sich gemäßigt, ich lebte nicht mehr unter Druck. Ich war der Befreiung gewiß.

Plötzlich war mir, als hörte ich Schritte. Ich blickte auf und sah unsere alte Sirene. Sie steuerte, geschmückt wie eine Fregatte, am Strand entlang und kam erhitzt und atemlos näher.

«Hat er geschrieben?» rief sie erregt.

«Er hat geschrieben», sagte ich lachend und erhob mich, sie zu empfangen. «Er läßt dich grüßen. Er denkt Tag und Nacht an dich. Er kann weder essen noch schlafen, wie er mir schreibt, weil er die Trennung von dir nicht mehr aushalten kann.»

«Ist das alles?» fragte die Unglückliche und erstickte fast.

Ich bedauerte sie, zog den Brief aus meiner Tasche und tat so, als ob ich las. Die alte Schachtel öffnete ihren zahnlosen Mund, blinzelte mit den kleinen Augen und hörte mit fliegendem Atem zu. Ich tat so, als ob ich selbst durcheinandergeraten war und die Schrift nur mühsam entziffern konnte: «Gestern besuchte ich eine Garküche, um dort Mittag zu essen. Ich hatte Hunger. Plötzlich kreuzt ein bildschönes Mädchen auf, eine wahre Göttin. Du liebe Güte! Wie sie meiner Bubulina ähnelte! Sofort flossen meine Augen wie Springbrunnen über, mein Hals war wie zugeschnürt, ich brachte nichts mehr herunter. Ich stand auf, zahlte und verließ das Lokal. Und ich, der sich so wenig um die Heiligen bekümmert, lief in die Minas-Kirche und weihte dem Heiligen eine Kerze. Lieber heiliger Minas, betete ich, laß mich von meinem geliebten Engel bald gute Nachrichten hören. Laß sich recht bald unsere Flügel wieder vereinen!»

«Hihihi!» kicherte Madame Hortense, und ihr Gesicht strahlte vor Freude.

«Warum lachst du, meine Liebe?» fragte ich und hielt inne, um Atem zu schöpfen und mir neue Schwindeleien auszudenken. «Warum lachst du? Für mich ist das alles zum Heulen.»

«Ja, wenn du wüßtest. wenn du wüßtest...» gluckste sie.

«Was denn?»

«Das mit den Flügeln... so nennt nämlich der freche Kerl die Beine. Natürlich wenn wir allein sind. Daß sich unsere Flügel wieder vereinen, sagt er... hihihihi!»

«Höre weiter, und du wirst staunen...»

Ich blätterte die Seite um und tat wieder so, als ob ich läse:

«Heute ging ich an einem Frisiersalon vorbei. Gerade goß der Barbier das Becken mit dem Seifenwasser auf die Straße. Die ganze Straße begann zu duften. Ich dachte wieder an meine Bubulina und weinte von neuem. Ich will nicht länger von ihr getrennt sein. Ich werde noch verrückt. Höre und staune! Ich mache sogar Verse. Vorgestern, als ich nicht einschlafen konnte, setzte ich mich hin und schrieb ein kleines Gedicht. Bitte, lies es ihr vor, damit sie sieht, was ich leide:

Böte sich ein Weg doch an uns beiden,
Breit genug für unsre vielen Leiden!
Würd mein Fleisch man von den Knochen trennen,
Würden meine Knochen zu dir rennen!»

Madame Hortense hörte aufmerksam und glücklich mit halbgeschlossenen Augen zu. Sie nahm sogar das gelbe Band vom Hals, weil es sie strangulierte, und gab den Falten die Freiheit zurück. Sie schwieg, sie lächelte. Ihr Geist segelte froh und selig in die Ferne und schien in unerreichbare Ozeane abzutreiben...

Ein Märztag wie heute. Junges Gras, gelbe, rote und blaue Blumen. Über der glasklaren Flut paaren sich singend Schwärme von weißen und schwarzen Schwänen. Die Weibchen weiß, die Männchen schwarz mit purpurroten, halboffenen Schnäbeln. Grünschillernde Muränen tauchen aus dem Wasser und mischen sich mit großen gelben Schlangen...

Madame Hortense ist wieder vierzehn Jahre alt und tanzt in Alexandria, Beirut, Smyrna, Konstantinopel auf orientalischen Teppichen und dann auf den blanken getäfelten Böden der Kriegsschiffe vor Kreta. Sie entsann sich nicht mehr so genau an die Einzelheiten. Alles verschmolz zu *einem* phantastischen Mischmasch. Sie hob die Brust, daß die Nähte krachten.

Und während sie sich noch im Tanze dreht, wimmelt plötzlich das Meer von Schiffen mit goldenem Bug, bunten Sonnendächern am Heck und seidenen Flaggen. Ganze Prozessionen entsteigen ihnen: vorweg die Paschas, mit steilen goldenen Quasten auf roten Fezen, dann alte begüterte Mekkafahrer mit reichen Opfergaben, von bartlosen Söhnen mit melancholischen Augen begleitet. Ihnen folgen Admirale mit schimmernden Dreispitzen und Matrosen mit blendendweißen Kragen und wehenden weiten Hosen. Junge Kreter schließen an, in bauschigen blauen Hosen und gelben Stiefeln, ein schwarzes Tuch um das Haar geschlungen. Zu guter Letzt Sorbas, hochgewachsen, mager wie ein verliebter Kater, einen dicken Verlobungsring am Finger, eine Myrtenkrone auf dem ergrauenden Kopf…

Alle Männer, die sie jemals in ihrem abenteuerlichen Leben kennengelernt hatte, entstiegen den Schiffen, nicht einer fehlte. Nicht einmal der alte zahnlose bucklige Bootsmann, der sie eines Tages den Bosporus entlang gefahren hatte, bis es Abend wurde und kein Mensch sie mehr sah… Sie alle verließen die Schiffe, und paarweise folgten ihnen die Muränen, Schlangen und Schwäne. Die Männer gingen an Land und fielen in Klumpen über sie her wie verliebte Schlangen im Frühjahr, die sich aufgeregt und zischend zu klebrigen Klumpen verknäueln. Und inmitten dieses Klumpens – ganz weiß, ganz nackt, in Schweiß gebadet, mit halbgeöffneten Lippen und kleinen spitzen Zähnen, unbeweglich und unersättlich, mit steilen Brüsten – keuchte Madame Hortense, vierzehn, zwanzig, dreißig, vierzig, sechzig Jahre alt.

Nichts war verlorengegangen, keiner ihrer Liebhaber gestorben. In ihrem verwelkten Busen erlebten alle eine Auferstehung und traten ins Gewehr. Madame Hortense aber glich einem Dreimaster, den alle ihre Liebhaber – und sie trieb ihr Gewerbe jetzt fünfundvierzig Jahre – zugleich enterten, im Deck, auf der Back, in den Wanten, während sie selbst – tausendmal durchlöchert, tausendmal verpicht – dem letzten, heißersehnten Hafen für immer entgegentrieb, der Heirat. Und Sorbas nahm tausend Gesichter an: türkische, westeuropäische, armenische, arabische, griechische – und indem sie ihn in die Arme schloß, umarmte Madame Hortense die gesamte verehrungswürdige und endlose Prozession…

Die alte Sirene merkte plötzlich, daß ich nicht weiterlas. Ihre Vision nahm ein jähes Ende, und sie hob ihre hängenden Lider. «Hat er sonst nichts zu bestellen?» murmelte sie wehmütig, indem sie sich die Lippen mit der Miene eines Feinschmeckers leckte.

«Hast du immer noch nicht genug, Madame Hortense? Siehst du denn nicht, daß im ganzen Brief nur die Rede von dir ist? Schau, acht Seiten lang. Und hier in der Ecke ist sogar ein Herz, Sorbas sagt, er habe es selbst gemalt. Ein Pfeil durchbohrt es, der Pfeil der Liebe. Und darunter küssen sich zwei Tauben, sieh doch! Auf ihre Flügel sind mit roter Tinte und kaum noch sichtbaren Buchstaben zwei verschlungene Namen gekritzelt: Hortense – Sorbas.»

Weder Tauben noch Buchstaben waren zu sehen. Aber Madame Hortenses Augen waren vom Weinen geschwollen und sahen alles, wonach sie sich sehnten.

«Nichts weiter, nichts weiter?» wiederholte sie unbefriedigt. Alles das war recht und gut – die Flügel, das Seifenwasser, die Täubchen –, doch es blieben schöne Worte. Der praktische Sinn der Frau verlangte nach etwas, das Hand und Fuß hatte. Wie oft in ihrem Leben hatte sie das leere Geschwätz anhören müssen. Was hatte sie davon? Nach so vielen Jahren harter Arbeit kam sie sich einsam und verlassen vor.

«Ist das alles?» murmelte sie vorwurfsvoll.

Sie blickte mich wie ein gehetztes Reh an. Ich hatte Mitleid mit ihr. «Es kommt noch etwas. Etwas sehr Wichtiges sogar,

Madame Hortense», sagte ich. «Deshalb habe ich es bis zuletzt aufgehoben.»

«Laß hören», sagte sie und atmete rascher.

«Er schreibt, er werde dir sofort nach seiner Rückkehr zu Füßen fallen und dich unter Tränen bitten, ihn zu heiraten. Er könne es nicht mehr aushalten. Er wolle dich zu seinem Frauchen machen, zu Madame Hortense Sorbas, um sich nie wieder von dir zu trennen...»

Jetzt konnten die säuerlichen kleinen Augen das Wasser nicht mehr halten und liefen über. Endlich war es soweit. Endlich war sie da, die große Freude, der windstille Hafen, die Sehnsucht eines ganzen Lebens. Zur Ruhe kommen, sich in ein ehrliches Bett legen – was wollte sie mehr!

Sie trocknete ihre Augen.

«Gut», sagte sie mit der Herablassung einer großen Dame, «ich nehme den Antrag an. Aber schreibe ihm bitte, daß es hier im Dorf keine Hochzeiterkrone gibt. Er soll sie aus Kandia mitbringen. Außerdem zwei große weiße Kerzen mit rosa Bändern und Konfekt mit Mandeln, vom besten. Und er soll mir ein weißes Brautkleid kaufen, seidene Strümpfe und seidene Schuhe. Bettücher haben wir genug, schreib ihm, er braucht keine mitzubringen. Auch ein Bett ist da.»

So regelte sie alles auf die einfachste Weise und machte zugleich ihren zukünftigen Gatten zum Dienstmann. Sie erhob sich. Sie hatte plötzlich die Miene einer verheirateten Frau angenommen.

«Ich möchte dir einen Vorschlag machen, mit dem es mir ernst ist», sagte sie und hielt vor Bewegung inne.

«Bitte, Madame Hortense! Ich stehe zu deiner Verfügung.»

«Sorbas und ich sind dir zugetan. Du hast eine offene Hand, du wirst uns keine Unehre machen. Willst du unser Trauzeuge sein?»

Ich bekam eine Gänsehaut. Bei meinen Eltern diente einmal eine Magd, die alte Diamando. Sie war über sechzig, eine richtige alte Jungfer, hysterisch und blöde, vor lauter Jungfräulichkeit halb eingeschrumpft, ohne Busen, mit einem kleinen

183

Schnurrbart. Sie verliebte sich in Mitsos, den Lehrling des benachbarten Krämers, einen schmutzigen, dicken, bartlosen
Bauernjungen.

«Wann heiratest du mich?» fragte sie ihn jeden Sonntag.
«Heirate mich! Wie kannst du's so lange aushalten? Ich kann's
nicht mehr!»

«Ich kann's auch nicht mehr», schmeichelte ihr der listige
Kommis, der sich die Kundschaft erhalten wollte. «Habe noch
ein bißchen Geduld, liebe Diamando, bis auch ich einen
Schnurrbart habe...»

Die Jahre vergingen, und die alte Diamando wartete geduldig. Ihre Nerven beruhigten sich, die Kopfschmerzen nahmen
ab, ihre bitteren Lippen, die keiner geküßt hatte, lächelten sogar. Sie wusch die Wäsche wieder sorgfältiger, zerbrach weniger Teller und ließ die Speisen nicht mehr anbrennen...

«Willst du unser Trauzeuge sein?» fragte sie mich heimlich
eines Abends.

«Gern!» antwortete ich, aber meine Kehle schnürte sich vor
Kummer zusammen.

Dieser Vorschlag hatte mir damals das Herz bedrückt.
Darum hatte es mich überlaufen, als Madame Hortense ihn
wiederholte.

«Gern», antwortete ich ihr, «es ist mir eine Ehre.»

«Nenne mich also von nun an Gevatterin, wenn wir unter
uns sind», sagte sie und lächelte stolz.

Sie legte die Locken zurecht, die unter dem Hütchen hervor-
quollen, und feuchtete mit der Zunge die Lippen an.

«Gute Nacht, Gevatter!» sagte sie. «Gute Nacht! Hoffentlich kommt er recht bald...»

Ich sah sie sich entfernen. Sie wiegte sich in den alten Hüften
und zierte sich wie ein junges Mädchen dabei. Die große
Freude gab ihr Flügel, und ihre ausgetretenen Schuhe hinterließen tiefe Spuren im Sand.

Sie war noch nicht weit, als sich plötzlich schrille Schreie und
Klagen vom Strand her vernehmen ließen. Ich erhob mich und
lief, um zu sehen, was los war. Frauen heulten auf, als sängen

sie Totenklagen. Ich stieg auf einen Stein und hielt Ausschau. Aus dem Dorf eilten Männer und Frauen im Laufschritt, hinter ihnen bellten die Hunde her, zwei, drei Reiter sprengten voran. Dichter Staub wirbelte auf.

‹Ein Unglücksfall›, dachte ich und ging mit schnellen Schritten weiter.

Der Lärm wurde lauter und deutlicher. Die Sonne war untergegangen, und zwei, drei rosige Frühlingswolken standen unbeweglich am Himmel.

Plötzlich stand Madame Hortense vor mir, atemlos, mit aufgelöstem Haar, einen Schuh in der Hand, den sie unterwegs verloren hatte.

«Ach Gott, ach Gott…» jammerte sie.

«Warum jammerst du denn?» fragte ich und half ihr den Schuh wieder anziehen.

«Ich hab solche Angst…. ich hab solche Angst.»

«Wovor?»

«Vor dem Tod.»

Sie hatte den Tod in der Luft gerochen und wußte vor Schrecken nicht mehr ein noch aus.

Ich packte ihren schwammigen Arm, um sie zu stützen, aber ihr alter Körper sträubte sich zitternd.

«Ich will nicht… ich will nicht…» rief sie.

Die Arme hatte Angst, sich einer Stätte zu nähern, die der Tod heimgesucht hatte. Er hätte sie ja sehen und sich ihrer erinnern können… Wie alle alten Leute mühte sich auch unsere unglückliche Sirene, sich grün zu verfärben, um im Gras nicht aufzufallen, oder Braun anzunehmen, um sich von der Erde nicht abzuheben – nur um dem Sensenmann nicht aufzufallen. Sie hatte den Kopf zwischen die dicken, gekrümmten Schultern geklemmt und zitterte wie Espenlaub.

Sie schleppte sich zu einem Ölbaum hin und breitete ihren geflickten Mantel aus.

«Deck mich zu, mein Freund», sagte sie, «deck mich zu und laß mich allein!»

«Frierst du?»

«Ich friere, deck mich zu!»

Ich deckte sie so behutsam wie möglich mit dem Mantel zu, so daß sie sich kaum noch vom Erdboden abhob, und entfernte mich. Immer deutlicher drangen die Totenklagen an mein Ohr. Mimithos eilte an mir vorüber.

«Was ist los, Mimithos?» rief ich.

«Er hat sich ertränkt! Er hat sich ertränkt!» antwortete er, ohne stehenzubleiben. «Er hat sich ertränkt!»

«Wer?»

«Pawlis, der Sohn des Mawrandonis.»

«Warum?»

«Die Witwe...»

Das Wort blieb in der Luft stehen. Aus der Dämmerung hob sich der biegsame und gefährliche Körper der Witwe.

Ich hatte die Klippen erreicht, wo sich das ganze Dorf versammelt hatte. Die Männer standen schweigend, barhäuptig herum, die Frauen hatten die Kopftücher auf die Schultern gleiten lassen und rauften sich jammernd und kreischend das Haar. Ein bläulicher, aufgetriebener Körper lag auf den Kieseln. Der alte Mawrandonis stand starren Blicks und unbeweglich davor. Mit der Rechten stützte er sich auf seinen Stock und bückte sich über den Toten, mit der Linken hatte er seinen grauen, gekräuselten Vollbart gepackt.

«Sei verflucht, Witwe!» rief plötzlich eine grelle Stimme. «Gott lasse dich dafür büßen!»

Eine Frau sprang vom Boden auf und schrie den Männern zu: «Findet sich denn kein Mann im Dorf, um sie auf seinen Knien wie einen Hammel zu schlachten? Pfui, diese Feiglinge!»

Und sie spuckte nach den Männern, die sie schweigend anblickten.

Kondomanoljos, der Kaffeehausbesitzer, suchte die Männer in Schutz zu nehmen:

«Mach uns nicht zum Gespött, Katerina! Es gibt noch Männer alten Schlages bei uns, das wirst du bald merken.»

Ich konnte nicht mehr an mich halten:

«Schämt euch, meine Freunde! Was kann die Frau dafür? Das war vorbestimmt! Habt ihr denn keine Ehrfurcht vor Gott?»

Aber keiner antwortete.

Der riesige und kräftige Manolakas, der Vetter des Ertrunkenen, bückte sich, nahm den Leichnam auf seine Arme und schlug den Weg nach dem Dorf ein. Die Frauen jammerten und rauften sich das Haar. Als sie sahen, daß man den Leichnam fortschaffen wollte, stürzten sie sich über ihn und klammerten sich an ihn. Aber der alte Mawrandonis schwenkte seinen Stock, trieb sie zurück und stellte sich an die Spitze des Zuges. Ihm folgten die Frauen mit ihren Klageliedern, dahinter kamen schweigend die Männer.

Der Zug verschwand in der Dämmerung. Leise und friedvoll atmete wieder das Meer. Ich blickte um mich. Ich war allein.

«Ich kehre um», sagte ich, «der Tag hat, Gott sei Dank, Kummer genug gebracht.»

Ich schlug, in Gedanken versunken, den Feldweg ein. Ich bewunderte diese Menschen. Sie waren so innig, so warm mit den menschlichen Leiden verbunden: Madame Hortense, Sorbas, die Witwe und der blasse Pawlis, der sich mutig ins Meer gestürzt hatte, seinen Liebeskummer zu löschen. Aber auch die Katerina, die dazu aufrief, die Witwe wie einen Hammel zu schlachten, und Mawrandonis, der es über sich brachte, an der Leiche seines Sohnes keine Träne zu vergießen und kein Wort zu sprechen. Nur ich war ein Schwächling und tat vernünftig, mein Blut blieb kalt. Ich konnte weder leidenschaftlich lieben noch hassen. Indem ich mich feige auf das ‹Schicksal› berief, wollte ich im Grunde alles verharmlosen.

Im abendlichen Zwielicht erblickte ich den Onkel Anagnostis auf einem Stein vor mir. Er hatte das Kinn auf seinen langen Stock gestützt und schaute aufs Meer hinaus.

Ich rief ihn, doch er hörte nicht. Als ich näher kam, erkannte er mich und schüttelte den Kopf.

«Was für ein Jammertal ist die Welt!» murmelte er.

«Schade um den jungen Menschen! Aber der Unglückliche konnte seinen Kummer nicht mehr ertragen, er stürzte sich ins Meer und ertrank. Und so ist er geborgen.»

«Geborgen?»

«Ja, geborgen, mein Sohn, er ist geborgen. Was hätte er mit seinem Leben noch anfangen können? Hätte er die Witwe geheiratet, so hätte es sehr bald Streit gegeben, und vielleicht hätte sie ihn auch betrogen. Sie ist wie eine Stute, die Schamlose. Sobald sie einen Mann sichtet, beginnt sie zu wiehern. Und hätte er sie nicht geheiratet, wäre er sein Leben lang unglücklich geworden, denn er hätte gemeint, er habe Gott weiß was verloren. Er konnte weder vor noch zurück.»

«So darfst du nicht reden, Onkel Anagnostis. Wenn dich jemand hört…»

«Keine Angst! Wer soll mich hören? Und wenn er mich hört, wer wird ihm glauben? Schau! Hat es je einen glücklicheren Menschen als mich gegeben? Ich hatte Felder, Weinberge, Olivenhaine und ein zweistöckiges Haus, ich war ein wohlhabender und angesehener Mann im Dorf. Meine Frau war gut und gehorsam, sie schenkte mir nur Knaben. Niemals getraute sie sich, mir ins Gesicht zu schauen, und meine Kinder haben es alle zu etwas gebracht. Ich brauche mich nicht zu beklagen. Auch an Enkeln fehlt es mir nicht. Was soll ich mir noch wünschen? Ich habe tief Wurzel geschlagen. Und doch – wenn ich noch einmal zur Welt kommen sollte, würde ich mir einen Stein um den Hals binden und mich wie Pawlis ins Meer stürzen. Das Leben ist hart, verdammt hart, selbst das glücklichste Leben – ich fluche ihm!»

«Aber was fehlt dir denn, Onkel Anagnostis? Über was beklagst du dich eigentlich?»

«Ich sage dir doch: es fehlt mir nichts! Aber was verstehst du schon, wie es im Herzen des Menschen aussieht.»

Er schwieg und blickte wieder auf das Meer hinaus, über das sich langsam der Schleier der Nacht ausbreitete.

«Du hast gut getan, Pawlis», sagte er und hob seinen Stock in die Höhe. «Laß die Weiber kreischen. Es sind eben Weiber, ohne Gehirn. Du bist geborgen. Das weiß dein Vater, und deshalb war er stumm wie ein Fisch.»

Er warf einen Blick gen Himmel und auf die Berge, deren Umrisse sich schon verwischten.

«Es wird Nacht», sagte er, «ich gehe.»

Er hielt plötzlich inne, als ob er seine Worte bereute. Als habe er ein großes Geheimnis preisgegeben und wolle es wieder zurücknehmen. Er legte seine magere Hand auf meine Schulter und sagte lächelnd: «Du bist noch jung, höre nicht auf die Alten. Wenn die Menschen die alten Leute ernst nähmen, wäre die Welt bald verödet. Wenn dir eine Witwe begegnet, geh ihr nicht aus dem Wege! Heirate, zeuge Kinder, sei kein Feigling! Die Widerwärtigkeiten sind für die jungen Burschen geschaffen.»

Ich kehrte an meinen Strand zurück, machte Feuer und kochte meinen Abendtee. Ich war müde und hungrig. Ich aß ausgiebig und überließ mich dabei ganz einem tierhaften Glück.

Plötzlich steckte Mimithos sein schmales Köpfchen durch das Fenster. Er sah mich am Feuer kauern und essen und lächelte listig.

«Was willst du, Mimithos?»

«Chef, ich bringe dir einen Gruß von der Witwe: ein Körbchen Orangen. Die letzten, sagt sie, aus ihrem Garten.»

«Von der Witwe?» sagte ich bestürzt. «Und warum schickt sie sie mir?»

«Für deine guten Worte heute abend zu den Bauern.»

«Welche guten Worte?»

«Weiß ich's? Ich wiederhole nur, was sie gesagt hat.»

Er leerte den Korb mit den Orangen auf mein Bett, die ganze Baracke begann zu duften.

«Sage ihr, ich danke ihr für das Geschenk, und sie soll vorsichtig sein. Sie soll sich nicht im Dorf sehen lassen, hörst du? Sie soll eine Weile zu Hause bleiben, bis das Unglück vergessen ist. Hast du verstanden, Mimithos?»

«Ist das alles, Herr?»

«Ja, das ist alles. Geh!»

Mimithos kniff ein Auge zu: «Ist das wirklich alles?»

«Troll dich!»

Er ging. Ich schälte eine saftige, honigsüße Orange, legte mich hin und schlief ein... Ich wandelte unter Palmen und Orangen, ein warmer Wind wehte, meine nackte Brust dehnte sich weit, und hinter meinem Ohr steckte ein Stengel Basilienkraut. Ich war ein Bauernjunge von zwanzig Jahren und ging im Garten auf und ab, pfiff und wartete... Auf wen ich wartete, weiß ich nicht. Aber mein Herz lief vor Freude über. Ich drehte meinen Schnurrbart und hörte die ganze Nacht das Meer hinter den Orangen seufzen, wie eine Frau.

XV

Ein heftiger, heißer Südwind wehte heute vom Meer herüber, er kam aus den afrikanischen Wüsten. Wolken von feinem Sand wirbelten in der Luft, er drang in die Kehle und in die Lungen ein. Die Zähne knirschten, die Augen brannten. Man mußte Türen und Fenster schließen, wollte man ein Stück Brot essen, das nicht mit Sand überzogen war.

Es war schwül. Auch mich hatte in diesen beklemmenden Tagen, in denen alle Säfte stiegen, das Frühlingsfieber ergriffen.

Eine Schwere in den Gliedern, eine Unruhe in der Brust, ein Kribbeln am ganzen Körper, eine Sehnsucht – oder war es eine Erinnerung? – nach einem einfachen großen Glück.

Ich schlug den steinigen Bergpfad ein. Ich hatte plötzlich die Anwandlung, die kleine minoische Stadt aufzusuchen, die aus drei- oder viertausendjährigem Schlaf wieder ausgegraben war und sich von neuem von der geliebten kretischen Sonne bescheinen ließ. Ich hoffte, wenn ich drei, vier Stunden unterwegs war, diese Frühjahrsmattigkeit loszuwerden.

Graue Steine, eine strahlende Nacktheit, die Berge herb und kahl so wie ich sie liebe. Eine Eule hockte, vom grellen Licht geblendet, mit den gelben, kreisrunden Augen, auf einem Stein, ebenso ernst und graziös wie geheimnisvoll. Ich dämpfte meine Schritte, um sie nicht aufzuscheuchen. Aber sie war ganz Ohr: sie erschrak, flog lautlos zwischen die Felsen und verschwand. Die Luft roch nach Thymian, am Ginster öffneten sich die ersten zarten gelben Blüten zwischen den Stacheln.

Als ich in der kleinen Ruinenstadt ankam, fühlte ich mich wie in einer anderen Welt. Es war gegen Mittag, das Licht fiel senkrecht vom Himmel und überschwemmte die Ruinen. In den alten zerstörten Städten ist diese Stunde gefährlich. Die Luft ist erfüllt von Stimmen und Geistern. Wenn ein Zweig knackt, eine Eidechse raschelt, eine Wolke vorüberzieht und einen Schatten wirft, sitzt einem die Panik im Nacken. Jeder Zoll Erde, den man betritt, ist ein Grab, und die Toten rufen.

Allmählich gewöhnte sich das Auge an das gleißende Licht, erkannte in diesem Gewirr von Steinen das Werk der menschlichen Hand: zwei breite Straßen, die mit schimmernden Platten gepflastert sind. Zur Rechten und Linken enge, krumme Gassen. In der Mitte ein runder Platz, die Agora, und gleich daneben, in betonter Verbundenheit mit dem Volk, der königliche Palast mit der doppelten Säulenreihe, den breiten Steintreppen und den vielen Nebengebäuden.

Und im Herzen der Stadt, dort, wo die Steinfliesen von den Füßen der Menschen am meisten abgetreten sind, erhob sich wohl einmal das Heiligtum. Das Bild der Großen Göttin stand in ihm, mit den üppig vorquellenden Brüsten und den schlangenumwundenen Armen.

Und überall winzige Läden und Werkstätten – Ölpressen, Kupferschmieden, Schreinereien, Töpferwerkstätten; ein kunstvoller, gut geschützter, rationell bewirtschafteter Ameisenbau, den die Ameisen schon seit Tausenden von Jahren verlassen hatten. In einer Werkstatt hatte ein Künstler eine Amphora in einen geäderten Stein zu meißeln begonnen, ein wunderbares Kunstwerk. Aber er hatte nicht Zeit gehabt, es zu vollenden. Der Meißel entfiel seiner Hand und wurde nach Tausenden von Jahren neben dem unvollendeten Werk wiedergefunden.

Die ewigen, überflüssigen, törichten Fragen nach dem ‹Warum› und ‹Wozu› meldeten sich wieder, einem das Herz zu vergiften. Der Anblick dieser unvollendeten Amphora, an der sich die Begeisterung des Künstlers erschöpfte, während er freudig und sicher den Meißel führte, durchtränkte einen mit bitterer Wehmut.

Plötzlich erhob sich ein bronzebrauner Hirtenjunge von einem Stein neben den Trümmern des alten Palastes. Seine Knie waren schwarz, und ein gefranstes Taschentuch schlang sich um seinen Krauskopf.

«He, Gevatter!» rief er mir zu.

Ich wollte allein bleiben. Ich tat, als hörte ich nicht. Aber der kleine Hirt brach in spöttisches Lachen aus.

«He, spiel nicht den Schwerhörigen! Hast du eine Zigarette? Ich komme vor Langeweile in dieser Wüste hier um.»

Er legte in die letzten Worte einen so leidenschaftlichen Ausdruck, daß er mir leid tat

Leider hatte ich keine Zigarette. Ich wollte ihm Geld geben, doch er wies es ärgerlich zurück.

«Zum Teufel mit dem Geld! Was soll ich damit anfangen? Ich langweile mich. Gib mir eine Zigarette!»

«Aber ich hab doch keine», sagte ich in meiner Verzweiflung, «ich hab doch keine.»

«Du hast keine?» schrie er außer sich und pochte mit seinem Hirtenstab auf die Steine. «Du hast keine? Was hast du denn in deinen angeschwollenen Taschen?»

«Ein Buch, ein Taschentuch, Papier, einen Bleistift und ein Taschenmesser», antwortete ich und zog jeden Gegenstand einzeln aus der Tasche. «Soll ich dir das Messer schenken?»

«Ich habe schon eins, ich habe alles: Brot, Käse, Oliven, ein Messer, einen Bratspieß, Leder für meine Stiefel, eine Korbflasche mit Wasser, alles, alles! Nur Zigaretten habe ich nicht, und das ist soviel, als hätte ich nichts! Und was suchst du hier in den Ruinen?»

«Ich sehe mir die Altertümer an.»

«Und was hast du davon?»

«Nichts.»

«Ich auch nicht. Die sind tot, wir leben. Zieh weiter! Behüt dich Gott!»

Er kam mir wie das Ortsgespenst vor, das mich fortjagte.

«Ich gehe schon», sagte ich gehorsam.

Ich kehrte auf meinen Pfad zurück. Als ich mich noch einmal umwandte, sah ich den Hirtenknaben immer noch auf seinem Steine stehen. Seine krausen Haare quollen unter dem schwarzen Kopftuch hervor und flatterten lustig im heftigen Südwind. Vom Kopf bis zu den Füßen war er lichtüberströmt. Er sah wie das eherne Standbild eines Epheben aus. Er hatte inzwischen seinen Hirtenstab quer über die Schultern gelegt und pfiff.

Ich wechselte meinen Weg und stieg zur Küste hinab. Ab und zu zogen warme Düfte aus den benachbarten Gärten über mich hin. Es roch nach Erde, das Meer lächelte, der Himmel war blau und glänzte wie Stahl.

Im Winter schrumpfen Körper und Seele, aber dann kommt die Wärme, und die Brust beginnt sich zu dehnen. Im Weitergehen vernahm ich plötzlich ein heiseres Krächzen in den Lüften. Ich hob den Kopf und sah das herrliche Schauspiel, das mich seit meiner Kindheit stets aus der Fassung brachte: die Kraniche kehrten wie ein Heer in Schlachtordnung aus wärmeren Ländern zurück und brachten, wie die Legende wissen will, auf ihren Flügeln und in den tiefen Höhlungen ihres knochigen Körpers die Schwalben mit.

Der unausbleibliche Umlauf des Jahres, das rollende Rad der Welt, die vier Gesichter der Erde, die eins um das andere von der Sonne beschienen werden, das Leben, das dahinschwindet und wir mit ihm – das alles fiel mir von neuem wie ein Alp auf die Brust. Mit der Stimme der Kraniche hallte in mir die traurige Botschaft wider, daß alle Menschen nur einmal leben, unwiederholbar, und daß man alles, was man genießen kann, nur auf Erden genießt. Es bietet sich uns bis in alle Ewigkeit keine andere Gelegenheit.

Ein Geist, der diese unbarmherzige – und doch so barmherzige – Warnung vernimmt, wird sich entschließen, sein Elend und seine Schwächen, seine Trägheit und seine eitlen Hoffnungen zu überwinden, er wird sich fest an jede Sekunde klammern, die für immer entflieht.

Große Vorbilder tauchen in deinem Gedächtnis auf. Deutlich siehst du, du bist nur ein Nichts und erschöpfst dein Leben in kleinen Freuden und kleinen Leiden, in überflüssigen Gesprächen. Du rufst: ‹Es ist eine Schande!› und beißt auf deine Lippen, daß sie bluten...

Die Kraniche waren hinter den Wolken im Norden verschwunden, mir aber war, als hörte ich immer noch ihr heiseres Krächzen, als flatterten sie unablässig um meine Schläfe.

Ich erreichte den Strand und eilte dicht am Rande der See entlang. Es ist beängstigend, am Meeresufer allein zu wandern. Jede Woge, jeder Vogel am Himmel ruft dich und mahnt dich an deine Pflicht. Wenn du in Begleitung bist, lachst du und plauderst und kannst darüber nicht hören, was Wogen und Vögel dir sagen. Vielleicht sagen sie auch nichts. Sie sehen dich nur vorübergehen in einer Wolke von leerem Geschwätz und verstummen.

Ich streckte mich auf den Kieseln aus und schloß die Augen. ‹Was ist das nur mit der Seele›, dachte ich, ‹und welche geheime Entsprechung besteht zwischen ihr und dem Meer, den Wolken und Düften! Als wäre auch sie ein Stück Meer, Wolke, Duft...›

Ich erhob mich und ging weiter, als hätte ich einen Entschluß gefaßt. Aber welchen? Ich wußte es nicht.

Plötzlich hörte ich jemanden hinter mir rufen:

«Wohin, mit Gottes Segen, Herr? Zum Kloster?»

Ich wandte mich um. Ein kräftiger, untersetzter Greis, ohne Stock, das schwarze Kopftuch um das weiße Haar, winkte mir lächelnd zu. Seine alte Frau folgte ihm auf dem Fuße und dahinter die bräunliche, scheu dreinblickende Tochter, ein weißes Tuch um den Kopf.

«Ins Kloster?» fragte der Greis nochmals.

Sogleich wurde mir bewußt, daß ich bereits auf dem Weg dahin war. Ich hatte schon seit Monaten dieses kleine Nonnenkloster am Meer besuchen wollen, mich aber dazu nie aufraffen können. Und jetzt hatte mir mein Körper auf einmal die Entscheidung abgenommen.

«Ja, zum Kloster», antwortete ich, «ich möchte die Hymnen auf die Panajia hören.»

«Sie sei dir gnädig!»

Er beschleunigte seine Schritte und holte mich ein.

«Bist du die sogenannte Bergwerksgesellschaft?»

«Ja.»

«Die Panajia lasse dich gut verdienen! Du tust viel für die Gegend, du verschaffst armen Familienvätern Brot. Gott segne dich!»

Und sogleich fügte der boshafte Greis, der wahrscheinlich wußte, daß wir schlechte Geschäfte machten, einige tröstende Worte hinzu:

«Und wenn du auch gar nichts dabei verdienst, mein Sohn, mache dir nichts daraus! Du wirst uns trotzdem nicht ohne Gewinn verlassen, deine Seele wird schnurstracks ins Paradies eingehen.»

«Das wünsche ich mir gerade, Großväterchen!»

«Ich habe nicht viel in der Schule gelernt. Aber ich habe in der Kirche ein Wort Christi gehört. Es hat sich mir ins Gedächtnis geprägt, ich vergesse es nie: ‹Verkaufe alles, was du hast, und kaufe die Große Perle.› Und was ist die Große Perle? Die Rettung der Seele, mein Sohn. Du bist auf dem besten Weg zur Großen Perle.»

Die Große Perle! Wie oft schimmerte sie vor meinem Geist, mitten in der Finsternis, gleich einer großen Träne.

Wir gingen weiter, wir zwei Männer voran, die Frauen mit gefalteten Händen hinterher. Ab und zu wechselten wir ein paar Worte: Wird die Ölbaumblüte halten, was sie verspricht?

Wird es genug regnen, daß die Gerste wächst? Anscheinend hatten wir beide Hunger, denn die Rede kam auf das Essen, und das Thema war unerschöpflich.

«Und was ißt du am liebsten, Großväterchen?»

«Alles, alles, mein Sohn. Es ist eine große Sünde zu behaupten: diese Speise ist gut und jene schlecht.»

«Weshalb? Dürfen wir nicht wählen?»

«Nein, wir dürfen nicht.»

«Warum?»

«Weil es Menschen gibt, die hungern.»

Ich schwieg beschämt. Nie hatte sich mein Herz zu soviel Edelmut und Mitleid zu erheben vermocht.

Das Glöcklein des Klosters läutete, fröhlich und munter wie das Lachen einer Frau.

Der Alte bekreuzigte sich.

«Möge die Hochheilige, die sie ermordet haben, uns beschützen», murmelte er. «Man hat ihr zur Zeit der Korsaren die Kehle durchgeschnitten, und nun fließt das Blut…»

Und der Alte verbreitete sich über die Leiden der Heiligen Jungfrau, als handele es sich um eine wirkliche Frau, eine Flüchtlingsfrau, die die Ungläubigen verfolgt und erdolcht hatten und die weinend mit ihrem Kinde aus dem Morgenland gekommen war.

«Einmal im Jahr fließt wirklich warmes Blut aus ihrer Wunde», fuhr der Alte fort. «Ich erinnere mich noch, wie die ganze Umgegend an ihrem Feiertag – ich hatte damals noch keinen Bart – zusammengeströmt war, sich vor ihrem Gnadenbild niederzuwerfen. Es war der fünfzehnte August. Wir legten uns schlafen, die Männer im Hof, die Frauen im Kloster. Da höre ich im Schlaf die Panajia rufen. Rasch stehe ich auf, laufe zu ihrer Ikone, berühre mit der Hand ihren Hals, und was sehe ich? Meine Finger waren voll Blut…»

Er bekreuzigte sich und wandte sich zu den Frauen um:

«Mut, ihr Weiber! Wir sind gleich da.»

Er fuhr flüsternd fort:

«Ich war noch ledig. Ich warf mich der Länge nach auf den

Bauch, bezeugte der Panajia meine Verehrung und faßte den Entschluß, diese Welt des Truges zu verlassen und Mönch zu werden...»

Er hielt lachend inne.

«Warum lachst du, Großväterchen?»

«Soll ich da nicht lachen, mein Sohn? Am gleichen Tage Mariä Himmelfahrt verkleidete sich der Teufel in eine Frau und blieb vor mir stehen. In die da!»

Und er zeigte, ohne sich umzudrehen, mit dem Daumen auf die alte Frau, die uns schweigend folgte.

«Urteile nicht danach, wie sie heute aussieht», sagte er, «man sträubt sich, sie zu berühren. Damals war sie noch niedlich und knusprig, ein richtiges Häschen. Man nannte sie die ‹Schöne mit den langen Augenbrauen.› Und jetzt? Wo sind ihre Brauen? Der Teufel hat sie ihr ausgerupft.»

In diesem Moment knurrte die Alte hinter uns, wie ein bissiger Hund an der Kette, aber sonst blieb sie stumm.

«Da ist das Kloster!» rief der Alte und streckte seine Hand aus. Am Ufer tauchte, zwischen zwei Felsen gekeilt, das schneeweiße Kloster auf. In der Mitte erhob sich die kleine, runde Kuppel der Kirche, die frischgekalkt und einem weiblichen Busen nicht unähnlich war. Um die Kirche herum lagen fünf, sechs Zellen mit blaugestrichenen Türen, und im Hof standen drei große, schlanke Zypressen. Längs der Einfriedung blühten ein paar dicke wilde Feigenbäume.

Wir schritten aus. Melodische Choräle erklangen aus dem offe nen Fensterchen des Altarraumes, die salzige Luft durchtränkte sich mit Weihrauch. Das Tor mit dem schönen Rundbogen stand sperrangelweit offen, das Schachbrett der weißen und schwarzen Kieselsteine im Hof glänzte vor Sauberkeit. Rechts und links an den Wänden reihten sich zahlreiche Blumentöpfe mit Pfefferminze, Majoran und Basilikum.

Eine göttliche Ruhe und Anmut! Die untergehende Sonne färbte die weißgetünchten Wände rot.

Die Luft in der kleinen Kirche war warm, im Halbdunkel der Kerzen roch es nach Wachs. Männer und Frauen bewegten

sich hinter Weihrauchschleiern, und fünf, sechs Nonnen, ein-
gemummt in ihre schwarzen Gewänder, sangen mit süßer, feiner Stimme einen Choral. Unablässig fielen sie auf die Knie,
und ihre Gewänder rauschten wie Flügel dabei. Ich hatte seit
vielen Jahren nicht mehr die Hymnen der Panajia gehört. Im
Sturm der ersten Jugend ging ich voller Verachtung und Ge-
reiztheit an den Kirchen vorbei. Mit der Zeit benahm ich mich
ruhiger. Ab und zu an den großen Feiertagen, zu Weihnachten
und zu Ostern, ging ich in die Kirche und nahm auch an den
Vigilien teil. Und ich freute mich, daß das Kind wieder in mir
erwachte. Die Wilden glauben, wenn ein Musikinstrument
nicht mehr religiösen Aufgaben dient, weiche die göttliche
Kraft aus ihm und es gebe keinen harmonischen Klang mehr
von sich. Genauso hatte die Religion in mir an Bedeutung verloren – sie war für mich nur noch sinnenhafter Genuß.

Ich stellte mich in eine Ecke, lehnte mich an einen Chorstuhl,
den die Hände der Gläubigen wie Elfenbein geglättet hatten,
und hörte aus den Tiefen der Zeit die byzantinischen Hymnen
aufsteigen: ‹Sei gegrüßt, dem menschlichen Denken nicht zu
erklimmende Höhe, sei gegrüßt, selbst den Augen der Engel
undurchblickbare Tiefe, gegrüßt, unvermählte Braut!›

Und die Nonnen fielen nieder, berührten mit der Stirn den
Boden, und ihre Gewänder rauschten wieder wie Flügel.

Wie Engel mit Weihrauchschwingen, die, in den Händen ge-
schlossene Lilien, die Schönheit Marias priesen, zogen die Minuten vorüber. Die Sonne neigte sich, die Dämmerung senkte
sich wie ein blasser Flaum herab. Ich erinnere mich nicht mehr,
wie es kam, daß wir uns plötzlich draußen im Hof befanden.
Ich war unter der größten der drei Zypressen zurückgeblieben,
nur noch die greise Äbtissin und zwei junge Nonnen waren
zugegen. Eine Novizin reichte mir auf einem Löffel die übliche
süße Erfrischung, und das friedliche Gespräch nahm seinen
Anfang.

Wir unterhielten uns über die Wunder der Panajia, über die
Braunkohle, über die Hennen, die im Frühling ihre Eier zu legen beginnen, über die epileptische Schwester Eudoxia. Sie

fällt auf die Steinfliesen der Kirche und zappelt wie ein Fisch. Ihr Mund schäumt, sie lästert Gott und die Welt und zerreißt ihre Kleider...

«Sie ist fünfunddreißig Jahre alt», fuhr die Äbtissin seufzend fort, «ein heikles Alter mit seinen schwierigen Stunden. Die Gnadenreiche wird ihr helfen und sie genesen lassen. In zehn bis fünfzehn Jahren wird sie wieder gesund sein...»

«In zehn bis fünfzehn Jahren...» sagte ich entsetzt.

«Was bedeuten zehn, fünfzehn Jahre», unterbrach mich die Äbtissin streng. «Denke an die Ewigkeit!»

Ich antwortete nicht. Ich wußte, jeder Augenblick, der vergeht, ist Ewigkeit. Ich küßte der Äbtissin die weiße, gepolsterte Hand, die nach Weihrauch roch, und entfernte mich.

Inzwischen war es Nacht geworden. Ein paar Raben flogen eilig zu ihren Nestern heim. Aus den hohlen Bäumen lösten sich die Eulen, um nach Nahrung zu suchen, und aus der Erde krochen die Schnecken, Raupen, Würmer und Mäuse, um von den Eulen verspeist zu werden.

Die mystische Schlange, die sich in ihren Schwanz beißt, schloß mich in ihren Ring: Die Erde gebiert und verschlingt ihre Kinder, sie gebiert neue und verschlingt sie wieder, ein vollendeter Kreis.

Ich blickte um mich. Es war stockfinster und totenstill. Die letzten Bauern hatten die Äcker verlassen, niemand sah nach mir hin. Ich zog Schuhe und Strümpfe aus, tauchte die Füße ins Meer und wühlte mich in den Sand. Ich fühlte in mir den Drang, mit nacktem Körper die Steine, das Wasser, die Luft zu berühren. Die ‹Ewigkeit› der Äbtissin hatte mich erbittert. Es war mir, als fiele sie über mich wie ein Lasso, mit dem man die wilden Pferde einfängt. Ich sprang empor, um zu fliehen. Und ich fühlte in meinem Innersten die Notwendigkeit, ohne Kleider, Brust gegen Brust, Erde und Meer zu berühren und mich zu überzeugen, daß diese geliebten ephemeren Dinge noch vorhanden waren.

‹Du existierst, du allein›, rief eine Stimme in mir, ‹o Stein-Erde-Wasser-Luft. Und ich, o Erde, bin dein letztgeborener

Sohn, ich trinke an deiner Brust und lasse sie nicht. Du läßt mich nur einen Augenblick leben, aber der Augenblick wird zur Brust, und ich trinke.› Es war mir, als liefe ich Gefahr, in den Abgrund dieser menschenverschlingenden ‹Ewigkeit› hinabzustürzen. Ich erinnerte mich noch daran, mit welcher Leidenschaft ich mich früher – wann? noch im vergangenen Jahr – an diese Worte gehängt hatte, um mich mit geschlossenen Augen, geöffneten Armen in diesen Abgrund zu stürzen.

Als ich noch die erste Klasse der Volksschule besuchte, lasen wir im zweiten Teil der Fibel ein Märchen: Ein kleines Kind war in einen Brunnen gefallen. Auf seinem Grund fand es eine herrliche Stadt, mit blühenden Gärten, Honig, Milchreis, Spielsachen... ich buchstabierte jedes einzelne Wort, und jede Silbe versenkte mich immer tiefer in das Märchen. Eines Mittags kam ich aus der Schule und lief schnell nach Hause in unseren Hof zum Brunnen unter der Weinlaube und sah mir in kindlicher Aufregung den schwarzglänzenden Wasserspiegel an. Und es schien mir, als sähe ich die herrliche Stadt, die Häuser und Straßen und Kinder, und eine Weinlaube voll reifer Trauben. Ich konnte mich nicht mehr halten. Ich beugte meinen Kopf hinab, breitete die Arme aus und stieß schon mit den Füßen gegen den Boden, um mit einem Satz mich fallen zu lassen. In diesem Augenblick sah mich meine Mutter. Schreiend lief sie herbei und konnte mich gerade noch fassen...

Als kleines Kind lief ich Gefahr, in den Brunnen zu fallen, als Erwachsener lief ich Gefahr, in das Wort ‹Ewigkeit› zu stürzen, und noch in andere solcher Wörter wie ‹Hoffnung›, ‹Liebe›, ‹Vaterland›, ‹Gott›. Jedes Jahr schien es mir, als sei ich einer Gefahr entronnen und einen Schritt vorwärtsgekommen. Aber das war nicht der Fall. Ich vertauschte nur das eine Wort mit einem anderen und nannte das Erlösung. Und jetzt, seit zwei Jahren, habe ich mich an das Wort ‹Buddha› gehängt.

Aber ich empfinde es deutlich – sei bedankt dafür, Sorbas! –, dieses Wort ist das letzte, der letzte Brunnen, und ich werde für immer erlöst sein. Für immer? So sagen wir jedesmal.

Ich erhob mich. Mein ganzer Körper, vom Kopf bis zu den

Füßen, fühlte sich glücklich. Ich zog mich aus, sprang ins Wasser, die Wogen lachten, ich lachte und spielte mit ihnen. Und als ich ermüdet an Land ging, mich von der Nachtluft trocknen ließ und mit leichten Schritten den Rückweg antrat, schien es mir, als sei ich einer großen Gefahr entronnen und habe mich wieder fest an die Brust der großen Mutter geklammert.

XVI

Bevor ich mich der Baracke näherte, blieb ich einen Augenblick erstaunt stehen: aus dem kleinen Fenster schimmerte Licht.

‹Wahrscheinlich ist Sorbas wieder da›, dachte ich voller Freude. Ich wollte schneller gehen, beherrschte mich jedoch. ‹Ich darf meine Freude nicht so merken lassen›, sagte ich mir, ‹ich muß den strengen Chef spielen und ihm deutlich meine Meinung sagen. Ich habe ihn zur Erledigung dringender Angelegenheiten fortgeschickt, und er hat das Geld zum Fenster hinausgeworfen. Ich muß so tun, als wäre ich wütend, ich muß...› Ich verlangsamte meine Schritte, um Zeit zu gewinnen und mich in Wallung zu bringen. Ich mühte mich ab, mich aufzuregen, ich runzelte die Stirn, ich ballte die Fäuste, ich machte alle Gesten eines zornigen Menschen, um böse zu werden. Aber es gelang mir nicht. Im Gegenteil. Je mehr sich die Entfernung verringerte, um so mehr wuchs meine Freude.

Ich näherte mich auf den Fußspitzen und blickte durch das Fenster in das erleuchtete Zimmer. Sorbas kniete am Boden und braute sich auf dem Spiritusbrenner einen Kaffee.

Mein Herz schmolz, und ich rief:

«Sorbas!»

Mit einem Stoß flog die Tür auf, und Sorbas stürzte ohne Hemd und Schuhe heraus. Er reckte seinen langen Hals in das Dunkel, bemerkte mich und öffnete seine Arme, beherrschte sich aber im letzten Moment und ließ sie wieder fallen.

«Freut mich, dich gesund wieder vorzufinden», sagte er zögernd und machte ein Gesicht wie drei Tage Regenwetter.

Ich versuchte einen ernsten Ton anzuschlagen.

«Freut mich, daß du wieder gelandet bist», sagte ich ironisch. «Komm mir nicht zu nahe! Du riechst nach Toilettenseife.»

«Wenn du wüßtest, wie ich mich gewaschen habe! Ich habe mich mit allem möglichen Zeug abgerieben, ich habe mein verdammtes Fell zu striegeln versucht, um in tadelloser Verfassung vor dir zu erscheinen. Eine geschlagene Stunde schrubbte ich mich! Aber dieser verfluchte Geruch... Doch Geduld! Ob er will oder nicht, er muß weichen.»

«Komm herein», sagte ich. Es war die höchste Zeit, ich hätte sonst lachen müssen.

Wir traten ein. Der ganze Raum roch nach Parfüm, Puder, Seife, Frau. «Sage mal, was sind denn das da für Dinger!» rief ich und zeigte auf einen Stapel von Handtäschchen, Toilettenseifen, Frauenstrümpfen und Parfümfläschchen, der mit einem roten Knirps auf einer Kiste lag.

«Geschenke...» murmelte Sorbas gesenkten Hauptes.

«Geschenke?!» sagte ich und strengte mich an, einen ärgerlichen Ton anzuschlagen. «Geschenke?!»

«Geschenke, Herr, erzürne dich nicht, für die arme Bubulina... Ostern steht vor der Tür... auch sie ist ein menschliches Wesen.»

Ich konnte das Lachen kaum noch unterdrücken.

«Die Hauptsache fehlt...» sagte ich.

«Wieso?»

«Wo sind die Brautkronen?», und ich erzählte ihm von dem Bären, den ich der verliebten Sirene aufgebunden hatte.

Sorbas kratzte sich nachdenklich am Kopfe.

«Das war nicht richtig von dir», sagte er schließlich, «nein, das war nicht richtig, bei allem Respekt! Das geht über den Spaß, Chef... Die Frau ist ein schwaches, empfindsames Geschöpf, wie oft soll ich dir das noch sagen! Eine Porzellanvase, mit der man vorsichtig umgehen muß.»

Ich war beschämt. Ich hatte es bereits bereut, aber es war leider zu spät. Ich wechselte das Thema.

«Und das Kabel? Das Handwerkszeug?»

«Ich habe alles mitgebracht, nur keine Angst! Der Kuchen ist noch ganz, und der Hund ist satt. Die Drahtseilbahn, Lola, Bubulina, Euer Gnaden – alles in Ordnung!»

Er nahm das Kaffeetöpfchen vom Feuer, füllte meine Tasse, reichte mir ein paar Sesambrezeln, die er mitgebracht hatte, und Halwa mit Honig, den ich, wie er wußte, besonders mochte.

«Ich habe dir eine große Schachtel Halwa zum Andenken mitgebracht», sagte er zärtlich, «ich habe dich nicht vergessen. Ich habe auch dem Papagei eine Tüte Haselnüsse gekauft. Ich habe niemand vergessen. Keine einzige Schraube ist bei mir los.»

Ich saß mit gekreuzten Beinen am Boden, aß von den Brezeln und dem Halwa und trank meinen Kaffee. Auch Sorbas hielt sich an seinen Kaffee, rauchte und beobachtete mich. Seine Augen hielten mich fest wie Schlangenaugen.

«Hast du das Problem, das dich quälte, gelöst, alter Gauner?» fragte ich ihn mit gedämpfter Stimme.

«Was für ein Problem?»

«Ob die Frau ein menschliches Wesen ist oder nicht»

«Der Fall ist lange erledigt!» erwiderte Sorbas mit lebhafter Handbewegung. «Auch die Frau ist ein Mensch, genau wie wir – und noch schlimmer! Sie sieht deinen Geldbeutel und verliert den Kopf. Sie hängt sich an dich und verliert ihre Freiheit und freut sich auch noch darüber, weil sie nach dem Geldbeutel hinter dir schielt. Doch... zum Teufel mit dem Quatsch!»

Er erhob sich und warf die Zigarette aus dem Fenster.

«Jetzt sind Männergespräche an der Reihe!» fuhr er fort. «Die Karwoche naht, das Kabel ist da. Es wird Zeit, die Fettwänste im Kloster aufzusuchen und mit ihnen den Vertrag über den Wald zu schließen, bevor sie unsere Drahtseilbahn sehen und ihre Forderungen höher schrauben. Kapiert? Die Zeit vergeht schnell, wir dürfen nicht länger faulenzen. Es muß was geschehen, wir müssen Schiffe chartern, um die Kohle zu verladen, wir müssen auf unsere Kosten kommen... Den Teufel auch! Diese Fahrt nach Kandia ist uns teuer zu stehen gekommen...»

Er schwieg. Ich hatte Mitleid mit ihm. Er benahm sich wie ein ungezogenes Kind, das vor Angst nicht recht weiß, wie es seine Streiche wiedergutmachen soll.

‹Schäme dich›, sagte ich mir, ‹eine solche Seele von Menschen darf man nicht in der Angst belassen. Wann finde ich je einen Sorbas wieder? Also den Schwamm her und alles ausgelöscht!›

«Sorbas», sagte ich ruhig, «laß den Teufel aus dem Spiel, wir brauchen ihn nicht! Strich unter das, was geschah! Wo ist das Santuri?»

Er öffnete seine Arme, als wollte er mich von neuem ans Herz drücken, ließ sie aber sofort wieder sinken und war mit einem Satz an der Wand, um das Santuri zu holen. Beim Schein des Öllämpchens wurde ich auf seine Haare aufmerksam: sie waren schwarz wie Stiefelwichse.

«Was sehe ich da, du Schlump!» rief ich. «Was sind das für Haare? Wo kommen die her?»

Er kicherte.

«Sei nicht böse, Chef! Ich habe sie färben lassen, die Unglückssträhnen.»

«Warum?»

«Aus Selbstachtung. Eines Tages ging ich mit Lola spazieren. Ich hatte sie untergefaßt, das heißt: nein, ich berührte sie kaum mit den Fingerspitzen. Ruft doch so ein Lausejunge, ein Dreikäsehoch, hinter uns her: ‹He, Alter, wo willst du mit deiner Enkelin hin?›

Lola schämte sich natürlich, und ich desgleichen. Und damit sie sich kein zweites Mal meiner zu schämen brauchte, ging ich am gleichen Abend zum Haarkünstler, um meine Mähne schwärzen zu lassen.»

Ich lachte. Sorbas warf mir einen ernsten Blick zu.

«Das kommt dir komisch vor, Chef? Aber höre doch, was

für ein seltsames Wesen der Mensch ist! Seit jenem Tag bin ich ein anderer Mensch geworden. Man könnte meinen – und ich glaube es bald selbst –, ich hätte tatsächlich schwarzes Haar. Da hast du's wieder, wie leicht der Mensch, was ihm nicht paßt, vergißt. Ich kann dir versichern, ich fühle mich kräftiger und gesünder als vorher. Auch Lola hat das schon festgestellt. Sogar das Stechen im Kreuz – du erinnerst dich – ist verschwunden. Aber du glaubst mir nicht. In deinen Schmökern steht freilich kein Wort davon...»

Er lachte ironisch, bereute es aber gleich.

«Entschuldige!» sagte er. «Das einzige Buch, das ich in meinem Leben gelesen habe, ist ‹Sindbad der Seefahrer›. Ich habe nicht viel daraus gelernt.»

Er hakte das Santuri von der Wand und befreite es zärtlich von seiner Hülle.

«Komm ins Freie», sagte er. «Innerhalb der vier Wände fühlt sich das Santuri nicht wohl. Es ist ein Raubtier, es braucht Platz.»

Wir gingen hinaus. Am Himmel funkelten die Sterne. Die Milchstraße schlängelte sich von einem Ende des Firmaments zum andern. Das Meer rauschte.

Wir setzten uns auf den Kies. Die Wellen beleckten unsere Fußsohlen.

«Wenn man in der Kreide steht, braucht man Zerstreuung», sagte Sorbas, «meinst du nicht auch? Wir lassen uns nicht unterkriegen. Komm her, Santuri!»

«Ein mazedonisches Lied aus deiner Heimat, Sorbas!»

«Nein, ein kretisches aus der deinen! Ich werde dir eine ‹Mantinada› vorsingen, die ich in Kandia gehört habe. Seitdem ich sie auswendig kann, hat sich mein Leben geändert.»

Er überlegte einen Augenblick und sagte:

«Nein, es hat sich nicht geändert, nichts hat sich geändert, aber ich verstehe jetzt, daß ich recht hatte.»

Er legte seine dicken Finger auf das Santuri, reckte den Hals und hob mit wilder, rauher, wehmütiger Stimme an:

«Hast du einen Plan gefaßt, sei vor ihm nicht bange,
Laß der Jugend ihren Lauf, zügle sie nicht lange!»

Die Sorgen zerstreuten sich in alle Winde, die Seele fand wieder ins Gleichgewicht. Lola, das Braunkohlenbergwerk, die Drahtseilbahn, die ‹Ewigkeit›, die kleinen und großen Verdrießlichkeiten, alles verwandelte sich in blauen Rauch und löste sich in der Luft. Nur ein Vogel aus Stahl blieb zurück, die zwitschernde Seele des Menschen.

«Nichts für ungut, Sorbas», rief ich, kaum daß die stolze Melodie verklungen war, «alle deine Sünden sind dir geschenkt! Lola, die Chansonnette, deine gefärbten Haare, das Geld, das du verjubelt hast, alles! Noch einmal!»

Er reckte seinen mageren Hals und sang:

«Himmelsapperment noch mal, es komme, wie's gegeben!
Sei lustig, wenn dir was gelingt, sei heiter, geht's daneben!»

Einige Arbeiter, die in der Nähe der Mine schliefen, hörten den Gesang. Sie standen auf, stiegen verstohlen zum Strand hinab und kauerten sich im Kreise. Sie lauschten ihrer Lieblingsmelodie, und es juckte ihnen in den Füßen.

Dann konnten sie nicht mehr an sich halten; sie stürzten aus dem Dunkel hervor, halbnackt und struppig wie sie waren, nahmen Sorbas und sein Santuri in die Mitte und tanzten in ihren weiten Hosen einen wilden Reigen auf den Kieseln. Ergriffen sah ich ihnen zu und dachte: ‹Das ist der wahre Stollen, den ich suche. Einen anderen wünsche ich mir nicht.›

Am nächsten Morgen hallten die Stollen schon vor Sonnenaufgang vom Takt der Spitzhacken und Sorbas' Zurufen wider. Die Kumpels arbeiteten fieberhaft, nur Sorbas konnte sie so mit sich fortreißen. In seiner Gegenwart verwandelte sich die Arbeit in Wein, Gesang, Liebe, und sie berauschten sich. Die Erde nahm Leben in seinen Händen an. Die Steine, die Kohle, das Holz, die Arbeiter eigneten sich seinen Rhythmus an. Ein Wettkampf brach in den Stollen im Schein weißer Azetylenlampen aus, und Sorbas war stets an der Spitze und kämpfte Brust gegen Brust. Jedem Gang, jedem Stollen gab er einen Namen, gab den gesichtslosen Mächten ein Gesicht, und sie konnten ihm seitdem nicht so leicht mehr entrinnen.

«Wenn ich weiß», sagte er, «dieser hier ist der ‹Canavaro› (so hatte er den ersten Stollen getauft), wohin soll er dann mit sich hin? Ich kenne ihn beim Namen, er wird sich hüten, mir einen Streich zu spielen. Genau wie der ‹Abt›, der ‹Krummbei-nige› oder der ‹Pisser›. Ich kenne sie alle beim Namen.»

Heute war ich in den Stollen geschlüpft, ohne daß er mich bemerkt hatte.

«An die Gewehre! An die Gewehre!» pflegte er seinen Arbei-tern zuzurufen, wenn er in Schwung war. «Vorwärts, Kinder, wir werden den Berg schon kriegen! Er hat es mit Menschen zu tun, mit furchtbaren Raubtieren. Sogar der liebe Gott hat eine heillose Angst vor uns, sobald er uns sieht. Ihr aus Kreta und ich aus Mazedonien, wir werden den Berg gemeinsam bezwin-gen und er nicht uns! Wir haben die Türken bezwungen, und da sollen wir uns vor diesem Hügel fürchten? An die Ge-wehre!»

Einer näherte sich Sorbas im Laufschritt. Im Schein der Aze-tylenlampe erkannte ich Mimithos' hageres Gesicht

«Sorbas!» rief er stotternd. «Sorbas…»

«Laß mich in Ruhe! Scher dich zum Teufel!»

«Ich komme von der Madame…»

«Mach dich aus dem Staube!» drohte er. «Wir haben zu tun.»

Mimithos nahm seine Beine in die Hand, Sorbas spuckte wü-tend aus.

«Der Tag ist für die Arbeit», sagte er, «darum ist er ein Mann. Die Nacht ist für das Vergnügen, darum ist sie eine Frau. Man soll nicht alles durcheinanderbringen.»

In diesem Augenblick erschien ich auf der Bildfläche.

«Kameraden», sagte ich, «es ist Mittag, Essenszeit!»

Sorbas wandte sich um und blickte mich ärgerlich an.

«Entschuldige, Chef! Aber laß uns zufrieden! Du kannst ja

ruhig zum Essen gehen. Wir haben zwölf Tage verloren, die müssen wir wieder einbringen. Guten Appetit!»

Ich verließ den Stollen und begab mich ans Meer. Ich öffnete das Buch, das ich mithatte! Obwohl ich hungrig war, vergaß ich doch meinen Hunger. ‹Das Denken ist auch so ein Steinbruch, an das Gewehr!› sagte ich und tauchte in die großen Gänge des Gehirns.

Ein aufregendes Buch – über die schneebedeckten Berge Tibets, die geheimnisvollen Klöster, die schweigsamen Mönche in ihren gelben Talaren, die ihren Willen so konzentrieren, bis sie den Äther zwingen, die von ihnen gewünschte Gestalt anzunehmen. Hohe Gipfel, eine von Geistern bevölkerte Luft. Das eitle Summen der Welt dringt nicht bis in diese Regionen. Der große Asket führt um Mitternacht seine Schüler, Jünglinge von siebzehn, achtzehn Jahren, an einen vereisten Bergsee. Sie ziehen sich aus, hauen das Eis auf, tauchen ihre Kleider in das eisige Wasser, ziehen sie wieder an und lassen sie am Körper trocknen. Siebenmal wiederholen sie diese Handlung. Dann kehren sie ins Kloster zur Morgenandacht zurück.

Sie steigen auf den Gipfel eines fünftausend, sechstausend Meter hohen Berges. Sie setzen sich still, atmen tief und rhythmisch, mit entblößtem Oberkörper, und frieren nicht. Sie halten einen Becher mit Eiswasser in der Hand, schauen es an, versammeln sich in sich, richten alle Kraft auf das Eiswasser, und das Wasser beginnt zu kochen. Dann bereiten sie ihren Tee. Der große Asket sammelt seine Schüler, um sich und ruft ihnen zu:

‹Wehe dem, der die Quelle des Glückes nicht in sich hat!

Wehe dem, der den anderen gefallen will!

Wehe dem, der nicht fühlt, daß dieses und das andere Leben eine Einheit bilden!›

Die Nacht war hereingebrochen, ich sah nicht mehr. Ich klappte das Buch zu und blickte auf das Meer. ‹Ich muß mich›, dachte ich, ‹von allen Phantomen befreien, den Buddhas, den Göttern, den Vaterländern, den Ideen... Weh dem, der ihnen nicht entrinnt!›

Das Meer war plötzlich tiefschwarz geworden. Der halbreife Mond taumelte in den westlichen Horizont. In fernen Gärten heulten langgezogen die Hunde, und die ganze Schlucht schien zu bellen...

Sorbas tauchte vor mir auf, verstaubt und verdreckt. Sein Hemd hing in Fetzen. Er ließ sich neben mir nieder.

«Das hat heute geklappt», sagte er befriedigt, «wir haben tüchtig geschafft.»

Ich hörte seine Worte, ohne ihren Sinn zu begreifen; mein Geist weilte noch in fernen mystischen Gefilden.

«Woran denkst du, Chef? Dein Geist segelt in die Ferne.»

Ich sammelte mich wieder und blickte umher. Ich sah meinen Kameraden neben mir sitzen und schüttelte den Kopf.

«Sorbas», antwortete ich, «du hältst dich für einen furchtbaren Seefahrer Sindbad und dünkst dich wunder was, weil du die halbe Welt umfahren hast. In Wirklichkeit hast du gar nichts, aber auch gar nichts gesehen, du armer Teufel. Mir geht es nicht anders. Die Welt ist viel größer, als wir meinen. Wir reisen, wir bringen Länder und Meere hinter uns und haben die Nase dabei kaum über die eigene Schwelle gesteckt.»

Sorbas verzog die Lippen, redete aber kein Wort. Er knurrte nur wie ein treuer Hund, der geprügelt wird.

«Es gibt Berge», fuhr ich fort, «riesige Berge, übersät mit Klöstern. Und in diesen Klöstern wohnen Mönche, in gelben Talaren. Sie sitzen einen Monat, zwei Monate, sechs Monate lang mit gekreuzten Beinen immer an derselben Stelle und denken nur an eine einzige Sache. Nur an eine einzige, verstehst du? Nicht an zwei, nur an eine! Sie denken nicht wie wir an die Frau und die Kohlen, an das Buch und die Kohlen, sie konzentrieren ihren Geist auf eine einzige und immer die gleiche Sache und verrichten Wunder. So kommen die Wunder zustande. Du hast schon gesehen, Sorbas: wenn man eine Linse in die Sonne hält und ihre Strahlen in ein und demselben Punkt sammelt, so fängt unser Punkt bald Feuer. Und warum? Weil sich die Sonnenkraft nicht zersplittert, sondern ganz in diesem einen Punkte gesammelt ist. Genauso verhält es sich mit dem Geist der Menschen. Du kannst Wunder tun, wenn du deinen Geist nur auf einen einzigen, immer gleichen Gegenstand richtest. Verstehst du, Sorbas?»

Sorbas atmete schwer. Er wollte fortlaufen, beherrschte sich aber.

«Weiter!» knurrte er mit erstickter Stimme.

Aber gleich sprang er kerzengerade empor.

«Schweig! Schweig!» schrie er. «Warum erzählst du mir so etwas, Chef? Warum vergiftest du mir das Herz? Ich fühlte mich so wohl, warum bringst du mich durcheinander? Ich war hungrig, und der liebe Gott und der Teufel (ich will verdammt sein, wenn ich zwischen ihnen einen Unterschied mache) warfen mir einen Knochen zu, und ich leckte an ihm. Ich wedelte mit dem Schwanz und rief: ‹Danke! Danke!› Und jetzt…»

Er stampfte mit dem Fuß und kehrte mir den Rücken, als wollte er in die Baracke gehen. Er blieb aber stehen, weil er sich den Ärger noch nicht vom Herzen geredet hatte.

«Pff! Ein allerliebster Knochen, den mir der Gott-Teufel da zugeworfen hat! Eine dreckige alte Sängerin! Eine dreckige alte Schute!»

Er schleuderte eine Handvoll Kiesel ins Meer.

«Aber wer», schrie er, «wer wirft uns eigentlich die Knochen zu?»

Er hielt kurz inne, und als keine Antwort kam, steigerte das seinen Zorn.

«Du hüllst dich in Schweigen, Chef? Wenn du seinen Namen weißt, so nenne ihn doch! Auch ich will ihn kennen, und du sollst sehen, wie ich ihn zurechtweisen werde. Aber so – aufs Geratewohl – ziehe ich doch nur den kürzeren.»

«Ich habe Hunger», sagte ich. «Mach dich ans Kochen! Wir wollen erst essen.»

«Kann das Abendessen nicht einmal ausfallen, Chef? Ich hatte einen Onkel, er war Mönch und nahm die ganze Woche nur Wasser und Salz zu sich. Sonntags und an den Feiertagen tat er noch etwas Pfeffer hinzu. Und er wurde hundertundzwanzig Jahre alt.»

«Er lebte hundertundzwanzig Jahre, Sorbas, weil er glaubte. Er hatte seinen Gott gefunden, er hatte keine Sorgen. Aber wir, Sorbas, haben keinen Gott, uns zu nähren. Darum mach Feuer, wir haben ein paar Goldbrassen. Und koche auch eine dicke heiße Suppe mit reichlich Zwiebeln und Pfeffer, so richtig nach unserem Herzen. Dann wollen wir sehen.»

«Was wollen wir sehen?» sagte Sorbas wütend. «Wenn man den Bauch voll hat, vergißt man alles.»

«Das will ich ja gerade. Darin liegt der eigentliche Wert des Essens. Beeile dich also und koche eine Fischsuppe, Sorbas, damit unser Verstand nicht vor die Hunde geht!»

Aber Sorbas rührte sich nicht. Er blieb vor mir stehen und starrte mich an.

«Ich will dir was sagen, Chef. Ich weiß, was du vorhast. Soeben ist mir bei deinen Worten so etwas wie ein Licht aufgegangen.»

«Und was habe ich vor, Sorbas?» fragte ich neugierig.

«Auch du willst ein Kloster gründen. Aber ein Kloster, in dem statt der Mönche solche Tintenkleckser und Federfuchser wie Euer Gnaden hausen sollen, die Tag und Nacht lesen und Schreibpapier beschmieren. Und dann fahren aus euern Mündern von Zeit zu Zeit genau wie auf den Heiligenbildern große Spruchbänder. Hab ich's erraten?»

Ich senkte betroffen den Kopf. Alte Jugendträume stiegen empor, wehmütige Erinnerungen, rühmliche und erhabene Vorsätze… Wir waren damals ein Kreis von zehn Kameraden – Musiker, Maler und Dichter – und wollten eine geistige Bruderschaft gründen, uns vor der Welt abschließen, den ganzen Tag arbeiten und uns nur abends zu gemeinsamem Essen und Trinken treffen, lesen, die großen Fragen aufwerfen und die alten Antworten zerpflücken. Ich hatte sogar schon die Statuten der Bruderschaft aufgestellt und sogar das geeignete Gebäude gefunden: das verlassene Kloster St. Johanns des Jägers, auf einem Paß des Hymettos…

«Ich habe es also erraten!» sagte Sorbas und war befriedigt, daß ich nichts zu erwidern hatte.

«Ja, Sorbas», antwortete ich und suchte meine Erregung zu verbergen.

«Dann bitte ich dich, ehrwürdiger Abt, um einen Gefallen: Gib mir in deinem Kloster die Pförtnerstelle, damit ich ab und zu verbotene Waren einschmuggeln kann: eine schöne Frau, eine Mandoline, eine Flasche Schnaps, ein gebratenes Spanferkel... und damit du nicht dein ganzes Leben mit Läppereien vergeudest!»

Lachend entfernte er sich mit eiligen Schritten, ich folgte ihm In der Baracke schuppte er, ohne die Zähne auseinanderzubringen, die Fische ab. Ich holte Holz und machte Feuer. Die Suppe war bald fertig, wir griffen zu den Löffeln und aßen gleich aus dem Topf.

Wir sprachen nicht miteinander. Wir hatten den ganzen Tag nichts gegessen und schlangen wie zwei hungrige Wölfe. Wir tranken reichlich Wein dazu und waren bald wieder in Stimmung. Der erste, der seinen Mund öffnete, war Sorbas:

«Es wäre spaßig, wenn plötzlich Bubulina auf der Bildfläche erschiene – ich wünsche ihr alles Gute, aber der Himmel bewahre uns vor ihr! Sie fehlt hier noch. Unter uns, Chef, ich muß dir gestehen, daß sie mich langweilt – der Teufel hole sie!»

«Du fragst jetzt nicht mehr, wer dir diesen Knochen zuwirft?›

«Was geht uns das an, Chef? Ein Floh in einem Strohsack. Nimm den Knochen und kümmere dich nicht um die Hand, die ihn dir zuwirft. Ist er schmackhaft? Ist noch Fleisch dran? Das ist die Frage. Alles andere ist für die Katz.»

«Das gute Essen hat sein Wunder getan!» sagte ich und klopfte ihm auf die Schulter. «Hat sich der hungrige Körper beruhigt? Dann hat sich auch die fragende Seele beruhigt... Hole das Santuri!»

Während sich Sorbas erhob, ließen sich rasche, schwere Schritte auf den Kieseln vernehmen. Sorbas' behaarte Nasenflügel bebten.

«Mal den Teufel an die Wand, eilig kommt er angerannt!» flüsterte er und schlug sich auf die Schenkel.

«Die Hündin hat Sorbas gewittert, und schon ist sie da.»

«Ich gehe», sagte ich. «Ich bin zu müde. Ich mache noch einen Rundgang. Viel Vergnügen!»

«Gute Nacht, Chef!»

«Vergiß nicht, Sorbas, du hast ihr die Ehe versprochen. Straf mich nicht Lügen!»

Er seufzte: «Nochmals heiraten? Ich habe die Hucke voll.»

Der Duft der Toilettenseife kam immer näher.

«Mut, Sorbas!» Ich machte mich rasch aus dem Staube. Draußen hörte ich schon den kurzen Atem der alten Sirene.

XVII

Am nächsten Morgen in aller Frühe riß mich Sorbas' Stimme aus meinem Schlaf.

«Was zwackt dich so früh? Warum schreist du so?»

«Das geht nicht so weiter, Chef», antwortete er und verstaute einen Haufen Eßwaren in seinem Rucksack. «Ich habe zwei Maultiere gemietet. Steh auf! Wir müssen zum Kloster reiten, die Papiere zu unterschreiben, sonst kommt die Drahtseilbahn nicht in Gang. Der Löwe fürchtet sich nur vor der Laus. Die Läuse werden uns auffressen!»

«Warum behandelst du die arme Bubulina wie eine Laus?» sagte ich lachend. Sorbas stellte sich taub.

«Laß uns aufbrechen, Chef, bevor die Sonne uns brät.»

Ich brannte vor Verlangen, einen Ausflug in die Berge zu machen und den Fichtenduft einzuatmen. Wir schwangen uns auf die Tiere und ritten bergan. Am Kohlenbergwerk hielten wir kurz. Sorbas wies die Arbeiter an, im ‹Abt› noch zu bohren und die Rinne im ‹Pisser› zu öffnen, um das Wasser abzuleiten und ‹Canavaro› zu säubern...

Der Tag glänzte wie ein wasserklarer Diamant. Je höher wir stiegen, desto höher stieg auch die Seele und läuterte sich. Ich erlebte, wie schon so oft, den Einfluß der reinen Luft, des leichten Atems, des weiten Horizonts auf die Seele. Man könnte die Seele für ein Lebewesen mit Lunge und Nase halten. Sie braucht viel Ozon und erstickt, wenn es staubt und ihr Atem zu heftig geht...

Die Sonne stand schon fast im Zenit, als wir in den Fichtenwald einritten. Eine Wolke von Honig schwamm in der Luft, der Wind wehte hoch über uns hin, als rauschte das Meer.

Sorbas verfolgte während der ganzen Reise aufmerksam das Gefälle des Berges. In Gedanken errichtete er alle paar Meter einen Mast, hob die Augen auf und sah schon das Kabel in der Sonne glänzen und schnurgerade zum Strand abfallen. Die gefällten Stämme sausten wie Pfeile an ihm entlang in die Tiefe.

Er rieb sich die Hände.

«Ein gutes Geschäft! Eine Goldgrube! Wir werden einen Haufen Geld verdienen, und alles wird nach Wunsch gehen.»

Ich sah ihn erstaunt an.

«He!» fuhr er fort. «Du tust, als hättest du alles vergessen. Bevor wir unser Kloster bauen, müssen wir noch in das große Gebirge reisen. Wie heißt es doch gleich? Theben?»

«Tibet, Sorbas, Tibet!... Aber nur wir beide. Frauen werden dort nicht geduldet.»

«Wer spricht hier von Frauen? Man kann sie schon so lassen, rede nicht schlecht von den armen Geschöpfen. Sie sind sehr nützlich, wenn der Mann keine Männerarbeit zu leisten hat. Wenn er zum Beispiel keine Kohlen fördert. Oder wenn er keine Festungen erobert. Oder wenn er sich nicht mit dem lieben Gott unterhält. Was bleibt ihm dann noch zu tun, wenn er nicht vor Langeweile sterben soll? Er trinkt, er spielt, er macht allen Frauen den Hof. Und er wartet. Wartet, bis seine Stunde kommt – wenn sie überhaupt kommt.»

Er schwieg sekundenlang.

«Wenn sie überhaupt kommt!» fuhr er aufgebracht fort «Denn sie kommt vielleicht nie. – Es kann nicht so weitergehen, Chef! Entweder wird die Erde wieder kleiner, oder ich werde größer, sonst bin ich verloren.»

Zwischen den Fichten tauchte ein Mönch auf: mit rotem Haar und gelblichem Gesicht, hochgekrempelten Ärmeln und einer schwarzen, runden Wollkappe. Er trug eine Eisenstange, auf die er sich im Gehen stützte, und schien es sehr eilig zu haben. Als er uns erblickte, blieb er stehen, schwenkte die Stange und fragte:

«Wohin des Wegs, meine Herren?»

«Ins Kloster, um zur Panajia zu beten», antwortete Sorbas.

«Kehrt auf der Stelle um, ihr Unglücklichen!» schrie der Mönch, und seine verwaschenen blauen Augen röteten sich. «Kehrt um, bei eurer Seligkeit! Das Kloster ist ein Garten des Satans, kein Garten der Panajia, Armut, Gehorsam und Keuschheit sind die Krone des Mönches, heißt es. Hihihi! Kehrt um, sage ich euch. Geld, Unzucht und Jagd auf den Krummstab sind ihre heilige Trinität!»

«Der Kerl ist ja großartig, Chef», sagte Sorbas und pfiff vor Vergnügen.

«Wie heißt du?» fragte er den Mönch. «Und wohin willst du?»

«Ich heiße Zacharias. Ich habe mich mit meinen Siebensachen aus dem Staube gemacht. Ich kann's nicht mehr aushalten. Sei so gut und sage mir, Landsmann, wie du heißt!»

«Canavaro.»

«Ich halte es nicht mehr aus, Bruder Canavaro. Die ganze Nacht hindurch stöhnt Christus und läßt mich nicht schlafen. Und ich stöhne mit ihm. Heute früh ließ der Abt mich rufen – möge er in der Hölle braten! ‹He, Zacharias›, sagte er, ‹du läßt die Brüder nicht schlafen? Ich werde dich vor die Tür setzen.›

‹Bin ich es, der sie nicht schlafen läßt›, antwortete ich ihm, ‹oder Christus? Nicht *ich* stöhne, sondern *Er.*›

Da hob er seinen Krummstab, der Antichrist, und… seht!»

Er nahm seine Kappe ab, sein Haar war mit Blut verklebt.

«Ich schüttelte den Staub von meinen Füßen und verließ diese Lasterhöhle.»

«Komm mit uns ins Kloster zurück!» sagte Sorbas. «Ich versöhne dich mit dem Abt. Komm, du kannst uns Gesellschaft leisten und den Weg zeigen. Dich schickt Gott.»

Der Mönch überlegte einen Moment, seine Augen funkelten.

«Was wollt ihr ausgeben?» sagte er schließlich

«Was wünschst du?»

«Ein Kilo Stockfisch und eine Flasche Kognak.»

Sorbas schaute sich den Mann näher an und fragte:

«Du hast doch nicht einen Teufel in dir, Zacharias?»

«Wer hat dir das verraten?» fragte der Mönch verdutzt.

«Ich komme vom Athos. Ich weiß Bescheid.»

Der Mönch senkte die Stirn und flüsterte:

«Ja, ich habe einen Teufel in mir.»

«Und der möchte gern Stockfisch und Kognak?»

«Ja, das möchte er, der dreimal Verfluchte.»

«Einverstanden! – Raucht er etwa auch?»

Sorbas warf ihm eine Zigarette zu. Der Mönch griff gierig nach ihr.

«Er raucht, er raucht, der Hundesohn», sagte er, nahm aus seiner Tasche einen Feuerstein mit Docht, zündete die Zigarette an und tat einen tiefen Lungenzug.

«In Jesu Namen!» sagte er, machte kehrt und ging uns voran. «Und wie heißt dein Teufel?» fragte Sorbas und blinzelte mir zu.

«Josef», sagte der Mönch, ohne sich umzuwenden.

Die Gesellschaft dieses halbverrückten Mönches war mir unbehaglich. Ein krankes Gehirn wie ein kranker Körper rufen jedesmal bei mir Mitleid und Widerwillen zugleich hervor. Aber ich verlor kein Wort. Ich ließ Sorbas nach Gutdünken handeln.

Die frische Luft machte hungrig. Wir lagerten uns unter einer riesigen Fichte und öffneten den Rucksack. Der Mönch beugte sich gierig vor und durchwühlte seinen Inhalt mit den Augen.

«He», rief Sorbas, «besabbere dich nicht im voraus, Zacharias! Heute ist Karmontag. Da wir Freimaurer sind, dürfen wir etwas Fleisch essen, ein gebratenes Hühnchen, Gott verzeih's uns. Aber wir haben auch Halwa und Oliven für Eure Heiligkeit. Lang zu!»

Der Mönch streichelte seinen schmutzigen Vollbart und sagte zerknirscht: «Zacharias fastet, er wird Oliven und Brot essen und einen Schluck Wasser trinken… Aber Josef, der Teufel, will Fleisch essen, liebe Brüder, und aus eurer Flasche Wein trinken, das Luder.»

Er schlug das Kreuz, fiel über das Brot, die Oliven, den Halwa her und wischte sich den Mund mit dem Handrücken. Dann trank er Wasser und schlug zum zweitenmal das Kreuz, als habe er sein Mahl beendet.

«Jetzt ist der dreimal verfluchte Josef an der Reihe», sagte er und stürzte sich auf das Brathuhn. «Iß, du verdammter Hund!» murmelte er wütend, indem er sich die größten und besten Stücke aussuchte. «Iß!»

«Bravo, Mönch!» rief Sorbas begeistert. «Du singst zweistimmig, wie ich höre.»

Er wandte sich mir wieder zu: «Wie findest du ihn?»

«Ihr ähnelt euch», antwortete ich und lachte.

Sorbas reichte dem Mönch die Flasche:

«Josef, trink einen Schluck!»

«Trink, Verfluchter!» sagte der Mönch, riß die Flasche an sich und preßte sie an den Mund.

Die Sonne brannte. Wir zogen uns tief in den Schatten zurück. Der Mönch roch nach Weihrauch und scharfem Schweiß. Er schmolz in der prallen Sonne, und Sorbas holte ihn in den Schatten, damit er die Luft nicht zu sehr verpestete.

«Wie bist du in die Kutte gekommen?» fragte ihn Sorbas, der gut gegessen hatte und schwatzen wollte.

Der Mönch grinste.

«Wenn du meinst, aus Frömmigkeit, bist du auf dem Holzweg. Aus Armut, lieber Bruder, aus Armut. Ich hatte nichts mehr zu beißen und dachte: Gehe in ein Kloster, da brauchst du nicht zu verhungern!»

«Und bist du zufrieden?»

«Gott sei Dank! Ich seufze zwar oft, aber das hat nichts zu bedeuten. Ich seufze nicht nach der Erde – ich sch… auf sie, entschuldigt, ich sch… alle Tage auf sie, ich seufze nach dem Himmel. Ich mache dumme Witze, ich schlage Purzelbäume, und die Mönche kugeln sich vor Lachen darüber. Sie halten mich für besessen und beschimpfen mich. Aber ich sage mir: Das kann nicht möglich sein, der liebe Gott liebt das Lachen. Eines Tages wird er zu mir sagen: ‹Tritt näher, mein Kasperl, tritt näher, mein Kleinod! Bring mich zum Lachen!› Und so komme auch ich ins Paradies, als Hanswurst.»

«Weiß Gott», sagte Sorbas und erhob sich, «du scheinst mir nicht auf den Kopf gefallen. Aber wir müssen weiter, sonst überrascht uns die Nacht.»

Der Mönch ging wieder voran. Während wir dem Gipfel näher und näher rückten, kam es mir vor, als erstiege ich zugleich in mir selbst ganze Landschaften der Seele, als gingen meine kleinlichen Sorgen in andere und erhabenere über, als schwänge ich mich aus den Niederungen bequemer Gemeinplätze zu schroffen Höhen neuer Lehren empor.

Plötzlich blieb der Mönch stehen.

«Unsere liebe Frau von der Rache!» sagte er und wies auf eine kleine Kapelle mit runder, zierlicher Kuppel. Er warf sich zu Boden und bekreuzigte sich.

Ich stieg ab und trat in die Kühle des Heiligtums. Eine alte angeblakte Ikone stand mit silbernen Weihgeschenken beladen in einer Nische. Ein silbernes Lämpchen brannte davor – das Ewige Licht.

Aufmerksam betrachtete ich das Bild: eine wilde Madonna, eine Kriegerin mit kräftigem Hals und dem strengen, forschenden Blick einer Jungfrau; in der Hand eine lange, senkrechte Lanze statt des göttlichen Kindes.

«Wehe dem, der das Kloster anrührt», sagte der Mönch fast mit Schaudern. «Sie stürzt auf ihn und durchbohrt ihn mit ihrer Lanze. In alten Zeiten erschienen einmal algerische Seeräuber und brannten das Kloster nieder. Das haben die Ungläubigen teuer bezahlen müssen. Als sie an der Kapelle vorbeigehen wollten, trat die Panajia aus der Ikone, stürzte vor die Tür und machte mit der Bande kurzen Prozeß. Ihre Lanze verschonte keinen, niemand konnte sich retten. Mein Großvater erinnerte sich noch an die Gebeine, die im ganzen Walde herumlagen. Und von da an nannte man sie Unsere liebe Frau von der Rache, früher hieß sie Unsere liebe Frau von der Barmherzigkeit.»

«Und warum tat sie ihr Wunder nicht, ehe das Kloster abbrannte?» fragte Sorbas.

«Das liegt in Gottes unerforschlichem Ratschluß», sagte der Mönch und bekreuzigte sich dreimal.

«Zum Kuckuck mit eurem Allerhöchsten!» knurrte Sorbas und stieg wieder in den Sattel. «Weiter!»

Bald darauf tauchte vor uns in einem Kranz von Felsen und Fichten das Panajia-Kloster auf. Heiter und lockend, weltabgeschieden, mitten in einem grünen Kessel vereinte der Platz auf unergründliche Weise Hoheit des Gipfels mit Anmut der Ebene und schien mir eine vortrefflich gewählte Zuflucht innerer Sammlung zu sein.

Hier, dachte ich, könnte eine nüchterne und sanftmütige Seele den religiösen Überschwang auf menschliche Maße zurückführen. Nur bedarf es dazu keines steilen übermenschlichen Gipfels, keiner wollüstigen und verschlafenen Ebene, sondern nur dessen, was diese Seele zu ihrer Erhebung braucht, um ihre menschliche Anmut nicht zu verlieren. Solche Lage, sagte ich mir, bildet weder Herren noch Schweine heran. Nur richtige Menschen.

Hier müßte ein zierlicher altgriechischer Tempel stehen oder eine heitere mohammedanische Moschee. Gott müßte hier in seiner einfachen menschlichen Tracht herabsteigen, barfüßig über den grünen Rasen wandeln und mit den Menschen zutraulich plaudern.

«Welch ein Wunder! Welch eine Einsamkeit! Welch ein Glück!» murmelte ich.

Wir stiegen ab, durchschritten den großen Torbogen und

betraten den Empfangsraum, wo uns auf dem üblichen Präsentierteller Schnaps, Konfitüre und Kaffee gereicht wurden. Bald erschien der Pater Schaffner, die Mönche umringten uns und überschütteten uns mit Fragen... Listige Augen, unersättliche Lippen, Vollbärte, Schnurrbärte, Achselhöhlen, die nach Ziegenbock stanken...

«Ihr habt doch keine Zeitung mitgebracht?» fragte ein mißtrauischer Mönch.

«Eine Zeitung?» tat ich erstaunt. «Wozu solltet ihr sie hier brauchen?»

«Eine Zeitung, lieber Bruder? Um zu sehen, was in der Welt geschieht!» riefen zwei, drei Mönche entrüstet.

Sie hielten sich am Balkongitter fest und krächzten wie die Raben. Sie sprachen leidenschaftlich von England, von Rußland, von Venizelos, vom König. Die Welt hatte sie ausgeschlossen, aber sie schlossen deswegen die Welt nicht aus. In ihren Augen spiegelten sich große Städte, Läden, Frauen, Zeitungen...

Ein dicker, behaarter Mönch erhob sich und zog die Luft durch die Nase hoch.

«Ich möchte dir was zeigen», rief er mir zu, «um deine Meinung zu hören. Ich hole es gleich.»

Die kurzen, behaarten Hände über den Bauch gefaltet, schlurfte er in seinen Pantoffeln davon und verschwand hinter der Tür.

Die Mönche kicherten boshaft hinter ihm her.

«Der Pater Dometios», sagte der Pater Schaffner, «wird seine tönerne Nonne holen. Der Teufel hatte sie eigens für ihn vergraben, und eines Tages, als Dometios den Garten umgrub, hat er sie dann gefunden. Er nahm sie mit sich in seine Zelle, und seitdem kann der arme Kerl kaum noch schlafen. Er ist nahe dran, den Verstand zu verlieren.»

Sorbas erhob sich. Er war hart am Ersticken.

«Wir sind gekommen, um Seine Hochwürden, den Abt, zu sprechen. Wir möchten den Vertrag unterschreiben...»

«Der hochwürdige Herr Abt» entgegnete der Pater Schaffner, «ist nicht anwesend. Er ist heute früh ins Dorf gegangen. Habt bitte Geduld!»

Pater Dometios kehrte zurück, mit ausgestreckten Händen etwas umklammernd, als trüge er den Abendmahlskelch.

Ich trat näher. Ein kokettes, halbnacktes Tanagrafigürchen lag lächelnd in den fetten Händen des Mönches. Mit der einen Hand, die ihr noch verblieben war, berührte sie ihren Kopf.

«Daß sie auf ihren Kopf weist», sagte Dometios, «kann bedeuten, daß ein Edelstein in ihm steckt. Ein Diamant vielleicht oder eine Perle. Was hältst du davon?»

«Ich glaube», unterbrach ihn ein galliger Mönch, «daß sie Kopfweh hat.»

Aber der dicke Dometios ließ sich nicht stören und wartete mit hängenden Lippen wie ein Bock ungeduldig auf meine Antwort.

«Ich möchte sie am liebsten zerbrechen, um nachzusehen. Ich kann gar nicht mehr schlafen... Ob sie einen Diamanten im Kopf hat?»

Ich schaute mir das anmutige Mädchen mit den kleinen, festen Brüsten näher an, das man hierher in die Weihrauchdüfte, unter die gekreuzigten Götter verbannt hatte, die das Fleisch, die Freude und den Kuß verdammen.

Ach, könnte ich es doch befreien!

Sorbas nahm die Figur in die Hand und streichelte den winzigen weiblichen Körper. Seine Finger verweilten behutsam auf den spitzen und festen Brüsten.

«Aber siehst du denn nicht, guter Pater», sagte er, «daß das der Satan ist? Der leibhaftige Teufel? Du darfst es mir glauben, ich kenne den Gottseibeiuns sehr genau. Sieh dir doch mal diese rundliche, feste Brust näher an! So etwas hat nur der Teufel.»

Ein hübscher junger Mönch zeigte sich an der Tür. Die Sonne spielte in seinem goldenen Haar und auf dem Flaum seines runden Gesichtes.

Der schlangenzüngige Mönch, der der Tanagrafigur hatte Kopfweh andichten wollen, blinzelte dem Pater Schaffner zu. Beide lächelten boshaft.

«Pater Dometios», riefen sie, «dein Novize Gabriel kommt.»

Sofort nahm der Mönch die Tonfigur an sich und rollte wie ein Faß zur Tür. Der hübsche Novize schritt schweigend und tänzelnd voran, und beide verschwanden in dem langen, baufälligen Flur.

Ich gab Sorbas ein Zeichen, und wir gingen in den Hof. Draußen war es angenehm warm. Ein Orangenbaum stand in der Mitte des Hofes, und der Duft seiner Blüten würzte die Luft. Neben ihm sprudelte kühles Wasser aus einem antiken marmornen Widderkopf. Ich hielt meinen Kopf darunter und erfrischte mich.

«Sag mal, was sind das für Kunden hier?» sagte Sorbas und schüttelte sich vor Widerwillen. «Das sind weder Männer noch Frauen, sondern Maultiere. Pfui, sie sollten sich aufhängen!»

Auch er tauchte seinen Kopf in das frische Wasser und fuhr lachend fort: «Pfui! Sie haben alle einen Teufel im Leib. Der will eine Frau, jener einen Stockfisch, ein anderer Geld oder Zeitungen... Diese Sauertöpfe! Warum gehen sie nicht wieder unter die Menschen, um sich das alles zu leisten und den Deckel zu lüften?»

Er steckte sich eine Zigarette an und setzte sich auf die Bank unter dem blühenden Orangenbaum.

«Weißt du», sagte er, «was ich tue, wenn ich Lust auf irgendwas habe? Ich schlage mir so lange den Bauch voll, bis es mir widersteht, dann habe ich mich befreit und denke nicht mehr daran. Oder nur hochnäsig von oben herab. Als kleiner Junge war ich wie toll hinter Kirschen her. Ich besaß keinen Heller, ich konnte mir nicht viele auf einmal kaufen. Und hatte ich sie aufgegessen, war ich nicht satt, und es ging mit dem Gelüsten von neuem los... Tag und Nacht hatte ich die Kirschen im Sinn. Das Wasser lief mir im Munde zusammen, wenn ich nur daran dachte. Eine furchtbare Qual! Eines Tages wurde mir das zu bunt. Vielleicht schämte ich mich auch, weiß ich's? Ich merkte, daß die Kirschen mit mir machten, was sie wollten, und daß das groteske Formen annahm. Was tun? Ich stehe mitten in der Nacht auf, schleiche wie ein Wolf, wühle in den Taschen meines Vaters, finde einen Taler und klaue ihn. In aller Frühe stehle ich mich aus dem Haus, gehe zum Obsthändler und kaufe mir einen Korb voll Kirschen. Ich setze mich in einen Graben und fange zu essen an. Ich aß und aß, bis ich aufgetrieben war wie ein Ballon. Der Magen schien mir bis an den Hals zu reichen, ich war am Ende meiner Kraft und erbrach mich. Seit dem Tage war ich geheilt. Ich konnte keine Kirschen mehr sehen. Ich war wieder ein freier Mensch. Wenn ich mal eine Kirsche sah, dann sagte ich: ‹Ich habe euch nicht mehr nötig!› Später machte ich es genauso mit dem Wein und Tabak. Ich trinke zwar noch, ich rauche zwar noch, aber sobald ich nicht mehr will, kann ich Schluß machen. Ich bin nicht mehr ein Sklave meiner Leidenschaften. Auch das ‹Vaterland› kann mir nichts mehr anhaben. Ich brannte vor Verlangen danach, ich bekam es bis obenhin. Ich erbrach mich und bin wieder frei!»

«Und wie steht es mit den Frauen?» fragte ich lachend.

«Auch die kommen noch an die Reihe, die verwünschten. Aber nicht vor meinem siebzigsten Jahr.» Er überlegte, es schien ihm zuwenig:

«Achtzigsten», verbesserte er sich. «Du lachst? Meinetwegen! Nur so befreit sich der Mensch, hör zu, nur so befreit er sich – als Mann von Lebensart, nicht als Asket. Wie willst du den Teufel los werden, wenn du nicht selbst ein anderthalbfacher Teufel bist?»

Pater Dometios tauchte im Hof auf, gefolgt von dem jungen Blondkopf von Mönch. Dometios schnaufte.

«Wie ein zorniger Engel…» murmelte Sorbas beim Anblick des scheuen und anmutigen Jünglings.

Sie näherten sich der Steintreppe, die in die Zellen des oberen Stockwerks führte. Dometios drehte sich um und flüsterte dem Novizen etwas ins Ohr. Dieser schüttelte den Kopf, als weigere er sich. Doch schien er gleich wieder nachzugeben. Er schlang seinen Arm um den Alten, und beide stiegen langsam die Treppe empor.

«Hast du's gemerkt?» sagte Sorbas. «Hast du's gemerkt? Sodom und Gomorrha!»

Zwei Mönche gingen an ihnen vorbei. Sie blinzelten einander zu und flüsterten und lachten.

«Was für eine Bosheit!» brummte Sorbas. «Eine Krähe hackt der anderen kein Auge aus, aber die Mönche – nein! Bei ihnen hackt die eine der anderen ohne Federlesen das Auge aus.»

«Der eine dem anderen», verbesserte ich Sorbas lachend.

«Das ist doch dasselbe, Chef, halte dich darüber nicht auf! Ich sage dir doch, es sind Maultiere! Du kannst, je nachdem dir zumute ist, ‹Gabriel oder Gabriele›, ‹Dometios oder Dometia› sagen. Laß uns türmen, Chef, unterschreib die Papiere und dann schleunigst fort! Hier bekommt man, weiß Gott, das Kotzen vor Mann und Weib.»

Er senkte seine Stimme.

«Ich hab da noch einen Plan...» sagte er.

«Wieder ein dummer Streich, Sorbas? Hast du noch nicht genug auf dem Kerbholz?»

«Wie soll ich dir das erklären, Herr? Du bist, wenn ich so sagen darf, ein ordentlicher Kerl, ein Bursche von echtem Schrot und Korn. Wenn du im Winter auf deiner Bettdecke einen Floh findest, setzt du ihn unter die Decke, damit er nicht friert. Wie kannst du einen alten Gauner wie mich verstehen! Wenn ich einen Floh finde, zerknacke ich ihn sofort. Finde ich einen Hammel, so schneide ich ihm die Kehle durch, brate ihn am Spieß und traktiere meine Freunde damit. Du wirst sagen: ‹Der Hammel gehört dir gar nicht.› Zugegeben. Aber erst laß uns den Hammel aufessen, hinterher können wir uns in aller Ruhe über Mein und Dein unterhalten. Du kannst dann deine Predigt halten, während ich mir mit einem Hölzchen die Zähne reinige.»

Der Hof hallte von seinem Lachen wider. Zacharias kam entsetzt herbei. Er legte den Finger an die Lippen und näherte sich uns auf den Zehenspitzen.

«Pst! Nicht lachen!» sagte er. «Dort oben, hinter dem klei-

nen offenen Fenster, arbeitet der Bischof. Dort ist die Biblio-
thek. Er schreibt den ganzen Tag, der heilige Mann.»

«Das ist ja großartig! Ich wollte dich gerade sprechen, Pater
Josef!» sagte Sorbas und packte den Mönch am Arm. «Komm
in deine Zelle, wir müssen uns was erzählen.»

Er wandte sich an mich: «Schau dir inzwischen die Kirche
und die alten Ikonen an. Ich werde auf den Abt warten, er muß
jeden Augenblick kommen. Misch dich vor allem in gar nichts
ein, sonst gibt es Wirrwarr. Und störe mich nicht! Ich habe da
einen Plan.»

Er flüsterte mir ins Ohr:

«Wir bekommen den Wald zum halben Preis... Kein Wort
mehr!»

Und er entfernte sich eilig, den halbverrückten Mönch hatte
er untergefaßt.

XVIII

Ich trat über die Kirchenschwelle und tauchte in die kühle, duftende Dämmerung. Die Kirche war leer. Die silbernen Öllam-
pen schimmerten matt. Das reichverzierte Ikonostas in Gestalt
eines goldenen Spaliers, beladen mit Trauben, beherrschte den
Hintergrund. Die Wände waren von oben bis unten mit halb-
verwitterten Fresken bedeckt: erschreckend hageren Asketen,
Kirchenvätern, der gesamten Passion, Engeln mit breiten, ver-
schossenen Bändern im lockigen Haar.

Über dem Altar schwebte die Panajia und breitete betend
ihre Arme aus. Eine schwere silberne Lampe hing vor ihr von
der Decke hernieder, und das flackernde Licht umspielte zärtlich ihr schmales, gequältes Gesicht. Nie vergesse ich diese
traurigen Augen, den runden, faltigen Mund und das kräftige,
eigenwillige Kinn. Bildnis der im größten Schmerz noch über-
glücklichen Mutter schlechthin, am Ziel ihrer Wünsche, denn

aus ihrem sterblichen Leib ging der unsterbliche Sohn hervor...

Als ich die Kirche verließ, ging die Sonne schon unter. Ich setzte mich auf die Bank unter dem Orangenbaum. Die Kuppel der Kirche schimmerte rosenfarben, als hätte die Morgenröte sie angehaucht. Die Mönche hatten sich in ihre Zellen zurückgezogen, aber nicht um zu schlafen, sondern um Kräfte für die Vigilien zu sammeln. Denn Christus sollte heute abend sich auf den Weg nach Golgatha machen, und sie sollten ihn hinaufbegleiten. Ein paar schwarze Schweine mit rosigen Zitzen schliefen unter einem Johannisbrotbaum. Auf den Dächern schlugen die Tauben ihre Räder und gurrten.

Wie lange werde ich noch leben, dachte ich, und mich dieser Schönheit der Erde, dieser Ruhe der Luft und der Orangenblütendüfte erfreuen?

Ich hatte eine Ikone des heiligen Bacchus in der Kirche gesehen, und sie hatte mein Herz vor Glück überströmen lassen. Alles was mich innerlich bewegte, die Verbundenheit des antiken Griechentums mit dem modernen und seine innere Einheit, offenbarte sich mir von neuem. Gesegnet sei diese zierliche Ikone des christlichen Jünglings mit den vollen Locken, die ihm wie schwarze Trauben über die Stirn hängen! Der antike Gott und der christliche Heilige vereinigten sich in mir, sie trugen dasselbe Gesicht. Unter dem Weinlaub wie unter der Kutte pochte derselbe Körper, von Sonne durchglüht – Hellas.

Sorbas kam zurück.

«Der Abt ist wieder da», sagte er in aller Eile, «wir haben schon verhandelt, doch er stellt sich taub. Er meint, die Kirchensänger wünschten besser bezahlt zu werden, er könne den Wald nicht für ein Stück Brot hergeben, aber ich bringe ihn schon dazu, daß er nachgibt.»

«Wieso stellt er sich taub? Waren wir nicht handelseinig?»

«Misch dich bitte nicht ein, Chef! Du kannst uns nur einen Knüppel zwischen die Beine werfen. Du sprichst noch immer vom alten Vertrag, der ist begraben! Runzle nicht deine Stirn, er ist begraben, sage ich dir. Wir werden den Wald zum halben Preis bekommen.»

«Was erzählst du da wieder für Märchen, Sorbas!»

«Überlaß das mir! Ich werde die Karre schon wieder schmieren.»

«Aber wieso? Ich verstehe dich nicht.»

«Ich habe in Kandia mehr, als nötig war, ausgegeben. Lola hat mich, oder richtiger dich, eine Stange Geld gekostet. Bildest du dir ein, ich hätte das vergessen? Ich bin schließlich wer! Was denkst du von mir? Meine Ehre muß wiederhergestellt werden. Was draufgegangen ist, bezahle ich. Ich habe schon meinen Anschlag gemacht: Siebentausend Drachmen hat Lola gekostet, ich werde sie aus dem Wald wieder herausholen. Das heißt, der Abt, das Kloster, die Heilige Jungfrau müssen für Lola bezahlen. Das ist mein Plan. Gefällt er dir?»

«Nein. Du kannst doch die Panajia für deine Verschwendungen nicht verantwortlich machen.»

«Doch! Sie allein ist verantwortlich dafür. Sie hat den Sohn geboren, den Herrgott. Der Herrgott hat mich geschaffen und mir das Werkzeug mit auf den Weg gegeben, das du kennst. Dieses verwünschte Werkzeug ist schuld, daß ich die Besinnung verliere, sowie ich dem weiblichen Geschlecht begegne, und meine Börse ziehe. Du begreifst? Ihro Gnaden ist also für alles verantwortlich und soll zahlen?»

«Ich schätze das nicht, Sorbas.»

«Das ist eine andere Frage, Chef. Retten wir erst Moses und die Propheten, dann können wir drüber reden.

Küß mich, Kleiner, hinterher
Bin ich wieder deine Tante!

Kennst du das Lied?»

Der dicke Pater Schaffner begrüßte uns.

«Bitte», sagte er mit honigsüßer Klerikerstimme, «das Essen ist angerichtet.» Wir begaben uns in das Refektorium, einen langen Saal mit Bänken und langen schmalen Tischen. Er roch nach ranzigem Öl und Essig. Die Hinterwand bedeckte ein altes Fresko vom Abendmahl. Die elf treuen Jünger drängten sich wie eine Schafherde um Christus zusammen, und gegenüber saß mit dem Rücken gegen den Zuschauer ganz allein der rothaarige Judas mit der wulstigen Stirn und der Adlernase. Und Christus hat nur Augen für ihn.

Der Pater Schaffner nahm Platz, ich zu seiner Rechten, Sorbas zu seiner Linken.

«Wir sind in der Fastenzeit», sagte er, «ihr müßt entschuldigen. Es gibt heute weder Öl noch Wein, obgleich ihr Reisende seid. Willkommen!»

Wir schlugen das Kreuz und bedienten uns, ohne ein Wort zu erwidern, mit Oliven, grünen Zwiebeln, gelbem Kaviar und schmackhaften weißen Bohnen. Wir kauten zu dritt, bedächtig und langsam wie die Kaninchen.

«So ist das irdische Leben», sagte der Pater Schaffner, «eine Fastenzeit. Es wird einem nichts geschenkt. Aber Geduld, liebe Brüder! Die Auferstehung ist samt dem Osterlamm nahe! Das Himmelreich ist im Anzug.»

Ich mußte husten. Sorbas stieß mich mit dem Fuß an, als ob er mir befehlen wollte zu schweigen.

«Ich bin bei Pater Zacharias gewesen...» sagte Sorbas, um das Thema zu wechseln.

«Hat vielleicht», fragte der Pater Schaffner mit einer sichtbaren Unruhe, «der besessene Kerl zu dir was verlauten lassen? Er hat alle sieben Dämonen im Leibe, traue ihm nicht! Seine Seele ist unrein, und er sieht überall Unrat.»

Die Glocke rief schwermütig zu den Vigilien. Der Pater Schaffner schlug das Kreuz und stand auf.

«Ich muß gehen», sagte er. «Christus tritt seinen Leidensweg an. Wir wollen das Kreuz mit ihm tragen. Ihr aber könnt euch heute abend noch ausruhen, ihr seid müde von der Reise. Doch morgen in der Frühmesse...»

«Schmutzfinken!» brummelte Sorbas zwischen den Zähnen, kaum daß der Mönch sich entfernt hatte. «Schmutzfinken, Lügner, Maulesel!»

«Was ficht dich an, Sorbas? Hat Zacharias geplaudert?»

«Ach laß! Zum Teufel, unterschreiben sie nicht, dann mache ich ihnen die Hölle heiß.»

Wir begaben uns in die Zelle, die man für uns hergerichtet hatte. In der Ecke hing eine Ikone der Panajia. Sie hatte ihre Wange fest an die des Sohnes gedrückt, ihre großen Augen standen voll Tränen.

Sorbas schüttelte seinen großen Kopf.

«Weißt du, warum sie weint, Chef?»

«Nein.»

«Weil sie sieht. Wäre ich ein Ikonenmaler, so malte ich die Panajia ohne Augen, Ohren und Nase. Denn ich habe Mitleid mit ihr.»

Wir streckten uns auf unser hartes Lager. Die Balken rochen nach Zypresse. Durch das offene Fenster drang der milde Atem des Frühlings, der mit Blütenduft gesättigt war. Dann und wann klangen vom Hof her die Trauerchoräle wie Windstöße herüber. Unmittelbar vor dem Fenster schlug eine Nachtigall, ihr folgte eine zweite, schon etwas ferner eine dritte... Die Nacht floß über vor Liebe.

Ich konnte nicht einschlafen. Der Gesang der Nachtigall durchdrang sich mit dem Klagen um Christus. Auch ich wollte zwischen den blühenden Orangen gen Golgatha steigen und mich von den blutigen Spuren leiten lassen. Die Nacht war frühlingswarm und blau, und ich sah den kalten Schweiß Christi auf dem blassen, schmächtigen Körper perlen, sah ihn flehend seine Hände wie ein Bettler ausstrecken... Die armen Leute von Galiläa bildeten sein Gefolge. Sie schwangen Palmenzweige und riefen: ‹Hosianna! Hosianna!› und breiteten ihre Mäntel unter seine Füße... Er blickte sie an, alle, die er liebte, keiner von ihnen ahnte, was in ihm vorging. Nur er allein wußte, daß er in den Tod ging. Unter den funkelnden Sternen suchte er weinend sein zitterndes Menschenherz zu trösten: ‹Wie das Saatkorn mußt auch du, mein Herz, unter die Erde hinab und sterben. Fürchte dich nicht! Wie würdest du sonst zur Ähre? Wie könntest du sonst die Menschen ernähren, die Hungers sterben?›

Doch tief in ihm lebte und zitterte das menschliche Herz und wollte nicht sterben...

Immer lauter durchtönten die Lieder der Nachtigallen den Wald um das Kloster. Hymnen der Liebe und der Leidenschaft stiegen aus nachtfeuchten Zweigen zum Himmel empor, und das arme menschliche Herz vereinigte seine Stimme mit ihnen und quoll über von Glück und Leid.

Unter den Liedern von Christi Leiden und den Gesängen der Nachtigallen betrat ich unmerklich die Gefilde des Schlafs, wie wohl die Seele das Paradies betritt.

Ich hatte noch keine Stunde geschlafen, als ich plötzlich vor Schreck in die Höhe fuhr.

«Sorbas, hast du gehört? Ein Schuß!»

Sorbas saß schon lange auf seinem Lager und rauchte.

«Nur ruhig Blut!» sagte er und war bemüht, seinen Ärger nicht merken zu lassen. «Sollen sie sich gegenseitig die Augen auskratzen!»

Laute Stimmen erklangen auf dem Korridor, dicke Pantoffeln schlurften vorbei, Türen öffneten und schlossen sich geräuschvoll, irgendwo stöhnte jemand, als sei er verwundet.

Ich sprang von meinem Lager und öffnete die Tür. Ein ausgemergelter Greis stand wie aus dem Boden gewachsen vor mir, und er machte eine Bewegung, als wollte er mir den Weg verlegen. Er trug eine weiße Zipfelmütze und ein weißes Hemd, das bis zu den Knien reichte.

«Wer bist du?»

«Der Bischof», antwortete er mit brüchiger Stimme.

Ich hätte beinahe laut aufgelacht. Ein Bischof? Wo waren seine Gewänder: seine goldene Kasula, seine Mitra, sein Krummstab, seine falschen bunten Steine? Ich sah zum erstenmal einen Bischof im Nachthemd.

«Was bedeutete dieser Schuß?» fragte ich

«Ich weiß nicht... ich weiß nicht...» stammelte er und schob mich sanft in die Zelle zurück.

Sorbas saß immer noch gelassen auf seinem Lager und lachte:

«Bist du bange, Väterchen? Komm herein, du brauchst keine Angst zu haben. Wir sind keine Mönche.»

«Sorbas», sagte ich halblaut, «etwas mehr Ehrfurcht! Du hast den Bischof vor dir!»

«Lächerlich! Im Nachthemd ist niemand Bischof. Tritt bitte näher!»

Und schon erhob er sich, nahm den Bischof am Arm und zog ihn in die Zelle. Dann schloß er die Tür, holte aus seinem Rucksack eine Flasche Schnaps und füllte ein Gläschen.

«Trink, Väterchen. Das hilft wieder auf die Beine», sagte er.

Der Bischof leerte das Glas und gewann seine Fassung zurück. Er setzte sich auf mein Bett und lehnte den Rücken an die Wand.

«Bischöfliche Gnaden, was bedeutet dieser Schuß?» wiederholte ich meine Frage.

«Ich weiß nicht, mein Sohn... Ich hatte bis Mitternacht gearbeitet und war schon zu Bett gegangen. Da höre ich plötzlich neben mir, in der Zelle des Paters Dometios...»

«Aha!» unterbrach ihn Sorbas und lachte auf. «Du hattest recht, Zacharias!»

Der Bischof ließ den Kopf auf die Brust sinken.

«Es war wahrscheinlich ein Dieb», murmelte er.

Das Stimmengewirr im Korridor hatte aufgehört, das Kloster lag wieder in heiliger Stille. Der Bischof blickte mich mit seinen gütigen Augen bittend an und fragte:

«Bist du müde, mein Sohn?»

Ich spürte, er wollte nicht gehen und die Nacht in seiner Zelle allein verbringen. Er fürchtete sich.

«Nein», antwortete ich, «ich bin nicht müde. Bleiben Sie bitte!»

Wir kamen ins Gespräch. Sorbas hatte sich auf sein Kopfkissen gestützt und rauchte.

«Du scheinst mir ein gebildeter junger Mann zu sein», sagte der kleine Greis. «Ich habe hier leider niemand, mit dem ich mich unterhalten kann. Ich habe drei Lehren, die mein Leben versüßen. Ich hätte sie dir gern mitgeteilt.»

Er wartete gar nicht auf meine Antwort, sondern fuhr fort:

«Meine erste Lehre ist folgende: Die Formen der Blumen beeinflussen ihre Farbe, ihre Farbe beeinflußt ihre Eigenschaften. Daher hat jede Blume eine verschiedene Wirkung auf den menschlichen Körper und folglich auch auf die Seele. Wenn wir deshalb über eine Blumenwiese wandern, müssen wir achtgeben…»

Er schwieg, als harrte er auf eine Äußerung von mir. Ich sah den Alten durch eine blühende Wiese spazieren und mit geheimem Schauder die Blumen nach ihrer Form und Farbe betrachten. Er mußte von mystischer Angst erbeben, daß die ganze Frühlingsflur mit Engeln und Dämonen bevölkert sein könnte.

«Vernimm jetzt meine zweite Lehre: Jede Idee von wirklichem Einfluß besitzt auch wirkliche Existenz. Sie ist leibhaft da und kreist nicht unsichtbar in der Luft. Sie hat einen wirklichen Körper – mit Augen, Mund, Füßen und Bauch… Sie ist männlich oder weiblich. Sie stellt den Männern oder den Frauen nach… Deshalb heißt es im Evangelium: ‹Das Wort ward Fleisch…›»

Er beobachtete mich wieder mit ängstlichen Blicken.

«Meine dritte Lehre», fuhr er hastig fort, da ihm mein Schweigen unerträglich war, «ist folgende: Die Ewigkeit existiert sogar in unserem vergänglichen Leben, doch ist es schwer für uns, sie als solche aus eigener Kraft zu entdecken. Die täglichen Sorgen führen uns in die Irre. Nur wenige, nur die Auserwählten gelangen dazu, die Ewigkeit schon in diesem vergänglichen Dasein zu erleben. Damit die anderen nicht verlorengehen, erbarmte Gott sich ihrer und schickte ihnen die Religion – und so kann auch die Menge die Ewigkeit erleben.»

Der Bischof hatte geendet und erschien sichtbar erleichtert. Er hob seine wimperlosen kleinen Augen und sah mich lächelnd an, als ob er sagen wollte: ‹Nimm es hin, ich schenke dir alles, was ich besitze.› Ich war gerührt, mit welcher Güte der alte Mann die Früchte eines ganzen Lebens vor mir ausbreitete, obwohl er mich doch kaum kannte. Tränen standen in seinen Augen.

«Was hältst du von meinen Lehren?» fragte er und umschloß meine Hand mit der seinen. Sein Blick schien zu bedeuten, daß er von mir eine Antwort wollte, ob sein Leben zu etwas nützlich gewesen sei oder nicht. Ich kannte außer der Wahrheit noch eine andere Pflicht, die schwerer wiegen und menschlicher sein kann!

«Diese Lehren können viele Seelen retten», erwiderte ich.

Das Antlitz des Bischofs strahlte vor Freude. Sein ganzes Leben war gerechtfertigt.

«Dank, mein Sohn», flüsterte er und drückte mir innig die Hand.

Sorbas fuhr aus seiner Ecke.

«Ich weiß eine vierte Lehre», sagte er.

Ich sah ihn beunruhigt an. Der Bischof wandte sich ihm zu:

«Sprich, mein Sohn! Deine Lehre soll gesegnet sein! Wie lautet sie?»

«Zwei und zwei sind vier», sagte Sorbas ernst.

Der Bischof staunte ihn an.

«Und ich weiß noch eine fünfte Lehre, guter Alter», fuhr Sorbas fort, «daß nämlich zwei und zwei nicht vier sind. Du hast die Wahl zwischen ihnen.»

«Ich verstehe nicht...» stammelte der Bischof und warf mir einen fragenden Blick zu.

«Ich genausowenig», sagte Sorbas und schüttelte sich vor Lachen.

Ich lenkte das Gespräch auf ein anderes Thema, denn der Bischof hatte die Fassung verloren.

«Welchen Studien haben Sie sich hier geweiht?» fragte ich ihn.

«Ich schreibe die alten Handschriften und Urkunden des Klosters ab. Und in letzter Zeit sammle ich alle Beinamen, mit denen unsere heilige Kirche die Panajia geschmückt hat.»

Er seufzte.

«Ich bin alt und zu anderen Arbeiten nicht mehr zu gebrauchen. Mir wird leichter, wenn ich dieses Verzeichnis der Beinamen anlege, und ich vergesse das Elend der Welt.»

Er lehnte sich an das Kopfkissen, schloß die Augen und murmelte wie im Fieber vor sich hin:

«Unverwelkliche Rose, Trächtige Erde, Weinstock, Quelle, Fluß, Brunnen der Wunder, Himmelsleiter, Brücke, Fregatte, Hafen, Paradiesschlüssel, Morgenröte, Leuchte, Blitz, Feuersäule, Verteidigerin, Unerschütterlicher Turm, Uneinnehmbare Festung, Schutz, Zuflucht, Trost, Freude, Stab der Blinden, Mutter der Waisen, Tisch, Nahrung, Ruhe, Duft, Gastmahl, Milch und Honig...»

«Er redet irre, der arme Schlucker», flüsterte Sorbas; «ich will ihn zudecken, damit er sich nicht erkältet.»

Er breitete eine Decke über ihn aus und legte ihm das Kopfkissen zurecht.

«Es gibt siebenundsiebzig Arten von Wahnsinn, habe ich mir sagen lassen, aber diese hier ist die achtundsiebzigste.»

Der Tag brach an. Das ‹Simandron› ertönte. Ich beugte mich aus dem kleinen Fenster und sah einen mageren Mönch langsam den Hof umschreiten und mit einem kleinen Hammer gegen eine lange, hölzerne Platte schlagen. Voll sanften Wohlbehagens verbreitete sich die Stimme des ‹Simandron› in der Morgenluft. Die Nachtigall war verstummt, und in den Bäumen begannen die ersten Vögel zu zwitschern.

Ich lehnte am Fensterbrett und lauschte entzückt der einschmeichelnden Melodie des ‹Simandron›. Ich dachte darüber nach, wie lange hohe Ordnungen selbst im Verfall ihre imposanten und edlen Formen bewahren. Die Seele ist entflohen, aber die Behausung blieb unversehrt, an der sie jahrhundertelang, wie eine Muschel, gebaut hat, um zu wohnen, wie ihr beliebte.

Auch die herrlichen Kathedralen in den glaubenslosen großen Städten, dachte ich, sind solche leeren Muscheln. Vorgeschichtliche Ungeheuer, von denen nur das Gerippe blieb, an dem Regen und Sonne nagen.

Es klopfte an der Tür unserer Zelle. Die ölige Stimme des Pater Schaffner ließ sich vernehmen:

«Erhebt euch zur Frühmesse, Brüder!»

Sorbas sprang auf.

«Was bedeutete der Pistolenschuß?» rief er außer sich. Er wartete ein paar Sekunden. Totenstille. Der Mönch mußte noch hinter der Tür stehen, denn man konnte ihn heftig atmen hören. Sorbas stampfte wütend mit dem Fuß.

«Was bedeutete der Pistolenschuß?» fragte er zornig.

Eilige Schritte entfernten sich. Mit einem Satz war Sorbas an der Tür und riß sie auf.

«Bande! Halunken!» rief er und spuckte hinter dem Mönch her, der hastig das Weite suchte. «Popen, Mönche, Nonnen, Kirchenvorsteher, Sakristane, hol euch sämtlich der Teufel!»

«Wir wollen aufbrechen», sagte ich, «hier riecht es nach Blut.»

«Wäre es nur Blut!» brummte Sorbas. «Du kannst ja, wenn du Lust hast, zur Frühmesse gehen, Chef. Ich werde mich inzwischen hier umtun, um den Fall aufzudecken.»

«Ich möchte gehen», wiederholte ich. «Und stecke bitte deine Nase nicht in Angelegenheiten, die dich nichts kümmern!»

«Aber gerade hier will ich sie hineinstecken», sagte er. Er überlegte kurz und lächelte schelmisch.

«Gesegnet sei der Teufel! – Er scheint mir auf dem besten Weg, uns zu helfen. Weißt du, Chef, was dieser Schuß das Kloster kosten kann, Chef? Sieben Tausender!»

Wir begaben uns in den Hof. Blumendüfte… Morgenfrische… paradiesisches Glück schlug uns entgegen. Zacharias, der auf uns offenbar gelauert hatte, rannte herbei und packte Sorbas am Arm.

«Bruder Canavaro», flüsterte er zitternd, «komm, machen wir uns auf und davon!»

«Was hatte der Schuß zu bedeuten? Ist jemand umgebracht? Sprich, Mönch, ich erwürge dich sonst.»

Dem Mönch zitterte die Kinnlade. Er blickte sich um. Der Hof war leer, die Zellen geschlossen. Aus der Kirche strömten die geistlichen Melodien auf sanften Wellen.

«Folgt mir alle beide», murmelte er. «Sodom und Gomorrha!»

Wir gingen an der Mauer entlang, überquerten den Hof und kamen in den Garten. Hundert Meter weiter lag der Friedhof. Wir stolperten über Gräber hinweg, Zacharias stieß die Tür der Kapelle auf und wir traten hintereinander ein. Mitten im Raum lag ein menschlicher Körper auf einer Matte. Er war in eine Kutte gehüllt. Eine Kerze brannte zu seinen Häupten, eine andere zu seinen Füßen. Ich bückte mich über den Toten.

«Der kleine Mönch!» rief ich schaudernd. «Der blonde kleine Mönch des Paters Dometios!»

Auf der Tür des Allerheiligsten schimmerte der Erzengel Michael mit ausgebreiteten Flügeln und gezücktem Schwert und roten Sandalen.

«Erzengel Michael», schrie der Mönch, «schleudere Feuer und Flammen und verbrenne sie alle! Erzengel Michael, sprenge deine Ikone und stürze hervor! Hast du den Schuß nicht gehört?»

«Wer hat ihn umgebracht? Wer? Dometios? Sprich, alter Ziegenbart!»

Der Mönch entwischte aus Sorbas' Händen und fiel der Länge nach dem Erzengel zu Füßen. Lange blieb er unbeweglich so liegen, den Kopf aufgeworfen, den Mund geöffnet, als lauerte er.

Plötzlich richtete er sich mit allen Zeichen der Freude auf.

«Ich werde sie bei lebendigem Leibe verbrennen!» sagte er entschlossen. «Der Erzengel hat sich bewegt und mir zugewinkt.»

Er bekreuzigte sich und preßte seine dicken Lippen auf das Schwert des Erzengels.

«Gott sei Dank», sagte er, «ich fühle mich erleichtert.»

Sorbas packte den Mönch von neuem an der Schulter.

«Komm her, Zacharias», sagte er, «aber rasch! Du tust, was ich dir sage.»

Er wandte sich zu mir.

«Gib mir Geld, Chef! Ich will den Vertrag unterschreiben. Die hier sind Wölfe und du bist ein Lamm, sie werden dich fressen. Darum überlasse mir alles! Du wirst sehen, ich wickle diese Gauner alle um meine Finger. Heute mittag geht es heim, mit dem Wald in der Tasche. Komm, Zacharias!»

Verstohlen kehrten sie in das Kloster zurück, während ich mich unter den Fichten erging.

Die Sonne stand schon hoch, Himmel und Erde leuchteten, der Wind spielte in den Blättern. Eine Amsel flog vor mir her, setzte sich auf einen wilden Birnbaum und wippte mit ihrem Schwanz, öffnete den Schnabel, blickte auf mich herab und pfiff zwei-, dreimal, als wollte sie mich verspotten.

Ich konnte durch die Fichten in den Hof schauen: die Mönche verließen gerade die Kirche, gebückt, mit schwarzen Schleiern auf den Schultern und streng nach der Würde. Die Frühmesse war zu Ende. Sie begaben sich in das Refektorium.

‹Schade›, dachte ich, ‹daß soviel Strenge und Haltung so seelenlos wurden.›

Ich war müde, denn ich hatte wenig geschlafen, und so legte ich mich ins Gras. Majoran und Ginster, Pistazien dufteten balsamisch. Die Insekten summten, sie waren hungrig. Sie stürzten sich wie Korsaren auf die Blumen und sogen den Honig ein. Die fernen Berge glänzten durchsichtig blau, wie flimmernde Dunstgebilde in glühender Sonne. Beruhigt schloß ich die Augen. Eine geheimnisvolle Freude bemächtigte sich meiner, als wäre das grüne Wunder ringsum das Paradies, als wäre Gott diese Frische und schwebende Leichtigkeit, diese nüchterne Trunkenheit. Denn Gott ändert von Augenblick zu Augenblick sein Gesicht. Glücklich, wer ihn hinter jeder seiner Masken erkennen kann! Bald ist er ein Glas klaren Wassers, bald ist er ein Sohn, der uns auf den Schoß hüpft, oder eine bezaubernde Frau oder ganz einfach ein kleiner Morgenspaziergang. Allmählich wurde mir alles ringsum zum Traum, ohne seine Gestalt zu wechseln. Schlafen und Wachen hatten das gleiche Gesicht, ich schlief und träumte die Wirklichkeit und war glücklich. Erde und Paradies waren zu einer Einheit verschmolzen. Mein Leben kam mir wie eine Feldblume vor, mit einem dicken Honigtropfen im Kelch, und meine Seele war eine wilde, honigsammelnde Biene.

Aus dieser Glückseligkeit wurde ich plötzlich unsanft geweckt. Ich hörte hinter mir Schritte und Flüstern, und gleich darauf rief eine fröhliche Stimme:

«Wir können aufbrechen, Chef!»

Sorbas blieb vor mir stehen, und seine kleinen Augen glitzerten geradezu teuflisch.

«Wir gehen?» fragte ich erleichtert. «Ist alles erledigt?»

«Alles!» antwortete er und klopfte auf seine Brusttasche. «Hier habe ich den Wald. Hoffentlich bringt er uns Glück! Und hier sind auch die sieben Tausender, die Lola uns abgeknöpft hat.»

Er zog aus seiner Tasche einen Packen Papiergeld.

«Nimm, Chef! Ich trage meine Schulden ab, ich brauche mich nicht mehr vor dir zu schämen. Auch die Strümpfe, die Handtäschchen, die Parfüms und der Knirps der Frau Bubulina sind gleich dabei. Sogar die Nüsse für den Papagei und der Halwa, den ich dir mitgebracht hatte.»

«Hier ist die Provision für dich, Sorbas. Zünde davon der Panajia eine Kerze so groß wie du selber an, denn du hast sie beleidigt.»

Sorbas drehte sich um. Der Pater Zacharias nahte mit seiner grünen, fleckigen Kutte und seinen ausgetretenen Stiefeln. Er zog die zwei Maultiere hinter sich her.

Sorbas zeigte ihm das Päckchen mit den Hundertern.

«Das teilen wir uns, Pater Josef. Du wirst dir hundert Kilo Stockfisch kaufen und so lange davon essen, bis dir der Bauch platzt. Dann bist du ein freier Mensch. Komm, gib die Pfote her!»

Gierig griff der Mönch nach den schmutzigen Fetzen und verbarg sie im Halsausschnitt.

«Ich werde Petroleum kaufen...» sagte er.

Sorbas senkte seine Stimme und flüsterte ihm ins Ohr:

«Es darf nur bei Nacht geschehen, und sie müssen schon schlafen, am besten bei heftigem Wind... Du besprengst die Mauern an allen vier Ecken, dann brauchst du nur Lumpen, Scheuerlappen und Werg, alles was du findest, in das Petroleum einzutauchen und ihnen die Bude einzuheizen... Verstanden?»

Der Mönch schlotterte.

«Schlottere nicht, Mönch! Hat es der Erzengel nicht befohlen? Mit Gottes Hilfe und Petroleum, leb wohl!»

Wir saßen auf. Ich warf einen letzten Blick auf das Kloster zurück.

«Hast du etwas herausbekommen, Sorbas?» fragte ich.

«Über den Schuß? Darüber laß dir keine grauen Haare wachsen, Chef, Zacharias hat recht: Sodom und Gomorrha! Dometios hat den hübschen kleinen Mönch erschossen.»

«Dometios? Weshalb?»

«Wühle nicht in diesem stinkenden Misthaufen, Chef!»

Auch er sah noch einmal nach dem Kloster zurück. Die Mönche verließen gerade das Refektorium und zogen sich mit gesenkten Häuptern und gekreuzten Händen in ihre Zellen zurück.

«Euer Fluch über mich, ihr heiligen Väter!» schrie er.

XIX

Die Nacht war lange hereingebrochen, als wir die Küste wieder erreichten. Der erste Mensch, dem wir begegneten, war unsere Bubulina, die wie ein Häufchen Unglück vor der Baracke saß. Wir machten Licht. Als ich ihr ins Gesicht sah, war ich heftig erschrocken.

«Was hast du, Madame Hortense? Bist du krank?» fragte ich.

Seit sich die alte Sirene vor der Gewißheit sah, daß sich der Traum ihres Lebens, die Heirat, erfüllen sollte, hatte sie alles Hintergründige und Verführerische verloren. Sie bemühte sich, ihre Vergangenheit auszulöschen und die grellen, schillernden Federn, mit denen sie sich auf Kosten der Paschas, der

Beis und Admirale geschmückt hatte, wieder abzuwerfen...
Sie lebte nur noch dafür, eine hausbackene, würdige Krähe zu
werden. Eine ehrbare Frau. Sie verzichtete auf Schminke und
Aufmachung und zeigte sich als das, was sie war: eine alte
Schachtel, die heiraten wollte.

Sorbas blieb stumm wie ein Fisch. Er strich sich nervös seinen frischgefärbten Bart. Er bückte sich, zündete den Kocher
an und setzte das Kaffeewasser auf.

«Grausamer!» sagte plötzlich die alte Chansonnette mit
brüchiger Stimme.

Sorbas hob den Kopf und blickte sie an. Seine Augen be-
sänftigten sich. Er konnte keine Frau ihm ihr Leid klagen hören, ohne daß es ihm nicht das Herz zerriß. Eine weibliche
Träne genügte, ihn zu ertränken. Wortlos schüttete er den ge-
mahlenen Kaffee in das kochende Wasser, tat Zucker hinzu
und rührte um.

«Warum quälst du mich so und heiratest mich nicht?»
girrte die alte Sirene. «Ich getraue mich nicht mehr ins Dorf.
Ich bin entehrt! Entehrt! Ich werde mich umbringen!»

Ich hatte mich, müde vom langen Ritt, auf mein Bett ge-
streckt. Auf mein Kissen gestützt, hatte ich meinen heimlichen
Spaß an dieser tragikomischen Szene.

Sie hatte sich jetzt Sorbas genähert und berührte seine Knie.

«Warum brachtest du keine Brautkronen mit?» fragte sie
wehmütig.

Sorbas fühlte ihre fette Hand auf seinem Knie zittern. Dieses Knie war das letzte Stück Festland, an das dieses Wesen
sich klammerte, das tausend und einen Schiffbruch erlitten
hatte.

Er warf ihr einen zärtlichen Blick zu, konnte sich aber auch
jetzt nicht entschließen zu sprechen. Er füllte drei Tassen mit
Kaffee.

«Warum hast du die Kronen nicht mitgebracht?» wiederholte sie mit flackernder Stimme.

«Die in Kandia taugen nichts», erwiderte Sorbas.

Er reichte jedem seine Tasse und kauerte sich in eine Ecke.

«Ich habe nach Athen geschrieben», fuhr er fort, «daß man uns ein paar von den guten schickt. Ich habe auch weiße Kerzen und Pralinen aus Schokolade und Mandeln bestellt...»

Je mehr er redete, desto mehr Feuer fing seine Phantasie. Seine Augen sprühten Funken, und wie der Dichter im erhabensten Moment seiner Schöpfung, so schwebte auch Sorbas in Höhen, in denen sich Dichtung und Wahrheit vereinigen und als Geschwister erkennen. Er hockte dabei in der Ecke und ruhte sich von den Strapazen des Tages aus, schlürfte den heißen Kaffee und zündete sich eine Zigarette an. Er hatte sein Ziel erreicht und den Wald in der Tasche, er hatte seine Schulden beglichen und war zufrieden. Er geriet in Schwung.

«Unsere Hochzeit muß Aufsehen erregen, teuere Bubulina. Du wirst staunen, was für ein Brautkleid ich dir bestellt habe! Deshalb bin ich auch so lange in Kandia geblieben, mein Herz. Ich habe zwei erstklassige Schneiderinnen aus Athen kommen lassen und ihnen gesagt: ‹Die Frau, die ich heirate, hat nicht ihresgleichen, weder im Orient noch im Okzident. Sie war die Königin von vier Großmächten, jetzt ist sie Witwe. Die Großmächte sind gestorben, und sie willigt ein, mir die Hand zu reichen. Ich möchte, daß auch ihr Brautkleid nicht seinesgleichen hat. Daß es ganz aus Seide und mit Perlen besteppt ist, und den Saum bestickt ihr mit goldenen Pfauen!› – Die Schneiderinnen schrien laut auf: ‹Aber das wird zu schön! Alle Hochzeitsgäste werden geblendet sein!› – ‹Da kann ich ihnen nicht helfen›, entgegnete ich, ‹die Hauptsache bleibt, daß meine Geliebte zufrieden ist!›»

Madame Hortense lehnte an der Wand und hörte aufmerksam zu. Ein grobsinnliches Lächeln hatte sich über ihr zerknittertes kleines Gesicht ergossen, und ihr rosarotes Halsband drohte zu platzen.

«Ich möchte dir was ins Ohr sagen...» flüsterte sie und schoß eine Salve von zärtlichen Blicken auf Sorbas ab.

Sorbas blinzelte mir zu und beugte sich vor.

«Ich habe dir etwas mitgebracht», lispelte die künftige Gattin und bohrte ihre Zunge in sein behaartes Ohr.

Sie zog aus ihrem Mieder ein Taschentuch, dessen Zipfel verknotet waren, und überreichte es Sorbas.

Dieser nahm es mit zwei Fingern entgegen und legte es auf sein rechtes Knie. Dann blickte er durch die Tür auf das Meer hinaus.

«Willst du den Knoten nicht lösen, Sorbas?» sagte sie. «Du scheinst es nicht eilig zu haben.»

«Laß mich erst Kaffee trinken und meine Zigarette aufrauchen», antwortete er. «Ich habe ihn schon gelöst. Ich weiß, was drin ist.»

«Löse den Knoten, löse den Knoten...» flehte die Sirene.

«Laß mich erst meine Zigarette rauchen, hab ich erklärt.»

Und er warf mir einen vorwurfsvollen Blick zu, als wollte er sagen:

‹Du bist an allem schuld.›

Langsam blies er den Rauch durch die Nase und blickte wieder auf das Meer hinaus.

«Morgen haben wir Südwestwind», sagte er. «Das Wetter schlägt um. Die Knospen schwellen, die Brüste der Mädchen sprengen die Blusen... Der Frühling, dieser Landstreicher, ist eine Erfindung des Satans!»

Nach kurzem Schweigen fuhr er fort:

«Hast du schon bemerkt, Chef, daß alles Gute auf dieser Welt eine Erfindung des Satans ist? Die niedlichen Frauen, der Frühling, die Spanferkel, der Wein – alles ist Teufelswerk. Und Gott hat nur die Mönche, die Fasten, den Kamillentee, die häßlichen Frauen geschaffen.»

Bei diesen Worten warf er einen wütenden Blick auf die arme Madame, die in der Ecke förmlich zusammenschrumpfte.

«Sorbas..., Sorbas...» bettelte sie immer wieder.

Der aber drehte sich eine neue Zigarette und schweifte mit seinen Gedanken wieder aufs Meer hinaus.

«Im Frühling», sagte er, «führt der Teufel das Regime. Die Gürtel lockern sich, die Knöpfe springen von den Miedern, die alten Weiber seufzen... He, Bubulina, nimm deine Pfoten fort!»

«Sorbas…, Sorbas…» flehte das Jammerbild ihm zu Füßen von neuem und drückte ihm das Taschentuch in die Hand.

Er warf seine Zigarette weg, packte den Knoten und knüpfte ihn auf. Das Ergebnis schien aber nicht nach seinem Geschmack.

«Was soll das, Frau Bubulina?!» sagte er verdrießlich.

«Das sind Ringe, mein Schatz, niedliche kleine Ringe… Verlobungsringe…» stammelte die alte Sirene. «Der Trauzeuge ist zugegen – Gott segne ihn! –, die Nacht ist schön, das Wetter gut, der liebe Gott schaut auf uns herab – wollen wir uns nicht verloben, mein Sorbas?»

Sorbas blickte bald auf mich, bald auf Madame Hortense, bald auf die Ringe. Eine Schar von Dämonen bekämpften sich in seiner Brust, und vorläufig noch hatte keiner den Sieg errungen. Die Unglückliche beobachtete mit Entsetzen sein Mienenspiel.

«Mein Sorbas! Lieber Sorbas!» schmachtete sie.

Ich hatte mich aufgerichtet und wartete ab. Noch standen ihm alle Wege offen – welchen schlug er jetzt ein?

Plötzlich schüttelte er den Kopf. Er hatte seinen Entschluß gefaßt. Sein Gesicht verklärte sich. Er klatschte in die Hände und stand auf.

«Laßt uns hinausgehen», rief er, «und unter die Sterne treten, daß der liebe Gott uns zusieht! Nimm die Ringe, Chef! Du kannst doch den kirchlichen Segen singen?»

«Nein», antwortete ich belustigt und suchte der guten Dame auf die Beine zu helfen.

«Aber ich! Ich vergaß dir zu erzählen, daß ich einmal Chorknabe war. Ich ging dem Popen bei Hochzeiten, Taufen und Begräbnissen zur Hand. So kann ich die Litaneien auswendig. Komm, meine Bubulina, komm, mein Hühnchen, zieh die Segel ein, meine französische Fregatte, und stelle dich neben mich, auf die rechte Seite!»

Von allen Dämonen, die sich in Sorbas' Seele bekämpften, hatte der Dämon Schelm mit dem guten Herzen gesiegt. Er hatte Mitleid mit der alten Chansonnette gehabt, das Herz war ihm fast zerrissen, als er ihr trübes Auge so ängstlich auf sich gerichtet sah.

‹Zum Teufel!› dachte er und faßte einen heroischen Entschluß. ‹Ich will doch dem weiblichen Geschlecht noch einmal Freude bereiten. Also frisch drauflos!›

Er gab mir die Ringe, reichte Madame Hortense den Arm und lief mit ihr an den Strand. Dort stellte er sich vor das Meer und begann mit der Litanei: ‹Gelobt sei der Herr, unser Gott, von Ewigkeit zu Ewigkeit, Amen!› «Paß auf, Chef...»

«Heute abend gibt es keinen Chef», sagte ich. «Nenne mich Gevatter!»

«Also paß auf, Gevatter! Wenn ich rufe ‹jetzt, jetzt!›, steckst du die Ringe an unsere Finger.»

Sprach's und fuhr fort, mit der Stimme eines Esels zu psalmodieren:

‹Für den Knecht Gottes Alexis und die Magd Gottes Hortense, die einander verlobt sind, und für ihr Seelenheil beten wir zum Herrn!›

«Kyrie eleison! Kyrie eleison!» krähte ich im Diskant und schwankte zwischen Lachen und Weinen.

«Es gehört noch eine Menge Brimborium dazu», sagte Sorbas, «aber den Teufel auch, ich kann mich nicht mehr erinnern! Aber kommen wir zur Hauptsache!»

Er machte einen Luftsprung und rief:

«Jetzt! Jetzt!» und streckte mir seine Hand entgegen.

«Halte auch du dein Händchen hin, meine Herzensdame!» sagte er zu seiner Braut.

Die fleischige Hand, die von Lauge gebeizt und vom Waschen verarbeitet war, schob sich zitternd vor.

Ich streifte ihnen den Ring auf den Finger, während Sorbas, außer sich wie ein Derwisch, schrie:

«Der Knecht Gottes Alexis ist mit der Magd Gottes Hortense verlobt, im Namen des Vaters und des Sohnes und des Heiligen Geistes, Amen! Die Magd Gottes Hortense ist mit dem Knecht Gottes Alexis verlobt... Schluß! Und herzlichen

Glückwunsch! Komm, mein Schatz, und laß dir den ersten ehrbaren Kuß deines Lebens geben!»

Aber Madame Hortense war niedergekniet. Sie umschlang Sorbas' Beine und weinte. Sorbas schüttelte mißbilligend, wenn auch aus Mitleid, sein Haupt.

«Die armen Frauen mit ihrer Einfalt!» murmelte er. Madame Hortense erhob sich, schüttelte ihre Röcke und wollte ihn umarmen.

«Halt, halt!» rief Sorbas. «Wir haben Kardienstag, die Hände weg! Noch ist Fastenzeit!»

«Mein süßer Sorbas…» murmelte sie zärtlich.

«Geduld, meine Teure, und warte bis Ostern, dann essen wir wieder Fleisch und trinken die roten Eier aus. Jetzt ist es Zeit für dich, nach Hause zu gehen. Was sollen die Leute sagen, wenn sie dich noch so spät auf der Straße sehen?»

Bubulina warf ihm flehende Blicke zu.

«Nein, nein», sagte Sorbas, «erst Ostern! Der Gevatter begleitet uns!» Er flüsterte mir ins Ohr:

«Um Gottes willen, laß uns nicht allein! Ich habe nicht die geringste Lust…»

Wir begaben uns in das Dorf. Die Sterne funkelten, das Meer roch nach Tang und Algen, die Nachtvögel kreischten. Die alte Sirene hing an Sorbas' Arm und ließ sich glücklich und melancholisch zugleich von ihm führen.

Endlich war sie heute abend in dem langersehnten Hafen gelandet. Ihr ganzes Leben hatte sie bisher gesungen und geludert. Sie hatte die ehrbaren Frauen verspottet, aber ihr Herz war zerrissen geblieben. Wenn sie, parfümiert und wie eine Wand getüncht, in großer Toilette, durch die Straßen von Alexandria, Beirut und Konstantinopel stolzierte und andere Frauen ihre Säuglinge stillen sah, da schwellte ihre Brust eine schmerzliche Sehnsucht nach solch einem kindlichen Mündchen, daß der Stoff sich spannte. ‹Heiraten, heiraten und ein Kindchen haben› – wie oft hatte dieser Wunsch ihr Leben beschwert. Doch hatte sie niemals ihr Leid einer lebenden Seele anvertraut. Und jetzt hatte sie Gott sei Dank – ein wenig spät, aber besser als gar nicht – nach so vielen Stürmen und manchem Schiffbruch den ersehnten windstillen Hafen erreicht... Ab und zu warf sie einen verstohlenen Blick auf den langen Kerl ihr zur Seite. ‹Er ist zwar kein steinreicher Pascha mit goldener Quaste am Fes›, dachte sie, ‹er ist auch kein schöner, junger Bei, aber immer noch besser als nichts, Gott sei Dank! Er wird mein Mann sein, mein richtiger Mann, Gott sei Dank!›

Sorbas spürte sie wie eine Last auf sich. Er hatte es eilig, mit ihr das Dorf zu erreichen, um sie los zu sein. Und die Arme stolperte über die Steine, ihre Fußnägel drohten einzureißen, die Hühneraugen taten ihr weh, aber sie verlor kein Wort. Warum sollte sie reden? Warum sich beklagen? Alles war ja in Ordnung, Gott sei Dank!

Wir waren schon am Feigenbaum der Prinzessin und am Garten der Witwe vorbeigekommen. Die ersten Häuser des Dorfes tauchten auf. Wir blieben stehen.

«Gute Nacht, mein Schatz», sagte die glückliche Chansonnette und stellte sich auf die Fußspitzen, um an den Mund ihres Verlobten zu reichen. Aber Sorbas bückte sich nicht.

«Soll ich dir die Füße küssen, mein Engel?» sagte sie und wollte sich hinfallen lassen.

«Nein, nein!» widersprach er gerührt und nahm sie in seine Arme. «Es wäre an mir, dir die Füße zu küssen, mein Täubchen, aber ich bin zu schlapp dazu. Gute Nacht!»

Wir trennten uns von ihr und traten schweigend den Rückweg an. Der Duft in der Luft ließ uns tief Atem holen. Plötzlich sah Sorbas mich an und sagte:

«Soll ich nun lachen oder weinen, Chef? Gib mir einen Rat!» Ich antwortete nicht. Auch mir saß ein Pfropfen in der Kehle, und ich wußte nicht, ob ich schluchzen oder hohnlächeln sollte.

«Chef», fuhr Sorbas fort, «wie hieß doch dieser Schlaukopf von einem antiken Gott, über den sich kein weibliches Wesen zu beklagen hatte, weil er sie alle zufriedenstellte? Ich habe so manches darüber munkeln hören. Auch er soll sich zum Beispiel den Bart gefärbt haben, er tätowierte seine Arme mit Herzen, Pfeilen und Sirenen. Er verwandelte sich dem Vernehmen nach und wurde zum Stier, zum Schwan, zum Hammel oder – Verzeihung! – zum Esel oder was sich ein jedes dieser komischen Frauenzimmer sonst wünschte. Bitte, wie hieß er doch?»

«Du denkst vermutlich an Zeus. Wie kommst du auf ihn?»

«Gott heilige seine Seele!» sagte Sorbas und hob seine Hände gen Himmel. «Er hat viel durchmachen müssen, hat viel zu leiden gehabt! Er ist ein großer Märtyrer, du kannst es mir glauben, denn ich kenne mich darin aus. Du verschlingst alles, was dir deine Bücher berichten. Überlege dir aber einmal, was für Leute sie eigentlich schreiben! Pff! Die Tintenkleckser und Federfuchser. Und was verstehen die von den Weibern und von Schürzenjägern? Diese Armleuchter!»

«Warum schreibst du selbst keine Bücher, um uns alle Mysterien der Welt zu erklären, Sorbas?»

«Warum? Aus dem einfachen Grunde, weil ich sie alle erlebe und keine Zeit habe, sie aufzuschreiben. Mal erlebe ich den Krieg, mal die Frau, mal den Wein, mal das Santuri! Wo soll ich die Zeit hernehmen, nach dieser Faselliese von Feder zu greifen? Die Welt ist unter die Fuchtel der Schulmeister geraten. Wer die Mysterien erlebt, hat keine Zeit zu schreiben, und wer die Zeit hat, erlebt die Mysterien nicht. Verstanden?»

«Laß uns bei der Sache bleiben! Wie steht es mit Zeus?»

«Ja, der arme Schlucker!» seufzte Sorbas. «Nur ich weiß, was er dulden mußte. Er liebte freilich die Frauen, aber nicht so, wie ihr Tintenkleckser euch das vorstellt. Er hatte Mitleid mit ihnen. Er verstand das Leid einer jeden und opferte sich für sie. Wenn er in irgendeinem Provinznest eine alte Jungfer sah, die vor Sehnsucht und Leid hinsiechte, oder eine hübsche junge Frau – meinetwegen auch eine, die nicht hübsch war, sondern womöglich ein Monstrum –, und ihr Mann war abwesend, und sie konnte deshalb nicht einschlafen, dann bekreuzigte sich das gute Herz, verkleidete sich, nahm die Gestalt dessen an, den die Frau im Sinn hatte, und betrat ihr Schlafzimmer.

Dabei hatte er keineswegs immer Lust, sich in Liebesabenteuer zu stürzen. Oft war er abgeklappert und mit Recht – wie hätte er auch die Wünsche so vieler Frauen erfüllen können! Der Arme! Oft war er unwohl oder nicht in der richtigen Verfassung. Hast du je einen Bock gesehen, der mehrere Ziegen gedeckt hat? Er sabbert, hat triefende Augen, er hüstelt und hält sich kaum auf den Füßen. In einem ähnlichen Zustand hat sich auch der arme Zeus oft befunden. Verzweifelt kehrte er bei Tagesanbruch nach Hause zurück und sagte: ‹Ach, du lieber Gott, wann kann ich mich endlich einmal hinlegen und ausschlafen! Ich kann kaum noch stehen.› Und er hatte noch lange damit zu tun, sich den Speichel vom Munde zu wischen.

Aber plötzlich vernahm er wieder ein Stöhnen: unten, auf Erden hatte eine Frau ihre Laken aus dem Bett geworfen, war auf den Balkon gelaufen und stieß Seufzer aus, daß sich die Steine erbarmt hätten. Sogleich ließ mein Zeus sich erweichen. ‹Ich bin schon wieder auf Erden nötig›, murmelte er, ‹eine Frau hat gestöhnt, ich gehe sie trösten.›

Mit der Zeit haben die Frauen ihn völlig ausgepumpt. Er bekam Kreuzschmerzen, mußte sich erbrechen und starb schließlich an Paralyse. Dann ist sein Nachfolger, Christus, gekommen, sah, was dem Alten zugestoßen war und sagte: ‹Vorsicht vor Frauen!›»

Ich mußte – offen gestanden – die Dialektik von Sorbas bewundern und dankte ihm für seinen Vortrag mit herzlichem Lachen.

«Du hast gut lachen, Chef! Sollte uns aber der Gott-Teufel unsere Pläne gelingen lassen – ich glaube es zwar nicht, doch man kann es nicht wissen –, dann mache ich einen Laden auf! Ein Heiratsbüro! ‹Ehevermittlung Zeus.› Dann kommen alle Frauen zu mir, die keine Männer gefunden haben: die alten Jungfern, die Krummbeinigen, die Schielenden, die Lahmen, die Buckligen, die Häßlichen – ich empfange sie in einem kleinen Salon, an dessen vier Wänden die Photos schöner junger Männer in Haufen hängen, und sage zu ihnen: ‹Wählt euch aus, wen ihr wollt, meine Schönen, ich werde alle Vorkehrungen treffen, daß er euer Mann wird.› Ich suche dann irgendeinen Burschen, der ihm ähnelt, kleide ihn wie auf dem Photo und sage ihm: ‹In der und der Straße, die und die Nummer, wohnt die und die! Besuche sie rasch mal und mach ihr den Hof! Sei kein Spielverderber, ich bezahle. Schlafe mit ihr! Bestürme sie mit allen süßen Worten, die die Männer bei schönen Frauen anbringen und die das arme Wesen nie zu hören bekam! Schwöre ihr, daß du sie heiraten willst! Schenke ihr ein wenig von jenem Vergnügen, das auch die Ziegen und sogar die Schildkröten und Tausendfüßler kennen. – Und sollte sich einmal eine alte Ziege von der Art der Frau Bubulina finden – Gott helfe ihr –, für die es selbst bei bester Bezahlung keinen Tröster gibt, ich würde mich bekreuzigen und brächte in meiner Eigenschaft als Direktor der Agentur die Sache persönlich in Ordnung. Du würdest freilich von allen Einfaltspinseln zu hören bekommen: ‹Der alte Hurenkerl! Hat er denn keine Augen und keine Nase?› – ‹Doch! Ihr Schafsköpfe, ihr herzlose Bande, ich *habe* Augen und Nase! Aber ich habe auch ein Herz, das Mitleid empfindet. Und wenn man ein Herz hat, braucht man weder Augen noch Nase, die sind für die Katz!›

Und wenn ich dann völlig von meinen Streichen erschöpft nichts mehr anstellen kann und verrecken muß, wird mir Petrus mit dem Schlüssel das Tor zum Paradies öffnen und zu mir sagen: ‹Tritt ein, armer Sorbas, tritt ein, großer Märtyrer, und strecke dich neben deinen Fachgenossen Zeus! Ruhe aus, mein Braver, du hast dich auf Erden wahrlich genug abgerackert! Empfange meinen Segen!›»

Sorbas redete. Seine Einbildungskraft stellte ihm Fallen, in die er dann selbst hineinstürzte. Er glaubte allmählich an seine Märchen. Als wir am Baum der Prinzessin wieder vorbeikamen, seufzte er und hob seine Arme gen Himmel, als wollte er einen Eid ablegen:

«Sei unbesorgt, meine abgetakelte alte Fregatte! Sei unbesorgt, ich werde dich nicht ungetröstet lassen! Die vier Großmächte haben dich verlassen, die Jugend hat dich verlassen, Gott hat dich verlassen! Sorbas wird dich niemals verlassen!»

Erst gegen Mitternacht erreichten wir unseren Strand. Aus

Afrika wehte der heiße Schirokko. Die ganze langgestreckte Insel war in das schäumende Meer gebettet. Bebend empfing sie den warmen Anhauch. Zeus und Sorbas vereinigten sich mit dem Südwind, und ich erblickte im Dunkel der Nacht ein ernstes Männergesicht mit schwarzem Vollbart und schwarzem, öligem Haar, das sich mit roten und warmen Lippen über die Dame Hortense, die Erde, beugte.

XX

Wir gingen sogleich nach unserer Heimkunft zu Bett. Sorbas rieb sich vergnügt seine Hände.

«Das war ein guter Tag heute, Chef. Was ich darunter verstehe, fragst du? Einen, der angefüllt war. Stell dir doch vor: heute früh waren wir in des Teufels Küche, im Kloster, und haben den Abt übers Ohr gehauen! Sein Fluch soll über uns kommen! Dann sind wir zu unseren Kochtöpfen heimgekehrt, haben Frau Bubulina getroffen und uns verlobt. Hier ist der Ring! Aus echtem Gold! Sie besaß noch zwei englische Pfund, weiß ich, das war alles, was ihr von dem Geld geblieben war, das ihr der englische Admiral Ende des vorigen Jahrhunderts geschenkt hatte. Aber statt sie für ihre Beerdigung aufzubewahren – möge die letzte Stunde ihr leicht werden –, trägt sie die Gute zum Goldschmied und läßt Ringe aus ihnen machen. Der Mensch bleibt ein Rätsel!»

«Schlaf, Sorbas!» sagte ich. «Lege dich hin! Für heute war es genug! Morgen haben wir einen Festakt vor! Wir stellen den ersten Mast für die Seilbahn auf. Ich habe den Popen Stephanos gebeten, dabeizusein.»

«Sehr vernünftig, Chef! Du tust recht daran, daß der Pope mit dem Ziegenbart kommt, auch die Honoratioren dürfen nicht fehlen. Wir verteilen Kerzen und zünden sie an, das macht Eindruck und fördert unsere Geschäfte. Wundere dich nicht über mich, wenn ich so etwas sage. Ich habe einen Gott und einen Teufel für den eigenen Bedarf. Aber vor den Leuten…»

Er lachte. Doch er konnte nicht einschlafen, sein Hirn trieb noch Blasen.

«Da fällt mir mein alter Großvater ein», sagte er. «Gott möge seine Gebeine segnen! Er war ein Taugenichts wie ich, und trotzdem brachte es der scheinheilige Kerl fertig, das Heilige Grab zu besuchen und, Gott weiß zu welchem Zweck, ein Hadschi zu werden. Als er ins Dorf zurückkehrte, fragte ihn einer seiner Verwandten, ein hoffnungsloser Hammeldieb: ‹Ach, Gevatter, warum hast du mir keinen Splitter vom Heiligen Kreuz mitgebracht?› – ‹Du irrst dich›, sagte mein schlauer Großvater, ‹ich werde doch gerade dich nicht vergessen! Bring heute abend den Popen mit, damit er die Reliquie weiht, du bekommst sie dann! Und stifte ein gebratenes Spanferkel und Wein dazu. Das bringt Glück!›

Der Großvater kommt abends nach Haus, er löst aus der völlig wurmstichigen Tür ein winziges Stück Holz, nicht größer als ein Reiskorn, wickelt es in Watte, gießt einen Tropfen Öl darauf und wartet der kommenden Dinge. Mit dem Glockenschlag erscheint der Vetter mit dem Popen, dem Ferkel und dem Wein. Der Pope legt seine Stola an und vollzieht die Weihe. Dann findet die feierliche Übergabe der Reliquie statt, und alle stürzen sich auf den Braten. Und – glaub es mir oder nicht – der Gevatter kniete vor dem Holzsplitter nieder und betete ihn an. Dann hängte er ihn um den Hals und wurde seitdem ein anderer Mensch. Von Grund auf gewandelt. Er schlug sich in die Berge, vereinigte sich mit den Armatolen und Klephten und brannte türkische Dörfer nieder. Furchtlos stand er mitten im Kugelregen. Warum sollte er Furcht haben? Er trug einen Splitter des Heiligen Kreuzes bei sich. Keine Kugel konnte ihn treffen.»

Er brach in Gelächter aus.

«Die Hauptsache ist die Einbildung. Wenn du den Glauben hast, wird ein Splitter aus einer alten Tür zur heiligen Reliquie.

Und hast du keinen Glauben, wird das ganze Heilige Kreuz zu einer alten Tür.»

Ich mußte diesen Mann bewundern, dessen Gehirn mit solcher Sicherheit und Kühnheit arbeitete und dessen Seele, man mochte sie anrühren, wo man wollte, Funken sprühte.

«Bist du jemals im Krieg gewesen, Sorbas?»

«Weiß nicht!» antwortete er und runzelte die Stirn. «Ich entsinne mich jedenfalls nicht, in was für einem Krieg.»

«Ich wollte sagen, hast du dich für das Vaterland geschlagen?»

«Rede lieber von anderem! Vergangene Torheiten, vergessene Torheiten.»

«Torheiten sagst du, Sorbas? Schämst du dich nicht? So sprichst du vom Vaterland?»

Sorbas sah mich von der Seite an. Auch ich lag im Bett, über mir brannte das Öllämpchen. Er warf mir einen strengen Blick zu, zwirbelte seine Schnurrbartspitzen mit beiden Händen und sagte schließlich: «Du hoffnungslose Unschuld! Du geborener Pedant mit dem Grips eines Schulmeisters... Alles was ich dir sage, ist in die Luft gesprochen, Chef!»

«Wieso?» protestierte ich. «Ich verstehe doch alles.»

«Ja, aber nur mit dem Hirn. Du sagst: das ist richtig, das falsch – das ist so und nicht so – du hast recht, du hast unrecht. Aber führt uns das weiter? Ich dagegen beobachte, während du sprichst, deine Arme, deine Füße, deine Brust. Sie bleiben stumm. Sie sagen nichts aus. Als hätten sie kein Blut. Womit willst du eigentlich verstehen? Nur mit dem Kopf? Pff!»

«Du willst dich nur um die Antwort herumdrücken!» rief ich, um ihn zu reizen. «Ich glaube, du plagtest dich nicht groß um das Vaterland, du Nichtsnutz!»

Er schlug vor Wut mit der Faust gegen die Wand, daß die Ölkanister aus Weißblech schepperten.

«Ich habe, wie ich hier vor dir stehe», schimpfte er, «die Hagia Sophia mit meinen eigenen Haaren auf Tuch gestickt und es stets bei mir um den Hals auf der Brust getragen, als Amulett. Vollständig gestickt mit diesen groben Fingern und mit meinen Haaren, die damals noch rabenschwarz waren. Und so wie ich mit dir hier rede, habe ich mich mit Pavlos Melas in den mazedonischen Bergen herumgetrieben! Damals war ich ein Kerl, ein Koloß, höher als unsere Baracke. Ich trug die Fustanella, dazu Gamaschen und einen roten Fez, Amulett, einen Krummsäbel und einen Patronengurt mit Pistolen. Ich war mit Eisen und Silber förmlich überladen, und wenn ich daherkam, den Säbel an der Hüfte, dann klapperte das, als marschiere eine ganze Armee vorbei. Und nun sieh her! Hier!»

Er öffnete sein Hemd und ließ seine Hose herunter.

«Nimm die Lampe!» befahl er.

Ich näherte die Lampe seinem hageren Körper: Narbe neben Narbe, von Schüssen und Säbelhieben. Der ganze Körper glich einem Sieb,

«Und jetzt die Rückseite!»

Er drehte sich um.

«Siehst du? Nicht ein einziger Kratzer von hinten... Du verstehst? Hänge die Lampe wieder an ihren Platz!»

Er setzte sich wieder auf das Bett.

«Was für Dummheiten!» rief er außer sich. «Eine Schande! Wann wird der Mensch endlich Mensch werden? Da tragen wir Hosen, Kragen, Hüte und sind immer noch Maulesel, Wölfe, Füchse und Schweine. Wir sind das Ebenbild Gottes, heißt es. Wer? Wir? Ich sch... darauf.»

Schreckliche Erinnerungen schienen ihn zu quälen. Er wurde immer aufgebrachter. Aus seinen hohlen und wackligen Zähnen drangen unverständliche Worte.

Er erhob sich, ergriff den Wasserkrug, trank in langen Zügen und beruhigte sich etwas.

«Rühre mich an, wo du willst», sagte er, «ich schreie. Ich bestehe nur aus Wunden und Narben. Komm mir nicht mit den Weibern! Seit mir klar war, daß ich wirklich ein Mann war, drehte ich mich nicht einmal nach ihnen mehr um. Ich ließ mich wohl flüchtig mit ihnen ein, im Vorbeigehen, wie ein Hahn, aber dann zog ich weiter. Die schmutzigen Hündinnen, sagte ich mir, wollen mir nur meine Kraft aussaugen. Hol sie der Teufel!

Ich nahm also meine Flinte vom Nagel und marsch! Ich ging zum Untergrund als Komitadschi. Eines Tages kam ich um die Dämmerung in ein bulgarisches Dorf und versteckte mich in einem Stall. Das Haus gehörte dem bulgarischen Popen, einem wilden, blutrünstigen Komitadschi. Nachts legte er seine Kutte ab, verkleidete sich als Hirt, nahm seine Waffen und überfiel die griechischen Dörfer. In der Frühe kehrte er vor Sonnenaufgang zurück, reinigte sich von Dreck und Blut und begab sich in die Kirche zur Messe. Er hatte gerade ein paar Tage zuvor einen griechischen Lehrer im Schlaf umgebracht. Ich legte mich also mit dem Rücken auf den Mist hinter den beiden Ochsen und wartete. Gegen Abend erscheint der Pope im Stall, um seine Tiere zu füttern. Ich falle über ihn her und schlachte ihn wie einen Hammel. Dann schneide ich ihm die Ohren ab und stecke sie in die Tasche. Ich sammelte damals bulgarische Ohren.

Nach einigen Tagen kam ich wieder. Am hellichten Mittag. In der Rolle eines Hausierers. Ich hatte meine Waffen in den Bergen gelassen und wollte Brot, Salz und Schnabelschuhe für meine Kameraden kaufen. Vor einem Haus stoße ich auf fünf kleine Gören, barfüßig und ganz in Schwarz. Sie haben sich angefaßt und betteln, drei Mädchen und zwei Jungen. Das größte mochte zehn Jahre sein, das kleinste war noch ein Säugling. Das älteste Mädchen trug ihn auf dem Arm und küßte und streichelte ihn, damit er nicht weine. Ich weiß nicht wie – vielleicht aus einer göttlichen Eingebung –, ich fragte sie auf bulgarisch:

‹Wem gehört ihr, Kinder?›

Der älteste Knabe hebt seinen kleinen Kopf und antwortet:

‹Dem Popen, den sie vor einigen Tagen im Stall ermordet haben.›

Die Tränen traten mir in die Augen. Die Erde begann sich wie ein Mühlrad zu drehen. Ich lehnte mich an die Mauer und die Erde stand still.

‹Kommt näher, Kinder!› sagte ich. ‹Kommt dicht heran!›

Ich zog meine Börse aus dem Gürtel. Sie war mit türkischen Pfunden und Talern gespickt. Ich kniete nieder und leerte sie:

‹Da! Greift zu! Greift zu!› rief ich. ‹Das ist alles für euch!›

Die Kinder warfen sich auf die Erde und lasen die Münzen auf.

‹Das ist alles für euch›, rief ich. ‹Nehmt! Nehmt!›

Ich überließ ihnen auch meine Ware mitsamt dem Korb.

‹Das gehört euch auch!›

Dann laufe ich spornstreichs davon. Ich verlasse das Dorf, zerre die gestickte Hagia Sophia unter dem Hemd hervor, reiße sie in Fetzen und nehme die Beine in die Hand, als sei die wilde Jagd hinter mir her. Und ich laufe immer noch! Heute noch!»

Sorbas lehnte sich an die Wand.

«So wurde ich es los.»

«Das Vaterland los?»

«Ja, das Vaterland», antwortete er ruhig und fest.

Und nach Sekunden:

«Das Vaterland los, die Popen los, das Geld los. Als liefe ich durch ein Sieb. Und je mehr durch das Sieb läuft, um so leichter werde ich an Ballast. Wie soll ich es erklären? Ich befreie mich, ich werde ein Mensch.»

Seine Augen leuchteten, sein breiter Mund lachte.

Nach kurzer Pause nahm er den Faden wieder auf. Sein Herz lief über, es ließ sich nicht mehr gebieten.

«Es gab eine Zeit, in der ich sagte: Das ist ein Türke, das ist ein Bulgare oder ein Grieche. Wenn du wüßtest, Chef, was ich für das Vaterland alles getan habe, stünden dir die Haare zu Berge. Ich habe gemordet, gestohlen, Dörfer in Brand gesteckt, Frauen vergewaltigt, ganze Familien ausgerottet... Nur weil es Bulgaren und Türken waren. Du gemeiner Halunke, du Mistvieh! schimpfe ich mich oft selber. Heute sage ich: Der ist ein guter, jener ein schlechter Mensch. Ob Bulgare oder Türke, ist nebensächlich. Aber ob er gut oder böse, das ist die Frage. Ja, ich glaube, je älter ich werde – beim Brot, das ich esse – ich sollte auch noch das Fragen lassen. Ob gut oder schlecht – ich beklage sie alle. Es kann mir durch Mark und Bein fahren, wenn ich nur einen Menschen ansehe, auch wenn ich tue, als ob ich mir einen Dreck aus ihm machte. Ich sage mir: auch dieses arme Luder ißt, trinkt, liebt und hat Angst. Auch er muß eines Tages antreten und liegt steif und still unter der Erde, und die Würmer fressen ihn auf. Armer Schlucker! Wir sind alle Brüder! Und Fraß für die Würmer!

Und handelt es sich um eine Frau, dann könnte ich mir die Augen ausweinen. Du foppst mich zuweilen, weil ich die Frauen so liebe. Warum soll ich sie nicht lieben? Sie sind schwache Geschöpfe und wissen nicht, was sie tun. Greifst du ihnen nach dem Busen, strecken sie gleich die Waffen.

Ein anderes Mal komme ich wieder in so ein bulgarisches Dorf. Wer erkennt mich? Ein Bonze, ein Angehöriger der griechischen Minderheit, ein elender Galgenstrick. Er zeigte mich an, und sie umzingelten das Haus, in dem ich abgestiegen war. Ich schwinge mich auf den Altan, schlüpfe von einem Dach zum anderen, springe von einer Mauer zur anderen, wie eine Katze. Da es aber mondklare Nacht war, entdeckten sie meinen Schatten, kletterten mir nach, eröffneten eine wüste Schießerei. Was sollte ich tun? Ich lasse mich in einen Hof fallen. Dort schlief eine Frau. Sie taucht vor mir auf und hat nur ein Hemd an. Als sie mich sieht, will sie um Hilfe rufen, aber ich strecke meine Hand aus und flüstere ihr zu: ‹Um Gottes willen, sei still› und fasse dabei ihre Brust. Sie erblaßt, sie wird schwach.

‹Komm herein›, tuschelt sie, ‹komm herein, daß niemand uns sieht!›

Ich trete ein, sie preßt meine Hand. ‹Bist du ein Grieche?› sagt sie.

‹Ja, ein Grieche, verrate mich nicht!›

Ich schlang meinen Arm um sie, sie sagte nichts! Ich habe bei ihr geschlafen, und mir zitterte das Herz vor Lust.

‹Herrjeh, alter Knabe›, sagte ich mir, ‹das ist eine Frau, das ist ein Mensch! Was sie sonst sein mag – Bulgarin, Griechin, Hottentottin – ist einerlei. Sie ist ein Mensch, ein menschliches

Wesen, mit einem Mund, einem Busen, und liebt. Du aber mordest und plünderst? Schäm dich, Halunke!›

So dachte ich, während ich bei ihr lag und sie mich wärmte. Aber das Vaterland, dieser tolle Hund, ließ mich nicht los. In aller Frühe machte ich mich in bulgarischer Tracht davon. Die Bulgarin hatte mir einen Anzug ihres seligen Mannes geschenkt. Sie küßte mein Knie und bat mich wiederzukommen.

Und ich kehrte auch in der nächsten Nacht zurück, jawohl! Jawohl! Ich war Patriot, und das war soviel wie ein wildes Tier, ich kam mit einem Kanister Petroleum und steckte das Dorf in Brand. Auch sie hat dran glauben müssen... Sie hieß Ludmilla ...»

Sorbas stöhnte auf. Er drehte sich eine Zigarette, tat zwei Züge und warf sie weg.

«Du sprichst noch vom Vaterland!» fuhr er fort «Du glaubst an die Albernheiten, die in deinen Schmökern stehen. Du solltest mir lieber glauben! Solange es Vaterländer gibt, drohen die Menschen Tiere zu bleiben, wilde Tiere... Aber ich bin gottlob darüber hinaus! Ich habe Schluß gemacht. Und du?»

Ich gab keine Antwort. Ich beneidete den Mann vor mir. Alle Erfahrungen, um die ich mich mit Papier und Tinte bemühte, waren bei ihm Fleisch und Blut. Er hatte sie gelebt – hatte gekämpft, getötet, geküßt! Alle Probleme, die ich in meiner Einsamkeit, an den Stuhl gefesselt, Knoten für Knoten zu lösen suchte, hatte dieser Mann in den Bergen, in freier Luft, schon längst mit seinem Säbel gelöst.

Ich schloß die Augen, ich war untröstlich.

«Schläfst du schon, Chef?» rief Sorbas gelangweilt. «Und ich Rindvieh rede und rede.»

Er brummelte vor sich hin und streckte sich aus. Es dauerte nicht lange, und ich hörte ihn schnarchen.

Die ganze Nacht tat ich kein Auge zu. Eine Nachtigall, die sich an diesem Abend zum erstenmal hören ließ, erfüllte unsere Einsiedelei mit einer Wehmut, gegen die ich nicht ankämpfen konnte. Die Tränen traten mir in die Augen.

Als der Morgen dämmerte, stand ich auf. Ich sah von der Tür aus nachdenklich auf Meer und Erde hinaus. Die Welt schien sich in einer Nacht gewandelt zu haben. Wo noch gestern mir gegenüber im Lande ein Dornbusch gekümmert hatte, hatten sich Hunderte von winzigen weißen Blüten entfaltet. Ein Duft von blühenden Zitronen- und Orangenbäumen trieb von fern herüber. Ich setzte den Fuß vor die Tür auf die taufrische Erde. Ich konnte mich an dem Wunder nicht satt sehen, das sich ewig erneuert. Plötzlich hörte ich einen überraschten Ausruf hinter mir. Ich wandte mich um. Sorbas stand halbnackt in der Tür und bewunderte hingerissen wie ich den Frühling.

«Was ist nur geschehen, Chef?» rief er erstaunt. «Wie heißt dieses tiefblaue Wunder, das dort hinten verschwebt! Meer? Meer? Und wie heißt jenes andere Wunder, das einen grünen Hänger mit Blumen trägt? Erde? Welcher Künstler hat das geschaffen? Ich schwöre dir, Chef, ich sehe das so zum erstenmal.» Seine Augen hatten sich verdunkelt.

«Aber Sorbas», rief ich ihm zu, «bist du närrisch geworden?»

«Warum lachst du? Siehst du denn nicht? Alles ist wie im Märchen!»

Er stürzte hinaus, wirbelte tanzend umher und wälzte sich wie ein Füllen im Gras.

Die Sonne entstieg dem Meer. Ich breitete meine Hände ihren Strahlen entgegen. Die Säfte stiegen, die Brust wurde weit, die Seele entfaltete sich wie ein Baum! Man fühlte: Seele und Körper sind aus dem gleichen Stoff geschaffen.

Sorbas war wieder aufgestanden, Tau und Erde im Haar.

«Anziehen, Chef!» rief er. «Es wird hohe Zeit! Wir müssen uns fein machen! Heute wird bei uns eingeweiht! Der Pope und die Honoratioren müssen jeden Augenblick erscheinen. Welche Schande für unseren Laden, wenn sie uns im Gras herumturnen sehen! Darum Kragen um und Krawatten an! Und ein ernstes Gesicht aufgesetzt! Einen Kopf braucht der Mensch nicht zu haben, ein Hut genügt... Teufel, was für eine verrückte Welt!»

Wir waren kaum angezogen, als schon die Arbeiter kamen. Gleich darauf folgten die Honoratioren.

«Reiß dich zusammen, Chef! Unterdrück deine Späße, wir dürfen uns nicht lächerlich machen!»

Die Spitze bildete der Pope Stephanos in seiner schmutzigen Soutane mit den tiefen Taschen. Bei Einsegnungen, Begräbnissen, Hochzeiten, Taufen versenkte er in diese Gruben alles, was man ihm als Entgelt für die Mühe bot: Rosinen, Brezeln, Käsekuchen, Gurken, Fleischklößchen, Weizenkörner, Bonbons durcheinander. Und am Abend setzte die alte Papadia, sein Ehegespons, dann die Brille auf und sortierte unter ständigem Knabbern den Haufen...

Hinter dem Popen kamen die Honoratioren: zuerst Kondomanoljos, der Kaffeehauswirt, der die Welt kannte, denn er war schon bis Kanea gekommen und hatte den Prinzen Georg gesehen, dann der Onkel Anagnostis, im schneeweißen Hemd mit breiten Ärmeln, ein ruhiges Lächeln auf dem Gesicht. Dahinter ernster und feierlicher der Lehrer mit seinem Stock. Als letzter schritt langsam und schwerfällig Mawrandonis heran mit schwarzem Kopftuch, schwarzem Hemd und schwarzen Stiefeln und grüßte mit halbgeöffneten Lippen. Er schaute wild und verbittert drein und stellte sich abseits, mit dem Rücken gegen das Meer.

«Im Namen Gottes und des Sohnes und des Heiligen Geistes!» hob Sorbas feierlich an. Dann eröffnete er den Zug, und alle folgten ihm andächtig. Uralte Erinnerungen an magische Feiern erwachten in den Herzen der Bauern. Sie hingen alle mit ihren Augen am Popen, als warteten sie auf das Schauspiel, wie er unsichtbare Mächte beschwor und austrieb. Wie vor Jahrtausenden hob der Magier die Hände, sprengte Weihrauch in die Lüfte und murmelte dunkle und allmächtige Worte. Alsbald flohen die bösen Dämonen, während aus Wassern, Himmel und Erde die guten Geister den Menschen zu Hilfe eilten.

Wir kamen an das Loch am Strand, welches den ersten Mast der Seilbahn aufnehmen sollte. Die Arbeiter richteten einen mächtigen Fichtenstamm auf und pflanzten ihn senkrecht mitten hinein. Der Pope Stephanos legte die Stola an, ergriff den Weihwedel, sah am Mast empor und begann die Beschwörung: «...daß er gefestet stehe auf felsigem Grund, den weder Wind noch Wasser erschüttern können... Amen!»

«Amen!» donnerte Sorbas und bekreuzigte sich.

«Amen!» murmelten die Honoratioren.

«Amen!» sprachen die Arbeiter als letzte.

«Gott segne eure Mühen und schenke euch die Schätze Abrahams und Isaaks!» wünschte der Pope, und Sorbas drückte ihm eine Banknote in die Hand.

«Mein Segen über dich!» dankte der Pope zufrieden.

Wir kehrten in die Baracke zurück, wo Sorbas den Gästen Wein und Fastenkost anbot: Tintenfisch geröstet in eigenem Saft und gebackene Polypen, Bohnen und Oliven. Nachdem die Honoratioren reichlich gegessen hatten – wobei sie sich hatten nicht nötigen lassen –, gingen sie heim. Die magische Feier war zu Ende.

«Wir haben mit Ehren bestanden!» sagte Sorbas und rieb sich die Hände.

Er zog sich aus, legte sein Arbeitszeug an und nahm eine Axt.

«Kameraden», rief er den Arbeitern zu, «schlagt ein Kreuz und ans Werk!»

Den ganzen Tag sah Sorbas von der Arbeit nicht auf. Alle fünfzig Meter gruben die Leute ein Loch, pflanzten die Masten ein und richteten sie genau nach dem Gipfel des Berges aus. Sorbas maß und berechnete, gab Befehle, aß nicht und rauchte nicht und gönnte sich keine Minute Ruhe. Er ging ganz in der Arbeit auf.

«Weil wir alles nur halb tun», sagte er mir einmal, «bei halben Worten, halben Sünden, halben Wohltaten stehenbleiben, ist die Welt von heute aus dem Häuschen! Halte durch bis zum Ziel, schlage hart zu, fürchte dich nicht, und du wirst siegen. Dem lieben Gott ist ein halber Teufel ein hundertfach größerer Greuel als der Höllenfürst selbst.»

Als er am Abend erschöpft von der Arbeit heimkam, streckte er sich gleich in den Sand.

«Hier schläft sich's am besten», sagte er, «bis es hell wird und wir sofort wieder anfangen können. Ich werde auch eine Nachtschicht einrichten.»

«Aber warum diese Eile, Sorbas?»

Er zögerte einen Augenblick mit der Antwort

«Warum? Weil ich feststellen will, ob das Bahngefälle richtig berechnet ist, Chef. Wenn nicht, dann gnade uns! Und je rascher ich weiß, daß dann die Arbeit nur für die Katz war, um so besser.»

Er aß hastig und gierig, und bald hallte sein Schnarchen vom Strande wider. Ich blieb noch wach und verfolgte am Himmel den Weg der Sterne. Ich sah sich das Himmelsgewölbe mit allen Sternbildern langsam drehen, und auch meine Hirnschale drehte sich wie eine Observatoriumskuppel. ‹Betrachte den Gang der Sterne, als ob du mit ihnen kreistest…› Dieser Ausspruch des Marcus Aurelius erfüllte tief harmonisch mein Herz.

XXI

Am Ostermorgen hatte sich Sorbas mächtig herausgeputzt und war in die blauen Socken gefahren, die ihm, wie er angab, eine seiner Gevatterinnen in Mazedonien gestrickt hatte. Aufgeregt lief er auf einer Anhöhe in der Nähe des Strandes hin und her. Er schirmte, die Hand über den dichten Brauen, die Augen ab und spähte in die Richtung des Dorfes.

«Sie trödelt, die alte Seekuh, sie trödelt, die Schlampe, sie trödelt, der Flederwisch!»

Ein neugeborener Schmetterling kam geflogen und wollte sich auf den Schnurrbart von Sorbas setzen. Doch blies er ihn an, denn es kitzelte ihn – und der Schmetterling schwebte gelassen davon und verschwand im Licht.

Wir warteten auf Madame Hortense, wir wollten das Osterfest mit ihr feiern. Wir hatten ein Lamm am Spieß gebraten, Eier gefärbt und ein weißes Tuch auf den Sand gebreitet. Wir hatten halb im Scherz, halb im Ernst vereinbart, an diesem öden Strand ihr heute einen großen Empfang zu bereiten. Denn die beleibte, parfümierte und etwas überreife Sirene übte eine befremdende Anziehung auf uns aus. War sie nicht zugegen, fehlte uns etwas – ein Duft von Kölnisch Wasser, ein roter Farbton, ein Wiegen und Watscheln wie das einer Ente, eine leicht brüchige Stimme und zwei säuerliche Augen von verwaschenem Blau.

Wir hatten Myrten- und Lorbeerzweige geschnitten und einen Triumphbogen für die hohe Dame errichtet. Er war mit den Flaggen Englands, Frankreichs, Italiens und Rußlands geschmückt, und mitten darüber war ein blau-weißes Tuch gespannt. Wir waren zwar keine Admirale und hatten keine Kanonen, aber wir hatten zwei Flinten geliehen und beschlossen, uns auf der Anhöhe aufzustellen und, sobald sie am Strand heranwatschelte, eine Salve zu schießen, um ihr an dieser verlassenen Küste die große Vergangenheit wachzurufen. Die Bedauernswerte sollte sich wenigstens für Augenblicke noch einmal so vorkommen, als sei sie wieder jung und trüge Lackschuhe und seidene Strümpfe. Warum sollte die Auferstehung nicht auch ein Signal sein, daß Jugend und Freude wieder erwachen und eine alte Schachtel sich noch einmal wie zwanzig fühlt?

«Sie kommt zu spät, die alte Seekuh, sie kommt zu spät», grollte Sorbas alle Augenblicke und zog die blauen Socken hoch, die dazu neigten, zu rutschen.

«Setz dich hin, Sorbas», sagte ich, « und rauche im Schatten des Johannisbrotbaumes eine Zigarette. Sie wird schon aufkreuzen.»

Er warf noch einmal einen gespannten Blick nach der Dorfstraße und ließ sich unter dem Baum nieder. Es war schon gegen Mittag und die Hitze nahm zu. Von weitem ertönten froh und munter die Osterglocken. Der Wind wehte ab und zu die Klänge der kretischen Lyra herüber. Das ganze Dorf summte wie ein Bienenkorb im Frühling.

Sorbas schüttelte nachdenklich den Kopf:

«Die Zeiten sind vorbei, in denen meine Seele zu Ostern mit Christus auferstand, sind lange vorbei! Jetzt steht nur mein Fleisch wieder auf – weil jetzt einer um den anderen eine Runde zahlt und uns auffordert: nimm doch hier noch ein Häppchen und da noch ein Häppchen, und du schlägst dir den Leib bis obenhin voll, immer voller. Aber nicht alles davon wird Kot. Etwas bleibt, etwas wird gerettet und verwandelt sich in Frohsinn, Tanz, Gesang und – Gefoppe, und eben das verstehe ich unter Auferstehung.»

Er erhob sich wieder und spähte in die Ferne.

«Da kommt ein Bengel gelaufen», sagte er und eilte dem Boten entgegen. Der Knabe mußte sich auf die Fußspitzen stellen, um Sorbas etwas ins Ohr zu flüstern. Dieser prallte wütend zurück.

«Krank», brüllte er. «Krank? Aus meinen Augen oder ich breche dir den Hals!» Und er wandte sich mir zu.

«Ich gehe auf einen Sprung ins Dorf, ich sehe mal nach, was der alten Seekuh passiert ist… Gedulde dich ein bißchen und gib mir zwei rote Eier mit, ich muß mit ihr anstoßen. Ich bin gleich wieder da.»

Er steckte die roten Eier in die Tasche, zog seine Strümpfe hoch und machte sich auf den Weg.

Ich verließ die Anhöhe und legte mich auf die kühlen Kiesel. Eine leichte Brise kräuselte das Wasser. Ein Möwenpaar glitt auf die kleinen Wellen und schaukelte sich im Rhythmus des Meeres.

Ich empfand ihnen nach, wie wohl ihren Leibern die Frische tat. Und während mich das Zuschauen völlig gefangennahm, dachte ich: ‹Den großen Rhythmus zu finden und sich ihm anzuvertrauen, wäre der einzige Weg, dem man folgen sollte…›

Nach einer Stunde war Sorbas wieder da und streichelte vergnügt seinen Schnurrbart.

«Die Ärmste hat sich erkältet. Doch es ist nicht schlimm. In der Karwoche hat sie Nacht für Nacht die Messe besucht, obgleich sie katholisch ist. Mir zu Ehren, sagt sie. Dabei hat sie sich tüchtig etwas geholt. Ich habe ihr Schröpfköpfe gesetzt, sie mit Öl aus der Nachtlampe eingerieben und ihr ein Gläschen Rum verpaßt. Morgen wird sie wieder gesund wie ein Goldfisch im klaren Wasser sein. Aber das Luder ist spaßig in seiner Art. Du hättest hören sollen, wie sie gurrte, als ich sie einrieb – wie eine Taube! Natürlich, das kitzelte sie.»

Wir nahmen Platz und Sorbas füllte die Gläser.

«Auf ihre Gesundheit! Und der Teufel hole sie möglichst spät!» sagte er zärtlich.

Wir aßen und tranken und hingen schweigend unseren Gedanken nach. Der Wind trug aus der Ferne den leidenschaftlichen Klang der Lyra wie Bienensummen herüber. Christus stand immer noch von den Toten rings auf den Flachdächern auf: Osterlamm und Osterbrezeln verwandelten sich in Liebeslieder.

Als Sorbas sich satt gegessen und getrunken hatte, spitzte er seine großen, behaarten Ohren und murmelte:

«Die Lyra... Sie tanzen im Dorf!»

Er sprang heftig auf. Der Wein war ihm in den Kopf gestiegen.

«Warum sitzen wir hier wie die Kuckucke?» rief er.

«Wir wollen tanzen. Erbarmt es dich nicht, das Osterlamm? Soll es sich vergeblich geopfert haben? Komm, daß daraus Tanz und Gesang wird! Sorbas ist auferstanden!»

«Halt, du verflixter Kerl! Bist du verrückt?»

«Ehrenwort, Chef, das kümmert mich nicht. Aber das Lamm tut mir leid. Die roten Eier tun mir leid, die Brezeln und der Sahnenkäse! Ich schwöre dir, hätte ich nur Brot und Oliven im Magen, würde ich sagen: ‹Gut, ich lege mich schlafen. Wozu Feste feiern?› Denn schließlich sind es nur Brot und Oliven, nicht wahr? Was kann da viel bei herauskommen! Aber jetzt – jetzt wäre es eine Sünde, wenn eine Schlemmerei wie diese umsonst gewesen wäre: komm, Chef, laß auch uns beide auferstehen!»

«Mir ist heute nicht so danach, Sorbas. Geh allein und tanz für mich mit!»

Sorbas packte mich am Arm und zog mich in die Höhe.

«Christus ist auferstanden, alter Bursche!» sagte er.

«Ach, wär ich noch so jung wie du! Sich in alles noch stürzen zu können, immer den Kopf vorweg! Sich den Kopf vorweg in die Arbeit zu stürzen! In den Wein! In die Liebe! Und weder Gott noch Teufel zu fürchten! Das heißt jung sein!»

«Das Osterlamm spricht aus dir, lieber Sorbas. Es ist wild geworden und hat sich in einen Wolf verwandelt.»

«Mein Bester, das Lamm hat sich in Sorbas verwandelt, sei versichert, daß Sorbas spricht. Hör mich an, du kannst mir hinterher die Leviten lesen. Ich bin so etwas wie Sindbad der Seefahrer. Ich habe gar keine Reise um die Welt gemacht, keineswegs. Aber ich habe gestohlen, getötet, gelogen und mit einer Menge Frauen geschlafen. Ich habe alle Gebote übertreten. Wie viele gibt es? Nur zehn? Warum nicht gleich zwanzig, fünfzig, hundert? Ich würde sie alle übertreten! Und doch, wenn es einen Gott gibt, so habe ich nicht die geringste Angst, am Jüngsten Tage vor ihn hinzutreten. Ich weiß nicht, wie ich dir das erklären soll, damit du's begreifst. Das alles ist, denke ich, gar nicht so wichtig. Ob der liebe Gott es wirklich für nötig erachtet, sich um die Erde zu kümmern und über uns Buch zu führen? Soll er womöglich uns eine Predigt halten und gallig werden, weil wir einen Fehltritt begangen oder mit der Frau des Nachbarn geschlafen oder ein Stück Fleisch am Freitag gegessen haben? Bleibt mir vom Leibe damit, ihr Suppen-kaspars!»

«Mag sein, Sorbas», sagte ich, um ihn zu reizen, «aber Gott fragt nicht, was du gegessen, sondern was du getan hast.»

«Und ich sage dir, daß er auch danach nicht fragt!... Du wirst mir sagen: Woher weißt du das, du Stück Unwissenheit? Ich weiß es bestimmt. Denn hätte ich zwei Söhne – der eine brav, ordentlich, sparsam, gottesfürchtig, der andere ein Schlingel, ein Schlemmer, ein Schürzenjäger, ein Landstreicher, dem die Polizei auf den Fersen ist –, ich hieße sie alle beide an meinem Tisch willkommen. Aber mein Herz, ich weiß nicht, würde dem zweiten gehören. Vielleicht, weil er mir gliche. Aber wer sagt dir, ob ich dem lieben Gott nicht mehr als der Pope Stephanos gleiche, der Tag und Nacht seine Knie beugt und hinter dem Geld her ist?

Der liebe Gott feiert, tötet, verübt Ungerechtigkeiten, arbeitet, geht zu den Frauen und liebt lauter unmögliche Dinge, genau wie ich. Er ißt, was ihm schmeckt, er nimmt sich die Frau, die er will. Du siehst eine Frau, frisch wie Quellwasser, sie läuft auf der Erde herum, und dein Herz ist im siebenten Himmel. Aber plötzlich öffnet sich die Erde, die Frau ist verschwunden. Wo ist sie? Wer hat sie geholt? War sie brav, dann heißt es: Der liebe Gott hat sie geholt. War sie eine feile Dirne, heißt es: Der Teufel hat sie geholt. Ich aber sage und wiederhole dir, Chef, Gott und der Teufel sind eins!»

Sorbas griff nach dem Knüppel, schob die Mütze schief auf den Kopf und blickte mich mitleidig an – so schien es mir wenigstens. Seine Lippen zuckten flüchtig, als wollte er etwas hinzufügen. Doch blieb er stumm und machte sich schnellen Schrittes und erhobenen Hauptes auf den Weg in das Dorf.

Ich sah in der Abenddämmerung seinen riesigen Schatten über das Kiesgeröll wandern und den Knüppel schwingen. Wo er vorbeikam, belebte sich der Strand. Eine Zeitlang lauschte ich seinen Schritten, die sich ferner und ferner verloren. Plötzlich war ich allein. Ich sprang auf. Warum? Wo wollte ich hin? Ich war mir nicht klar. Mein Geist hatte keinen Entscheid getroffen. Mein Körper hatte sich von allein entschieden, ohne mich nach der Meinung gefragt zu haben.

«Vorwärts», sprach er mit Macht, als ob er ein Kommando erteilte. Rasch und entschlossen schlug ich die Richtung zum Dorf hin ein. Dann und wann blieb ich stehen und sog mich voll Frühlingsluft. Die Erde roch nach Kamille, und mit jedem Schritt auf die Gärten zu geriet ich in Wogen von Düften: Zitronen, Orangen und Lorbeer blühten. Im Westen tanzte der Abendstern.

«Meer, Weib, Wein, Arbeit…» Wider Willen murmelte ich Worte von Sorbas, während ich weiterschritt, vor mich hin. «Sich mit dem Kopf voraus in die Arbeit stürzen, in den Wein, in die Liebe und weder Gott noch Teufel fürchten..., das heißt jung sein!» Immer sprach ich es vor mich hin, als ob ich mir Mut machen wollte, und ging weiter. Mit einem Ruck blieb ich plötzlich stehen. Als hätte ich mein Ziel erreicht. Wo war ich? Ich schaute mich um: ich stand vor dem Garten der Witwe. Hinter dem Schilfzaun und den wilden Feigenbäumen trällerte eine sanfte weibliche Stimme. Ich blickte vorwärts und rückwärts: kein Mensch war zu sehen. Ich schlich an den Zaun heran und lugte durch eine Lücke: unter einem Orangenbaum stand eine schwarzgekleidete Frau mit üppigem Busen. Sie schnitt sich blühende Zweige ab und sang dabei. Im Zwielicht schimmerte ihre Brust, die nur halb bedeckt war.

Mir stockte der Atem. ‹Sie ist ein Raubtier›, dachte ich, ‹und sie weiß es von sich. Was sind im Vergleich zu ihr die Männer für Schwächlinge, Feiglinge, Waschlappen! Genau wie gewisse Insekten – die Heuschrecke und die Spinne – verschlingt auch sie, gesättigt und unersättlich, bei Tagesanbruch die Männchen...›

Hatte die Witwe meine Blicke gespürt? Sie hörte plötzlich zu singen auf und wandte sich um. Sekundenlang kreuzten sich unsere Blicke. Ich fühlte, wie meine Knie weich wurden, als erblickte ich hinter dem Schilf eine Tigerin.

«Wer ist da?» sagte die Witwe mit erstickter Stimme. Sie raffte ihr Brusttuch und bedeckte den Busen. Ihr Gesicht verfinsterte sich.

Ich wollte davonlaufen. Aber Sorbas' Worte füllten plötzlich mein Herz. Ich faßte wieder Mut.

«Ich bin's», erwiderte ich. «Ich, mach auf!»

Ich erschrak über meine eigenen Worte. Ich war zum zweitenmal nahe daran zu fliehen, beherrschte mich aber aus Scham vor mir selbst.

«Wer ist ‹ich›?»

Lautlos tat sie einen vorsichtigen Schritt, längte den Hals und schloß dabei halb die Augen, um besser zu sehen. Dann tat sie noch einen Schritt, vornübergeneigt, auf der Lauer.

Plötzlich erhellte sich ihr Gesicht. Sie fuhr mit der Zungen-
spitze über die Lippen.

«Der Chef?» sagte sie mit einer Stimme wie Samt.

Sie ging noch einen Schritt weiter, in sich gesammelte Kraft,
bereit zum Sprung.

«Der Chef?» fragte sie dumpf.

«Ja.»

«Komm!»

Der neue Tag war schon angebrochen. Sorbas war heimgekehrt und saß vor der Baracke. Er rauchte und blickte auf das
Meer. Er schien auf mich gewartet zu haben. Als ich erschien,
hob er den Kopf und starrte mich an. Er witterte wie ein Jagd-
hund. Er reckte den Hals, atmete tief und beschnüffelte mich.
Mit einem Schlage verklärte sich sein Gesicht: Er hatte den
Duft der Witwe an mir gespürt.

Er erhob sich und breitete seine Arme aus. Alles lachte an
ihm «Empfange meinen Segen!» sagte er.

Ich legte mich nieder und schloß meine Augen. Ich hörte das
Meer im Takt eines Wiegenliedes ruhevoll rauschen und ließ
mich von ihm wie eine Möwe heben und senken. Auf sanfter
Schaukel tauchte ich in den Schlaf und bald in den Traum:

Das Riesenbild einer Negerin hockte vor mir auf dem Boden,
es schien ein zyklopischer Tempel aus schwarzem Granit zu
sein. Ich lief vor Angst im Kreis um das Weib herum, um den
Eingang zum Tempel zu finden. Ich selbst war kaum größer als
ihr kleiner Zeh. Plötzlich entdeckte ich an ihrer Ferse ein
schwarzes Tor, eine Art von Höhle, und vernahm eine dumpfe
Stimme, die mir befahl: ‹Tritt ein!›

Und ich trat ein...

Gegen Mittag erwachte ich. Die Sonne war durch das Fenster getreten. Sie überschwemmte die Leinentücher und prallte
mit solcher Kraft auf den kleinen Wandspiegel auf, daß man
glauben konnte, sie wollte ihn in tausend Stücke zerbrechen.

Der Traum von der riesigen Negerin fiel mir sogleich wieder
ein, das Meer rauschte, ich schloß meine Augen wieder und ich

fühlte mich glücklich. Mein Körper war leicht und dehnte sich vor Behagen, wie sich ein Tier nach der Jagd, wenn es die Beute verzehrt hat, in der Sonne streckt und beleckt. Mein Geist, auch er wie ein Körper, genoß mit Behagen die Ruhe. Als hätte er auf die schwierigen brennenden Fragen, die ihn folterten, die einfachste Antwort gefunden.

Die ganze Freude der vergangenen Nacht flutete aus den Tiefen meines Daseins zurück, verzweigte sich und tränkte und sättigte die Erde, aus der ich geschaffen bin. Ausgestreckt, mit geschlossenen Augen vernahm ich, wie die Grundfesten meiner Existenz knarrten und sich dehnten. Noch niemals hatte ich so rein wie in dieser Nacht empfunden, daß auch die Seele Fleisch ist, nur ist sie vielleicht beweglicher, durchscheinender, freier, aber Fleisch. Und das Fleisch ist Seele, nur daß es ein wenig schläfrig ist, von langen Wegen erschöpft, von drückendem Erbe belastet.

Ein Schatten fiel auf mich. Ich öffnete die Augen. Sorbas stand an der Tür und blickte zufrieden nach mir hin.

«Bleib liegen, Chef, bleib liegen!» sagte er mit fast mütterlicher Zärtlichkeit. «Heute ist noch Feiertag, schlaf weiter!»

«Ich habe genug geschlafen!» sagte ich und stand auf.

«Ich schlage dir ein Ei, Chef. Das stärkt.»

Ohne zu antworten, lief ich an den Strand, nahm ein Bad und trocknete mich an der Sonne. Aber immer noch haftete an Nase, Lippen und Fingerspitzen ein würziger Duft wie Blütenwasser, wie Lorbeeröl, mit dem sich die Frauen in Kreta das Haar einreiben.

Die Witwe hatte gestern einen Armvoll blühender Orangenzweige geschnitten, um sie Christus am Abend in die Kirche zu bringen, zur Stunde, in der die Bauern unter den Pappeln tanzen und die Kirche verlassen ist. Das Ikonostas über ihrem Bett war mit Zitronenblüten bekränzt, zwischen denen die heimgesuchte Jungfrau mit ihren großen, mandelförmigen Augen hervorschaute.

Sorbas stellte die Tasse mit dem geschlagenen Ei neben mich und fügte zwei große Orangen und einen kleinen Osterkuchen hinzu. Er bediente mich geräuschlos wie eine Mutter ihren Sohn, der aus dem Kriege heimgekehrt ist. Er bedachte mich mit einem freundlichen Blick und entfernte sich.

«Ich muß ein paar Masten aufrichten.»

Ich frühstückte friedlich in der Sonne und empfand ein tiefes körperliches Behagen, als segelte ich über ein grünes und kühles Meer. Ich gestattete meinem Geiste nicht, diese sinnliche Wonne für sich mit Beschlag zu belegen, sie in seine Formen zu pressen und aus ihnen Gedanken zu machen. Ich spürte am ganzen Leib vom Scheitel bis zur Sohle ein tierhaftes Wohlsein. Zuweilen betrachtete ich verzückt das Wunder der Welt um mich her und tief in mir selbst und sagte: ‹Was ereignet sich hier? Wie konnte sich die Welt unseren Händen und Füßen und unserem Leib so wunderbar anpassen!› Dann schloß ich von neuem die Augen und verstummte.

Rasch sprang ich auf. Ich begab mich in die Baracke, nahm das Buddha-Manuskript und öffnete es. Ich hatte es fast vollendet. Buddha saß unter einem blühenden Baum. Er hatte die Hand erhoben und den fünf Elementen, aus denen er bestand*, geboten, sich aufzulösen. Ich bedurfte dieses Gesichtes der Angst nicht mehr, ich hatte sie überwunden. Mein Dienst war beendet – jetzt hob auch ich meine Hand und befahl dem Buddha in mir, sich aufzulösen.

Mit Hilfe der allmächtigen Bannkraft der Worte verheerte ich im Umsehen ihm Körper, Seele und Geist. Mitleidlos kritzelte ich die letzten Sätze, stieß den letzten Schrei aus und setzte mit einem dicken Rotstift meinen Namen darunter. Ich war fertig.

Ich nahm einen starken Bindfaden und verschnürte das Manuskript. Eine seltsame Freude durchpulste mich, als bände ich einen gefährlichen Feind an Händen und Füßen, oder als wäre ich einer von jenen Wilden, die ihre nächsten Verstorbenen fesseln, damit sie nicht ihre Gräber verlassen und als Gespenster zurückkehren.

---

* Erde, Wasser, Feuer, Luft, Geist.

Ein barfüßiges kleines Mädchen kam angelaufen. Sie trug ein gelbes Kleidchen und hielt ein rotes Ei in der Hand. Sie blieb stehen und sah mich ängstlich an.

«Nun?» fragte ich freundlich, um ihr Mut zu machen. «Was willst du?»

Sie japste nach Luft und sagte mit hohem Stimmchen: «Die Dame läßt bestellen, daß du kommen sollst. Sie liegt im Bett. Heißt du Sorbas?»

«Abgemacht, ich komme.»

Ich schenkte ihr noch ein zweites Ei. Sie umschloß es fest mit der Hand und war verschwunden.

Dann machte ich mich auf den Weg. Der Trubel des Dorfes kam immer näher: sanfte Lyraklänge, Schreie, Flintenschüsse, lustige Lieder. Als ich den Dorfplatz betrat, hatten sich Burschen und Mädchen schon unter dem jungen Grün der Pappeln versammelt und traten zum Tanz an. Rings auf den Bänken saßen die Alten, das Kinn auf den Stock gestützt, und schauten zu. Hinter ihnen standen die Matronen. Mitten zwischen den Tanzenden thronte der berühmte Lyraspieler Fanurios, eine Rose hinter dem Ohr. Mit der linken Hand hielt er die Lyra auf dem Knie, mit der rechten probierte er den kräftigen Bogen aus.

«Christus ist auferstanden!» rief ich im Vorbeigehen.

«Er ist wahrhaftig auferstanden!» lautete die freudige Antwort.

Ich warf einen flüchtigen Blick auf die Menge. Gutgewachsene Burschen mit schmalen Hüften. Sie trugen blaue Pluderhosen und Kopftücher, deren Fransen über Schläfe und Stirn wie künstliche Locken fielen. Gegenüber die jungen Mädchen, goldene Münzen am schlanken Hals. Hinter ihren weißen, gestickten Brusttüchern und ihren gesenkten Augen zitterte selige Erwartung.

«Warum so stolz, Chef? Willst du uns nicht beehren?» ließen sich Stimmen vernehmen. Aber ich war schon vorüber.

Madame Hortense lag auf ihrem breiten Bett, dem einzigen Möbel, das ihr treu geblieben war. Ihre Wangen brannten vor

Fieber, sie hustete. Sobald sie mich erblickte, stöhnte sie kläglich:

«Und Sorbas, Gevatter, und Sorbas?»

«Sorbas ist krank. Seitdem du krank bist, ist auch er erkrankt. Er hält dein Photo in der Hand, und wenn er es anschaut, so seufzt er.»

«Sprich weiter... sprich weiter...» murmelte die armselige Sirene und schloß die Augen vor Glück.

«Er läßt fragen, wie es dir geht, und ob du einen Wunsch hast. Er will heute abend selber kommen, hat er gesagt, wiewohl er sich kaum noch schleppen kann. – Er hält die Trennung von dir nicht mehr aus.»

«Sprich weiter!»

«Er hat ein Telegramm aus Athen bekommen. Das Brautkleid ist fertig, desgleichen die Hochzeitskronen, sie sind schon zu Schiff unterwegs. Auch die weißen Kerzen mit den roten Bändern.»

«Weiter! Weiter!»

Sie verfiel in Halbschlaf, ihr Atem ging rascher, sie phantasierte. Im Zimmer roch es nach Kölnisch Wasser, Ammoniak und Schweiß. Zum offenen Fenster drang der beißende Geruch vom Hühner- und Kaninchenstall herein.

Ich erhob mich und schlich aus dem Zimmer. An der Tür begegnete ich Mimithos. Er trug heute Stiefel und eine funkelnagelneue Pluderhose. Hinterm Ohr einen Stengel Basilienkraut.

«Lauf nach Kalo-Chorjo und hole den Arzt!» sagte ich zu ihm.

Mimithos zog sogleich seine Stiefel aus, um sie zu schonen, und klemmte sie unter den Arm.

«Suche den Arzt auf und bestelle ihm einen Gruß von mir. Er soll seine Stute satteln und unbedingt kommen. Sage ihm, daß die Dame schwer krank ist. Die Arme hat sich erkältet. Lauf, was du kannst! Sie fiebert und liegt im Sterben!»

«Hopp, hopp! Ich laufe schon.»

Er spuckte fidel in seine Hände und schlug sie zusammen,

rührte sich aber nicht von der Stelle, sondern blickte mich aufmunternd an.

«Geh, sage ich dir!»

Er rührte sich immer noch nicht. Er blinzelte bloß und grinste satanisch.

«Chef», sagte er, «ich habe dir eine Flasche Blütenwasser ins Haus gebracht… es ist ein Geschenk.»

Er schwieg eine kleine Weile. Er mochte erwarten, daß ich ihn fragte, wer sie mir schickte. Aber ich hüllte mich in Schweigen.

«Und du fragst nicht, von wem?» kicherte er. «Sie sagt: für die Haare, dann riechen sie gut.»

«Halt's Maul! Hau ab!»

Er lachte, spuckte noch einmal in die Hände und rief:

«Hopp! Hopp! Christus ist auferstanden!»

Dann war er verschwunden.

XXII

Der Ostertanz unter den Pappeln war im vollen Gang. Ein kräftiger, brauner Bursche von ungefähr zwanzig Jahren, dem der dichte Flaum noch die Wangen bedeckte, führte ihn an. Seine offene Brust zeigte einen dunklen Wald von gekräuselten Haaren. Er hatte den Kopf nach hinten geworfen. Seine Füße strichen wie Flügel über den Boden hin. Wenn ab und an sein Blick ein Mädchen streifte, leuchtete das starre Weiß seiner Augäpfel wild in der Schwärze seines Gesichtes auf.

Ich war entzückt und erschreckt zugleich. Ich kam von Madame Hortense. Ich hatte eine Nachbarin sich um sie zu kümmern gebeten und wollte in Ruhe den kretischen Volkstänzen zusehen. Ich näherte mich Onkel Anagnostis und setzte mich neben ihn auf die Bank.

«Wer ist der verwegene Bursche dort, der den Reigen anführt?» schrie ich ihm ins Ohr.

Onkel Anagnostis lachte:

«Sifakas, der Hirt. Der Schlingel ist wie der Erzengel, der die Seelen holt. Das ganze Jahr über weidet er seine Herden in den Bergen, und nur zu Ostern steigt er herab, um Menschen zu sehen und zu tanzen.

Ach», seufzte er, «hätte ich seine Jugend! Ich wollte dir – auf mein Wort – Konstantinopel erstürmen.»

Der junge Vortänzer schleuderte den Kopf hoch und stieß unmenschliche Töne aus, wie ein Schafbock in der Brunst.

«Spiele, Fanurios, spiele!» schrie er dem Musikanten zu. «Auf daß der Tod sterben muß!!»

Der Tod stirbt jeden Augenblick. Er wird wie das Leben jeden Augenblick wiedergeboren. Seit Jahrtausenden tanzen die Burschen und Mädchen unter dem Laubdach der Pappeln, Eichen, Platanen, unter Fichten und schlanken Palmen. Und werden noch nach Jahrtausenden tanzen, von unstillbarer Sehnsucht hingerissen. Die Gesichter wechseln und welken und kehren zur Erde zurück. Andere gehen aus ihr hervor und treten an ihre Stelle. In den zahllosen Masken steckt nur ein einziger Tänzer, und stets ist er zwanzig. Er ist unsterblich.

Der junge Mann hob die Hand zum Schnurrbart, aber er hatte keinen.

«Spiele», schrie er von neuem, «spiele, Fanurios, daß ich nicht berste!»

Der Spielmann schwang seinen Arm, die Lyra klang lauter, die Saiten erbebten noch feuriger. Der Vortänzer tat einen mannshohen Sprung, klatschte dreimal mit der Hand auf die Sohlen und riß dabei seinem Nachbarn, dem Flurwächter Manolakas, das weiße Tuch vom Kopf. Er stützte die Hand, mit der Fläche nach außen, in die schlanke, kräftige Hüfte und tanzte weiter, die Augen schüchtern zu Boden geschlagen.

Jäh brach der Tanz ab. Andruljos, der alte Küster, stürzte, die Arme gen Himmel gespreizt, herbei.

«Die Witwe! Die Witwe!» schrie er mit hängender Zunge.

Der Flurwächter Manolakas brach zuerst aus der Reihe und sprengte den Reigen. Die Kirche war vom Markt aus zu sehen, sie war noch mit Myrten- und Lorbeerzweigen geschmückt. Die Tänzer hielten mit erhitzten Gesichtern inne, die Alten erhoben sich von den Bänken. Fanurios legte seine Lyra auf die Knie, nahm die Rose vom Ohr und roch daran.

«Wo, Andruljos?» riefen alle, kochend vor Zorn. «Wo ist sie?»

«In der Kirche! Soeben ging die Verfluchte hinein, mit einem Armvoll Orangenzweigen!»

«Los, auf sie!» rief der Flurwächter und rannte als erster davon.

In diesem Augenblick trat die Witwe aus der Kirche, ein schwarzes Tuch um den Kopf. Sie bekreuzigte sich.

«Elendes Frauenzimmer! Mörderin!» hallte es über den Platz. «Sie hat noch die Frechheit, sich sehen zu lassen! Auf sie los! Sie hat unser Dorf geschändet!»

Die einen stürmten hinter dem Flurwächter her zur Kirche, die oben blieben, warfen mit Steinen nach ihr. Ein Stein traf sie an der Schulter. Sie schrie laut auf, schlug die Hände vor das Gesicht und suchte gebückt zu entkommen. Aber die Burschen hatten schon die Pforte zum Vorhof vor ihr erreicht. Manolakas hatte sein Messer gezogen.

Die Witwe wich mit schrillen Schreien zurück und wollte sich taumelnd in die Kirche retten. Aber auf der Schwelle stand Mawrandonis. Er hatte die Arme wie ein Kreuz ausgebreitet und hielt die Pfosten fest. Die Witwe rannte nach links und umschlang die große Zypresse im Hof. Ein Stein sauste durch die Luft, traf sie am Kopf und riß ihr das schwarze Kopftuch herunter. Ihre Haare lösten sich und rollten ihr auf die Schulter.

«Um Christi Barmherzigkeit! Um Christi Barmherzigkeit!» schrie sie und schmiegte sich eng an den Stamm der Zypresse.

Oben auf dem Marktplatz standen die Mädchen Schulter an Schulter. Sie gruben die Zähne in ihre weißen Tücher und hatten flackernde Augen. Die alten Frauen klammerten sich an die Zäune und kreischten:

«Schlagt sie tot, schlagt sie tot, die Hure!»

Zwei junge Kerle warfen sich auf sie und packten sie. Die schwarze Bluse zerriß, der Busen schimmerte weiß wie Marmor.

Das Blut rann ihr vom Scheitel über die Stirn auf Wangen und Hals.

«Um Christi Barmherzigkeit! Um Christi Barmherzigkeit!» keuchte die Witwe.

Das rinnende Blut, die schimmernde Brust hatten die Burschen rasend gemacht. Die Messer flogen aus den Gürteln.

«Halt!» schrie Mawrandonis. «Sie gehört *mir*!»

Der alte Mawrandonis, der immer noch auf der Schwelle der Kirche stand, hob die Hand. Sie ließen sämtlich ab.

«Manolakas», sagte er feierlich, «das Blut deines Vetters schreit. Bring es zum Schweigen!»

Ich schnellte vom Zaun, auf den ich geklettert war, und rannte stracks zur Kirche, stieß mit dem Fuß gegen einen Stein und schlug der Länge nach hin.

Sifakas, der in diesem Augenblick vorbeikam, packte mich wie eine Katze am Hals und stellte mich auf die Beine.

«Was suchst du Zierbengel hier?» fuhr er mich an. «Mach, daß du fortkommst!»

«Hast du kein Mitleid mit ihr?» sagte ich. «Erbarm dich ihrer!»

«Bin ich eine Frau, um Mitleid zu haben?» sagte er. «Ich bin ein Mann!»

Und mit einem Satz stand auch er im Vorhof der Kirche.

Ich blieb ihm auf den Fersen und kam außer Atem an. Alle standen um die Witwe herum. Totenstille. Nur das erstickte Keuchen des Opfers war zu vernehmen.

Manolakas bekreuzigte sich, trat vor, zückte das Messer. Die alten Frauen oben am Zaun kreischten vor Mordlust. Die jungen Mädchen zogen die Kopftücher vor das Gesicht.

Die Witwe hob die Augen, sah das Messer über sich blinken und brüllte wie eine Färse. Sie brach am Fuß der Zypresse zusammen und zwängte den Kopf zwischen die Schultern. Ihre Haare bedeckten den Boden, ihr blendender Hals schimmerte.

«Im Namen der Gerechtigkeit Gottes!» rief der alte Mawrandonis und bekreuzigte sich ebenfalls.

In diesem Augenblick erscholl hinter uns eine laute Stimme.

«Weg mit dem Messer, du Mörder!»

Alle wandten sich betroffen um. Manolakas blickte auf. Sorbas stand vor ihm und schwang seine Arme. Außer sich rief er:

«Sagt mal, schämt ihr euch nicht? Ihr seid mir Helden. Ein ganzes Dorf, um eine Frau umzubringen. Eine Schande für Kreta!»

«Kümmere dich um deine Angelegenheiten, Sorbas! Mische dich nicht in unsere ein!» brüllte Mawrandonis.

Dann wandte er sich an seinen Neffen und sagte:

«Manolakas, im Namen Christi und der Panajia, stoß zu!»

Manolakas packte mit einem Satz die Witwe, warf sie zu Boden, drückte sein Knie gegen ihren Leib und zückte sein Messer. Aber Sorbas riß blitzschnell Manolakas am Arm zurück und mühte sich krampfhaft, sein Taschentuch um die Hand gewickelt, das Messer dem Flurwächter zu entreißen.

Inzwischen hob sich die Witwe auf die Knie und suchte nach einem Ausweg. Aber die Bauern hielten den Ausgang versperrt und standen überall im ganzen Hofe und auf den Bänken herum. Als sie sahen, daß sie entrinnen wollte, traten sie schnell weiter vor und verengten den Kreis.

Sorbas rang noch immer mit dem Flurwächter, lautlos, entschlossen und kaltblütig. Von der Tür aus verfolgte ich angstvoll den Kampf. Manolakas' Gesicht war blau angelaufen vor Wut. Sifakas und ein anderer Riese drängten sich heran, um ihm Beistand zu leisten. Aber Manolakas rollte wild seine Augen und rief: «Zurück! Zurück! Daß mir keiner zu nahe kommt!»

Und er warf sich von neuem wütend auf Sorbas und schlug ihn auf den Kopf wie ein Stier.

Sorbas biß sich auf die Lippen. Er hielt den rechten Arm seines Gegners wie im Schraubstock fest und wich nach rechts und links den Kopfschlägen aus. Toll vor Raserei schnellte sich Manolakas vor, erwischte mit den Zähnen Sorbas' Ohr und riß daran, daß das Blut floß.

«Sorbas!» rief ich entsetzt und wollte ihm zu Hilfe eilen.

«Geh weg, Chef!» schrie er mir zu. «Misch dich nicht ein.»

Er landete mit der Faust einen schrecklichen Schlag in Manolakas' Unterleib. Das Raubtier sackte zusammen. Seine Zähne lösten sich, gaben das halb abgerissene Ohr frei, und sein blaues Gesicht wurde grau. Mit einem Rippenstoß schleuderte Sorbas den Gegner zu Boden, entriß ihm das Messer und zerbrach es auf den Steinplatten.

Er fuhr mit dem Taschentuch über das blutende Ohr und wischte sich den triefenden Schweiß vom blutverschmierten Gesicht. Er blickte umher. Seine Augen waren rot und geschwollen.

«Steh auf und komm mit!» rief er der Witwe zu und lenkte seine Schritte zur Hoftür.

Die Witwe richtete sich auf. Sie sammelte alle Kraft und nahm einen Anlauf, sich durchzuschlagen. Aber der alte Mawrandonis stieß wie ein Falke auf sie nieder, wickelte sich dreimal ihr langes schwarzes Haar um den Arm und trennte mit einem einzigen Schnitt ihren Kopf vom Rumpf.

«Ich nehme die Sünde auf meine Rechnung!» rief er und warf den Kopf des Opfers auf die Schwelle der Kirchentür. Dann bekreuzigte er sich. Sorbas drehte sich um und sah das entsetzliche Schauspiel. Er riß sich einen Büschel Haare aus seinem Schnurrbart. Ich faßte ihn unter den Arm, er blickte mich an. Zwei dicke Tränen hingen an seinen Wimpern. «Fort von hier, Chef!» sagte er mit erstickter Stimme.

An jenem Abend nahm Sorbas keinen Bissen zu sich. «Meine Kehle ist zugeschnürt», sagte er, «ich bringe nichts runter». Er wusch sein Ohr mit kaltem Wasser, tränkte ein Stück Watte mit Schnaps und machte sich einen Verband. Dann setzte er sich auf das Bett, stützte den Kopf in die Hände und verblieb in Gedanken.

Auch ich hatte mich aufgestützt. Heiße Tränen liefen mir langsam über die Wangen. Mein Gehirn versagte den Dienst, ich konnte nichts denken und weinte nur wie ein kleines Kind.

Plötzlich bog Sorbas den Kopf zurück und setzte den leidenschaftlichen Monolog seines Herzens mit lauter Stimme fort:

«Ich sage dir, Chef, alles was in dieser Welt geschieht, ist ungerecht, ungerecht. Ich, der armselige Erdenwurm, die Nacktschnecke Sorbas, ich heiße das nicht gut! Warum müssen die Jungen sterben, und die alten Wracks bleiben übrig? Warum sterben die kleinen Kinder? Ich hatte ein Söhnchen, meinen kleinen Dimitris. Er starb mit drei Jahren. Und niemals, hörst du, niemals kann ich das Gott verzeihen. Wenn er am Tag meines Todes den Mut hat, sich mir zu zeigen, muß er sich, glaub mir's, wenn er ein wahrer Gott ist, vor mir schämen! Jawohl! Vor mir, der Nacktschnecke!»

Er schnitt ein Gesicht, als täte ihm etwas weh. Das Blut sickerte wieder aus seiner Wunde. Er biß sich auf die Lippen, um nicht zu schreien.

«Warte, Sorbas», sagte ich, «ich wechsele deinen Verband.» Ich wusch ihm das Ohr von neuem mit Schnaps und tränkte den Wattebausch mit dem Orangenwasser, das mir die Witwe geschickt hatte. Ich hatte es auf dem Bett vorgefunden.

«Orangenwasser?» sagte Sorbas. «Orangenwasser? Tu mir ins Haar davon! Danke, das hilft! Den Rest auf die Hände! Rasch!»

Zu meiner Verblüffung lebte er wieder auf.

«Als ob ich den Garten der Witwe betrete», sagte er. Doch sogleich fing er wieder zu jammern an.

«Wie vieler Jahre bedurfte es», murmelte er, «bis es der Erde gelang, einen solchen Körper zu schaffen! Wer sie sah, der sagte zu sich: Ach, wäre ich zwanzig Jahre und das Menschengeschlecht verschwände vom Erdboden und sie allein bliebe leben und ich hätte Kinder mit ihr! Nein, keine Kinder! Wahrhafte Götter, die Erde neu zu bevölkern! Während jetzt...»

Er sprang auf, seine Augen füllten sich mit Tränen.

«Ich halte es hier nicht aus, Chef», sagte er. «Ich muß laufen! Ich muß auf den Berg heute abend, dreimal hin und zurück. Bis ich todmüde bin und mich beruhigt habe... Ach, die

Halunken, ich wollte, ich könnte ein Klagelied auf sie anstimmen!»

Er verließ die Baracke und verschwand in der dunklen Nacht.

Ich legte mich auf mein Bett, löschte das Licht und begann nach meiner traurigen und unmenschlichen Angewohnheit, die Wirklichkeit wieder umzudenken, ihr Blut, Fleisch und Knochen zu entziehen, sie in eine abstrakte Idee zu verwandeln und mit allgemeinen Gesetzen zu verknüpfen. Bis ich zu dem entsetzlichen Schluß kam, daß das, was geschehen war, mit Notwendigkeit so geschehen mußte. Ja, daß es sogar der Weltharmonie von Nutzen sei. Schließlich landete ich bei dem abscheulichen Trost, daß Gerechtigkeit darin war, daß geschehen war, was geschehen war. Der Mord an der Witwe drang in mein Hirn ein, das wie ein Bienenstock jahraus, jahrein jedes Gift in Honig verwandelt hatte, und drohte einen Umsturz hervorzurufen. Aber alsbald bemächtigte sich die Philosophie der schwächlichen, alarmierenden Botschaft, umhüllte sie mit Bildern und Trugschlüssen und kapselte sie ein. Genau wie die Bienen die hungrige Hummel, die den Honig ausnehmen wollte, in Wachs einschließen. Ein paar Stunden verstrichen, und die Witwe war still und lächelnd in meiner Erinnerung zur Ruhe gekommen, sie hatte sich zum Gleichnis verwandelt. Sie war in meinem Herzen in Wachs gebettet, sie konnte weder eine Panik in mir hervorrufen noch mein Hirn ausnehmen. Das entsetzliche Ereignis eines einzigen Tages weitete sich und schlug seine Wellen durch Zeit und Raum. Es wurde gleichbedeutend mit den großen versunkenen Kulturen, die Kulturen wurden gleichbedeutend mit dem Schicksal der Erde, die Erde mit dem Schicksal des Alls – und wenn ich noch einmal auf die Witwe zurückkam, schien sie den großen Gesetzen unterworfen, mit ihren Mördern versöhnt, steif und von fast archaischer Heiterkeit.

Die Zeit hatte ihre wahre Bedeutung in mir wiedergefunden: Die Witwe war schon vor Tausenden vor Jahren gestorben auf der Höhe der minoischen Epoche und die zierlich gelockten Mädchen von Knossos erst heute früh am Ufer des lachenden Meeres.

Der Schlaf kam über mich, wie der Tod eines Tages – dessen bin ich sicher – über mich kommen wird, und ich glitt sanft in die Finsternis. Ich wußte weder ob, noch wann Sorbas zurückgekehrt war. Ich fand ihn am frühen Morgen oben auf dem Berg, er schimpfte und wetterte gegen die Arbeiter.

Nichts hatten sie so gemacht, wie er wollte. Er entließ drei Arbeiter, die ihm die Stirn boten, griff selbst zur Axt und hieb den Weg frei, den er für die Masten durch Gestrüpp und Gestein abgesteckt hatte. Er erklomm den Berg, begegnete den Holzhackern, die die Fichten fällten, und fuhr wie der Blitz unter sie. Einer von ihnen murmelte etwas in seinen Bart und lachte. Sorbas ging auf ihn los.

Am Abend kehrte er müde und abgerissen heim und setzte sich neben mich an den Strand. Es kostete ihn viel Mühe, den Mund aufzutun, und wenn er ihn schließlich öffnete, sprach er von Bauholz, Kabeln und Braunkohle, wie die Habsüchtigkeit in Person, als dächte er nur daran, die Gegend zu verschandeln, ein Maximum an Geld zu verdienen und sich wieder davonzumachen.

In dem tröstlichen Zustand, zu dem ich gediehen war, war ich schon drauf und dran, das Gespräch auf die Witwe zu lenken, aber Sorbas schloß mir mit seiner Pranke den Mund und sagte gedämpft: «Sei still!»

Ich schwieg beschämt. Endlich ein Mensch, wie er sein soll, dachte ich und beneidete Sorbas um seinen Schmerz. Ein Mensch mit warmem Blut und festen Knochen. Der echte Tränen im Leid vergießt. Und sich im Glück die Freude dadurch nicht verdirbt, daß er sie durch ein metaphysisches Sieb laufen läßt.

So vergingen drei, vier Tage. Sorbas arbeitete unablässig, fast ohne zu essen und zu trinken. Er verfiel. Eines Abends erzählte ich ihm, daß Madame Hortense immer noch krank und der Arzt nicht gekommen sei. Sie phantasiere und rufe ihn immer wieder bei Namen.

Er ballte die Fäuste.

«Gut», sagte er.

Am andern Tag ging er in aller Frühe ins Dorf und kam sogleich wieder.

«Hast du sie gesehen?» fragte ich ihn. «Wie geht es ihr?»

«Es fehlt ihr nichts», antwortete er, «sie liegt im Sterben.»
Und er begab sich an seine Arbeit.

Am gleichen Abend ergriff er einen Knüppel und ging aus, ohne vorher gegessen zu haben.

«Wohin, Sorbas?» fragte ich ihn. «Ins Dorf?»

«Nein, ich habe nur einen kleinen Spaziergang vor und komme bald wieder.»

Mit energischen, weitausgreifenden Schritten entfernte er sich in der Richtung des Dorfes.

Ich war müde und legte mich hin. Im Geiste umwanderte ich die ganze Erde. Erinnerungen tauchten auf, schwere Stunden zogen vorüber. Mein Denken versuchte sich in Kunststücken an den ausgefallensten Ideen und machte schließlich bei Sorbas halt.

‹Sollte er je unterwegs Manolakas treffen›, dachte ich, ‹so dürfte der tollwütige Koloß über ihn herfallen. Es heißt, er habe sich in den letzten Tagen darauf beschränkt zu brüllen. Er wagt sich vor Scham nicht im Dorf zu zeigen und versichert unaufhörlich, er werde Sorbas, falls er ihn erwische, wie eine Sardine in Stücke reißen. Ein Arbeiter sah ihn gestern nacht um die Baracke bewaffnet herumschleichen. Wenn sie sich heute abend begegnen, ist ein Totschlag fällig.›

Ich zog mich rasch an und eilte ins Dorf. Die Nacht war milde und feucht und duftete nach wildem Goldlack. Bald nahm ich Sorbas vor mir in der Dunkelheit wahr. Seine Bewegungen waren langsam und müde. Von Zeit zu Zeit blieb er stehen, blickte zu den Sternen auf und lauschte. Dann beschleunigte er wieder seinen Schritt, und ich hörte ihn den Stock auf die Steine aufsetzen.

Er näherte sich dem Garten der Witwe. Die Luft roch nach Zitronen- und Geißblattblüten. In diesem Augenblick perlte aus dem Schatten der Orangen wie ein klarer Quell das herzzerreißende Lied einer Nachtigall. Sie sang, sie sang in der Finsternis, mir stockte der Atem. Auch Sorbas war hingerissen von soviel Süße. Er blieb stehen.

Plötzlich bewegte sich das Schilf des Zaunes! Die messerscharfen Halme gaben einen metallischen Ton, wie von Degenklingen.

«He, Gevatter», rief laut eine wilde Stimme, «he, du Hosenscheißer! Endlich kriege ich dich!»

Ich erstarrte zu Eis. Ich hatte die Stimme erkannt.

Sorbas tat einen Schritt, hob seinen Stock und blieb wieder stehen. Ich konnte im Sternenlicht jede seiner Bewegungen unterscheiden.

Mit einem Satz brach ein riesiger Kerl aus dem Schilfzaun.

«Wer da?» rief Sorbas und straffte den Nacken.

«Ich, Manolakas.»

«Zieh deiner Wege, verschwinde!»

«Warum hast du mich beleidigt?»

«Ich habe dich überhaupt nicht beleidigt, Manolakas! Mach, daß du fortkommst, ich rate dir. Du bist eine Bestie. Das Glück hat es so gewollt, das Glück ist blind, verstehst du das nicht?»

«Glück oder nicht, blind oder nicht –» sagte Manolakas, und ich hörte seine Zähne knirschen – «ich will meine Schande abwaschen. Heute abend noch. Hast du ein Messer?»

«Nein, nur einen Knüppel.»

«Hole dein Messer! Ich erwarte dich hier. Los!»

Sorbas rührte sich nicht von der Stelle.

«Hast du Angst?» spottete Manolakas.

«Was soll ich mit dem Messer, Manolakas?» antwortete Sorbas, der sich langsam erhitzte. «Erinnere dich, in der Kirche! Du hattest ein Messer, ich hatte keins. Und mir scheint es trotzdem, daß ich mich gut aus der Klemme zog.»

«Du machst dich obendrein noch lustig?» brüllte Manolakas. «Du willst mich zum Narren halten? Ich bin bewaffnet, du bist es nicht. Hole dein Messer, dreckiger Mazedonier, wir wollen uns schlagen.»

«Wirf dein Messer fort, ich werfe den Knüppel fort! Dann können wir uns schlagen», schrie Sorbas und seine Stimme zitterte vor Zorn. «Komm heran, du dreckiger Kreter!»

Er hob seinen Arm und warf seinen Knüppel fort. Ich hörte ihn in das Schilf fallen.

«Wirf das Messer fort!» schrie Sorbas von neuem.

Ich hatte mich den beiden Kampfhähnen vorsichtig auf den Fußspitzen genähert. Ich konnte gerade noch beim Sternenschein das Messer aufblinken sehen, als es gleichfalls ins Schilf fiel.

Sorbas spuckte in seine Hände.

«Keine Angst!» rief er und nahm einen Anlauf.

Aber bevor die beiden Kumpane sich zu fassen bekamen, warf ich mich dazwischen.

«Halt!» rief ich. «Hierher, Manolakas! Hierher, Sorbas! Schämt euch!»

Die beiden Gegner traten langsam näher. Ich ergriff ihre Rechte. «Gebt einander die Hand!» sagte ich. «Ihr seid alle beide tapfere und prächtige Kerle. Versöhnt euch!»

«Er hat mich in meiner Ehre gekränkt», sagte Manolakas und versuchte, mir seine Hand zu entziehen.

«Deine Ehre ist nicht so billig zu kränken, Kapetan Manolakas. Das ganze Dorf kennt deinen Mut. Vergiß, was an der Kirche geschah. Es war eine unselige Stunde. Was geschehen ist, ist geschehen. Schwamm darüber! Und vergiß nicht, daß Sorbas ein Fremder ist, ein Mazedonier. Es wäre eine große Schande für uns Kreter, gegen einen Fremden, gegen einen Gast die Hand zu erheben! Rasch! Das ist der wahre Mut! Gib ihm die Hand! Dann gehen wir in die Baracke, trinken ein Glas Wein, braten eine meterlange Wurst und besiegeln unsere Freundschaft, Kapetan Manolakas!»

Ich zog ihn ein wenig beiseite und flüsterte ihm ins Ohr:

«Er ist ein alter Mann. Es gehört sich nicht, daß ein junger Bursche wie du mit ihm anbindet!»

Manolakas sah das ein und ließ sich erweichen.

«Gut!» sagte er. «Dir zuliebe.»

Er trat an Sorbas heran und streckte ihm seine Tatze entgegen. «Komm, Gevatter, vergangener Kummer, vergessener Kummer! Meine Hand!»

«Du hast mir das Ohr abgebissen, wohl bekomm's! Hier meine Hand!»

Sie drückten sich kräftig die Hände, immer kräftiger und blickten sich in die Augen.

Ich fürchtete schon, sie könnten von neuem aneinandergeraten.

«Du hast einen kräftigen Händedruck», sagte Sorbas, «du bist ein tüchtiger Kerl, Manolakas.»

«Auch du hast einen kräftigen Händedruck. Drücke noch kräftiger, wenn du kannst!»

«Genug!» rief ich. «Jetzt wollen wir unsere Freundschaft begießen.»

Ich blieb zwischen Sorbas und Manolakas, und wir kehrten an unseren Strand zurück.

«Die Ernte wird heuer gut werden», sagte ich, um das Thema zu wechseln. «Es hat reichlich geregnet.»

Aber keiner ging auf meine Bemerkung ein. Sie fühlten sich noch zu befangen. Ich baute meine ganze Hoffnung auf den Wein. Wir langten bei der Baracke an.

«Willkommen unter unserem Dach, Kapetan Manolakas!» sagte ich. «Sorbas, brate uns die Wurst und gib uns zu trinken!»

Manolakas setzte sich vor die Tür auf einen Stein. Sorbas holte Reisig und briet uns unsere Wurst. Dann füllte er drei Gläser bis zum Rand.

«Auf euer beider Wohl!» sagte ich und hob mein Glas. «Zum Wohl, Kapetan Manolakas! Zum Wohl, Sorbas! Stoßt an!»

Sie stießen an. Manolakas goß ein paar Tropfen Wein auf die Erde.

«Möge mein Blut fließen wie dieser Wein», sagte er feierlich, «wenn ich meine Hand wider dich erhebe, Sorbas!»

«Möge auch mein Blut fließen wie dieser Wein», sagte Sorbas und goß ebenfalls ein paar Tropfen auf die Erde, «wenn ich das Ohr nicht vergessen habe, das du mir abgebissen hast, Manolakas!»

XXIII

Als es tagte, saß Sorbas auf seinem Bett und weckte mich.

«Schläfst du, Chef?»

«Was ist los, Sorbas?»

«Ich hatte einen Traum. Einen Schabernack von einem Traum. Wir werden wohl bald eine Reise machen. Höre, und du wirst lachen. Hier im Hafen lag ein Schiff, groß wie eine ganze Stadt. Die Dampfpfeife gab schon das Zeichen zur Abfahrt. Ich kam im Laufschritt vom Dorf her, um es rechtzeitig zu erreichen. In der Hand hielt ich einen Papagei. Ich erreiche das Schiff, ich klettere hinauf, der Kapitän eilt herbei. ‹Fahrkarte!› schnaubt er mich an. ‹Kostet?› frage ich und ziehe ein Bündel Banknoten aus der Tasche. – ‹Tausend Drachmen.› – ‹Kannst du es bitte nicht für achthundert machen?› sage ich. – ‹Nein, tausend.› – ‹Hier sind achthundert; mehr habe ich nicht!› – ‹Tausend› keinen Pfennig weniger! Sonst zieh schleunigst ab!› – ‹Höre, Kapitän›, antworte ich, ‹ich meine es gut mit dir! Nimm die achthundert, die ich dir anbiete, sonst wache ich auf, und du verlierst alles.›» Er wollte sich kranklachen.

«Was ist der Mensch für eine Maschine!» fuhr er fort.

«Du stopfst Brot, Wein, Fisch und Rettich hinein und Seufzer, Gelächter und Träume spazieren heraus. Eine Fabrik! Ich glaube, in unserem Kopf steckt ein Apparat wie im Tonfilm, der sprechen kann.»

Plötzlich sprang er aus dem Bett.

«Aber warum der Papagei?» fragte er unruhig. «Was hat der Papagei zu bedeuten, den ich bei mir hatte? Ich glaube, ich fürchte...»

Er hatte keine Zeit, den Satz zu beenden. Ein kleiner rothaariger Kerl war atemlos eingetreten, ein richtiger Teufel.

«Bei Gottes Barmherzigkeit!» sagte er. «Die arme Dame schreit nach dem Arzt. Sie ist im Begriff zu verrecken, wie sie sagt, jawohl, zu verrecken, und ihr werdet sie auf dem Gewissen haben.»

Ich schämte mich aus tiefster Seele. Wir hatten über dem Wirrwarr, in den uns die Witwe verstrickt hatte, unsere alte Freundin völlig vergessen.

«Die Ärmste hat Schmerzen», fuhr der Rotkopf fort, «sie hustet, daß alle Wände wackeln. Ein richtiger Eselshusten! Guch! Guch! Das ganze Dorf wird erschüttert.»

«Das ist nichts zum Lachen», fuhr ich ihn an. «Schweig!»

Ich nahm ein Stück Papier und schrieb ein paar Zeilen.

«Renne und gib diesen Zettel dem Arzt! Und komme mir nicht wieder, ehe du ihn nicht mit eigenen Augen seine Stute besteigen sahst! Hast du gehört? Zieh Leine!»

Er steckte den Zettel in seinen Gürtel und verschwand.

Sorbas hatte sich inzwischen in aller Eile angezogen, ohne ein Wort zu verlieren.

«Warte, ich komme mit», sagte ich.

«Ich habe Eile, ich habe Eile», antwortete er und machte sich auf den Weg.

Ich folgte ihm bald. Der Garten der Witwe war eine duftende Wildnis. Mimithos kauerte vor dem Eingang mit scheuem Blick, wie ein verprügelter Hund. Er war abgemagert. Seine Augen lagen tief in den Höhlen und brannten. Als er mich gewahrte, griff er nach einem Stein.

«Was treibst du hier, Mimithos?» fragte ich und streifte mit einem traurigen Blick den Garten. Ich spürte um meinen Hals zwei warme Arme, gegen die es keinen Widerstand gab... einen Duft von Zitronenblüten und Lorbeeröl... Wir hatten kein Wort gewechselt. In der Morgendämmerung blickte ich ihr in die heißen, tiefschwarzen Augen, und ihre spitzen Zähne, die sie mit Nußblatt abgerieben hatte, leuchteten schneeweiß...

«Warum fragst du?» knurrte Mimithos. «Kümmere dich um deine eigenen Sachen!»

«Willst du eine Zigarette?»

«Ich rauche nicht mehr. Ihr seid alle Halunken. Alle, alle, alle!» Er keuchte und verstummte, als ob er nach Worten suchte, die er nicht fand.

«Halunken... Gauner... Lügner... Mörder!»

Als hätte er das gesuchte Wort endlich gefunden, klatschte er erleichtert in die Hände und schrie wie ein Verrückter:

«Mörder! Mörder! Mörder!»

Mein Herz zog sich zusammen.

«Du hast recht, Mimithos, hast recht», murmelte ich und ging rasch weiter. Am Dorfeingang stieß ich auf den alten Anagnostis. Er hatte sich auf seinen Stock gestützt und beobachtete aufmerksam und mit stillem Lächeln zwei Schmetterlinge, die auf dem frischen Gras einander jagten. Jetzt, da er alt war und sich nicht mehr um seinen Acker, die Frau und die Kinder kümmerte, hatte er Zeit genug, die Welt mit unbefangenen Augen zu betrachten. Er sah meinen Schatten am Boden, hob den Kopf und fragte:

«Warum so stürmisch an solch einem schönen Morgen?»

Doch er mochte mir die Unruhe am Gesicht ablesen, und so fuhr er, ohne auf Antwort zu warten, fort:

«Mach schnell, mein Sohn. Ich weiß nicht, ob du sie noch am Leben findest... das Unglückshäufchen!»

Man hatte ihr breites Bett, den treuen Genossen, mitten in die kleine Kammer gerückt, die es ganz für sich einnahm. Darüber hing, verwunschen und sichtlich erregt zugleich, ihr alter Vertrauter, der Papagei, im grünen Frack, mit dem gelben Schopf und den runden, boshaften Augen. Er blickte auf seine stöhnende Herrin nieder und neigte seinen fast menschlichen Kopf ein bißchen zur Seite, um besser hören zu können.

Nein, nein, das klang nicht nach den erstickten Seufzern der Liebeslust, die ihm so wohl bekannt waren, das klang nicht nach dem zärtlichen Gurren der Taube, nicht nach Schäkern und Lachen. Zum erstenmal sah der Papagei den kalten Schweiß von der Stirn seiner Herrin tropfen, sah das verfilzte Haar, ungewaschen und ungekämmt, an den Schläfen kleben, sah unter der Decke krampfhaft die Glieder zucken, und er rutschte hin und her, als wollte er helfen. Er versuchte ‹Canavaro! Canavaro!› zu rufen, doch er brachte keinen Ton aus der Kehle.

Seine unglückliche Herrin stöhnte, ihre schlaffen und welken Arme hoben die Decke hoch und ließen sie fallen, denn sie erstickte. Ohne Schminke und ganz verfallen roch sie nur nach saurem Schweiß und verwesendem Fleisch. Ihre schiefgetretenen kleinen Schuhe guckten unter dem Bett hervor, und es griff einem an das Herz hinzusehen. Diese Schühchen taten einem fast mehr leid als die Besitzerin selbst.

Sorbas saß neben dem Kopfkissen der Kranken. Sein Blick verweilte auf den beiden Schuhen, er konnte die Augen nicht abwenden. Er preßte die Lippen zusammen, um nicht zu weinen. Ich trat ein und stellte mich hinter ihn, aber er hörte mich nicht.

Die unglückliche Frau atmete nur noch mühsam, sie drohte zu ersticken. Sorbas nahm von der Wand einen Hut mit Stoffrosen, um sie zu fächeln. Seine große Hand bewegte sich schnell und ungeschickt, als wollte er feuchte Kohlen zum Brennen bringen. Sie öffnete die verstörten Augen und blickte um sich. Alles war verschleiert, sie erkannte niemanden, nicht einmal Sorbas mit dem Rosenhut in der Hand.

Alles war dunkel und quälend um sie. Blaue Dämpfe stiegen aus dem Boden und verdichteten sich zu wechselnden Bildern: grinsenden Mäulern, verkrümmten Füßen und schwarzen Flügeln.

Sie bohrte die Nägel in das Kopfkissen, das von Tränen, Speichel und Schweiß vergilbt war, und schrie:

«Ich will nicht sterben! Ich will nicht!»

Aber die beiden Klageweiber des Dorfes hatten schon Wind von ihrem Zustand bekommen und sich eingestellt. Sie hatten sich in die Kammer geschlichen und saßen auf dem Fußboden, mit dem Rücken gegen die Wand gelehnt.

Der Papagei nahm sie mit seinen runden Augen aufs Korn. Er wurde zornig, sträubte die Halsfedern und krächzte: ‹Canav…›, aber Sorbas langte ärgerlich nach dem Käfig hinauf, und der Vogel verhielt sich still.

Von neuem erscholl der verzweifelte Schrei:

«Ich will nicht sterben! Ich will nicht!»

Zwei sonnengebräunte Burschen steckten die Nasen herein, betrachteten aufmerksam die Kranke, warfen sich befriedigt einen Blick des Einverständnisses zu und verschwanden.

Gleich darauf vernahm man im Hof ein erschrecktes Gakkern und Flattern, als ob jemand Hühner jagte.

Das erste Klageweib, die alte Malamatenja, sagte zu ihrer Gefährtin:

«Hast du gesehen, Tante Lenjo? Hast du gesehen? Sie haben Eile, die Hungerleider. Sie drehen den Hühnern die Hälse um und wollen sie gleich verzehren. Alle Spitzbuben des Dorfes sind im Hofe versammelt und sind drauf und dran, eine Razzia zu machen.»

Dann wandte sie sich zum Bett der Sterbenden hin und murmelte ungeduldig: «Stirb, gute Alte, gib bald deinen Geist auf, damit wir nicht leer ausgehen!»

«Um dir die volle Wahrheit zu sagen, Mutter Malamatenja», meinte Tante Lenjo und verzog ihren zahnlosen Mund, «sie haben gar nicht so unrecht. ‹Wenn du essen willst, mußt du klauen, und wenn du besitzen willst, mußt du stehlen›, sagte meine selige Mutter. Wir haben unsere Klagelieder rasch herunterzuleiern und erwischen dann vielleicht eine Zwirnrolle, einen Kochtopf oder eine Handvoll Reis. Sie hatte weder Kinder noch Verwandte. Wer wird ihre Hühner und Kaninchen aufessen? Wer ihren Wein trinken? Wer wird ihre Kämme, ihr Naschwerk, ihre Hüte erben? Gott verzeih mir, Mutter Malamatenja. Aber ich hätte große Lust, alles gleich mitzunehmen, was ich könnte!»

«Geduld, meine Liebe! Nur keine Eile!» sagte Mutter Malamatenja und hielt ihre Kollegin am Arm fest. «Ich denke wie du, aber laß sie erst ihren Geist aufgeben!»

Inzwischen stöberte die Sterbende nervös unter ihrem Kopfkissen herum. Sie hatte, als die Gefahr im Anzug war, ein blankes Kruzifix aus ihrem Koffer hervorgekramt. Jahrelang hatte es völlig vergessen auf dem Boden des Koffers zwischen zerrissenen Fetzen und samtenen Flicken gelegen. Als wäre Christus eine Arznei, die man einnimmt, wenn man schwer krank ist. Solange man auf der Sonnenseite des Daseins lebt, gut ißt, trinkt und lieben kann, taugt sie zu nichts.

«Mein kleiner Jesus, mein lieber kleiner Jesus…» murmelte die Sterbende und küßte ihren letzten Liebhaber.

Ihre zärtlichen und leidenschaftlichen Worte verwirrten sich, die Sprachen liefen ihr durcheinander. Der Papagei hörte ihr zu. Er merkte, daß sich ihr Tonfall verändert hatte. Er entsann sich der durchwachten Nächte von einst und krächzte mit heiserer Stimme wie ein Hahn, der die Sonne ruft:

«Canavaro! Canavaro!»

Diesmal rührte sich Sorbas nicht, ihn zum Schweigen zu bringen. Er beobachtete die Frau, die den gekreuzigten Gott unter Tränen küßte, während sich über ihr verfallenes Gesicht eine unerwartete Anmut ergoß.

Die Tür öffnete sich. Der alte Anagnostis trat leise ein, die Mütze in der Hand. Er näherte sich der Kranken, beugte sich über sie und kniete nieder.

«Verzeih mir, liebe Dame», sagte er, «verzeih mir, wie Gott dir verzeihen möge. Wenn ich dir manchmal ein hartes Wort gesagt habe – wir sind nur Menschen –, verzeih es mir!»

Aber die gute Dame lag jetzt friedlich da. Sie schwamm in einem unsagbaren Glück und hörte nicht, was Anagnostis ihr sagte. Alle ihre Leiden waren ausgelöscht, die traurigen Jahre des Alters, die Armut, die Demütigungen, die bitteren Abende, an denen sie auf ihrer einsamen Schwelle saß und wollene Strümpfe für die Bauern strickte wie eine unbedeutende, ehrbare Hausfrau. Sie, die elegante Pariserin, die auf ihren Knien die vier Großmächte schaukelte und der zu Ehren vier mächtige Flotten Salut schossen!…

Das Meer ist blauer Azur, die Wogen schäumen, die

schwimmenden Festungen tanzen, Flaggen in allen Farben wehen an den Masten. Rebhühner braten, Barben werden geröstet und verbreiten einen herrlichen Duft, gefrorene Früchte werden in geschliffenen Kristallschalen hereingetragen, und der Pfropfen der Champagnerflasche fliegt bis an die Decke.

Ein schwarzer, ein brauner, ein grauer, ein hellblonder Bart! Parfüms von vier Sorten, Kölnisch Wasser, Veilchen, Moschus und Ambra! Die Türen der gepanzerten Kajüte schließen sich, die schweren Vorhänge fallen, die elektrischen Birnen leuchten auf – Madame Hortense schließt die Augen. Ach Herz, dieses Leben voller Liebe und Leid, es währte kaum eine Sekunde...

Sie wandert von Knie zu Knie, schließt goldbestickte Uniformen in ihre Arme, vergräbt ihre Finger in dichte, parfümierte Bärte. Die Namen? Sie kann sich nicht mehr erinnern, sowenig wie ihr Papagei. Nur Canavaro ist haften geblieben, denn er war der jüngste und sein Name der einzige, den der Papagei aussprechen konnte. Die anderen waren zu schwierig und gingen verloren.

Madame Hortense seufzte und umarmte inbrünstig den Gekreuzigten!

«Canavaro... mein lieber kleiner Canavaro...» murmelte sie im Fieber und drückte das Kruzifix an die schlaffe Brust.

«Sie weiß schon nicht mehr, was sie sagt», flüsterte Tante Lenjo. «Sie muß den Todesengel gesehen und sich erschreckt haben... Runter mit den Kopftüchern, gehen wir an die Arbeit!»

«Sag mal, fürchtest du dich gar nicht vor Gott?» sagte Mutter Malamatenja. «Du willst mit der Totenklage anfangen, während sie noch lebt?»

«Ach, Mutter Malamatenja», brummte Tante Lenjo, «statt an ihre Koffer und Kleider, an die Sachen draußen in der Holzbude und die Hühner und Kaninchen im Hof zu denken, erzählst du mir, daß sie erst ihren Geist aufgeben muß. Stiehl, solange du es noch kannst!»

Bei diesen Worten sprang sie auf, und die andere folgte ihr

zornig. Sie lösten ihre schwarzen Kopftücher, flochten ihre spärlichen weißen Haare auf und klammerten sich an das Bettgestell. Tante Lenjo gab das Zeichen, sie stieß einen gellenden Schrei aus, daß mich eine Gänsehaut überlief.

«Iiiii!»

Sorbas fuhr auf sie los, packte sie an den Haaren und stieß sie wieder in ihre Ecke.

«Maul halten, ihr alten Krähen!» rief er. «Seht ihr nicht, daß sie noch lebt? Hol euch der Teufel!»

«Der alte Geck!» grollte Mutter Malamatenja und knüpfte wieder ihr Kopftuch um. «Dieser mazedonische Zigeuner hat uns gerade noch gefehlt!»

Die schwergeprüfte alte Sirene hatte den gellenden Schrei gehört. Die liebliche Vision zerfloß, das Admiralsschiff kenterte, die gebratenen Rebhühner, die Champagnerflaschen, die parfümierten Bärte verschwanden, und sie fiel auf ihr stinkendes Totenlager zurück, an das Ende der Welt verschlagen. Sie wollte sich er heben, fliehen, entrinnen, aber sie sank zurück und rief gebrochen und weinerlich:

«Ich will nicht sterben! Ich will nicht...»

Sorbas neigte sich über sie, berührte mit seiner schwieligen Hand ihre fiebernde Stirn, strich ihr die Haare aus dem Gesicht. Seine Vogelaugen füllten sich mit Tränen.

«Still, still, meine Liebe!» raunte er. «Ich bin da, Sorbas, dein Sorbas, hab keine Angst!»

Und Wunder! Plötzlich war die Vision wie ein meerblauer riesiger Schmetterling wieder da und breitete ihre Flügel über das ganze Bett. Die Sterbende griff nach Sorbas' Hand, hob langsam den Arm und schlang ihn um seinen Nacken. Ihre Lippen bewegten sich tonlos:

«Canavaro... mein lieber Canavaro...»

Das Kruzifix rutschte vom Kopfkissen, fiel auf die Erde und zerbrach.

Im Hof widerhallte eine männliche Stimme:

«He, Kumpan, bring die Henne! Das Wasser kocht.»

Ich saß in einem Winkel, und ab und zu rollten mir die Trä-

nen über die Wangen. So ist das Leben, dachte ich, buntschek-
kig, zusammenhanglos, gleichgültig, unbarmherzig, entartet.
Diese einfachen kretischen Bauern umstehen das Lager dieser
alten Chansonnette, die aus anderen Welten zu ihnen gekommen war, und sehen sie mit einer unmenschlichen Freude sterben. Als sei sie überhaupt kein menschliches Wesen. Als sei sie
ein bunter exotischer Vogel mit gebrochenen Schwingen, der
an ihrem Gestade abgestürzt ist. Und sie stecken die Köpfe zusammen und gaffen. Oder als sei sie ein alter Pfau, eine alte
Angorakatze oder eine kranke Seekuh.

Behutsam löste Sorbas ihren Arm von seinem Hals. Als er
sich aufrichtete, war er totenblaß. Er wischte mit dem Handrücken die Tränen ab und blickte auf die Kranke nieder, doch
alles verschwamm, er konnte nichts sehen. Er trocknete von
neuem die Augen und sah jetzt, wie die Sterbende die ge-
schwollenen Füße kraftlos bewegte und wie sich der Mund vor
Grauen verzog. Sie warf sich noch einmal, noch zweimal
herum, die Bettücher glitten zur Erde und ihr halbnackter Körper war sichtbar, schweißgebadet und aufgeschwemmt, in
einem grünlichen Gelb. Sie stieß einen spitzen, durchdringen-
den Schrei aus, wie eine Henne, der man den Hals umdreht,
und lag dann still mit weitaufgerissenen Augen da, die vor Entsetzen verglast waren.

Der Papagei sprang auf die unterste Käfigstange, krallte sich
an das Gitter, äugte und sah, wie Sorbas sanft seine schwielige
Hand auf die Herrin legte und ihr mit einer unsagbaren Zärtlichkeit die Lider schloß.

«Nun aber rasch! Kommt alle her, es ist soweit!» kreischten
die Klageweiber und stürzten sich auf die Tote.

Sie brachen in einen langgezogenen Schrei aus, wiegten sich
in den Hüften vor und zurück, ballten die Fäuste und hämmer-
ten gegen die Brust. Allmählich versetzten sie diese grausigen
und einförmigen Schwingungen in einen Zustand leichter
Hypnose, uralter Gram befiel sie wie Gift, der Reifen um das
Herz zersprang und das Totenlied quoll hervor:

«Nicht stünd es dir an,
Daß unter dem Rasen
Im Dunkel du ruhtest...»

Sorbas ging auf den Hof hinaus. Er spürte den Drang zu weinen, aber er schämte sich vor den Frauen. Ich erinnere mich, daß er mir eines Tages sagte: «Ich schäme mich nicht zu weinen! Doch nur vor Männern. Männer halten stillschweigend zusammen. Aber vor den Frauen muß man sich tapfer zeigen. Denn was soll aus den armen Geschöpfen werden, wenn auch wir zu heulen anfangen? Das wäre das Ende der Welt!»

Man wusch die Tote mit Wein. Die alte Leichenfrau öffnete den Koffer, nahm saubere Wäsche heraus, zog sie ihr an und leerte eine kleine Flasche Kölnisch Wasser über sie aus. Aus den benachbarten Gärten kamen die Aasfliegen und legten ihre Eier in die Nasenlöcher, die Augenhöhlen und die Mundwinkel.

Die Dämmerung fiel. Der Himmel war gegen Westen von großer Lieblichkeit. Rötliche Federwölkchen mit goldenen Rändern schwebten langsam in das violette Dunkel des Abends hinein und wandelten sich unaufhörlich in Schiffe oder phantastische Tiere aus Wolle und seidenen Lappen. Durch das Schilfrohr des Hofes schimmerte das wiegende Meer.

Zwei fette Raben flogen von einem Feigenbaum ab und stolzierten auf den Steinplatten des Hofes umher. Sorbas geriet in Wut, las einen Stein auf und jagte sie fort.

In einer andern Ecke des Hofes hatten sich inzwischen die Marodeure des Dorfes zusammengetan, um festlich tabula rasa zu machen. Sie hatten den schweren Küchentisch in das Freie geschleppt, hatten Brot sowie Teller und Bestecke zusammengesucht, eine Korbflasche Wein aus dem Keller geholt und Hühner gekocht. Jetzt fielen sie hungrig über Essen und Trinken her, stießen mit den Gläsern an und brachten Trinksprüche aus:

«Gott rette ihre Seele und lasse sie nicht ihre Sünden büßen!»

«Und ihre Liebhaber, diese Burschen, sollen zu Engeln werden und ihre verklärte Seele gen Himmel tragen!»

«Schaut», sagte Manolakas, «der alte Sorbas wirft nach den
Raben! Er ist Witwer geworden. Wir wollen ihn einladen, er
soll ein Glas auf sein Hühnchen leeren! Heh, Kapetan Sorbas,
heh, Landsmann!»

Sorbas drehte sich um. Der Tisch war gedeckt, die Hennen
dampften in den Schüsseln, der Wein funkelte in den Gläsern,
und stämmige braune Burschen mit seidenen Kopftüchern
standen wie Bilder des blühenden, sorglosen Lebens daneben.

«Sorbas», murmelte er mit sich selbst, «jetzt beweise, was
du verträgst.»

Er trat an den Tisch, jagte drei Gläser hintereinander durch
die Kehle und aß eine Hühnerkeule.

Er aß hastig und gierig, mit großen Happen in langen Zügen
und ohne ein Wort zu reden. Er blickte dabei zur Kammer hinüber, in der seine alte Freundin aufgebahrt war, und lauschte
der Totenklage, die durch das offene Fenster drang. Bisweilen
brach sie ab, und man hörte Geschrei, als stritten sich welche,
Schranktüren klappten auf und zu, klobige Füße stampften
umher. Dann hob das Klagelied wieder an, eintönig, verzweifelt und sanft wie Bienensummen.

Die Klageweiber rannten in der Totenkammer hin und her,
sangen ihr Klagelied und durchstöberten jeden Winkel wie besessen. Sie öffneten ein Wandschränkchen, fanden fünf, sechs
Teelöffel darin, etwas Zucker, eine Dose Kaffee, eine Schachtel
Lukumi. Tante Lenjo erbeutete den Kaffee und die Lukumis,
Mutter Malamatenja den Zucker und die Löffel. Sie fischte
auch noch zwei Lukumis und stopfte sie in ihren Mund, und
die Totenklage schien in dem dicken Zuckerteig zu ersticken:

«Daß die Blumen über dich regnen,
Äpfel dir in die Schürze fallen...»

Zwei alte Weiber schlichen sich in die Kammer und machten sich über den Koffer her. Sie bohrten sich förmlich hinein, erwischten einige Taschentücher, zwei, drei Servietten, drei Paar Strümpfe, ein Strumpfband und stopften alles in ihre Bluse. Dann traten sie an das Totenbett und bekreuzigten sich.

Als Mutter Malamatenja die alten Weiber bei ihrer Arbeit sah, geriet sie ganz außer sich.

«Sing weiter! Sing weiter! Ich komme später dran!» schrie sie Tante Lenjo zu und fuhr ihrerseits, mit dem Kopf voran, in den Koffer. Atlasfetzen, ein abgetragenes blaues Kleid, uralte rote Sandalen, ein zerbrochener Fächer, ein funkelnagelneuer knallroter Knirps kamen zum Vorschein. Zu unterst ein Admiralshut, ein Geschenk aus besseren Zeiten. Wenn sie allein war, mochte sie ihn zuweilen vor dem Spiegel aufgesetzt und sich zwischen Ernst und Wehmut bewundert haben.

Jemand näherte sich der Tür. Die alten Weiber verdufteten. Tante Lenjo klammerte sich von neuem an das Totenbett, schlug sich vor die Brust und schrillte:

« Und die pupurfarbigen Nelken
Dir als Kette um deinen Nacken …»

Sorbas trat in die Kammer. Er betrachtete die Tote, die ruhig und friedlich dalag, wachsgelb, von Fliegen bedeckt, mit gefalteten Händen und rote Bändchen am Hals.

«Ein Klümpchen Erde», dachte er, «ein Klümpchen Erde, das gehungert, gelacht und geküßt hat. Ein Erdenkloß, der geweint hat. Und jetzt? Was für ein Teufel stößt uns in diese Welt hinein, und was für ein Teufel stößt uns wieder hinaus!»

Er spuckte aus und setzte sich hin.

Draußen im Hofe waren die jungen Burschen inzwischen zum Tanz angetreten. Der Meister der Lyra, Fanurios, gesellte sich hinzu. Sie räumten den Tisch, die Benzinkanister, den Zuber, den Wäschekorb beiseite, schufen sich Platz und begannen zu tanzen.

Die Honoratioren erschienen: Onkel Anagnostis mit seinem

langen krummen Stock und dem weiten weißen Hemd, Kondomanoljos, rundlich und schmutzig wie immer, und der Lehrer mit einem kupfernen Tintenfaß im Gürtel und einem grünen Federhalter hinterm Ohr. Der alte Mawrandonis fehlte. Er hatte sich vor dem Gesetz in die Berge geflüchtet.

«Freue mich, euch zu begegnen, Burschen!» sagte Onkel Anagnostis und hob seine Hand. «Freue mich, daß ihr lustig seid! Eßt und trinkt, und Gott segne euch! Aber lärmt nicht so! Das gehört sich nicht. Die Toten haben Ohren! Sie haben Ohren, Burschen!»

Kondomanoljos erklärte:

«Wir sind gekommen, den Nachlaß der Verstorbenen aufzunehmen. Wir wollen ihn unter die Dorfarmen verteilen. Ihr habt euer Teil an Essen und Trinken weg. Geplündert wird nicht. Das bekäme euch schlecht!»

Er zeigte ihnen drohend seinen Knüppel.

Hinter den Honoratioren tauchte etwa ein Dutzend zerlumpte Weiber auf, mit zottigen Haaren und barfüßig. Jede trug einen leeren Sack unter dem Arm und eine Kiepe auf dem Rücken. Verstohlen und schrittweise rückten sie näher.

Onkel Anagnostis drehte sich um, sah sie und schnaubte:

«He, ihr Zigeuner, schert euch fort! Wollt ihr uns hier überfallen? Hier wird alles genau zu Papier gebracht und nach Recht und Ordnung unter die Armen verteilt. Zurück! Rate ich euch!»

Der Lehrer nahm das kupferne Tintenfaß aus dem Gürtel, entfaltete einen dicken Bogen Papier und wollte sich in den kleinen Laden begeben, um dort mit der Aufnahme zu beginnen.

In diesem Augenblick gab es einen ohrenbetäubenden Krach, als trommelte einer auf Blechkisten. Oder als polterten große Rollen herab oder Tassen würden zerschlagen. In der Küche rumpelten Pfannen, Teller, Löffel und Gabeln mit lautem Getöse aufeinander, als schlüge man sich die Köpfe ein.

Der alte Kondomanoljos schwang seinen dicken Knüppel

und stürzte davon, um dem Spuk ein Ende zu machen. Es war aber schon zu spät. Frauen, Männer, Kinder eilten wie der Wind aus den Türen, sprangen aus den Fenstern und über die Zäune, kletterten vom Dach, und jeder schleppte mit, was er hatte ergattern können: Pfannen, Schüsseln, Matratzen, Kaninchen... Einige hatten sogar Türen und Fenster aus den Angeln gehoben und sich auf den Rücken geladen. Auch Mimithos hatte sich an der Jagd beteiligt. Er hatte die zierlichen Schuhe der Verstorbenen entführt und sie um seinen Hals gebunden. Es sah aus, als ritte die Tote auf seinem Rücken davon, und nur ihre Schuhe seien noch sichtbar.

Der Lehrer runzelte die Augenbrauen, steckte das Tintenfaß in den Gürtel, faltete das jungfräuliche Papier wieder zusammen, schritt mit einem Ausdruck gekränkter Würde über die Schwelle und entfernte sich wortlos.

Der arme Onkel Anagnostis schrie und flehte und fuchtelte mit seinem Stock:

«Das ist schandbar, ihr Halunken, das ist schandbar! Die Toten haben Ohren!»

«Soll ich den Popen holen?» fragte Mimithos, der sich wieder eingestellt hatte, um sich vielleicht nach einer wertvolleren Beute umzuschauen.

«Welchen Popen, Schafskopf?» sagte Kondomanoljos grimmig. «Sie war ja eine Französin. Hast du nie gesehen, wie sie ihr Kreuz schlug? Mit vier Fingern, die Ketzerin! Sie muß auf der Stelle unter die Erde, damit sie nicht stinkt und das Dorf verpestet!»

«Die Maden wimmeln schon auf ihr herum», sagte Mimithos und bekreuzigte sich.

Onkel Anagnostis schüttelte seinen Kopf und sah wie ein Landedelmann aus:

«Scheint dir das so befremdend, du Kindskopf? Von Geburt an ist der Mensch voller Maden, doch wir sehen sie nicht. Sobald sie merken, daß wir zu stinken anfangen, kriechen sie aus ihren Löchern – schneeweiß, schneeweiß wie die Käsemaden.»

Die ersten Sterne traten hervor und hingen in der Luft, zitternd, wie silberne Glöckchen. Die ganze Nacht war voller Geläut.

Sorbas nahm den Käfig über dem Bett der Toten herunter. Der verwaiste Vogel saß stumm und schüchtern in einer Ecke. Er beugte sich nach allen Seiten und faßte es nicht. Er streckte seinen Kopf unter die Flügel und kauerte sich zusammen.

Als Sorbas den Käfig abnahm, richtete sich der Vogel auf. Er wollte sprechen, aber Sorbas hob ihm die Hand entgegen und sagte zärtlich: «Still! Still! Komm mit!»

Dann neigte er sich vor und schaute lange die Tote an. Ihm war zum Ersticken. Er bückte sich tiefer und wollte sie küssen, doch er hielt sich zurück.

«Leb wohl, und Gott sei dir gnädig!» murmelte er, nahm den Käfig in die Hand und ging auf den Hof. Er erblickte mich und trat auf mich zu.

«Laß uns gehen!» sagte er leise und faßte mich unter.

So ruhig er schien, seine Lippen zitterten noch.

«Wir müssen alle den gleichen Weg gehen», sagte ich, um ihn zu trösten.

«Ein schöner Trost!» zischte er spöttisch. «Ich will nach Haus!»

«Halt!» sagte ich. «Man trägt sie hinaus. Laß uns zusehen... Hältst du es noch solange aus?»

«Warum nicht?» antwortete er mit gepreßter Stimme. Er stellte den Käfig auf den Boden und faltete die Hände.

Onkel Anagnostis und Kondomanoljos verließen entblößten Hauptes die Totenkammer und bekreuzigten sich. Ihnen folgten vier von den Tänzern, die Aprilrose noch hinter dem Ohr, munter und halb betrunken. Sie hielten jeder an einer Ecke die Haustür und trugen die Leiche, die darauf lag. Hinter ihnen kam der Spielmann mit seiner Lyra und etwa ein Dutzend angeheiterte Männer, die immer noch kauten, und fünf, sechs Frauen, von denen jede eine Pfanne oder einen Stuhl mitschleppte. Mimithos schloß den Zug mit den ausgetretenen Schuhen am Hals.

«Mörder! Mörder! Mörder!» rief er und grinste.

Ein feuchtwarmer Wind wehte, und der Seegang nahm zu. Der Lyraspieler hob seinen Bogen und keck und melodisch, ja fast etwas spöttisch sprudelte seine Stimme durch die schwüle Nacht:

«*Warum hast du es so eilig,*
Sonne, mit dem Schlafengehen…»

«Recht so!» sagte ich. «Kein Pope, sondern ein Spielmann gibt ihr das letzte Geleit…»

«Komm!» sagte Sorbas. «Wir sind fertig…»

XXIV

Stumm durchquerten wir die engen Gassen des Dorfes. Die lichtlosen Häuser standen wie blinde Flecken herum. Ein Hund bellte, eine Kuh stöhnte. Ferner und ferner klangen, wenn der Nachtwind vorüberstrich, die Töne der Freude, das Geläute der Lyra – als verrieselte wo ein munterer Bach.

«Was haben wir heute für Wind?» fragte ich, um das drückende Schweigen zu brechen. «Südwind?»

Aber Sorbas antwortete nicht. Er stapfte, den Käfig mit dem Papagei in der Hand, voraus. Erst am Strand fragte er zurück:

«Hast du Hunger, Chef?»

«Nein.»

«Bist du müde?»

«Nein.»

«Ich auch nicht. Laß uns noch eine Weile auf den Kieseln sitzen. Ich muß dich was fragen.»

So müde wir waren, wir mochten nicht schlafen. Das Gift vom Tage wirkte noch in uns nach. Der Schlaf dünkte uns eine Flucht in der Stunde der Gefahr, wir schämten uns, jetzt zu Bett zu gehen.

Wir setzten uns an das Ufer. Sorbas stellte den Käfig zwischen seine Knie und redete lange kein Wort. Gespenstisch tauchte hinter den Bergen ein Sternbild auf, ein Ungeheuer mit tausend Augen und geringeltem Schweif. Hier und da riß ein Stern sich los und fiel.

Mit staunenden Augen und offenem Mund beobachtete Sorbas das Schauspiel, als sähe er es zum erstenmal.

«Was mag da oben vor sich gehen?» murmelte er.

Endlich entschloß er sich zu reden.

«Kannst du mir sagen, Chef», sagte er, und seine Stimme klang feierlich und bewegt in der warmen Nacht, «kannst du mir erklären, was das alles bedeutet? Wer hat es geschaffen? Warum hat er es geschaffen? und vor allem» – und hier zitterte Sorbas' Stimme vor Zorn und Furcht –, «warum müssen wir sterben?»

«Ich weiß nicht, Sorbas», antwortete ich und schämte mich, als fragte mich wer nach den einfachsten, unumgänglichsten Dingen und ich sei nicht imstande, eine Erklärung zu geben.

«Das weißt du nicht?» sagte Sorbas und riß seine Augen auf, genau wie in jener anderen Nacht, als ich ihm gestanden hatte, ich könnte nicht tanzen.

Nach ein paar Augenblicken legte er heftig los:

«Wozu liest du eigentlich diese staubigen Schmöker? Zu welchem Zweck? Wenn sie dir das nicht sagen, was sagen sie überhaupt?»

«Sie erzählen von der Ratlosigkeit des Menschen, der auf das, wonach du fragst, nicht antworten kann, Sorbas.»

«Ich pfeife auf ihre Ratlosigkeit!» rief er aus und stampfte mit dem Fuß auf.

Der Papagei fuhr erschreckt bei dem Lärm aus dem Schlafe.

«Canavaro! Canavaro!» krächzte er, als ob er um Hilfe riefe.

«Halt's Maul, du...!» schrie Sorbas und schlug mit der Faust auf den Käfig.

Er wandte sich mir wieder zu:

«Du sollst mir sagen, woher wir kommen und wohin wir

gehen. Jahrelang hast du über diesen Zauberbüchern gehockt. Du hast sie bis auf das Mark ausgequetscht und zwei oder dreitausend Kilo Papier verbraucht. Und der Erfolg?»

In seiner Stimme schwang eine solche Angst, daß mir der Atem stockte. Ach – wie gern hätte ich eine Antwort für ihn gehabt.

Ich empfand zutiefst: das Höchste, was wir Menschen erreichen, besteht nicht in Erkenntnis, nicht in Tugend, nicht in Güte, nicht einmal im Sieg. Sondern es gibt etwas, das erhabener, heroischer – und verzweifelter ist: der Schauer der Ehrfurcht.

«Du antwortest nicht?» sagte er ängstlich.

Ich suchte meinem Gefährten den ‹Schauer der Ehrfurcht› begreiflich zu machen:

«Wir sind winzige Würmer, Sorbas, ganz winzige Würmer, auf dem kleinen Blatt eines riesigen Baumes. Dieses kleine Blatt ist unsere Erde. Die anderen sind die Sterne, die du des Nachts sich bewegen siehst. Wir wandern auf unserem kleinen Blatt umher und untersuchen es neugierig. Wir schnobern daran – es riecht gut oder schlecht. Wir kosten davon – es schmeckt eßbar. Wir schlagen es gar – es gibt Antwort und schreit wie ein lebendiges Wesen.

Einige Menschen – die Furchtlosen unter uns – wagen sich bis an den Rand des Blattes. Von dort beugen wir uns, die Augen geschärft, die Ohren gespitzt, auf das Chaos hinab. Wir erschauern. Wir ahnen den furchtbaren Abgrund unter uns, wie hören von weither das Rauschen der anderen Blätter des Riesenbaumes, die Säfte steigen aus seinen Wurzeln, und unser Herz droht zu zerspringen. So hängen wir über dem Abgrund, mit Körper und Seele, und erschauern vor Schrecken. Mit diesem Augenblick beginnt…»

Ich hielt inne. Ich hatte sagen wollen: «Mit diesem Augenblick beginnt die Poesie.» Aber Sorbas hätte das nicht verstanden, und so schwieg ich.

«Was beginnt?» fragte er gespannt. «Warum sprichst du nicht weiter?»

«…beginnt die große Gefahr, Sorbas. Die einen packt ein Schwindel, sie reden verworren. Die anderen haben Angst. Sie plagen sich um eine Antwort, die ihr Herz vergewissert, und sagen: ‹Gott›. Andere wieder blicken kaltblütig in den Abgrund und finden Gefallen daran.»

Sorbas überlegte lange. Er begriff mich nur mühsam.

«Ich für meine Person», sagte er schließlich, «sehe dem Tod jederzeit ins Auge. Ich sehe ihm ins Auge und habe keine Bange. Aber niemals, niemals werde ich zu ihm sagen: Ich finde an dir Gefallen! – Nein! Er mißfällt mir äußerst! Ich wehre mich!»

Er schwieg, doch bald polterte er von neuem los:

«Nein! Ich halte Charon nicht meinen Hals wie ein Hammel hin! Ich bitte ihn nicht, mir gnädigst den Hals abzuschneiden, daß ich auf der Stelle in das Paradies eingehe!»

Betroffen hörte ich Sorbas zu. Wer war doch der Weise, der seine Schüler lehrte, freiwillig zu tun, was das Gesetz befiehlt? Die eherne Notwendigkeit zu bejahen, das Unvermeidliche in freien Willen zu verwandeln – es ist vielleicht unter Menschen der einzige Weg zur Erlösung, ein kläglicher zwar, doch es gibt keinen anderen.

Und die Empörer? Die stolzen Ritter von der traurigen Gestalt, die gegen die eherne Notwendigkeit anstürmen und das äußere Gesetz dem inneren Gesetz ihrer Seele unterwerfen möchten? Leugnen sie nicht alle die Wirklichkeit und wollen, frei nach den Gesetzen ihres Herzens und wider die unmenschlichen Gesetze der Natur, eine neue Welt erschaffen – eine reine, eine sittlichere, eine bessere Welt?

Sorbas blickte mich erwartungsvoll an. Als er merkte, daß ich nichts mehr zu sagen hatte, nahm er behutsam, um den Papagei nicht zu wecken, den Käfig, stellte ihn neben seinen Kopf und legte sich hin.

«Gute Nacht, Chef!» sagte er. «Genug für heute.»

Ein heißer Südwind wehte von drüben, von Afrika her, und brachte das Gemüse, die Früchte und Brüste Kretas zum Reifen. Er strich über meine Stirn, meine Lippen, meinen Hals, und mein Gehirn dehnte sich in den Nähten und schwoll wie eine Frucht.

Ich konnte, ich mochte nicht schlafen. Ich dachte an nichts. Ich spürte in dieser warmen Nacht nur, wie ein Etwas, ein Jemand in mir reifte. Ich erlebte deutlich dieses erstaunliche Schauspiel: ich sah mir zu, ich verwandelte mich. Was sich sonst in den dunkelsten Schluchten in uns vollzieht, trat hell und offen vor meine Augen. Ich hockte am Strand und verfolgte das Wunder.

Die Sterne verblaßten, der Himmel verklärte sich, und von diesem Hintergrund aus Licht hoben sich zart, wie mit der Feder gezeichnet, die Berge, die Bäume, die Möwen ab.

Der Morgen brach an.

Einige Tage vergingen. Die Ernte war reif, die Ähren senkten die schweren Häupter. Auf den Ölbäumen zirpten die Grillen – sie zersägten die Luft – blitzende Käfer summten im brennenden Licht. Das Meer dampfte.

Sorbas war sehr früh stillschweigend zum Berg aufgebrochen.

Der Bau der Seilbahn näherte sich seinem Ende. Die Masten wurden gesetzt, das Kabel gespannt, die Rollen befestigt.

Mit Einbruch der Nacht kehrte Sorbas völlig erschöpft von der Arbeit zurück. Er machte Feuer an, kochte, wir aßen. Wir vermieden es, die schrecklichen Dämonen in uns zu wecken, die Liebe, den Tod, die Angst. Wir führten keinerlei Gespräche, weder über die Witwe noch über Madame Hortense, noch über Gott. Schweigsam betrachteten wir in der Ferne das Meer.

Je länger das Schweigen von Sorbas währte, um so lauter meldete sich in mir die ewige Stimme der Eitelkeit. Die Angst kehrte in meine Brust wieder ein und füllte sie aus. Ich fragte mich nach dem Sinn und Ziel dieser Welt, und tragen wir Eintagsgeschöpfe dazu bei, dieses Ziel zu erreichen? Das Ziel des Menschen, meint Sorbas, besteht darin, Materie in Freude zu verwandeln. Manche sagen wieder, in Geist. Was, von anderer Warte aus betrachtet, auf dasselbe hinausläuft. Aber warum?

Und wozu? Und bleibt, wenn der Körper zerfällt, von der sogenannten Seele noch eine Spur? Oder leitet sich unser unauslöschlicher Durst nach Unsterblichkeit mitnichten davon ab, daß wir selber unsterblich sind? Und deutet er nicht vielmehr darauf hin, daß wir die knappe Spanne, in der wir atmen, im Dienst von etwas Unsterblichem stehen?

Niemand weiß es. Aber wir haben, scheint es, die Pflicht, immer neue Fragen zu stellen und mit Aufgebot aller Kräfte immer neue Antworten zu finden. Jede unserer Antworten bedeutet in jeder Epoche die äußerste Grenze, die wir erreichen konnten, und einen Damm, der uns vor dem Sturz in den Abgrund beschützt.

An einem der folgenden Tage war mir beim Aufstehen und Waschen zumute, als hätte sich auch die Erde erst soeben erhoben und gewaschen, so funkelte sie in neuer Pracht. Ich nahm den Weg in das Dorf. Zu meiner Linken dehnte sich indigoblau das spiegelglatte Meer. Zu meiner Rechten dehnten sich weithin Getreidefelder, wie ganze Heere in Reih und Glied und die goldenen Lanzen bei Fuß. Ich kam am Feigenbaum der Prinzessin vorbei, der dicht belaubt war und kleine Früchte ansetzte, ging eilig und ohne mich umzublicken quer durch den Garten der Witwe und betrat das Dorf. Die kleine Herberge unsrer alten Freundin lag wüst und verwaist. Türen und Fenster fehlten, Hunde trieben im Hof ihr Unwesen, die Zimmer waren leer. In der Totenkammer gab es weder Bett noch Koffer noch Stühle. Nur ein zerrissener, ausgelatschter Pantoffel mit rotem Pompon lag noch in einer Ecke. Er hatte treulich die Form des Fußes seiner Herrin bewahrt. Dieser jämmerliche Pantoffel hatte noch nicht – mitfühlender als die Menschen – den geliebten und so mißhandelten Fuß vergessen.

Ich kam spät wieder heim. Sorbas hatte schon Feuer gemacht und richtete das Essen an. Als er mich sah, begriff er, woher ich kam. Er zog die Augenbrauen hoch. Nach so vielen Tagen des Schweigens riegelte er sein Herz wieder auf und sprach:

«Jeder Kummer, Chef», sagte er, und es klang, als ob er sich rechtfertigen wollte, «bricht mir das Herz entzwei. Aber dieses zerfetzte, von Wunden durchsiebte Ding leimt sich sofort wieder von selbst, und die Narben sind nicht zu sehen. Weil ich mit Narben geradezu übersät bin, deshalb halte ich soviel aus.»

«Du hast die unglückliche Bubulina sehr schnell vergessen», sagte ich wider Willen mit barscher Stimme.

Sorbas fühlte sich grundlos gekränkt, er verschärfte den Ton.

«Neue Wege, neue Pläne», rief er aus. «Bei mir ist Schluß. Ich denke nicht mehr an das, was hier gestern geschah. Ich frage nicht mehr danach, was morgen geschieht. Mich kümmert nur noch, was heute, in dieser Minute, passiert! Ich sage: ‹Was machst du jetzt. Sorbas?› – ‹Ich schlafe!› – ‹Dann schlafe gut!› – ‹Und was machst du jetzt, Sorbas?› – ‹Ich arbeite!› – ‹Dann arbeite gut› – ‹Und was machst du jetzt, Sorbas?› – ‹Ich küsse eine Frau!› – ‹Dann küß sie gut und vergiß den Rest! Es gibt nichts anderes als sie und dich auf der Welt! Also ran!›»

Und etwas später:

«Kein Canavaro hat der alten Bubulina zu ihren Lebzeiten so viel Freude wie ich gemacht, ich, der hier mit dir spricht, der alte, zerlumpte Sorbas. Fragst du, warum? Weil alle Canavaros der Welt in der gleichen Minute, in der sie sie küßten, ihre Flotte, Kreta, ihren König oder ihre Tressen im Kopf hatten – oder ihre Frauen. Ich dagegen vergaß alles, alles, und sie, die Siebengescheite, begriff das sofort – merk dir das, du hochweiser Mann – für die Frau gibt es kein größeres Vergnügen. Das echte Weib freut sich mehr über das Vergnügen, das sie dem Manne gewährt, als über das Vergnügen, das sie vom Manne empfängt.»

Er bückte sich, warf ein paar Scheite ins Feuer und schwieg.

Ich blickte ihn an, und meine Freude war groß. Wie reich, wie einfach waren die Stunden an diesem entlegenen Strand, wie tief ihre menschlichen Werte! Allabendlich kochten wir eine Mahlzeit zusammen, wie das die Seeleute tun, wenn sie an öden Gestaden an Land gehen müssen – aus Fischen, Austern, Zwiebeln und sehr vielem Pfeffer. Sie sind köstlicher als jedes andere Gericht und haben nicht ihresgleichen, denn sie nähren die Seele. Hier, am Rande der bewohnten Welt, glichen auch wir zwei Schiffbrüchigen.

«Übermorgen weihen wir die Drahtseilbahn ein», spann Sorbas seine Gedanken weiter. «Ich gehe nicht mehr auf der Erde, ich bewege mich nur noch durch die Luft, und mir wachsen Rollen an meinen Schultern!»

«Erinnerst du dich noch, Sorbas», sagte ich, «welchen Köder du damals im Kaffeehaus des Piräus auswarfst, damit ich anbeißen sollte? Du könntest ausgezeichnete Suppen kochen – und gerade sie sind mein Leibgericht. Woher wußtest du das?»

Sorbas schüttelte geringschätzig den Kopf.

«Weiß ich's, Chef? Das ist mir so eingefallen. Wie du so in der Ecke hocktest, ganz für dich, über das kleine Buch mit Goldschnitt gebeugt – da dachte ich unwillkürlich: ‹Der ißt gern Suppen.› Es fiel mir so ein. Hör auf, es ergründen zu wollen!»

Er brach ab und spitzte die Ohren.

«Still!» sagte er. «Da kommt wer!»

Eilige Schritte und der fliegende Atem eines, der rannte, waren zu hören. Im Widerschein der Flamme stand plötzlich ein Mönch vor uns, mit zerrissener Kutte, bloßem Kopf, einem versengten Bart und einem halben Schnurrbart. Ein starker Petroleumgeruch ging von ihm aus.

«Grüß Gott, Pater Zacharias!» rief Sorbas. «Was hat dich in Trab gebracht?»

Der Mönch ließ sich neben dem Feuer nieder. Ihm zitterte das Kinn.

Sorbas bückte sich und blinzelte ihn an.

«Ja», antwortete der Mönch.

Sorbas sprang in die Höhe vor Freude.

«Bravo, Mönch!» rief er. «Jetzt kommst du bestimmt ins Paradies, da beißt die Maus keinen Faden ab. Und du wirst in der Hand eine Kanne Petroleum tragen.»

«Amen», murmelte der Mönch und bekreuzigte sich.

«Wie ging es vor sich und wann? Erzähle!»

«Der Erzengel Michael ist mir erschienen, Bruder Canavaro. Er hat es befohlen. Höre und staune: Ich war in der Küche und zog grüne Bohnen ab. Ich war ganz allein, die Tür war geschlossen, die Väter in der Abendmesse, es war totenstill. Ich hörte die Vögel singen, und mir kam es vor, als wären es Engel. Ich war ganz ruhig, ich hatte alles gut vorbereitet und wartete. Ich hatte eine Kanne Petroleum gekauft und sie in der Friedhofskapelle versteckt, hinter dem Altar, der Erzengel Michael sollte sie segnen...

Ich zog also gestern nachmittag Bohnen ab. Ich hatte das Paradies im Kopf und sagte so vor mich hin: ‹Herr Jesus, laß auch mich des Himmelreichs würdig werden, und ich verpflichte mich für die Ewigkeit, in den Küchen des Paradieses Gemüse zu putzen.› So dachte ich und ließ meine Tränen laufen. Als ich plötzlich das Rauschen von Flügeln über mir höre. Ich begriff sofort. Ich beugte bebend mein Haupt. Dann hörte ich eine Stimme: ‹Hebe deine Augen auf, Zacharias, und fürchte dich nicht.› Ich zitterte aber und fiel zu Boden. ‹Hebe deine Augen auf, Zacharias!› ertönte die Stimme abermals. Ich blickte auf, und was sah ich?! Die Tür stand offen, und auf der Schwelle stand der Erzengel Michael – genau wie er auf der Tür des Ikonostas gemalt ist, mit schwarzen Flügeln, roten Schuhen und einem goldenen Helm. Nur statt seines Schwertes hielt er eine brennende Fackel in der Hand. ‹Sei gegrüßt Zacharias!› spricht er zu mir – ‹Ich bin der Knecht Gottes›, antwortete ich. ‹Befiehl!› – ‹Nimm die brennende Fackel, und der Herr sei mit dir!› – Ich streckte meine Hand aus und fühlte ein Brennen auf meiner Haut. Aber der Erzengel war schon verschwunden. Ich sah nur noch einen Feuerstrahl, der von der Tür gen Himmel fuhr gleich einem Meteor.»

Der Mönch wischte den Schweiß von der Stirn. Er war totenblaß und klapperte mit den Zähnen im Fieber.

«Weiter im Text!» sagte Sorbas. «Mutig, Mönch!»

«In diesem Augenblick kamen die Mönche aus der Messe und begaben sich in das Refektorium. Der Abt gab mir im Vorübergehen einen Fußtritt, als sei ich ein Hund. Die heiligen Väter lachten, ich – mäuschenstill! Die Luft roch, seit der Erzengel auffuhr, noch immer nach Schwefel, aber keiner bemerkte es. Sie setzten sich zu Tisch. ‹Zacharias›, sagte der Tabularius zu mir, ‹willst du nicht essen?› Mein Mund blieb verriegelt. ‹Das Brot der Engel genügt ihm!› sagte Dometios, der Sodomit. Erneutes Lachen der Väter. Ich stehe auf und gehe zum Friedhof. Ich werfe mich dem Erzengel zu Füßen. Stundenlang fühlte ich seinen Fuß schwer auf meinem Nacken. Die Zeit verging wie der Blitz. So mögen die Stunden und die Jahrhunderte im Paradies vergehen. Um Mitternacht erhob ich mich. Alles war still. Die Mönche lagen schon längst im Schlaf. – Ich bekreuzigte mich und küßte den Fuß des Erzengels. ‹Dein Wille geschehe!› sagte ich, nahm die Petroleumkanne und entkorkte sie. – Unter meiner Kutte hatte ich eine Menge Lumpen versteckt. Ich verließ die Kapelle. Eine Nacht wie Tinte. Der Mond war noch nicht aufgegangen. Das Kloster vor mir war schwarz wie die Hölle. Ich betrat den Hof, ich stieg die Treppe empor, drang zur Wohnung des Abtes vor und begoß Türen, Fenster und Wände mit Petroleum. Dann rannte ich zu des Dometios Zelle und begann diese und alle anderen Zellen und die hölzerne Galerie zu bestreichen – genau wie du mir geraten. Dann begab ich mich in die Kirche, entzündete die Kerze an der Ewigen Lampe Christi und legte das Feuer an…» Atemlos schwieg der Mönch. Seine Augen standen in Flammen.

«Gott sei bedankt!» ächzte er und bekreuzigte sich. «Gott sei bedankt! In einem Nu war das Kloster in Flammen gehüllt. ‹Ins Feuer der Hölle!› schrie ich mit aller Kraft und nahm meine Beine in die Hand. Ich rannte, was ich konnte, und hörte hinter mir die Glocken läuten, die Mönche schreien, ich rannte und rannte…

Es wurde Tag. Ich versteckte mich im Wald. Ich klapperte mit den Zähnen. Die Sonne ging auf, und ich hörte die Mönche nach mir das Holz durchstöbern. Aber Gott hatte einen Nebel über mich geworfen, und sie sahen mich nicht. Am Abend vernahm ich wieder eine Stimme: ‹Geh an die Küste und rette dich!› – ‹Erzengel, führe mich!› rief ich und machte mich auf

den Weg. Ich wußte nicht, wo ich war, aber der Erzengel gelei-
tete mich, bald in Gestalt eines Blitzes, bald in Gestalt eines
schwarzen Vogels in den Bäumen, oder eines Pfades, auf dem
es bergab ging. Und ich folgte ihm gläubig. Und siehe! Groß ist
seine Gnade! Ich habe dich gefunden, lieber Canavaro, und ich
bin gerettet.»

Sorbas sprach kein Wort, aber ein breites, sinnliches, lautlo-
ses Lachen zog sich von den Mundwinkeln bis zu den Eselsoh-
ren über sein ganzes Gesicht.

Das Essen war gar, er nahm es vom Feuer.

«Zacharias», sagte er, «was versteht man unter dem ‹Brot
der Engel›?»

«Geist», antwortete der Mönch und bekreuzigte sich.

«Geist, das heißt mit anderen Worten Luft? Davon wird
man nicht satt, mein Lieber. Setz dich und iß Brot und Fischsuppe mit uns, damit du wieder zu Kräften kommst. Du hast
ganze Arbeit getan!»

«Ich habe keinen Hunger.»

«Zacharias hat keinen Hunger? Aber Josef? Hat auch Josef
keinen Hunger mehr?»

«Josef», sagte der Mönch mit leiser Stimme, als enthülle er
ein großes Geheimnis, «der verfluchte Josef ist verbrannt, Gott
sei bedankt dafür!»

«Verbrannt?» rief Sorbas lachend. «Wie? Wann? Hast du
das gesehen?»

«Bruder Canavaro, er verbrannte, als ich die Kerze an der
Ewigen Lampe ansteckte. Ich sah mit eigenen Augen, wie er
aus meinem Munde fuhr, wie ein schwarzes Band mit feurigen
Lettern. Die Kerzenflamme leckte nach ihm, er krümmte sich
wie eine Schlange und wurde zu Asche. Was für eine Erleichterung! Dem Herrn sei Dank! Mir ist, als sei ich in das Paradies
schon eingegangen.»

Er erhob sich von dem warmen Platz, an dem er gekauert
hatte.

«Ich gehe an den Strand», sagte er. «Ich habe Befehl, mich
dort hinzulegen.»

311

Er verschwand im Dunkel der Nacht.

«Du hast ihn auf dem Gewissen, Sorbas», sagte ich. «Wenn ihn die Mönche erwischen, ist er verloren.»

«Sei unbesorgt, Chef, sie erwischen ihn nicht! In dieser Art Schmuggel kenne ich mich aus. Morgen in aller Frühe werde ich ihm den Bart scheren, ihm menschenähnliche Kleider geben und ihn auf einen Kahn setzen. Mach dir deshalb keine Sorgen! Das ist der Krempel nicht wert!... Die Suppe ist gut? Laß dir den Appetit nicht mit Kleinigkeiten verderben!»

Sorbas aß und trank mit Behagen und wischte sich seinen Schnurrbart ab; er war jetzt in der Stimmung, sich mit mir zu unterhalten.

«Siehst du», sagte er. «Der Teufel in ihm ist gestorben. Und jetzt ist der arme Kerl leer, vollkommen leer, und wie alle anderen geworden...» Er überlegte einen Augenblick.

«Gewiß doch», antwortete ich. «Er war davon besessen, er müsse das Kloster anstecken und war erst ruhig, als er es getan hatte. Daher sein Verlangen nach Fleisch und Wein, die Tat mußte reifen. Der andere Zacharias hatte weder Fleisch noch Wein nötig, er reifte dadurch, daß er fastete.»

Sorbas überlegte hin und her.

«Ich glaube wahrhaftig, du hast recht. Unter fünf, sechs Dämonen dürften mir nicht im Leibe stecken.»

«Wir haben alle welche in uns, du brauchst dich nicht zu erschrecken. Je mehr, um so besser. Es genügt, daß sie alle auf dasselbe Ziel losgehen, mögen die Wege noch so verschieden sein.»

Meine Worte beunruhigten Sorbas. Er zog seine Knie an das Kinn und grübelte.

«Auf welches Ziel?» fragte er und sah mich an.

«Ich weiß es selber nicht recht. Du stellst mir zu schwierige Fragen. Wie soll ich es dir erklären?»

«Möglichst einfach, damit ich es fasse. Bisher ließ ich meine Dämonen ganz nach Belieben schalten, sie gingen, wohin sie wollten – deshalb halten mich die einen für ehrlos, die anderen für ehrenhaft, jene für einen Depp, diese für einen Salomo. Ich bin das auch, alles, und noch obendrein anderes, ein russischer Salat, wie er im Buche steht. Erkläre mir also, was für ein Ziel du meinst?»

«Ich glaube – ich kann mich auch irren, Sorbas –, daß es drei Gruppen von Menschen gibt. Die einen stecken sich das Ziel, ihr eigenes Leben zu leben, sie möchten essen, trinken, lieben und reich und berühmt werden. Den anderen ist ihr eigenes Leben als Ziel zuwenig. Sie beziehen auch ihre Mitmenschen ein. Für sie bilden alle Menschen eine Einheit, und sie trachten danach, ihre Mitbrüder zu lieben und aufzuklären und ihnen soviel Gutes zu tun wie möglich. Die Menschen der dritten Gruppe schließlich suchen das Leben des Weltalls zu leben. Sie sprechen erst von der Einheit, wenn auch Pflanzen, Tiere und Sterne miteinbeschlossen sind, und wie alle Wesen aus dem gleichen Stoff bestehen, so führt auch der Stoff den gleichen furchtbaren Kampf. Was für ein Kampf das ist? Sich in Geist zu verwandeln.»

Sorbas kratzte sich hinterm Ohr.

«Ich bin zu schwer von Begriffen, Chef, ich komme so rasch nicht mit... Ach könntest du deine Worte tanzen, daß ich verstünde...»

Betroffen biß ich auf meine Lippen. Ja, könnte ich alle diese heillosen Gedanken tanzen! Doch dazu war ich nicht fähig, mein Leben war verpfuscht.

«Oder könntest du mir das alles wie ein Märchen erzählen. Wie Hussein Agha es machte. Er war ein alter Türke und unser Nachbar, sehr alt bereits, sehr arm, ohne Frau und Kinder. Seine Kleider waren abgetragen, aber peinlich sauber. Er wusch sie selbst, versorgte die Küche, scheuerte die Stube, und abends besuchte er uns. Dann setzte er sich zu meiner Großmutter und anderen alten Frauen in den Hof und strickte Strümpfe. Dieser Hussein Agha also war ein heiliger Mann. Eines Tages setzt er mich auf seine Knie und legt seine Hand auf meinen Kopf, als ob er mir seinen Segen geben wolle. ‹Alexis›, sagt er mir, ‹ich will dir etwas anvertrauen. Du bist noch zu klein, es schon zu verstehen, du wirst es erst verstehen, wenn du groß bist. Höre, mein Kind: Den lieben Gott können weder die sieben Stockwerke des Himmels noch die sieben Stockwerke der Erde fassen. Aber das Herz des Menschen faßt ihn. Deshalb hüte dich, Alexis. Mein Segen begleitet dich, verwunde niemals das Herz eines Mitmenschen!›»

Stumm hörte ich zu und dachte: Brächte ich es doch über mich, den Mund nicht eher zu öffnen, als bis die nackte Idee jenen Scheitel erreicht, auf dem sie zum Märchen wird. Aber das gelingt nur einem großen Dichter – oder einem Volk, nach manchem Jahrhundert schweigenden Ringens.

Sorbas erhob sich.

«Ich will nach unserem Brandstifter sehen und ihm eine Decke überwerfen, daß er nicht friert. Ich nehme auch eine Schere mit, vielleicht brauche ich sie.»

Mit Decke und Schere bewaffnet ging er lachend hinaus. Der Mond war aufgegangen und tauchte die Erde in ein fahles und krankes Licht. Ich saß ganz allein neben dem erloschenen Feuer und erwog, was Sorbas gesagt hatte. Seine Worte waren so reich an Sinn und atmeten noch einen Erdgeruch aus. Sie stiegen aus seinem innersten Wesen und hatten noch die menschliche Wärme bewahrt. Wie papieren waren meine Worte dagegen. Sie stiegen aus meinem Kopf, kaum daß ein Tropfen Blut ihnen anhaftete. Und wenn sie irgendeinen Wert besaßen, so verdankten sie es diesem Tropfen Blut.

Ich wühlte auf dem Bauch noch in der Asche, als Sorbas plötzlich zurückkam. Er fuchtelte aufgeregt mit den Armen.

«Erschrick nicht, Chef...»

Ich sprang auf.

«Der Mönch ist tot!»

«Tot!?»

«Ich sah ihn im hellen Mondlicht auf einem Felsen liegen. Ich kniete bei ihm nieder und begann, seinen Bart und den Rest seines Schnurrbarts zu stutzen. Ich stutzte, ich schnippelte, er rührte sich nicht. Vor lauter Eifer schor ich ihn ratzekahl. Er wurde ein Kilo Haare los, und sein Kopf sah wie eine Steckrübe aus. Als er so vor mir lag wie ein geschorener Hammel, mußte ich laut lachen. ‹He, Signor Zacharias›, rief ich, und versetzte ihm einen Stoß, ‹wach auf! Sieh dir das Wunder der Panajia an!› Ich rüttelte ihn, er rührt sich nicht. Ich schüttelte ihn noch einmal, umsonst! Er wird doch nicht die große Fahrt angetreten haben? sagte ich mir. Ich öffne seine Kutte, entblöße seine Brust und lege meine Hand auf sein Herz. Tak? Tak? Tak? Nichts von alledem! Das Uhrwerk ging nicht mehr.»

Je länger Sorbas erzählte, um so gefaßter wurde er wieder. Der Tod hatte ihn anfangs verwirrt, aber bald gewann er wieder Abstand zu ihm. «Was sollen wir jetzt anfangen, Chef? Ich meine, wir zünden ihn an. Wer mit Petroleum tötet, soll durch Petroleum umkommen. Heißt es nicht so ähnlich im Evangelium? Außerdem wird er in seiner mit Schmutz und Petroleum gestärkten Kutte brennen wie Judas am Gründonnerstag.»

«Mach, was du willst!» sagte ich unwillig.

Er wurde nachdenklich.

«Eine Schweinerei», sagte er, «eine große Schweinerei… Wenn wir ihn anzünden, wird seine Kutte wie eine Fackel brennen, aber er selbst, der arme Kerl, besteht nur aus Haut und Knochen, und er wird geraume Zeit brauchen, bis er zu Asche geworden ist. Er hat keine einzige Unze Fett, um dem Feuer nachzuhelfen…»

Er schüttelte den Kopf und fuhr fort:

«Meinst du nicht, wenn es den lieben Gott gäbe, so hätte er das alles vorhergesehen und ihn dick und fett machen müssen, damit wir uns aus der Patsche ziehen?»

«Laß mich gefälligst aus dem Spiel! Tu, was du willst, aber rasch!»

Er blickte vor sich hin und überlegte laut:

«Das beste wäre es, wenn man ein Wunder daraus machen könnte. Die Mönche müßten glauben, der liebe Gott habe selbst den Barbier gemacht, und nachdem er ihn geschoren, habe er ihn umgelegt, weil er dem Kloster Schaden zugefügt hat…»

Er kratzte sich wieder am Kopf.

«Aber was für ein Wunder? Was für ein Wunder? Hier liegt der Hase im Pfeffer, Sorbas», sagte er zu sich selber.

315

Der untergehende Mond näherte sich dem Horizont, rot wie glühendes Kupfer.

Ich war müde und legte mich schlafen. Als ich am frühen Morgen aufwachte, sah ich Sorbas neben mir sitzen und Kaffee kochen. Er war blaß und hatte rote und geschwollene Augen, weil er die ganze Nacht nicht geschlafen hatte. Aber seine dikken Bockslippen lächelten verschmitzt.

«Ich habe die ganze Nacht kein Auge zugemacht, Chef. Ich hatte zu tun.»

«Was hattest du zu tun, du Gauner?»

«Ich organisierte das Wunder.»

Er lachte und legte seine Finger an die Lippen.

«Ich sage es dir noch nicht. Morgen wird die Seilbahn eingeweiht. Die Fettwänste werden kommen, um die Einsegnung vorzunehmen. Dann wird man von dem neuen Wunder der Panajia, der Rächerin – groß ist ihre Gnade! –, hören.»

Er schenkte den Kaffee ein.

«Ich gäbe einen vortrefflichen Abt», sagte er. «Ich wette, wenn ich ein Kloster gründete, müßten alle anderen zumachen, weil ich ihnen ihre Schutzbefohlenen wegschnappen würde. Wünscht ihr Tränen? Ein angefeuchtetes Schwämmchen und alle meine Ikonen würden zu weinen anfangen. Wünscht ihr Donnerschläge? Ich würde unter dem Altar einen Apparat aufstellen, der von Zeit zu Zeit kleine Explosionen verursachte. Wollt ihr Gespenster? Die ganze Nacht hindurch müßten sich zwei von meinen zuverlässigsten Mönchen in weißen Laken auf dem Dach des Klosters herumtreiben. Außerdem würde ich jedes Jahr zum Namenstag des Heiligen eine Armee von Lahmen, Blinden, Tauben und anderen Bresthaften zusammentrommeln, die wieder sehen, hören, laufen und tanzen könnten.

Warum lachst du, Chef? Ich hatte einen Onkel, der eines Tages ein Maultier fand, das im Sterben lag. Man hatte es in den Bergen zurückgelassen, um es loszuwerden. Mein Onkel nahm es mit sich nach Haus. Jeden Morgen ließ er es auf die Weide und führte es abends wieder in den Stall. ‹He, Onkel

Charalambis›, fragten ihn die Bauern, ‹was willst du mit dem alten Klepper anstellen?› – ‹Ich verwende ihn zur Erzeugung von Mist›, antwortete mein Onkel. Und mir, Chef, würde das Kloster zur Erzeugung von Wundern dienen.»

XXV

Ich werde Zeit meines Lebens diesen Tag vor dem ersten Mai nicht vergessen. Die Seilbahn stand. Die Masten, das Kabel, die Zugwinden glänzten in der Morgensonne. Gewaltige Fichtenstämme häuften sich auf der Kuppe des Berges, und Arbeiter harrten darauf, sie an das Kabel zu hängen und an den Strand zu befördern.

Je eine griechische Flagge wehte an den Masten der Abfahrt und Ankunft. Vor der Baracke hatte Sorbas ein Fäßchen Wein aufgebaut. Daneben drehte ein Arbeiter einen fetten Hammel am Spieß. Nach der Einsegnung und der Einweihung sollten sich die Geladenen ein Glas Wein genehmigen und auf guten Erfolg anstoßen.

Sorbas hatte den Papageienkäfig von der Wand genommen und ihn behutsam auf einen Stein neben den ersten Mast gestellt. «Als ob ich seine Herrin sehe», murmelte er mit zärtlichem Blick, nahm aus der Tasche eine Handvoll Pimpernüsse und fütterte den Vogel. Er trug seinen Sonntagsanzug: ein weißes, offenes Hemd, eine grüne Jacke, eine graue Hose und seine guten Schuhe mit den Gummisohlen. Seinen Schnurrbart, der sich langsam verfärbte, hatte er eingewichst.

Er trat wie ein hoher Herr auf, der andre sehr hohe Herren empfängt, und erklärte den Honoratioren des Dorfes, was die Seilbahn vorstelle, welchen Vorteil das Dorf von ihr haben werde und wie ihn die Panajia – groß ist ihre Gnade! – erleuchtet habe, seinen Plan bis zur Vollkommenheit zu verwirklichen.

«Es handelt sich hier um ein bedeutendes Werk. Wir mußten vor allem das richtige Gefälle finden – eine ganze Wissenschaft für sich! Monatelang zerbrach ich mir den Kopf, doch vergeblich. Für die großen Schöpfungen reicht unser menschlicher Geist nicht aus. Wir bedürfen auch der Erleuchtung von oben. Die Panajia sah meine Plage und erbarmte sich meiner: ‹Dieser arme Sorbas›, sagte sie, ‹ist ein ordentlicher Junge, er müht sich zum Wohle des Dorfes, ich will ihm helfen.› Und o Wunder!»

Er hielt inne und bekreuzigte sich dreimal.

«O Wunder! Eines Nachts erscheint mir im Schlaf eine schwarzgekleidete Frau – es war die Panajia. Sie hielt das Modell einer winzigen Drahtseilbahn in der Hand. ‹Sorbas›, sprach sie zu mir, ‹der Himmel schickt dir den Bauplan. Hier ist das Gefälle. Empfange meinen Segen!› So sprach sie und verschwand. Ich fahre aus meinem Bett. Ich laufe dorthin, wo ich meine Versuche anstellte. Und was sehe ich? Die Schnur hatte sich von selbst in die richtige Neigung verzogen und roch nach Weihrauch, ein Beweis, daß die Hand der Panajia sie angerührt hatte.»

Kondomanoljos öffnete seinen Mund, um eine Frage zu stellen, aber schon ritten fünf Mönche den steinigen Pfad auf Maultieren herab. Ein sechster lief ihnen mit lauten Rufen voran, ein großes Holzkreuz auf seinem Rücken. Doch war, was er rief, noch nicht zu verstehen.

Psalmodien erklangen, die Mönche fuchtelten mit den Armen und bekreuzigten sich. Die Steine sprühten Funken.

Als der Mönch zu Fuß bei uns ankam, hob er schweißgebadet das Kreuz so hoch, wie er konnte, und rief:

«Ihr Christen, das Wunder! Ihr Christen, das Wunder! Die Väter kommen mit der Hochheiligen Jungfrau! Fallt auf die Knie und betet sie an!»

Die Bauern – Honoratioren wie Arbeiter – liefen bewegt herbei, umringten den Mönch und bekreuzigten sich. Ich hielt mich abseits. Sorbas warf mir einen raschen, funkelnden Blick zu.

«Tritt näher, Chef», sagte er, «damit auch du das Wunder der Panajia vernimmst!»

Der Mönch begann noch keuchend und außer Atem zu erzählen:

«Kniet, ihr Christen, und hört das göttliche Wunder! Hört es, Christen! Der Teufel hatte die Seele des verruchten Zacharias in seinen Klauen und hat ihn vorgestern verleitet, das heilige Kloster mit Petroleum anzuzünden. Um Mitternacht sahen wir Flammen. Wir stürzten aus den Betten. Die Wohnung des Abtes, der Korridor, die Zellen hatten schon Feuer gefangen. Wir läuteten die Glocken und riefen: ‹Zu Hilfe, Panajia, Rächerin!› und stürzten uns darauf mit Eimern und Krügen. Als der Morgen graute, war das Feuer gelöscht. Gelobt sei die Gnadenbringende! Wir zogen in die Kapelle, in der ihr Gnadenbild thront, und knieten vor ihr nieder: ‹Heilige Mutter Gottes von der Rache›, beteten wir, ‹erhebe deine Lanze und durchbohre den Schuldigen!› Hierauf versammelten wir uns im Hof und stellten fest, daß Zacharias, der Judas, fehlte. ‹*Er* hat das Kloster in Brand gesteckt, nur er!› riefen wir und machten uns an die Verfolgung. Wir suchten den ganzen Tag – umsonst! Die ganze Nacht – umsonst! Heute morgen gingen wir noch einmal in die Kapelle, und was sahen wir, liebe Brüder –? Zacharias lag tot zu Füßen des Gnadenbildes. Und ein dicker Blutstropfen hing an der Lanzenspitze der Panajia!»

«Kyrie eleison! Kyrie eleison!» murmelten die Bauern entsetzt.

«Doch Schrecken über Schrecken!» fuhr der Mönch fort und mußte schlucken. «Als wir uns bückten, um den Verfluchten aufzuheben, blieb uns die Sprache weg: die Panajia hatte ihm Haare, Vollbart und Schnurrbart geschoren. Er sah wie ein katholischer Pfarrer aus!»

Ich wandte mich ab. Ich konnte nur mühsam das Lachen verkneifen. Doch warf ich Sorbas einen Blick zu und sagte halblaut: «Spitzbube!» vor mich hin.

Der aber stierte den Mönch an und schlug voller Zerknirschung unablässig das Kreuz, ein Bild vollendeter Bestürzung.

«Groß bist du, Herr, groß bist du, Herr, und wunderbar sind deine Werke!» murmelte er.

Inzwischen trafen auch die anderen Mönche ein und stiegen ab. Der Pater Schaffner trug das Gnadenbild auf den Armen. Er bestieg damit einen Stein, und alle drängten zum Kuß herbei. Der dicke Dometios trat mit einem Teller hinter ihn, sammelte die Almosen und besprengte die harten Bauernstirnen mit Weihwasser. Drei Mönche, die behaarten Hände über dem Bauch gefaltet, umstanden ihn und sangen.

«Wir wollen rings auf die Dörfer Kretas pilgern», sagte der dicke Dometios, «daß die Gläubigen sich der Gnadenreichen zu Füßen werfen und ihr Scherflein darbringen. Wir brauchen Geld, viel Geld, unser heiliges Kloster aufzubauen.»

«Die Fettwänste kommen noch auf ihre Kosten!» brummelte Sorbas.

Er näherte sich dem Abt.

«Hochwürdiger Vater», sagte er, «alles ist zur Einweihung bereit. Die Gnadenreiche segne unser Beginnen!»

Die Sonne stand schon hoch, kein Lüftchen regte sich, es war drückend schwül. Die Mönche nahmen Aufstellung um den ersten Mast, über dem die Fahne wehte. Sie trockneten sich mit ihren weiten Ärmeln die Stirn und stimmten die Litanei zur Grundsteinlegung von Häusern an:

«Herr, Herr, gründe dieses Werk auf festen Fels, daß weder Wind noch Regen ihm schaden können...» Sie tauchten den Wedel in die kupferne Schale und besprengten den Mast, das Kabel, die Winden, Sorbas und mich und schließlich die Bauern, die Arbeiter und das Meer.

Hierauf hoben sie behutsam das Gnadenbild wie eine kranke Frau, stellten es neben den Papagei und bildeten einen Halbkreis darum. Gegenüber pflanzten sich die Honoratioren auf, Sorbas in ihrer Mitte. Ich selbst zog mich an den Strand zurück und wartete der kommenden Dinge.

Drei Baumstämme waren für die Abnahme bestimmt: die Heilige Dreifaltigkeit sozusagen. Zum Zeichen der Erkenntlichkeit gegen die Muttergottes von der Rache war noch ein vierter Stamm vorgesehen.

Mönche, Bauern und Arbeiter bekreuzigten sich:

«Im Namen des dreifaltigen Gottes und der heiligen Jungfrau!»

Mit einem mächtigen Schritt stand Sorbas am ersten Mast, zog am Strick und holte die Flagge nieder. Das war das Signal für die Arbeiter auf dem Berg. Alle Umstehenden wichen zurück und sahen gespannt in die Höhe.

«Im Namen des Vaters!» rief der Abt.

Unmöglich hier zu beschreiben, was nunmehr geschah. Die Katastrophe brach wie der Blitz herein. Wir hatten kaum Zeit, uns zu retten. Die ganze Seilbahn schwankte. Der Fichtenstamm, den die Arbeiter an das Kabel geschlossen hatten, sauste mit dämonischer Wucht zu Tal. Funken stoben, große Splitter wirbelten durch die Luft, und als er nach ein paar Sekunden ankam, war nur ein halbverbrannter Kloben noch übrig. Sorbas sah mich an wie ein verprügelter Hund. Die Mönche und Bauern hatten klugerweise Deckung bezogen. Die Maultiere, die angebunden waren, keilten nach vorn und nach hinten aus. Der dicke Dometios war halb in Ohnmacht gefallen und keuchte entsetzt:

«Herr, erbarme dich meiner!»

Sorbas hob den Arm und versicherte:

«Das hat nichts auf sich. So geht es immer beim ersten Stamm. Das Ding muß sich erst einspielen, paßt auf!»

Er hißte die Fahne, gab das Signal von neuem und brachte sich rasch in Sicherheit.

«Und des Sohnes!» rief der Abt, doch seine Stimme zitterte etwas.

Der zweite Stamm wurde losgelassen. Die Masten bebten, der Baum kam in Fahrt. Er hüpfte wie ein Delphin und raste blind auf uns zu. Aber er kam nicht weit und blieb schon auf halbem Wege als Kleinholz liegen.

«Hol's der Teufel!» fluchte Sorbas und biß auf den Schnurrbart.

«Das verflixte Gefälle! Es klappt noch nicht.»

Er stürzte zum Fahnenmast und holte mit wütender Geste die Flagge nieder, das Zeichen zum dritten Start. Die Mönche hatten sich hinter ihren Maultieren verschanzt und bekreuzigten sich. Die Honoratioren warteten ab, den einen Fuß in der Luft, bereit, die Flucht zu ergreifen.

«Und des Heiligen Geistes!» sagte der Abt und hob seine Kutte in die Höhe.

Der dritte Stamm war ein Riese. Kaum war er losgelassen, als sich ein ohrenbetäubender Lärm erhob.

«Werft euch auf die Erde!» rief Sorbas und lief davon.

Die Mönche fielen platt auf den Bauch, die Bauern nahmen Reißaus. Der Stamm machte einen Sprung, fiel auf das Kabel zurück, schlug Garben von Funken, und ehe die Blicke es faßten, hatte er Berg und Strand schon passiert und stürzte ins Meer, daß der Schaum aufspritzte. Die Masten schwankten beängstigend. Mehrere hatten sich geneigt. Die Maultiere rissen sich los und suchten das Weite.

«Macht nichts! Macht nichts!» schrie Sorbas außer sich. «Jetzt kommt der Betrieb in Schwung! Los!»

Er hißte die Flagge. Er hatte es offenbar verzweifelt eilig, zum Schluß zu kommen.

«Und der Mutter Gottes von der Rache!» stammelte der Abt und floh.

Der vierte Stamm sauste los. Ein furchtbares ‹Krach›, ein zweites ‹Krach›, und sämtliche Masten stürzten hintereinander zusammen wie ein Kartenhaus.

«Kyrie eleison! Kyrie eleison!» riefen Arbeiter, Bauern und Mönche und rannten nach allen Himmelsrichtungen davon.

Ein Splitter verletzte Dometios am Schenkel. Es hing an einem Haar, daß ein anderer nicht dem Abt ins Auge fuhr. Die Bauern waren vom Erdboden verschwunden. Nur die Panajia stand noch unverrückt auf dem Stein, die Lanze in der Hand, und sah auf die Menschen mit strengem Blick. Und neben ihr saß mit grünem, gesträubtem Gefieder der arme Papagei und zitterte, mehr tot als lebendig.

Die Mönche rissen die Panajia in ihre Arme, hoben den dikken Dometios auf, der vor Schmerzen stöhnte, fingen die Maultiere wieder ein, saßen auf und traten den Rückzug an.

Der Bratenwender, ein Arbeiter, hatte vor Schreck den Hammel im Stich gelassen, der langsam verbrannte.

«Der Hammel wird verkohlen», rief Sorbas nervös und eilte, ihn zu wenden.

Ich setzte mich neben ihn. Niemand war mehr am Ufer, wir waren allein geblieben. Er drehte sich nach mir um und warf mir einen unsicheren, zögernden Blick zu... Er war sich nicht sicher, wie ich die Katastrophe aufnehmen und wie dieses Abenteuer ausgehen würde.

Er nahm ein Messer, bückte sich über den Hammel, schnitt ein Stück ab und kostete es. Sogleich nahm er das Tier vom Feuer und lehnte es aufrecht, wie es am Spieß noch steckte, an einen Baum.

«Gerade noch rechtzeitig!» sagte er. «Möchtest du auch ein Stückchen?»

«Hole auch den Wein und das Brot. Ich habe Hunger.»

Er sprang wie ein junger Hase davon, rollte das Fäßchen neben den Hammel und brachte einen Laib Weizenbrot und zwei Gläser.

Wir nahmen jeder ein Messer, schnitten zwei große Streifen Fleisch und ein paar dicke Brotscheiben ab und machten uns eifrig an die Mahlzeit.

«Merkst du, Chef, wie köstlich es schmeckt! Es schmilzt auf der Zunge! Hier gibt es keine fetten Weiden, das Vieh frißt dürres Gras. Darum ist das Fleisch so schmackhaft. Ich habe meines Wissens in meinem Leben nur einmal so zartes Fleisch gegessen wie das hier. Das war damals, wenn du dich erinnerst, als ich die Hagia Sophia aus meinen Haaren stickte und als Amulett bei mir trug... Überholte Geschichten...!»

«Erzähle weiter!»

«Ich sage dir doch: überholte Geschichten! Griechische Schrullen, verrückte Schrullen!»

«Macht nichts, Sorbas. Mir gefällt es.»

«Also gut! Die Bulgaren hatten uns eingekreist. Es war Abend. Wir sahen sie überall auf den Hängen Feuer anzünden. Nur um Furcht einzujagen, schlugen sie die Becken und heulten wie die Wölfe. Sie mochten ungefähr dreihundert Mann stark sein. Wir waren achtundzwanzig, und Kapetan Ruvas – Gott nehme ihn zu sich, sollte er tot sein, ein feiner Kerl – war unser Anführer.

‹He, Sorbas, stecke den Hammel an den Spieß!› sagt er zu mir.

‹Er schmeckt besser, wenn er in eine Grube kommt›, erwidere ich.

‹Mach's, wie du willst, aber schnell. Wir haben Hunger.›

Wir graben ein Loch, ich polstere es mit dem Hammelfell aus. Wir decken einen Haufen glühender Kohlen darüber, nehmen das Brot aus unseren Beuteln und setzen uns um das Feuer.

‹Das ist vielleicht unsere Henkersmahlzeit›, sagt Kapetan Ruvas. ‹Ist einer unter euch, dem die Hosen schlottern?›

Alle lachen. Keiner würdigt ihn einer Antwort. Man greift zur Kürbisflasche.

‹Auf dein Wohl Kapetan! Und auf eine brave Kugel!›

Wir trinken einen Schluck, wir trinken zwei und ziehen den Hammel aus dem Loch. Was für ein Hammel, Chef. Noch heute läuft mir das Wasser im Mund zusammen, wenn ich daran denke. Schmelzend wie Butter. Wir hauen mit unseren gesunden Zähnen wacker ein.

‹Ich habe nie in meinem Leben saftigeres Fleisch gegessen›, sagt der Kapetan.

‹Gott mit uns!› Und hebt sein Glas und leert es mit einem Zug, er, der sonst niemals trank.

‹Singt jetzt ein Klephtenlied!› befiehlt er. ‹Die dort heulen wie die Wölfe, wir wollen wie Menschen singen. Stimmt das Lied vom alten Dimos an!› Wir nehmen noch rasch einen Bissen, trinken noch einen Schluck. Das Lied steigt, die Herzen schwellen, das Echo erwacht in den Schluchten:

> *Sind gealtert meine Kräfte?*
> *Vierzig Jahre bin ich Klephte…*

Eine unwiderstehliche Begeisterung reißt uns fort.

‹Oha›, rief der Kapetan, ‹Gott steh uns bei! Das heiße ich Lebenslust! Alexis, beschau mal das Blatt des Hammels... entdeckst du was?›

Ich lege das Hammelblatt mit dem Messer frei und rücke ans Feuer.

‹Ich sehe keine Gräber, Kapetan›, rufe ich, ‹ich sehe keinen Tod. Wir kommen noch einmal mit blauem Auge davon.›

‹Aus deinem Mund in Gottes Ohr!› sagt unser Anführer, der jung verheiratet war. ‹Ich möchte noch meinen Sohn erleben. Dann mag kommen, was will.›»

Sorbas schnitt ein fettes Stück um die Nieren ab.

«Der Hammel damals war gut», sagte er. «Aber dieser hier gibt ihm nichts nach.»

«Schenk ein, Sorbas! Randvoll! Und jetzt: Bis zur Neige!»

Wir tranken unseren Wein und kauten ihn nach: kretische Auslese, purpurn wie Hasenblut. Wer einen Schluck davon nahm, der meinte mit dem Blut der Erde zu kommunizieren und spürte, wie er zum Riesen wurde. Die Adern strömten über vor Kraft, das Herz voller Güte. Wer ein Lamm war, wurde zum Löwen. Man vergaß die Kleinigkeiten des Lebens, sein enger Rahmen krachte in allen Fugen. Mit den Menschen, den Tieren, mit Gott überein ging man im Weltall auf.

«Laß auch uns nachsehen, was das Blatt des Hammels zu sagen hat. Nicht gefackelt, Sorbas!»

Er leckte das Blatt säuberlich ab, reinigte es mit dem Messer, hielt es gegen das Licht und betrachtete es aufmerksam.

«Alles in Ordnung, Chef! Wir werden tausend Jahre alt. Ein Herz aus Stahl!»

Er neigte sich vor und untersuchte den Knochen genauer.

«Ich sehe eine Reise, eine große Reise. Und am Ziel der Reise ein großes Haus mit vielen Türen. Das muß die Hauptstadt eines Königreichs sein, Chef. Oder gar das Kloster, in dem ich Pförtner sein und Schmuggel treiben werde, wie wir gesagt haben.»

«Schenk ein, Sorbas, und laß die Prophezeiungen. Ich will

dir sagen, was das Haus mit den zahlreichen Türen bedeutet: die Erde mit ihren Gräbern! Da hast du das Reiseziel. Auf dein Wohl, du Gauner!»

«Auf dein Wohl, Chef! Die Gelegenheit, sagt man, ist blind. Sie weiß nicht, wohin sie geht, sie rempelt die Vorübergehenden an, und der, auf den sie dann fällt, heißt glücklich. Zum Teufel mit solchem Glück. Wir mögen das nicht, habe ich recht?»

«Wir mögen das nicht, Sorbas! Auf dein Wohl!»

Wir tranken und machten reinen Tisch. Die Welt wog leichter, das Meer lachte, die Erde bewegte sich wie das Verdeck eines Schiffes, zwei Möwen stolzierten auf den Kieseln und unterhielten sich wie Menschen. Ich erhob mich.

«Komm, Sorbas!» rief ich. «Lehre mich tanzen!»

Begeistert sprang er auf, sein Gesicht strahlte.

«Tanzen, Chef? Tanzen? Dann komm!»

«Los, Sorbas! Mein Leben hat sich gewandelt!»

«Ich werde dir zuerst den Seibebiko beibringen, einen wilden, kriegerischen Tanz. Wir Komitadschis tanzten ihn vor der Schlacht.»

Er entledigte sich seiner Schuhe, zog die blauen Strümpfe aus und behielt nur sein Hemd an. Doch auch das war ihm noch zu warm, und er warf es ab.

«Schau auf meinen Fuß, Chef!» kommandierte er. «Paß auf!»

Er streckte den Fuß aus, berührte leicht die Erde, streckte den anderen aus. In heiterem Ungestüm verwickelten sich die Schritte, der Boden dröhnte wie eine Trommel.

Er faßte mich an der Schulter.

«Komm, mein Freundchen», sagte er, «jetzt zu zweien!»

Wir stürzten uns in den Tanz. Sorbas verbesserte, ernst, geduldig, zärtlich meine Fehler. Ich faßte Mut. Mein Herz ließ sich wie ein Vogel los.

«Bravo, du bist ein Daus!» rief er und klatschte in die Hände, um den Takt zu markieren. «Bravo, Freundchen! Zum Teufel mit Papier und Tintenfaß! Zum Teufel mit Kapital und

Zinsen! Zum Teufel mit Kohlengruben, Arbeitern und Klöstern! Was haben wir uns jetzt zu erzählen, wo auch du meine Sprache lernst und tanzt!»

Er wirbelte mit seinen nackten Füßen die Kiesel umher und klatschte in die Hände.

«Chef», rief er, «ich habe dir viel zu sagen, ich habe keinen Menschen wie dich geliebt, ich habe dir viel zu sagen, aber meine Zunge schafft es nicht. Ich werde es dir also vortanzen. Geh beiseite, daß ich dir nicht auf die Füße trete. Los! Hopp, hopp!»

Er tat einen Sprung, seine Hände und Füße wuchsen zu Flügeln. Wie er so über den Boden schwebte, vor diesem Hintergrund von Himmel und Meer, kam er mir wie ein alter Erzengel vor, der sich empört. Denn dieser Tanz war ganz Herausforderung, Trotz und Revolte. Als hätte er sagen wollen: Was kannst du mir antun, Allmächtiger? Nichts, außer daß du mich tötest. Töte mich! Ich lache dazu. Ich habe meine Galle entleert! Ich habe gesagt, was ich sagen wollte: ich habe die Zeit gehabt zu tanzen, und ich bedarf deiner nicht mehr!

Als ich Sorbas so tanzen sah, begriff ich zum erstenmal den schimärischen Drang des Menschen, die Schwerkraft zu überwinden. Ich bewunderte seine Ausdauer, seine Behendigkeit, seinen Stolz. Sorbas' wirbelnde und gewandte Füße schrieben die dämonische Geschichte des Menschen in den Kies.

Er hielt inne und betrachtete die Reihe von Haufen, in welche die Drahtseilbahn eingestürzt war. Die Sonne ging zur Ruhe, die Schatten wurden länger. Sorbas riß die Augen auf, als ob er sich plötzlich an etwas erinnerte. Er blickte mich an und legte nach seiner Gewohnheit die Hand auf den Mund.

«Oh, là, là! Chef!» sagte er. «Hast du gesehen, wie die Funken flogen?»

Wir lachten laut auf.

Sorbas stürzte sich auf mich, riß mich in seine Arme und küßte mich.

«Auch du lachst, Chef?» sagte er zärtlich. «Auch du? Bravo, mein Junge!»

Wir bogen uns vor Lachen und balgten uns wie die Buben. Schließlich fielen wir beide der Länge lang auf den Kies und schliefen umschlungen ein.

Bei Tagesanbruch erhob ich mich und eilte ins Dorf. Selten war mir in meinem Leben so wohl um das Herz gewesen. Freude war das nicht mehr zu nennen, was ich empfand. Es war erhabene, absurde, durch nichts zu rechtfertigende Heiterkeit. Nicht nur das – sie war das genaue Gegenteil jeder Rechtfertigung. Ich hatte mein ganzes Geld verloren, Arbeiter, Drahtseilbahn, Loren – wir hatten einen kleinen Hafen angelegt, die Kohlen zu verladen –, und jetzt war nichts zum Verladen da. Alles war verloren.

Und gerade jetzt empfand ich wider Erwarten eine Erlösung. Mir war, als hätte ich in den harten und gräßlichen Falten der Notwendigkeit einen Winkel entdeckt, in dem die Freiheit gelassen spielte. Und ich spielte mit ihr.

Wenn alles verquer geht, ist es eine doppelte Freude, sich zu beweisen, ob man Härte und Wert besitzt! Es ist, als überfiele uns ein unsichtbarer, allmächtiger Feind – die einen nennen ihn Gott, die anderen den Teufel –, um uns niederzuschlagen. Aber wir bleiben stehen. Jedesmal wenn wir innerlich Sieger sind – gerade wenn wir äußerlich völlig geschlagen wurden –, empfindet der echte Mann einen Stolz und eine Freude, die sich nicht ausdrücken lassen. Das äußere Unglück verwandelt sich in ein erhabenes und strenges Glück.

Ich habe nicht vergessen, was mir Sorbas eines Abends erzählte: ‹Auf einem verschneiten mazedonischen Berg hatte sich eines Nachts ein furchtbarer Sturm erhoben. Er schüttelte die kleine Hütte, in die ich mich verkrochen hatte, hin und her und wollte sie über den Haufen werfen. Ich hatte sie aber gut gesichert. Ich saß ganz allein vor dem Herdfeuer, lachte und verspottete den Wind, indem ich ihm zurief: Du kommst nicht in meine Hütte, ich öffne dir nicht die Tür, du löschst mir den Herd nicht aus, du wirfst mich nicht über den Haufen.›

An diesen Worten von Sorbas hatte ich gelernt, wie sich der

Mensch zu verhalten hat und mit der mächtigen und blinden Notwendigkeit sprechen muß.

Ich eilte am Strand entlang. Auch ich sprach mit dem unsichtbaren Feind und fuhr ihn an: ‹Ich lasse dich nicht in meine Seele ein, ich öffne dir nicht die Tür, du löschst meinen Herd nicht aus, du wirfst mich nicht über den Haufen.›

Die Sonne hatte die Nase noch nicht über den Gipfel des Berges gesteckt, grüne, gelbe, blaue und rote Töne huschten über Himmel und Wasser hin, und in den Olivenhainen drüben erwachten die kleinen Vögel und zwitscherten trunken vom Licht.

Ich wanderte am Ufer entlang. Ich sagte dieser verlassenen Küste Lebewohl und prägte sie meinem Geiste ein, um sie mitzunehmen. Ich hatte viele Freuden an diesem Strand erlebt. Das Leben mit Sorbas hatte mein Herz geweitet. Dieser Mann fand mit seiner unfehlbaren Witterung, seinem urtümlichen Adlerblick immer die sichersten und kürzesten Pfade heraus und gelangte, ohne den Atem zu verlieren, an das Ziel seiner Mühe – und darüber hinaus.

Eine Gruppe von Männern und Frauen überholte mich, mit Körben und Flaschen beladen. Sie zogen zur Maifeier in ihre Gärten. Die Stimme eines jungen Mädchens sprang wie ein Wasserspiel auf und sang. Dann rannte eine Kleine mit frühreifer Büste außer Atem an mir vorbei und flüchtete sich auf einen Felsblock. Ein aufgebrachter, blasser Mann lief hinter ihr her.

«Komm herunter… komm herunter!» rief er ihr heiser zu.

Sie aber hob mit brennenden Wangen die Hände, kreuzte sie hinter dem Kopf, wiegte langsam im Takt ihren Körper und fuhr fort zu singen:

Sag's gespreizt mir, sag's mit Lachen,
Sag's mir mitten ins Gesicht,
Sage mir, du liebst mich nicht,
Wenig werd ich mir draus machen…

«Komm herunter ... komm herunter!» schrie der Bärtige, und seine Stimme flehte und drohte.

Unversehens sprang er zu, packte ihren Fuß, drückte ihn heftig, und als ob das Mädchen nur auf diese brutale Geste gewartet hätte, sich Luft zu machen, brach es in Schluchzen aus.

Ich ging rasch vorüber. All das muntere Treiben beschwerte mein Herz. Die alte Sirene tauchte in meinen Gedanken auf, beleibt und in einer Wolke von Wohlgerüchen, von Küssen gesättigt. Jetzt lag sie unter dem Rasen, verquollen und wie aus grünem Porzellan, und es sickerte feucht aus der gesprungenen Glasur, und bald mußten die Würmer auskriechen ...

Ich schüttelte vor Grauen den Kopf. Bisweilen wird die Erde wie Glas, und wir sehen den großen Meister, den Wurm, Tag und Nacht in seinen unterirdischen Werkstätten bei der Arbeit. Aber sogleich wenden wir unsere Augen ab, denn der Mensch kann alles ertragen, nur nicht den Anblick dieses winzigen weißen Wurmes.

Am Dorfeingang traf ich den Briefträger, der gerade die Trompete an den Mund setzen wollte.

«Ein Brief!». sagte er und überreichte mir einen blauen Umschlag.

Mit freudigem Schreck erkannte ich die feine Schrift. Ich beschleunigte meine Schritte, durchquerte das Dorf und verlor mich in den Olivenhain. Dort öffnete ich ungeduldig den Brief. Er war kurz und gedrängt, ich las ihn in einem Zuge.

‹Wir haben die georgische Grenze erreicht, sind den Kurden entwischt, alles klappt. Jetzt weiß ich endlich, was Glück heißt, mein treuer Lehrer, denn ich habe am eigenen Leibe das uralte Wort erlebt: Glück heißt, seine Pflicht tun, und je schwieriger die Pflicht, desto größer das Glück.

In einigen Tagen werden diese abgehetzten und todkranken Kreaturen in Batum eintreffen, und ich erhalte soeben ein Telegramm: Die ersten Schiffe in Sicht.

Diese Tausende von intelligenten und fleißigen Griechen nebst ihren breithüftigen Frauen und ihren glutäugigen Kindern werden bald nach Mazedonien und Thrazien überführt sein. Wir gießen junges, tapferes Blut in die alten Adern Griechenlands.

Ich bin etwas müde, muß ich gestehen. Macht nichts. Wir haben gekämpft, mein lieber Meister, wir haben gesiegt. Ich bin glücklich.›

Ich steckte den Brief in die Tasche und schritt noch rascher aus. Auch ich war glücklich. Ich schlug den steilen Bergpfad ein und zerrieb zwischen meinen Fingern einen blühenden Thymianstengel. Mittag nahte. Tiefschwarze Schatten breiteten sich mir zu Füßen, ein Falke schwebte hoch im Blauen, und seine Flügel schlugen so schnell, daß er unbeweglich schien. Ein Rebhuhn hörte meine Schritte, lief erschreckt aus dem Gebüsch und surrte mit metallischem Flug in die Luft.

Ich war glücklich. Ich hätte singen mögen, um meinem Herzen Luft zu machen. Aber ich vermochte nur unartikulierte Laute auszustoßen.

Was hat dich befallen? Ich fragte mich, indem ich mich selbst verspottete. Ich wußte gar nicht, daß du solch ein Patriot bist. Oder liebst du so sehr deinen Freund? Nimm doch Vernunft an! Schämst du dich nicht? Aber niemand antwortete, und ich setzte juchzend meinen Weg fort. Glöckchen erklangen, schwarze, braune, graue Ziegen erschienen auf den Felsen, sie troffen von Licht, der Leitbock mit steifem Nacken vorweg. Sein Gestank verpestete die Luft.

«He, Gevatter! Wo willst du hin? Suchst du jemand?»

Ein Hirte kam hinter einem Felsen hervor, pfiff auf seinen Fingern und rief mich.

«Ich habe zu tun», sagte ich und setzte meinen Weg fort.

«Bleib doch! Du bekommst hier ein bißchen Milch und kannst dich erfrischen!» rief der Hirt und hüpfte von Felsen zu Felsen.

«Ich habe zu tun», wiederholte ich. Ich wollte mir durch ein Gespräch meine Freude nicht kürzen lassen.

«Ah, Gevatter, du verschmähst meine Milch?» sagte der Hirte gekränkt. «Gute Reise!»

Er steckte die Finger in den Mund, pfiff seine Herde zusammen, und Ziegen, Hunde und Hirte verschwanden hinter den Felsen.

Bald hernach erreichte ich den Gipfel. Und als wäre dieser Gipfel das Ziel meines Weges, wurde ich ruhiger. Ich legte mich in den Schatten eines Felsens und blickte in die Ferne, auf die Ebene und das Meer. Ich atmete tief, die Luft roch nach Salbei und Thymian.

Ich stand auf, pflückte ein paar Handvoll Salbeistauden, machte mir ein Kopfkissen aus ihnen und legte mich nieder. Ich war müde und schloß die Augen.

Sogleich entschwebte mein Geist zu verschneiten Hochebenen in der Ferne da unten. Ich mühte mich, mir die Herde von Menschen, Frauen und Zugochsen vorzustellen, die sich langsam gen Norden bewegte, mit meinem Freund an der Spitze, als sei er ihr Leithammel. Aber bald trübte sich mein Sinn, und ich empfand nur den unüberwindlichen Drang zu schlafen.

Ich wollte mich wehren, mich vom Schlaf nicht verschlingen lassen und öffnete die Augen. Ein Rabe hatte sich auf dem Felsen mir gegenüber postiert. Sein schwarzblaues Gefieder schimmerte in der Sonne, und sein großer gelber Schnabel war deutlich zu sehen. Ich erboste mich. Der Rabe schien mir ein schlechtes Zeichen. Ich warf einen Stein nach ihm. Der Rabe entfaltete ruhig und langsam seine Flügel...

Die Augen fielen mir wieder zu. Ich konnte nicht länger widerstehen, der Schlaf kam über mich, rasch wie der Blitz.

Ich konnte nur wenige Sekunden geschlafen haben, als ich aufschrak und einen Schrei ausstieß. Der Rabe flog mir gerade zu Häupten. Mir zitterten alle Fibern, und ich lehnte mich an einen Felsen. Ein gewaltsamer Traum war wie ein Säbelhieb auf mich niedergefallen.

Ich sah mich in Athen ganz allein die Hermesstraße hinaufgeben. Die Sonne brannte, die Straße war menschenleer, die Läden geschlossen, es herrschte völlige Stille. Als ich an der Kapnikarea-Kirche vorbeikam, kreuzte vom Platz der Verfassung her mein Freund meinen Weg. Bleich und atemlos war er bemüht, mit einem sehr großen, sehr dürren Mann Schritt zu halten, der mit Riesenschritten neben ihm ging. Mein Freund trug seine große Diplomatenuniform. Als er mich erblickte, rief er mir schon von weitem zu:

«Hallo, mein Lehrer, wie geht es dir? Wir haben uns eine Ewigkeit nicht gesehen. Komme doch heute abend, ich will mit dir plaudern.»

«Wo?» rief ich sehr laut, als wäre er weit entfernt und es brauchte der ganzen Stimmkraft, mich ihm verständlich zu machen.

«Auf dem Eintrachts-Platz, heute abend um sechs. Im Café ‹Paradiesbrunnen›!»

«Gut», antwortete ich, «ich komme.»

«So sagst du... so sagst du...» rief er mit leisem Vorwurf, «aber du wirst nicht kommen.»

«Ich komme bestimmt», antwortete ich. «Gib mir die Hand!»

«Ich habe es eilig.»

«Warum hast du es eilig? Gib mir die Hand!»

Er streckte seinen Arm aus. Und plötzlich löste sich dieser von seiner Schulter, flog durch die Luft und ergriff meine Hand.

Ich erschrak von der kalten Berührung, schrie laut auf und erwachte. Ich sah den Raben mir zu Häupten schweben. Von meinen Lippen tröpfelte Gift.

Ich blickte nach Osten. Ich bohrte meine Augen in den Horizont, als vermöchten sie die Ferne zu durchdringen und zu sehen. Mein Freund, dessen war ich sicher, befand sich in Gefahr. Ich rief ihn dreimal bei Namen.

«Stavridakis! Stavridakis! Stavridakis!»

Als ob ich ihn ermutigen wollte. Aber meine Stimme trug nur ein paar Steinwürfe weit und verhallte dann.

Ich machte mich auf den Rückweg. Ich stolperte den Berg hinab und versuchte, durch die Heftigkeit der Strapaze den Schmerz zu verdrängen. Vergeblich trachtete mein Hirn, der geheimnisvollen Botschaften zu spotten, denen es zuweilen gelingt, unseren Leib zu durchdringen und unsere Seele anzurühren. Tief in mir saß eine dunkle, eine tierhafte Gewißheit, tiefer als alle Verstandesschlüsse, und erfüllte mich mit Grauen. Dieselbe Gewißheit, die bestimmte Tiere wie Schafe oder Ratten vor einem Erdbeben überfällt. Die Seele des ersten Menschen erwachte in mir. So war sie beschaffen, ehe sie sich ganz aus dem Kosmos löste. Damals erfuhr sie die Wahrheit noch unmittelbarer an sich und wurde durch keine Zwischenschaltung der Logik verbogen.

«Er ist in Gefahr... er ist in Gefahr», murmelte ich. «Er stirbt. Vielleicht weiß er es selbst noch nicht. Ich weiß es bestimmt.»

Ich stolperte über einen Haufen Steine und kollerte mit ihnen den Berg hinab. Meine Hände und Füße bluteten, die Haut war überall abgeschürft.

«Er stirbt... er stirbt...» rief ich mir zu, und ein Krampf saß mir in der Kehle.

Der Mensch, dieser Fant, hat um seine armselige kleine Existenz eine hohe und uneinnehmbare Festung gebaut – so meint er. In ihr sucht er Zuflucht. In sie sucht er etwas Ordnung und Sorglosigkeit hineinzutragen. Auch etwas Glück. Alles geht hier seine vorgeschriebenen Wege, folgt einem heilig-unverbrüchlichen Herkommen, hat einfachen und genauen Gesetzen zu gehorchen. In diesem Bereich, der vor jedem gewaltsamen Einbruch des Geheimnisvollen geschützt ist, sind die Tausendfüßler allmächtig, kriechen die kleinen Gewißheiten umher. Sie kennen nur einen schrecklichen Gegner, den sie tödlich fürchten und hassen: die Große Gewißheit. Diese Große Gewißheit hatte jetzt die Mauern überstiegen und war über meine Seele gekommen.

Als ich wieder meinen Strand unter den Füßen spürte, atmete ich erleichtert auf.

Alle diese Botschaften, redete ich mir ein, sind Kinder unserer Unruhe und erscheinen uns im Schlaf in der glänzenden Gala des Sinnbilds. Wir selbst schaffen sie. Sie kommen nicht weither, um uns aufzusuchen, nicht aus dunklen, geheimnisvollen Bereichen. Wir senden sie selber aus, ohne jeden Einfluß von außen. Unsere Seele ist kein Empfänger, sondern ein Sender. Wir sollten uns deshalb nicht fürchten.

Die Erregung klang langsam ab. Die Logik rief mein Herz, das die finstere Botschaft erschüttert hatte, wieder zur Ordnung. Sie schnitt der seltsamen Fledermaus die Schwingen ab und verwandelte sie in eine alltägliche Maus.

Als ich in die Baracke kam, lächelte ich über meine Naivität und schämte mich, daß mein Geist sich hatte so leicht ins Bockshorn jagen lassen. Ich fand mich in der Wirklichkeit des Herkommens wieder zurecht. Hatte Hunger, hatte Durst, fühlte mich müde, und die Wunden, die mir die Steine verursacht hatten, brannten. Mein Herz faßte wieder Mut: der furchtbare Feind, der die erste Mauer überstiegen hatte, war vor der zweiten Bastion meiner Seele liegengeblieben.

XXVI

Das Ende war da. Sorbas trug das Kabel, die Werkzeuge, die Loren und das Bauholz auf einen Haufen zusammen und erwartete den Kutter, um alles abtransportieren zu lassen.

«Ich schenk es dir, Sorbas», sagte ich. «Es ist dein. Viel Glück und Gewinn!»

Sorbas unterdrückte mit Mühe ein Schluchzen.

«Wir trennen uns, Chef?» murmelte er. «Wo fährst du hin?»

«Ins Ausland, Sorbas. Die Ziege, die in mir steckt, hat noch viel Papier zu verdauen.»

«Hast du dich immer noch nicht gebessert, Chef?»

«Doch, Sorbas. Das verdanke ich dir. Aber ich werde denselben Weg wie du einschlagen. Ich werde mit den Büchern das gleiche wie du mit den Kirschen machen. Ich werde so viel Papier verschlingen, bis ich mich übergebe und frei bin.»

«Und was soll aus mir ohne deine Gesellschaft werden?»

«Darüber mache dir keinen Kummer, Sorbas! Wir treffen uns wieder. Dann verwirklichen wir – denn der Mensch ist zu allem fähig! – unseren großen Plan: Wir gründen ein Kloster für uns, ohne Gott, ohne Teufel, mit freien Menschen. Du wirst, wie Petrus, an der Pforte sitzen und die großen Schlüssel verwahren, die öffnen und schließen…»

Sorbas saß am Boden. Er hatte den Rücken gegen die Barackenwand gelehnt und sprach ununterbrochen seinem Glase zu und sonst kein Wort. Die Nacht war hereingebrochen. Wir hatten unsere Mahlzeit beendet und plauderten zum letztenmal bei einer Flasche Wein. Am nächsten Morgen in aller Frühe hieß es Abschied nehmen. Mein vorläufiges Ziel war Kandia.

«Ja… ja…» sagte Sorbas, drehte seinen Schnurrbart und trank.

Der Himmel stand voller Sterne. Die Nacht schaute dunkelblau auf uns nieder. Unser Herz wollte sprechen, aber es hielt sich zurück.

‹Sag ihm Lebewohl für immer›, dachte ich. ‹Schau ihn noch einmal recht an. Deine Augen sehen Sorbas nie wieder, nie wieder.›

Ich war soweit, mich an seine alte Brust zu werfen und zu weinen, aber ich schämte mich. Ich versuchte zu lachen, um meine Bewegung zu verbergen, aber es mißlang mir. Die Kehle war mir wie zugeschnürt. Ich sah Sorbas seinen Raubvogelhals recken und schweigsam trinken. Ich sah ihn an, und meine Augen verdunkelten sich: Was hat es mit dem Leben auf sich, dachte ich, diesem grausamen Geheimnis. Da finden sich die Menschen und trennen sich wieder, wie die Blätter, die der Wind vor sich herweht. Vergebens bemüht sich dein Blick, Gesicht und Körper und Gesten eines geliebten Wesens treu zu bewahren – nach ein paar Jahren vermagst du dich kaum zu besinnen, ob seine Augen blau oder schwarz waren.

‹Die menschliche Seele›, schrie eine Stimme in mir, ‹müßte aus Bronze, sie müßte aus Stahl sein und nicht aus Wind!›

Sorbas trank, er hielt seinen dicken Kopf sehr gerade und

unbeweglich. Als hörte er in der Nacht Schritte, die nahten, oder Schritte, die sich in den Tiefen seiner Existenz verloren.

«Woran denkst du, Sorbas?»

«Woran soll ich denken, Chef? An nichts, sag ich dir! Ich denke an nichts.»

Er füllte sein Glas.

«Auf dein Wohl Chef!»

Wir stießen an. Beide fühlten wir, daß diese bittere Trauer nicht länger dauern konnte. Wir mußten heulen oder uns betrinken oder bis zur Besessenheit tanzen.

«Spiele, Sorbas!» schlug ich vor.

«Das Santuri, waren wir uns doch einig, verlangt ein fröhliches Herz. In einem Monat, in zwei Monaten, in zwei Jahren – was weiß ich – werde ich wieder spielen. Und werde dann davon singen, wie zwei sich für immer trennen.»

«Für immer!» rief ich erschreckt. Ich hatte dieses heillose Wort erst soeben leise gedacht, war aber nicht schon darauf gefaßt, es laut ausgesprochen zu hören.

«Für immer!» wiederholte Sorbas und schluckte mühsam. «Für immer. Was du mir da erzählst von Wiedersehen, von der Gründung eines Klosters und so weiter, ist ein Trost, welcher unser nicht würdig ist. Ich verwerfe ihn. Ich kann ihn nicht leiden. Wir sind doch keine Weiber, um des Trostes zu bedürfen! Wir haben keinen nötig. – Ja, für immer!»

«Ich könnte vielleicht hier mit dir bleiben, Sorbas», sagte ich vor Schreck über die verzweifelte Zärtlichkeit. «Vielleicht sollte ich dich begleiten. Ich bin frei!»

«Nein, Chef, du bist nicht frei. Die Leine, an die du gebunden bist, ist etwas länger als die der anderen. Das ist die ganze Geschichte. Du hast eine lange Leine, du gehst, du kommst, du glaubst frei zu sein, aber du schneidest die Leine nicht ab. Und wenn du die Leine nicht abschneidest...»

«Ich werde sie eines Tages abschneiden!» sagte ich trotzig, weil seine Worte eine offene Wunde in meinem Innern berührten, die schmerzte.

«Das ist sehr schwer, Chef, sehr schwer. Dazu braucht es ein

337

bißchen Verrücktheit, hörst du? Nämlich alles zu riskieren. Du aber hast einen handfesten Verstand, er ist dein Verderben. Der Verstand ist ein Krämer, er führt Buch: soviel habe ich ausgegeben, soviel eingenommen, das ist der Gewinn, das sind die Verluste. Er ist ein guter Geschäftsmann, er setzt nicht alles aufs Spiel. Er sorgt immer für Reserven. Er schneidet die Leine nicht ab, nein, der Spitzbube hält sie im Gegenteil fest in der Hand. Wenn sie ihm entgleitet, ist der arme Schlucker verloren. Aber kannst du mir sagen, wonach schließlich das Leben schmeckt, wenn du die Leine nicht abschneidest? Nach Kamillentee, nicht etwa nach Rum, der dich die Welt von der Kehrseite sehen läßt!»

Er schwieg, goß sich ein, ließ das Glas aber stehen.

«Du mußt entschuldigen, Chef, ich bin nur ein A..., aus Erde gemacht. Die Worte backen an meinen Zähnen wie der Schlamm an den Füßen. Ich kann nicht schöne Redensarten dreschen und Höflichkeiten sagen. Ich kann es nicht. Du aber, du verstehst es.»

Er leerte sein Glas und sah mich an.

«Du verstehst es!» wiederholte er heftig, als ginge der Zorn mit ihm durch. «Das ist dein Verderben! Wenn du es nicht verstündest, wärest du glücklich. Was mangelt dir schon! Du bist jung, du hast Geld, du bist gescheit, du bist gesund, du bist ein guter Kerl, dir mangelt nichts. Donnerwetter! Nichts außer einem, das ist ein Stück Übergeschnapptheit! Und wenn dir das fehlt, Chef...»

Er wiegte den dicken Kopf und schwieg von neuem.

Um ein Haar hätte ich jetzt geheult. Was Sorbas sagte, war richtig.

Als Kind hatte ich tolle Pläne, übermenschliche Wünsche gehabt.

Die Welt war mir zu eng gewesen.

Mit der Zeit wurde ich langsam vernünftiger. Ich setzte mir Grenzen, ich begann das Mögliche vom Unmöglichen, das Menschliche vom Göttlichen zu scheiden, ich ließ meinen Papierdrachen steigen, aber ich hielt ihn fest.

Eine Sternschnuppe strich am Himmel entlang. Sorbas sprang auf und riß seine Augen auf, als sähe er zum erstenmal eine Sternschnuppe.

«Hast du den Stern gesehen?» fragte er.

«Ja.»

Wir schwiegen.

Plötzlich reckte Sorbas steil seinen dürren Hals, wölbte den Brustkorb und stieß einen wilden, verzweifelten Schrei aus, der alsbald in türkische Worte überging. Ein altes Lied voller Trauer und Einsamkeit brach monoton aus Sorbas' Tiefen hervor. Das Herz der Erde drohte zu brechen, das sanfte orientalische Gift überströmte mich. Ich spürte, wie es alle Fasern, die mich noch an Tugend und Hoffnung knüpften, in mir verdarb.

Iki kiklik bir tependé otiyor
Otme dé, kiklik, benim dertimyetiyor,
aman! aman!

Wüste... Feiner, Sand, so weit wie das Auge reicht. Die Luft zittert in rosigen, blauen und gelben Tönen. Die Schläfen öffnen sich, die Seele stößt einen ihrer Schreie aus und frohlockt, daß kein Schrei ihr antwortet... Meine Augen füllten sich mit Tränen.

Ein Rebhuhnpaar auf einem Hügel schlug,
O sing nicht, Rebhuhn, ich hab Leid's genug –
aman! aman!

Sorbas schwieg. Mit einer schroffen Bewegung wischte er sich den Schweiß von der Stirn.

«Was ist das für ein türkisches Lied?» fragte ich.

«Das des Kameltreibers. Dieses Lied singt der Kameltreiber in der Wüste. Seit Jahren war es mir nicht mehr eingefallen, und deshalb habe ich es auch nicht mehr gesungen. Und heute abend...»

Er hob den Kopf und blickte mich an. Seine Stimme war hart, sein Hals verengt.

«Chef», sagte er, «es ist Zeit zum Schlafen für dich. Morgen mit der Dämmerung mußt du aufstehen, um das Schiff nach Kandia nicht zu verpassen. Gute Nacht!»

«Ich bin nicht müde», antwortete ich, «wir bleiben noch zusammen. Es ist der letzte Abend, den wir verbringen.»

«Gerade deshalb müssen wir schnell jetzt Schluß machen», rief Sorbas und drehte sein leeres Glas um, ein Zeichen, daß er nicht mehr trinken wollte, «genau wie ein richtiger Palikare mit der Zigarette, dem Wein oder Spiel Schluß macht.»

«Mein Vater», fuhr er fort, «mußt du wissen, war ein richtiger Palikare. Du darfst ihn nicht mit mir vergleichen. Ich bin ein Furz gegen ihn, ich reiche ihm nicht das Wasser. Er war einer von den alten Griechen, wie sie im Buche stehen. Wenn er dir die Hand gab, zerbrach er dir die Knochen. Ich kann von Zeit zu Zeit sprechen, aber mein Vater brüllte, wieherte und sang. Selten ging aus seinem Munde ein richtiges menschliches Wort hervor.

Er hatte also alle Leidenschaften, aber er wurde sie mit einem Schlage los. Er rauchte wie ein Schornstein. Eines Morgens steht er auf und begibt sich aufs Feld, um zu pflügen. Kaum angekommen, lehnt er sich an die Hecke und fährt mit der Hand in den Gürtel, den Tabaksbeutel herauszuziehen und sich vor der Arbeit eine Zigarette zu drehen. Er hält den Beutel in der Hand, der Beutel ist leer. Er hatte vergessen, ihn zu Hause zu füllen.

Er schäumt vor Wut, er brüllt. Er dreht sich um und läuft spornstreichs in das Dorf zurück. Die Leidenschaft trübte ihm das Hirn, wie du siehst. Aber plötzlich blieb er stehen – habe ich nicht recht, immer wieder zu sagen, was für ein mysteriöses Wesen der Mensch doch ist –, denn er schämte sich. Er zog den Tabaksbeutel aus dem Gürtel, zerriß ihn mit den Zähnen in tausend Fetzen, stampfte ihn in die Erde und spuckte darauf.

‹Verfluchtes Aas!› brüllte er.

Und von Stund an steckte er bis zum Ende seiner Tage keine

Zigarette mehr in den Mund. So handeln nur die wirklichen Menschen, Chef. Gute Nacht!»

Er erhob sich und überquerte, ohne sich umzusehen, mit langen Schritten den Strand bis zum äußersten Ufersaum. Dort streckte er sich auf den Kies.

Ich habe ihn nicht wiedergesehen. Noch ehe der Hahn krähte, kam der Maultiertreiber, um mich abzuholen. Vermutlich – doch vielleicht irre ich mich – hatte er sich versteckt und sah meinem Aufbruch zu. Jedenfalls erschien er nicht mehr zum üblichen Abschied, und es blieb uns erspart, uns gegenseitig zu erweichen und eine Träne im Knopfloch zu zerdrücken, mit Händen und Taschentüchern zu winken und Schwüre zu tauschen.

Die Trennung war wie ein Säbelhieb.

In Kandia stellte man mir ein Telegramm zu: Ich schaute es lange von außen an, mir zitterte die Hand. Ich kannte seinen Inhalt. Ich sah mit einer schrecklichen Gewißheit die Zahl seiner Wörter, die Zahl seiner Buchstaben vor mir.

Mich wandelte ein Gelüst an, es uneröffnet zu zerreißen. Warum sollte ich lesen, was ich schon wußte! Aber wir haben leider kein Vertrauen zu unserer Seele. Der Verstand, dieser Krämer, macht sich über die Seele genauso lustig, wie wir uns über Kartenschlägerinnen und Wahrsagerinnen. Ich öffnete also das Telegramm. Es kam aus Tiflis. Einen Augenblick tanzten die Buchstaben vor meinen Augen, ich konnte nichts unterscheiden. Aber bald standen sie wieder am rechten Platz, und ich las:

GESTERN NACHMITTAG STAVRIDAKIS AN LUNGENENTZÜNDUNG GESTORBEN.

Fünf Jahre vergingen, fünf lange Schreckensjahre, in denen die geographischen Grenzen zum Tanz antraten und die Staaten sich ausdehnten und zusammenzogen wie Akkordeons. Eine Zeitlang wurden wir, Sorbas und ich, von den Wirbeln mit fortgerissen. Ab und an bekam ich in den ersten drei Jahren eine kurze Karte von ihm.

Die erste vom Athos. Auf ihr war die Panajia, die Torwächterin, abgebildet, mit den großen, traurigen Augen und dem festen und willensstarken Kinn. Unter das Bild hatte er mit einer dikken Feder, die das Papier zerkratzte, geschrieben: ‹Hier gibt es nichts zu tun, Chef. Hier beschlagen die Mönche sogar die Flöhe mit Hufeisen. Ich ziehe weiter.› Nach ein paar Tagen erhielt ich eine andere Karte: ‹Ich kann nicht zwanzig Klöster besuchen und wie ein Gaukler dabei den Papagei in der Hand halten. Ich habe ihn deshalb einem Schlingel von Mönch geschenkt, der einer Amsel das Kyrie eleison beigebracht hat. Er wird also auch unseren armen Papagei das Kyriesingen lehren und zum Popen machen. Was hat das Luder nicht schon alles erlebt! Ich küsse Dich in alter Freundschaft. Pater Alexios. Z. Zt. Kirchenmaus.› Nach sechs, sieben Monaten erhalte ich aus Rumänien eine Karte mit dem Bild einer dicken, dekolletierten Frau: ‹Ich lebe noch, ich esse Mamalinga, trinke Wodka, arbeite in den Petroleumraffinerien und stinke wie eine Kanalratte. Hier findet man alles, was das Herz begehrt. Ein wahres Paradies für alte Kunden wie mich. Du verstehst mich schon, Chef: Jeden Tag die Henne im Topf und das Hühnchen im Arm. Ich küsse Dich in alter Freundschaft, Mexis Sorbescu, Stinkmaus.›

Zwei Jahre verstrichen. Eines Tages bekam ich eine neue Karte, diesmal aus Serbien: ‹Ich lebe noch, hier ist es verteufelt kalt, deshalb war ich gezwungen zu heiraten. Dreh die Karte um und schau ihr Gesichtchen an, ein reizendes Häppchen. Ihr Leib ist ein bißchen geschwollen, sie rüstet sich nämlich auf einen kleinen Sorbas. Ich trage den Anzug, den Du mir damals geschenkt hast, und der Ring an meiner Hand ist von der guten Bubulina – mögen ihre Gebeine (alles ist möglich!) heiliggesprochen werden! Diese hier heißt Liuba. Der Mantel, den ich trage, mit dem Fuchskragen, stammt aus der Mitgift meiner Frau. Sie hat mir auch eine Stute und sieben Schweine in die Ehe eingebracht, eine ganz komische Rasse. Außerdem zwei Kinder von ihrem ersten Mann, denn ich vergaß, Dir zu sagen,

daß sie Witwe ist. In einem Berg hier nahebei habe ich Magne-
sit gefunden und gleich einen Kapitalisten beschwatzt. Ich lebe
wie ein Pascha. Ich küsse Dich in alter Freundschaft Alexis Sor-
bieč, Ex-Witwer.›

Auf der Vorderseite war Sorbas abgebildet, gutgenährt, im
Hochzeitsstaat, mit seiner Pelzmütze, einem Gigerlstöckchen
und einem funkelnagelneuen langen Mantel. Am Arm hing
ihm eine reizende Slawin von ungefähr fünfundzwanzig Jahren, eine lebhafte kleine Stute mit breitem Kreuz, mit hohen
Stiefeln und einem gesegneten Busen. Darunter in dicken,
handfesten Buchstaben: ‹Ich, Sorbas, und die Sache, mit der
keiner zu Rande kommt, die Frau. Diesmal heißt sie Liuba.›

In all diesen Jahren reiste ich im Ausland umher. Auch ich
hatte meine Sache, mit der ich nicht zu Rande kam, aber sie
besaß weder einen gesegneten Busen, noch hatte sie mir einen
Mantel oder Schweine zu schenken.

Eines Tages erhielt ich in Berlin ein Telegramm:

PRÄCHTIGEN GRÜNEN STEIN GEFUNDEN – SOFORT KOM-
MEN. SORBAS.

Es war die Zeit der großen Hungersnot in Deutschland. Die
Mark war so tief gesunken, daß man, um eine Kleinigkeit wie
eine Marke zu kaufen, die Millionen in Handtaschen schleppen mußte. Hunger, Kälte, abgetragene Kleider, zerrissene
Sohlen – die roten deutschen Backen waren bleigrau geworden. Der Herbstwind wehte, und die Menschen fielen auf der
Straße wie welke Blätter. Den Säuglingen gab man Kautschuk
zu kauen, damit sie nicht weinten. Und nachts bewachte die
Polizei die Brücken, um die Mütter daran zu hindern, sich mit
ihren Säuglingen zu ertränken.

Es war Winter, und es schneite. Im Nachbarzimmer wohnte
ein deutscher Professor, ein Orientalist. Um sich zu erwärmen,
griff er zum langen Pinsel und bemühte sich, nach der pein-
lichen Regel des Fernen Ostens, irgendein altes chinesisches
Gedicht oder irgendeinen Spruch des Konfuzius abzuschreiben.

Die Spitze des Pinsels, der emporgerichtete Ellenbogen und das Herz des Gelehrten mußten ein Dreieck bilden.

«Nach einigen Minuten», sagte er mir befriedigt, «tritt mir der Schweiß aus den Achselhöhlen, und ich friere nicht mehr.»

Mitten in diesen Tagen der Kümmernis empfing ich das Telegramm von Sorbas. Ganz zu Anfang erboste ich mich. Millionen von Menschen ducken und werfen sich weg, weil sie nicht einmal ein Stück Brot haben, um Körper und Seele am Leben zu erhalten. Und da kommt so ein Telegramm und fordert einen auf, Tausende von Kilometern zurückzulegen, um einen schönen grünen Stein zu sehen. Die Schönheit kann mir gestohlen bleiben, rief ich aus, denn sie hat kein Herz und kümmert sich nicht um das Menschenleid.

Doch unmittelbar darauf erschrak ich. Mein Zorn über das Telegramm war verflogen, und ich bemerkte mit Schaudern, daß Sorbas' unmenschlichem Ruf ein anderer unmenschlicher Ruf in mir antwortete. Auch in mir schlug ein Raubvogel mit den Flügeln, um das Weite zu suchen.

Trotzdem blieb ich. Ich wagte es nicht, wie so oft. Ich setzte mich nicht in den Zug. Ich folgte nicht der wilden, himmlischen Stimme in mir, ich beging keine hochgemute und sinnlose Tat. Ich gehorchte der maßvollen, kalten, menschlichen Stimme der Logik. Ich griff also zur Feder und schrieb an Sorbas, ihm zu erklären...

Und er antwortete mir: «Du bist, bei allem Respekt, ein Federfuchser. Auch Du, Unseliger, konntest einmal in Deinem Leben einen schönen grünen Stein ansehen und hast die Gelegenheit nicht genutzt. Es ist mir wahrhaftig in Zeiten, in denen ich keine Arbeit hatte, immer wieder passiert, daß ich mich fragte: ‹Gibt es eine Hölle, oder gibt es keine?› Aber als ich gestern Deinen Brief erhielt, rief ich aus: ‹Gewiß, es muß eine Hölle für Federfuchser wie Dich geben!›»

Seitdem hat er mir nicht mehr geschrieben. Von neuem trennten uns tragische Ereignisse, die Welt fuhr fort, wie ein Betrunkener zu torkeln, der Abgrund öffnete sich und persönliche Sorgen und Freundschaften wurden verschlungen.

Oft unterhielt ich mich über diese große Seele mit meinen Freunden.

Wir bewunderten die stolze und sichere Haltung dieses einfachen Menschen, die aller Logik überlegen blieb. Geistige Höhen, die wir nur mit Mühe in Jahren erklommen hatten, erreichte Sorbas mit einem Sprung. Wir sagten alsdann: ‹Sorbas ist eine große Seele.› Oder er überschritt diese Höhen, dann sagten wir: ‹Er ist verrückt.›

So verstrich die Zeit, und das liebliche Gift der Erinnerungen floß in sie ein. Auch der andere Schatten lastete auf meiner Seele, der Schatten meines Freundes ließ nicht von mir – denn auch ich wollte von ihm nicht lassen.

Doch von diesem Schatten sprach ich mit keinem. Ich unterhielt mich mit ihm insgeheim, und ihm verdanke ich es, daß ich mich mit dem Tod versöhnte. Er war meine verschwiegene Brücke zum anderen Ufer. Wenn seine Seele sie überschritt, schien sie bleich und erschöpft. Sie hatte nicht mehr die Kraft, mir die Hand zu drücken.

Manchmal dachte ich mit Entsetzen: Vielleicht hat mein Freund auf Erden nicht Zeit gehabt, die Sklaverei seines Körpers zur Freiheit zu sublimieren, und hat nicht an seiner Seele gearbeitet und sie gestärkt, daß sie im höchsten Augenblick nicht von der Panik des Todes ergriffen und vernichtet wurde. Vielleicht hatte er, dachte ich, keine Zeit, unsterblich zu machen, was es des unsterblich zu Machenden in ihm gab.

Aber von Zeit zu Zeit schienen ihm Kräfte zu wachsen – lag es an ihm, oder rief ich ihn nur plötzlich mit heftigerer Zärtlichkeit –, und er nahte mir verjüngt und voller Anspruch, und mir war, als vernähme ich seine Schritte auf der Treppe.

Ich hatte in diesem Winter einen Ausflug für mich in das Engadin unternommen, wo mein Freund und ich und eine Frau, die wir liebten, einmal herrliche Stunden verbracht hatten.

Ich lag auf dem Bett in demselben Hotel, in dem wir damals gewohnt hatten. Ich schlief. Das Mondlicht rieselte durch das offene Fenster. Ich fühlte meine schlafenden Lebensgeister in die Berge, die verschneiten Tannen und die sanfte blaue Nacht eingehen.

Ich empfand ein unaussprechliches Glück, als wäre der Schlaf ein tiefes, ruhiges und durchsichtiges Meer, und ich läge auf seinem Grunde, selig und still. Mir war, als müßte eine Barke, die Tausende von Klaftern über mir auf dem Meeresspiegel dahinsegelte, in meinen Körper schneiden.

Plötzlich fiel ein Schatten auf mich. Ich begriff sofort, wer es war. Eine Stimme sprach und klang voller Vorwurf:

«Schläfst du?»

Ich antwortete im gleichen Ton:

«Du hast auf dich warten lassen. Seit Monaten habe ich deine Stimme nicht mehr gehört... Wo irrtest du umher?»

«Ich bin immer bei dir, du aber vergißt mich. Ich habe nicht immer die Kraft zu rufen, und du suchst mich zu verlassen. Das Mondlicht ist gut und die beschneiten Bäume, und gut ist das Leben auf Erden – aber bitte, vergiß mich nicht!»

«Ich vergesse dich nie, das weißt du genau. Als du mich kaum verlassen hattest, irrte ich durch die wilden Berge, erschöpfte meinen Körper, verbrachte schlaflose Nächte in Gedanken an dich. Ich verfaßte sogar Gedichte, um nicht zu ersticken. Aber es waren armselige Gedichte und konnten mir meine Qual nicht nehmen. So beginnt das eine von ihnen:

> *Während Charon du zur Seite schrittest,*
> *Staunte ich ob eurer Lichtgestalt,*
> *Als du hoch und höher mit ihm glittest –*
> *Wie zwei wilde Enten, morgenkalt,*
> *Wenn des Tages Wimpern sanft sich heben,*
> *Ihre Flügel spannen und entschweben...*

Und in einem anderen, gleichfalls unvollendeten Gedicht, rief ich dir zu:

> *Halte deine Seele, Freund, und ziehe*
> *Fest sie an dich, daß sie nicht entfliehe...»*

Er lächelte bitter. Dann neigte er sein Antlitz über mich und mich schauderte vor seiner Blöße.

Lange blickte er auf mich nieder – seine Augenhöhlen waren leer, nur zwei Erdenklümpchen saßen in ihnen.

«Woran denkst du? Warum sprichst du nicht?» murmelte ich.

Wieder klang seine Stimme wie ein ferner Seufzer:

«Ach, was bleibt von einer Seele, für welche die Welt zu klein war! Ein paar Verse eines anderen, verstreut und verstümmelt, es reicht nicht einmal zu einer vollständigen Strophe! Ich komme auf die Erde, ich besuche, die mir teuer waren, aber ihr Herz ist verschlossen. Wo soll ich eintreten? Wie soll ich wieder aufleben? Ich irre umher, wie ein Hund das Haus mit verriegelten Pforten umkreist... Ach, wäre ich frei und brauchte mich nicht wie ein Ertrinkender an eure warmen lebendigen Körper zu klammern!»

Die Tränen strömten aus seinen Augenhöhlen, die Erde in ihnen weichte auf.

Aber bald festigte sich seine Stimme:

«Die größte Freude, die du mir je bereitet hast, war damals, an meinem Geburtstag in Zürich, erinnerst du dich? Als du das Glas erhobst, auf meine Gesundheit zu trinken. Erinnerst du dich? Es war noch jemand mit uns...»

«Ich erinnere mich», antwortete ich. «Wir nannten sie ‹unsere Dame›.»

Wir schwiegen. Jahrhunderte schienen seitdem verflossen! Wir saßen zu dritt an blumengeschmückter Tafel, es schneite draußen, und ich sang ein Loblied auf meinen Freund.

«Woran denkst du, mein lieber Lehrer?» fragte der Schatten mit einer leisen Ironie.

«An vieles, an alles...»

«Ich denke an deine letzten Worte. Du hobst das Glas und sprachst mit bewegter Stimme: ‹Freund, als du ein Knirps warst, nahm dich dein Großvater auf sein Knie und stützte auf das andere die kretische Lyra und stimmte Heldenlieder an. Ich trinke heute auf deine Gesundheit; möge es dir beschieden sein, immer so auf den Knien Gottes zu sitzen!› Gott, ach, hat deine Bitte sehr bald erhört!»

«Was tut uns das», rief ich aus. «Die Liebe ist stärker als der Tod.»

Er lächelte traurig, aber antwortete nicht. Ich fühlte, wie sich sein Körper in Dunkelheit auflöste und zu Schluchzen, Seufzen und Spotten wurde.

Tagelang hatte ich den Todesgeschmack auf meinen Lippen, aber das Herz war mir leichter. Der Tod war in mein Leben mit einem bekannten, geliebten Gesicht getreten, gleich einem Freund, der uns abholen will und geduldig in einer Ecke wartet, bis wir unsere Arbeit beendet haben.

Aber der eifersüchtige Schatten von Sorbas umstrich mich schon.

Es war eines Nachts, ich befand mich allein in meinem Haus an der Küste Äginas. Ich fühlte mich glücklich. Das Fenster zum Meer war weit geöffnet, der Mond sah herein, auch das Meer schien glücklich und rauschte leise. Ich lag, vom Schwimmen herrlich ermattet, im tiefen Schlaf. Und mitten in dieser Fülle von Glück tauchte gegen die Dämmerung Sorbas in meinem Traum auf. Ich erinnere mich weder, was er sagte, noch warum er gekommen war. Aber beim Erwachen drohte mein Herz zu springen. Ohne zu wissen warum, füllten sich meine Augen mit Tränen. Eine unwiderstehliche Sehnsucht ergriff mich, unser gemeinsames Leben am Strand von Kreta in meine Erinnerung zurückzurufen, unsere Gespräche, Gesten, unser Gelächter, die Tränen und Sorbas' Tänze zu sammeln und der Vergessenheit zu entreißen.

So heftig quälte mich dieses Verlangen, daß ich fürchtete, darin ein Zeichen zu sehen, Sorbas liege in diesen Tagen irgendwo auf dem Erdball im Sterben. Denn ich fühlte meine Seele so eng mit der seinen verbunden, daß es mir unmöglich erschien, daß die eine von beiden sterben könne, ohne daß die andere davon erschüttert würde und vor Schmerzen schrie. Eine Weile zögerte ich, die Erinnerungen, die Sorbas mir hinterlassen hatte, zusammenzustellen und sie in Worte zu fassen.

In einer Anwandlung von kindlicher Furcht sagte ich mir: ‹Wenn ich das tue, bedeutet es, daß Sorbas tatsächlich in Todesgefahr ist. Ich muß mich der Hand widersetzen, die meine Hand führen will.›

Ich widersetzte mich zwei Tage, drei Tage, eine Woche. Ich versuchte mich in anderen Schreibereien, machte Ausflüge und las sehr viel. Mit solchen Kriegslisten suchte ich die unsichtbare Gegenwärtigkeit zu umgehen. Aber mein Geist konzentrierte sich mit lastender Sorge völlig auf Sorbas.

Eines Tages saß ich auf der Terrasse meines Hauses über dem Meer. Es war Mittag, die Sonne glühte, und mir gegenüber lagen die nackten und anmutigen Küsten von Salamis. Plötzlich war mir, als stieße mich eine unsichtbare Hand, und ich nahm Papier und Feder, legte mich auf die heißen Steinplatten der Terrasse und begann von Sorbas' Leben und Taten zu berichten.

Ich schrieb mit Feuer, ich ließ in aller Eile die Vergangenheit aufleben, ich versuchte, in mir den Sorbas, ganz wie er war, zu erwecken. Mir war, als trüge ich die Verantwortung, wenn er verlorenginge, und ich arbeitete Tag und Nacht, um das Gesicht meines Alten so wahrheitsgetreu wie möglich zu zeichnen.

Ich arbeitete wie die Zauberer der wilden Stämme in Afrika, die in ihren Höhlen den Ahnen abbilden, den sie im Traum gesehen haben. Auch sie sind bestrebt, ihn möglichst getreu zu geben, damit seine Seele ihren Körper wiedererkennt und in ihn einkehrt.

Nach einigen Wochen war die Legende von Sorbas vollendet.

An jenem Tage saß ich noch am späten Nachmittag auf der Terrasse und blickte auf das Meer. Das Manuskript lag auf meinen Knien. Ich fühlte mich so froh und erleichtert, als sei mir eine schwere Last von den Schultern genommen.

Hinter den Bergen des Peloponnes ging die Sonne purpurrot unter. Sula – ein kleines Bauernmädchen, das mir die Post aus der Stadt bringt – betrat die Terrasse. Sie überreichte mir einen

Brief und lief in Eile wieder davon. Ich verstand. Wenigstens schien es mir so, als ob ich verstanden hätte, denn als ich den Brief aufmachte und las, sprang ich nicht auf und erschrak auch nicht. Ich wußte, daß ich auf die Minute, in der ich das vollendete Manuskript auf den Knien hielt und in die sinkende Sonne sah, diesen Brief bekommen mußte.

Ich las ihn ruhig und ohne Hast. Er kam aus einem Dorf in der Nähe von Skoplje in Serbien und war schlecht und recht in Deutsch abgefaßt. Ich übersetze ihn hier:

«Ich bin der Lehrer des Dorfes und schreibe Ihnen, um Ihnen die traurige Nachricht mitzuteilen, daß Alexis Sorbas, der hier eine Magnesitgrube besaß, am vergangenen Sonntag um sechs Uhr nachmittags verstorben ist. In seinem Todeskampf rief er mich zu sich.

‹Komm mal her, Schulmeister›, sagte er, ‹ich habe einen guten Freund in Griechenland. Sobald ich tot bin, teile ihm das mit und schreibe ihm, daß ich bis zur letzten Minute meine Sinne beisammen hatte und an ihn dachte. Und daß ich, was ich auch getan habe, nicht bereue. Und daß es ihm gutgehen möge, sage ihm, und daß es höchste Zeit für ihn sei, Vernunft anzunehmen.

Und sollte ein Pope auftauchen, um mir die Beichte abzunehmen und das Sterbesakrament zu erteilen, dann sage ihm, er solle sich aus dem Staube machen und mich verfluchen! Ich habe in meinem Leben einen Haufen Dinge getan und doch nicht genug. Menschen wie ich sollten tausend Jahre leben. Gute Nacht!›

Das waren seine letzten Worte. Danach erhob er sich und warf die Decken von sich. Liuba, seine Frau, ich und einige handfeste Nachbarn liefen herbei, um ihn festzuhalten. Er aber stieß uns zurück, stieg aus dem Bett und ging ans Fenster. Er hielt sich am Fensterbrett fest, blickte in die Ferne nach den Bergen hinüber, riß die Augen auf und begann erst zu lachen und schließlich wie ein Pferd zu wiehern. So fand ihn der Tod, aufrecht stehend, die Nägel in das Holz des Fensters gekrallt.

Seine Frau, die Liuba, beauftragt mich, Sie zu grüßen. Sie

sagt auch, daß der Verstorbene ihr oft von Ihnen erzählte und bestimmt hat, daß Ihnen nach seinem Tode sein Santuri zugestellt wird, damit Sie seiner gedenken.

Die Witwe läßt Sie also bitten, wenn Sie einmal in unser Dorf kommen, bei ihr zu übernachten und, wenn Sie am anderen Morgen Ihre Reise fortsetzen, das Santuri mitzunehmen.»

Nachwort zum Film

Alexis Sorbas ist Griechenland, und es läßt sich nicht mehr feststellen, wer die Hauptschuld an dieser Gleichsetzung trägt. War es der Roman, der Film, oder sind es die zahllosen griechischen Restaurants, die den Namen des Übergriechen tragen? Und wer stellt sich den baumlangen, hageren Kerl, als der er auf den ersten Buchseiten vorgestellt wird, nicht in Gestalt von Anthony Quinn vor? Alexis Sorbas löst eine diffuse Mischung unterschiedlichster Erinnerungen aus: Sonne, Tanzen, Urlaub, Retsina, Meer, gegrilltes Fleisch, Musik, Lachen, Glück. Wenn Sorbas nicht von seinem Schöpfer in einer anderen Zeit und zu einem durchaus anderen Anlaß erdichtet worden wäre, könnte er als Erfindung der griechischen Tourismusindustrie durchgehen, als Verkörperung eines Lebensgefühls.

Die Romanvorlage für den Film, der 1964 als internationale Großproduktion herauskam, war schon lange zuvor ein Bestseller gewesen, und sein Autor Nikos Kazantzakis galt zu Lebzeiten als Anwärter auf den Literaturnobelpreis. Folgerichtig fand die Verfilmung große Beachtung, und sie erhielt, auch das war vorhersehbar, niederschmetternde Kritiken. «So einfach kann man es sich nicht machen», resümierte die *Frankfurter Allgemeine Zeitung*, und das angesehene Fachorgan *Filmkritik* sah nur «Pseudo-Komik» und «Pseudo-Tragik» mit «Ambition, versteht sich».

Mitte der sechziger Jahre verstellte die Lektüre des Romans den Blick auf die Verfilmung. Das alles ist jetzt dreißig Jahre her, heute behindert der fade Nachgeschmack von Massentourismus und Billiggastronomie die unbeschwerte Begegnung mit einem Film, der seine Kraft noch nicht verloren hat.

1964 zeigt das Kinobild ein unbekanntes Land. Griechenland, das war ein ferner Kriegsschauplatz des Zweiten Weltkriegs, das Reiseziel weniger unermüdlicher Campingtouristen oder das Exkursionsgebiet klassikliebender Bildungsreisender. Griechenland war das Land hinter der Akropolis. Basil, der gebildete Griechenlandheimkehrer, schwebt mit dem Flugzeug ein. Vom Fenster aus kann er das Panorama Athens erkennen, das Meer, Piräus und die Akropolis, genauso wie auf den

Fotos. Doch schon im Hafen beginnt die Zeitmaschine zu ticken. Die altertümlichen Sackkarren am Kai und schließlich die Hafenkneipe mit ihren Besuchern lassen die zeitlichen Bezüge verschwimmen. Als Basil auf Kreta ankommt, befindet er sich im Herzen einer zeitlos vergangenen Gesellschaft, und nur das klapperige Taxi, das ihn mit Sorbas im Dorf absetzt, erinnert an das zwanzigste Jahrhundert, der Mercedes stammt aus den dreißiger Jahren.

Zügig werden die Hauptfiguren charakterisiert. Die Aufschrift auf Basils umfangreichem Gepäck spricht für sich: «BOOKS». Die Kartons und Kisten am Hafenrand drohen im sintflutartigen Regen zu ertrinken, und der vom Lesen aufgeschreckte Basil kann sich nicht entscheiden, ob er den Schirm nun über sich oder lieber über einige seiner verstreuten, zahllosen Gepäckstücke halten soll. In dieser Szene ist alles über den zierlichen Reisenden gesagt: Hier steht ein lebensuntüchtiger, spinnerter, vermutlich netter Intellektueller im Regen und weiß nicht weiter. Basil braucht Hilfe, und er wird sie bekommen.

Das Gesicht, das von draußen durch die beschlagene Scheibe in die warm-muffige Kneipe blickt, macht einen wilden, fröhlichen Eindruck. Braungebrannte Haut, graue Bartstoppeln, flinke Augen. Als der abgerissene Alte durch die Tür tritt, den Regen abschüttelt und sich vor Basil aufbaut, ist klar: dieser Mann wird Basil in das Leben stoßen, das er bisher nur aus den Büchern kannte, die draußen im Regen gerade aufweichen. Die schwungvolle Exposition endet in der einsamen Ortschaft, in der Basil, der erfolglose Schriftsteller, eine Braunkohlenmine geerbt hat. Im Dorf scheint die Zeit endgültig stehengeblieben zu sein, die Kameraeinstellungen sind statisch. Die Welt der Männer, die schöne Witwe, Blicke – alles wirkt umstellt, den Himmel sieht man nur von Hauswänden begrenzt.

Der strengen Welt des Dorfes stehen Orte mit einer heiter-gelassenen Ausstrahlung gegenüber. Das mit vielen Andenken in einem fröhlichen Chaos versinkende Haus von Madame Hortense, die am Meer gelegene Mine, neben der Basil wohnt, oder die Natur, die immer unbändig und wild erscheint, mit Menschen, die nur als Gäste geduldet sind. In dieser Welt lehrt Sorbas Basil zu leben, und nicht von ungefähr erinnert Basils Körpersprache an die eines ungeschickten Famulus, der einem wahnsinnigen Wissenschaftler das Operationsbesteck reicht. Sorbas ist der Wissenschaftler des Lebens, der dem glücklosen Schriftsteller die Kraft der Poesie zeigt. Bei Sorbas lernt Basil den Unterschied zwischen einer Lüge und einer guten Geschichte. Madame Hortense, die alt gewordene Hure, die Glück nur noch in ihrer Erinnerung findet, erzählt den beiden wunderbare Geschichten aus der Blütezeit ihres Lebens. «Dann kam die schlechte Zeit, und es wurde Frieden.» Sorbas steht ihr als Erzähler in nichts nach, umgarnt sie, macht ihr vage Versprechungen und bleibt auch noch bei der abenteuerlichsten Flunkerei ehrlich.

Der lebenskluge Sorbas versucht auch, Basil in eine Liebesgeschichte mit der schönen Witwe zu treiben. Doch die ist längst in vollem Gange.

Die Witwe sagt im Film kaum ein Wort. Sie spricht mit ihren Augen, in denen Wut und Verachtung blitzen, und mit einer strengen, abwehrenden Gestik für die Männer, die sie alle begehren. Basil begegnet ihr auf einem einsamen Weg. Sie gehen aufeinander zu, sein Gesicht, ihr Gesicht, dann wieder seins und wieder zurück – Schuß und Gegenschuß, die Art, mit der im Film gemeinhin Gespräche montiert werden, schafft hier einen visuellen Dialog. Kein Wort fällt, die beiden gehen aneinander vorbei. Die Sequenz endet in einer Zentralperspektive – in der Mitte der Weg, auf dem die Frau kaum noch zu erkennen ist. Diese Szene nimmt die tragische Geschichte ihrer Liebe schon voraus, wenn auch nur angedeutet. Sie löst den Selbstmord des Jungen aus, der sich mit seiner Verehrung für die Witwe zum Gespött des Dorfs gemacht hat. Damit wird ein Drama entfacht, das, mit großem theatralischem Aufwand inszeniert, alle Stränge der Geschichte erfaßt und mit sicherem Timing zur Schlußsequenz führt.

Es beginnt mit einer klassischen Verschwörungsszene. Während sich die Witwe auf den Weg zur Beerdigung des Selbstmörders macht, sieht man das brodelnde Informationssystem des Dorfs. Männer huschen geduckt von Hinterhof zu Hinterhof, Frauen rufen sich etwas zu. Basil verfolgt in der Kapelle die Trauerzeremonie, draußen verhindert der Vater des Toten, daß die Witwe die Kirche betritt. Drinnen wird Weihrauch geschwenkt, draußen umkreisen die Dorfbewohner die Witwe, drinnen wird der Segen gesprochen, draußen fliegt der erste Stein. Während Basil in der Kapelle eingezwängt an der langatmigen Zeremonie teilnimmt, wird vor dem Eingang seine Geliebte gesteinigt. Die Parallelmontage hebt seine Hilflosigkeit noch hervor. Als er schließlich hinausgelangt, kann er ihr nicht helfen. Erst als Sorbas eintrifft und die Hinrichtung verhindert – der Kampf zwischen ihm und einem der Männer ist mit einer schwankenden Handkamera gefilmt, was die Dramatik noch einmal steigert –, lassen die Dorfbewohner von der Witwe ab. Doch die Ruhe ist trügerisch: Während der Kirchenchoral, der die ganze Szene begleitet, immer noch zu hören ist, tritt der Vater des Selbstmörders hinter die Witwe und ersticht sie.

Es gibt kein Bild und keine Erklärung nach der ungeheuren Tat. Das Steinigen und die Ermordung wirken wie ein Unwetter, das vorüberzieht. Mit dem nächsten Morgen ist die Ruhe wiederhergestellt. Durch Sorbas erlebt Basil Situationen eines Lebens, von dem er sich nicht distanzieren kann. Liebe, Tod, Verzweiflung, Eifersucht, Freiheit, Glück sammeln sich in der Nähe von Sorbas wie unter einem Brennglas. Alles ist größer und intensiver. Basil, der Lehrling dieses Lebenskünstlers, durchlebt mit ihm alle Höhen und Tiefen. Dem Tod der Geliebten folgt die improvisierte Hochzeit von Sorbas und Madame Hortense, ihrem Tod und der Plünderung ihres Hauses, schließlich die Einweihung der Seilbahn. Den Glücksmomenten folgt die tiefe Trauer, Depression wird abgelöst von Euphorie. In einer Art Crashkurs verabreicht Sorbas seinem Schüler eine Erziehung des Herzens, eine Lektion, die Basil sein Leben lang behalten wird.

In der letzten halben Stunde des Films werden alle Register gezogen. Die Hochzeit mit Sorbas als Popen, Brautvater und Bräutigam, Basil als Zeugen und der leicht verschleierten Hortense, ihre Krankheit, mit dem sich abzeichnenden Tod, die Klageweiber, die wie Geier über sie herfallen und schließlich die Plünderung ihres Hauses, gehen bruchlos ineinander über. Die Zeit scheint schneller zu laufen als zu Beginn. Die Vorbereitung zur Einweihung der Seilbahn ist die Vorbereitung zum Finale des Films. Das letzte Geld von Basil steckt in dieser Anlage, Sorbas hat sie mit ganzer Kraft gebaut, und alle sind gekommen, das Dorf und die Mönche des nahen Klosters. Ging es vorher so schnell, wird jetzt das Tempo verlangsamt. Der erste Baumstamm wird auf den Weg geschickt, die Seilbahn ächzt bedrohlich, der zweite kommt, erste Stützen krachen, eine wilde Flucht setzt ein, Menschen, Tiere, alles stürmt davon, dann donnert der dritte Holzstamm einem Torpedo gleich zu Tal und räumt die ganze Anlage ab. Nichts bleibt übrig, außer Sorbas, Basil und einem Haufen Holz. Das Ende ist ein donnernder Schlußakkord, kein Happy-End. Die Seilbahn existiert nicht mehr, die Hoffnung auf eine Wiedereröffnung der Mine ist dahin, die Witwe und Madame Hortense sind tot – und Basil und Sorbas? «Lehre mich tanzen», holpert Basil in der deutschen Synchronfassung, und so ungelenk wie der Satz ist, so sind es seine Tanzschritte an der Seite des großen Sorbas.

Seitdem ist Sorbas ein deutsches Zauberwort. Dieser Sorbas hat vielleicht wenig mit dem Helden von Nikos Kazantzakis zu tun, aber er hat sehr viel mit den Träumen von Freiheit und Ungebundenheit zu tun, wie sie ab Mitte der sechziger Jahre deutsche Touristen umtrieb, die wenigstens im Urlaub dieses andere Leben suchten, für das sie jetzt einen Namen hatten: Sorbas.

Michael Cacoyannis

In den fünfziger Jahren galt Michael Cacoyannis als der wichtigste Vertreter des griechischen Kinos. Filme wie «Stella», 1955, das Filmdebüt von Melina Mercouri, oder «To koritsi me ta mavra» («Das Mädchen in schwarz», 1956) begründeten seinen Ruf als Regisseur. Michael Cacoyannis wurde 1922 als Sohn eines Rechtsanwalts auf Zypern geboren. Er studierte wenige Semester Jura und arbeitete während des Kriegs für das griechische Programm der BBC. Noch in den vierziger Jahren begann Cacoyannis als Drehbuchautor, Produzent und Regisseur für das Theater zu arbeiten. Seine Theaterbegeisterung ist in vielen seiner Filme präsent. In «Alexis Sorbas» ist es vor allem die Steinigungsszene, die in ihrer Dynamik an Tanztheater erinnert. Dafür verantwortlich ist Irene Papas, die mit ihrer expressiven Gestik die theatralische Wirkung unterstreicht. In «Electra» («Elektra», 1961), dem allgemein geachtetsten Film von Michael Cacoyannis, spielte Irene Papas die Titelrolle. Der Film brachte ihr den internationalen Durchbruch. «Die Troerinnen» (1971) und «Iphigenie» (1977) waren weitere Klassikerbearbeitungen, die Cacoyannis in großer Besetzung inszenierte. Ganz anders «Alexis Sorbas», der wesentlich durch die Laiendarsteller geprägt ist. Die zerknitterte, zahnlose Oma, die im hohen Falsett den Tod von Madame Hortense beklagt, um gleichzeitig mit der Hand kurz prüfend über Lampenschirme und Tischdecken zu streichen und die in panischer Angst durcheinander stolpernde Mönche sind keine Statisten, sondern Darsteller ihrer selbst – «method acting» ohne Strasberg und Stanislawsky, sondern einfach mit Lebenserfahrung. Das gibt Cacoyannis' Sorbas-Film eine Authentizität und Frische, von der in der deutschen Synchronfassung wenig gerettet wird. Auch bei der Besetzung des Stabs hatte der Regisseur eine glückliche Hand. Neben dem Kameramann Walter Lasally – einem gebürtigen Berliner, der 1939 mit seiner Familie nach England emigrierte – schrieb Mikis Theodorakis die Musik, die am großen Publikumserfolg dieser Verfilmung wesentlich beteiligt war. «Alexis Sorbas» blieb der erfolgreichste und umstrittenste Film von Michael Cacoyannis.

Anthony Quinn

Er hat sie alle gespielt: Indianer, Eskimos, Mexikaner, Russen, Franzosen, Italiener und immer wieder Griechen. Anthony Quinn war Hollywoods Universal-Fremder. Als dort in den dreißiger Jahren seine Karriere begann, herrschte großer Bedarf an fremdländischen Schurken. 1915, vielleicht auch 1916, das weiß er selber nicht genau, wurde Anthony R. Oaxaca Quinn in Chihuahua geboren. Die Eltern, die Mutter ist Aztekin, der Vater Ire, fliehen mit ihrem Sohn vor Pancho Villas Revolution nach Kalifornien. Sein Vater versucht sich als Kameramann, stirbt jedoch bei einem Autounfall. Früh will Quinn, der keine geregelte Schulausbildung hat, Schauspieler werden. Er jobbt als Bauarbeiter, Schuhputzer, Boxer und versucht, an einer Schauspielschule aufgenommen zu werden, was wegen eines Sprachfehlers mißlingt. Dafür bekommt er den Pförtnerposten der Schule und kleine Statistenrollen bei Schulaufführungen. Seine Verkörperung eines betrunkenen Schauspielers überzeugt John Barrymore – nach Lionel und Ethel der jüngste der drei legendären Darsteller- und Trinkerbrüder Barrymore –, in deren Clique er aufgenommen wird. Im Universal-B-Picture «Parole» gibt er 1936 sein Filmdebüt – als Zuchthäusler. Dann erfährt er, daß Cecil B. DeMille Indianer für «The Plainsman» («Der Held der Prärie», 1936) sucht. Quinn wird engagiert und unterzeichnet bei der Paramount. Während der Dreharbeiten zum DeMille-Film «The Buccaneer» («Der Freibeuter von Louisiana», 1938) lernt er die Adoptivtochter des Regisseurs kennen. Kurz darauf heiraten Katherine DeMille und Anthony Quinn, die Ehe wird Mitte der sechziger Jahre geschieden. Quinn gehört Anfang der vierziger Jahre neben Anna May Wong, Akim Tamiroff, Lloyd Nolan, Lynne Overman und anderen in die Reihe der regelmäßig beschäftigten B-Stars. Zu seinen besseren Filmen dieser Zeit gehört William A. Wellmans «The Ox-Bow Incident» («Der Ritt zum Ox-Bow», 1942) mit Henry Fonda und Dana Andrews, wo Quinn erstmals in seiner Schauspielkarriere gehängt wird, was, so ein Kritiker, Quinns Wende zum Charakterdarsteller einleitet. Doch auch für den gibt es im puritanischen Hollywood keine Rollen. Seine beiden Oscars bekommt Anthony Quinn bezeichnenderweise als Nebendarsteller, für seine Rolle als mexikanischer Revolutionär in «Viva Zapata!», 1952, von Elia Kazan und für Vincente Minnellis «Lust For Life» («Vincent van Gogh – Ein Leben in Leidenschaft», 1956), in dem er Paul Gauguin spielt. Seit dieser Zeit malt Anthony Quinn – griechisch-römischer Freistil, so *Der Tagesspiegel*. Als Hollywood auf dem Höhepunkt des McCarthy-Wahns überhaupt keine ernst zu nehmenden Rollen anbietet, geht Quinn wie viele amerikanische B-Stars nach Europa, wird von den aufsteigenden Produzenten Carlo Ponti und Dino de Laurentiis engagiert für Filme wie «Odyssee/Ulisse» («Fahrten des Odysseus», 1954) von Mario Camerini mit Kirk Douglas und Silvana Mangano,

Giuseppe Amatos «Donne Proibiti» («Die Verrufenen», 1954), in dem auch Giulietta Masina mitspielt, oder er wirkt mit bei der Verfilmung der Oper von Pietro Mascagni «Cavalleria Rusticana» («Sizilianische Leidenschaft», 1953), der von Regisseur Carmine Gallone jeder musikalische Schwung ausgetrieben wird. Der Mißerfolg dieser Filme läßt Anthony Quinn keineswegs euphorisch die Rolle des Zampanò in Federico Fellinis «La Strada» («La Strada – Das Lied der Straße», 1954) übernehmen. Auch nach Ende der Dreharbeiten traut Quinn dem Film mit Giulietta Masina und Richard Basehart so wenig zu, daß er für 12 000 Dollar von seiner 25-Prozent-Gewinnbeteiligung zurücktritt. Mit dieser Einschätzung liegt er falsch. Fellinis Film erringt im folgenden Jahr den Oscar für den besten ausländischen Film – und Anthony Quinns Marktwert schnellt nach oben. Er spielt Siedler, Gangsterbosse, Stierkämpfer, Geschäftsleute und beschützt als Glöckner von Notre-Dame Gina Lollobrigida. Bei dem Remake von «The Buccaneer» («Der König der Freibeuter», 1959) von Schwiegervater Cecil B. DeMille führt er Regie. Von dem Film mit Yul Brynner, Charlton Heston und Charles Boyer bleibt einzig die Besetzung und die psychedelische Farbwirkung in Erinnerung. Erst mit «Zorba, The Greek» («Alexis Sorbas», 1964) gelingt ihm wieder ein ganz großer Erfolg.

Quinn, der Darsteller aller möglichen Berufe und Typen, hat mit Laurence Olivier am Broadway Beckett gespielt, hat mit seiner Neuinterpretation der mit Marlon Brando identifizierten Rolle des Kowalski in «Endstation Sehnsucht» Furore gemacht, hat Filme produziert, inszeniert und Bücher geschrieben. Nach seiner Autobiographie «Self Portrait» hat er gerade «The Original Sin» («Der Kampf mit dem Engel») vorgestellt. 1992 ist er noch einmal Vater einer Tochter geworden, seinem achten Kind, und er arbeitet weiter als Schauspieler. Regelmäßig tritt Quinn in Filmen junger unabhängiger Filmemacher auf. So spielt er 1994 in Alexander Rockwells «Somebody To Love» einen Drogendealer. Seine erste Szene zeigt ihn, wie er sich in einem frisch ausgehobenem Grab vor seinen Widersachern versteckt. Quinn, der 1990 eine schwere Herzoperation überstand: «Ich liebe es zu leben, also lebe ich. Und ich liebe die Schauspielerei, also spiele ich.»

Alan Bates

Siebzehn Jahre war Alan Bates alt, als er an der Royal Academy Of Dramatic Arts angenommen wird. 1934 im englischen Derbyshire als

Sohn einer Pianistin und eines Violinisten geboren, ist dieser Weg vor-
gezeichnet. 1957 feiert er gleich mit seiner zweiten Bühnenrolle, dem
Clift in John Osbornes «Look Back In Anger», einen großen Erfolg. Er
gehört jetzt zum Ensemble der Royal Stage Company am Royal Court
Theatre. Ab 1960 arbeitet er mit den Regisseuren Tony Richardson,
John Schlesinger, Carol Reed und Clive Donner, die zu den wichtigsten
Vertretern des Jungen Britischen Films gezählt werden, der in dieser
Zeit international Furore macht. «The Entertainer» («Der
Komödiant», 1960), von Richardson mit Laurence Olivier und Joan
Plowright nach John Osbornes Stück inszeniert, «A Kind Of Loving»
(«Nur ein Hauch Glückseligkeit», 1961), Schlesingers Verfilmung eines
Romans von Stan Barstow, «The Caretaker» («Der Hausmeister»,
1963), Clive Donners Filmfassung von Harold Pinters Drei-Personen-
Stück, gehören zu den besten Filmen dieser Jahre, und sie machen Alan
Bates zu einem gefragten Schauspieler. «Zorba, The Greek» («Alexis
Sorbas», 1964) bringt ihm den ersten internationalen Erfolg, wenn er
auch als Schauspieler Mühe hat, neben dem überpräsenten Anthony
Quinn zu bestehen. Trotzdem tritt er weiter im Theater auf. Er ist in
Londons Old Vic in Shakespeares «The Merry Wives Of Windsor»
(«Die lustigen Weiber von Windsor») und «Richard The Third» zu se-
hen, in David Storeys «In Celebration» und in «Butley» von Simon
Gray. Auf der Bühne und im Film hat er sich nie festlegen lassen. Von
allseits beachteten Filmen wie Josph Loseys «The Go-Between» («Der
Mittler», 1971), der in Cannes mit der Goldenen Palme ausgezeichnet
wird, über den entspannt albernen «An Unmarried Woman» («Eine
entheiratete Frau», 1975) von Paul Mazursky bis zu Claude Chabrols
verquasten Krimi «Dr. M», 1989, hat er die unterschiedlichsten Cha-
raktere gespielt. Weder eine Oscar-Nominierung, für John Frankenhei-
mers «The Fixer», 1978, noch kommerzielle Erfolge wie sein Auftritt
an der Seite von Bette Midler in Mark Rydells Janis-Joplin-Film «The
Rose», 1979, konnten Bates dazu bringen, ausschließlich als Film-
schauspieler zu arbeiten. Neben dem Theater ist er regelmäßig im Fern-
sehen zu sehen und manchmal auch in Kinofilmen, die an die frühe Zeit
seiner Karriere erinnern. Einer seiner besten Filme der letzten Jahre war
«Prayer For The Dying» («Auf den Schwingen des Todes», 1987) von
Mike Hodges. In dem Thriller vor dem Hintergrund des Nordirland-
Konflikts spielen neben Bates Bob Hoskins und Mickey Rourke die
Hauptrollen.

Irene Papas

Die schönen, stillen, mit vor Leidenschaft brennenden Augen sind ihr Rollenfach. 1926 als Lehrerstochter in Korinth geboren, studierte sie an der Königlichen Schauspielschule in Athen. Ab 1948 tritt sie im Metropol-Theater als Schauspielerin, Sängerin und Tänzerin auf. Gleich mit ihrem ersten Film, in dem sie eine Prostituierte spielt, machte Irene Papas Schlagzeilen. Auf der Premiere in Cannes 1951 wird ihr von Klatschkolumnisten eine Affäre mit Ali Khan angehängt. Künstlerische Anerkennung erfährt sie erst 1963, als sie in Michael Cacoyannis' «Electra» («Elektra», 1961) die Titelrolle spielt. Neben den klassischen Rollen – unter der Regie von Cacoyannis spielt sie noch in «Die Troerinnen» und «Iphigenie» –, mit denen sie im Kino und auf der Bühne erfolgreich ist, spielt sie immer wieder die strengen, unnahbaren Frauen, deren Archetyp die Witwe aus «Alexis Sorbas» ist. Zu den erfolgreichsten Arbeiten ihrer langen Filmographie gehört Francesco Rosis Verfilmung von Carlo Levis gleichnamigem Roman «Christo Si E Fermato A Eboli» («Christus kam nur bis Eboli», 1978) und «Z», 1968 von Costa-Gavras, nach Jorge Sempruns Adaption des Romans von Vassili Vassilikos.

Zorba, The Greek

Griechenland 1964

Regie:	Michael Cacoyannis
Drehbuch:	Michael Cacoyannis nach dem Roman von Nikos Kazantzakis
Kamera:	Walter Lasally
Musik:	Mikis Theodorakis
Schnitt:	Johnny Dwyre
Darsteller:	Anthony Quinn, Alan Bates, Irene Papas, Lila Kedrova und andere

deutsche Erstaufführung: 1965